SA CORRESPONDANCE;OSAMU DAZAI

太宰治

はがき抄

山岸外史にあてて

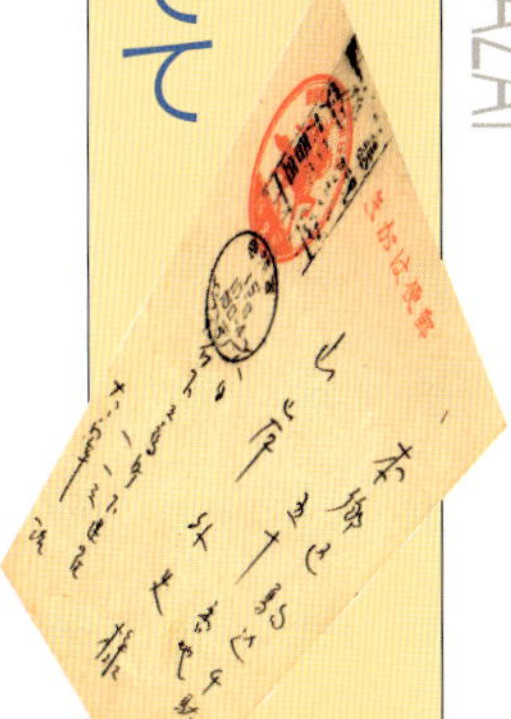

翰林書房

近畿大学日本文化研究所［編］

太宰治の山岸外史宛の書簡について

近畿大学日本文化研究所
所長　綱澤満昭

平成十六年四月十九日のことです。故近畿大学総長・世耕政隆先生の七回忌に際しての『回想・世耕政隆』刊行の件で、私は東京池袋の御自宅にお邪魔することになりました。奥様といろいろと打合わせをさせていただき、失礼しようとしていた時のことです。奥様から古色蒼然としてはいるが、何かずっしりとした重みのある包一つを手渡されました。

「世耕が大切にしていたものです。どうぞお役に立てて下さい。」とのことでした。それが何であるかは知らず、ともかく「確かにお預りさせていただきます」ということで、その紙袋をバックにしまいこみました。

帰途、新幹線「のぞみ」の車中で、恐動しながら紙袋の中を覗きました。中身は太宰治の山岸外史宛の書簡だったのです。自宅にたどりつき、手袋をはめ、一葉一葉丁寧に取り出し、凝視しました。官製葉書が大部分でしたが、絵葉書も何枚かありました。すべてが太宰の山岸宛のもので、八十三葉ありました。時代は昭和九年から十八年までのものです。かなり損傷しているものもありましたが、いずれも文字は判読可能でした。活字になったものでは伝わってこない亢傲や落胆ぶりといった太宰の感情の起伏が感受でき妙な雰囲気に巻き込まれました。

二三葉のものであれば、あるいは古書店などでたまたま入手するという僥倖もありましょうが、八十三葉という数は、どうもそういう類の入手とは断然違うでしょう。あれこれと憶測してみましたが、その入手経路を知ろうという姿勢が極めて不遜なことのようにおもえ、それ以後深入りすることを峻拒する気持が私をとらえました。

故世耕総長は太宰がお好きでしたし、その造詣の深さに私は何度も舌を巻いたものです。

お酒の席で「君、俺は太宰の葉書を持っているぞ」とたいそう誇らしげに、しかし小さな声で私に話しかけられたことがありました。私はその時のことをおもい出し、「あれだ！あれがこれだったのだ」と納得したのでした。

大変なものをお預りしてしまったのです。しばらくは驚きと恐怖にとらわれ、誰にもこのことを喋る気になれませんでした。昂揚する気持を沈静化させ、しばらくして故世耕総長の弟さんである世耕弘昭理事長にこの件を報告し、現物をお見せしました。理事長は「兄がその葉書を手に入れていたことは知っていた」とのことで、「いろいろと大いに役立てて欲しい」との御助言をいただいた次第です。

「書簡集」として出版すべきだと一瞬思いましたが、それではすでに筑摩書房の『太宰治全集』のなかの「書簡集」に、この八十三葉は掲載されていますので、筑摩のものをいくつか訂正し得たとしても、それほどの意味はないようにおもえました。これは太宰の文字そのものを「写真集」にすべきだとおもったのでした。

世耕理事長にこの話をしましたところ、「兄もきっと喜んでくれるとおもう、企画してみてくれ」との快諾をいただきました。早速、故総長の奥様の了承を得、津島家、山岸家の御遺族にもこの件に関する承諾をいただき、また、筑摩書房にも礼儀として報告しておきました。尚、太宰治研究の第一人者である山内祥史先生から、ご多忙中にもかかわらず、本書刊行の意義を簡潔にかつ具体的に説かれた御文章をいただき、その上お誉めの言葉まで頂戴したことは、望外の喜びであります。

ここに出版社翰林書房の御支援御協力を得て、『太宰治・山岸外史書簡写真集』を刊行するはこびとなったのです。編集責任者は、近畿大学文芸学部教授の浅野洋氏、同じく佐藤秀明氏です。

この出版によりまして太宰治、山岸外史を中心とした近代日本文学、文化研究になにがしかの貢献が出来ればと願っています。

尚この写真集発刊費用に関しましては近畿大学に全面的な支援をいただきました。

平成十八年二月十日

『太宰治はがき抄』上梓の意義

山内祥史

最新の太宰治全集である第一一次筑摩版の書簡の巻（一九九九）には、太宰治の宛先一二一の書簡が七九九通収められている。このうち、山岸外史宛書簡を書簡番号によって数えると一〇七通あって、集中もっとも多く、全体の八分の一を超えているようだ。現在発見されていて、全集未収の太宰治書簡は、三〇通ほどあるが、その裡に山岸外史宛書簡は見当たらない。山岸外史宛書簡は、筑摩版全集の第一次（一九五六）で一〇二通の多数が収められ、その後は、第五次（一九六八）で四通、第八次（一九七九）で一通収められただけだ。第八次以降の全集の書簡の巻には、どれにも、山岸外史宛書簡は一〇七通収められていて増減はない。おそらく、山岸外史によって、太宰治書簡は意識的に保存されていたのであろう。その期間が、一九三四年一〇月のふたりの交流開始直後から、一九四三年一二月の交流が疎遠になる直前の時期に到っていることからも、現在我々が見得る山岸外史宛書簡は、その全容に近く、これから新しく発見される可能性は少ないと思われる。

一九六六年六月の桜桃忌を前にして、「佐藤家の押入れの奥に、ひとまとめにくくられ保存されてあった」太宰治の佐藤春夫宛封書九通と葉書二五通、山岸外史宛葉書四通、井伏鱒二の佐藤春夫宛太宰治病状報告の封書一通などが発見され、同年写真入りで、奥野健男編『恍惚と不安　太宰治昭和十一年』として上梓されたことがある。このたびの『太宰治はがき抄』の上梓は、太宰治書簡の紹介としてはそれ以来の、四〇年振りの快挙といえよう。前書には、なぜか、山岸外史宛葉書四通だけの写真が見られない。また、これまでに発行された太宰治の写真集や展示用図録にも、山岸外史宛書簡の写真は見られないようだ。第一〇次筑摩版全集を私が編纂した時にも、目にすることのできた山岸外史宛書簡の複写は、一九三五年一一月九日付の葉書一通でしかない。その後東京の有名古書店の目録で、一九四一年二月八日付の葉書二通の写真を見たが、二枚組で一、三〇〇、〇〇〇円の価がついていて、購入する気は起らなかった。もっとも多いはずの山岸外史宛書簡なのに、写真で目にする機会は極度に少なかったのである。その山岸外史宛葉書が、このたび、やす子夫人宛葉書一通を併せて計八三通という多数、ひとつひとつ写真版として掲げられ、佐藤秀明氏による精細な校異のついた翻刻と、行き届いた註記とが付されて、上梓されることになった。その資料的価値は、『恍惚と不安　太宰治昭和十一年』を遥かに凌いで、高いといってよかろう。

一九九八年六月、太宰治没後五〇年を迎えるに際し、求められて「毎日新聞」に一文を掲げたことがある。一九九七年の二月に『回想の太宰治』の著者津島美知子夫人が、一一月に『太宰治論』の著者奥野健男氏が逝去された、その翌年のことであった。そこで「このふたりの逝去は、太宰治研究のひとつの時代の終焉と新しい時代への転換とを象徴する出来事のように思われる」と記し、「作者という人間を主体と考えて作品を理解するのではなく、作品を主体と考えて作品を理解するのでなければ、作品はついに真の姿を現さないのではないか」という念を述べたのである。文学研究の動向は、「人間」重視から「言葉」重視に転換しつつあると、指摘したかったのであった。二一世紀に入って、この傾向は、太宰治研究書上梓の分野でも、活発になってきたように思われる。『有明淑の日記』（二〇〇〇）、『太宰治・晩年の執筆メモ』（二〇〇一）、『井伏鱒二と太宰治』（同前）、『太宰治・原稿「お伽草紙」と書簡』（二〇〇三）、『太宰治原稿翻刻（第一分冊）（第二分冊）』（二〇〇四）、『太宰治広告』（同前）、『木村庄助日誌太宰治「パンドラの匣」の底本』（二〇〇五）など、「言葉」を重視した出版物が相次いでいて、その大部分が写真版覆刻であることも目に立つ。先の『恍惚と不安　太宰治昭和十一年』が、「昭和十一年の太宰治」という「人間」に重点をおいた資料の提示であったのに対し、このたびの『太宰治はがき抄』は、「はがき」の「言葉」の一語一語に重点をおいた資料の提示になっているのも、時代の流れに鋭敏に反応した、傑れた出版物であることの証左のように思われる。

太宰治　はがき抄　山岸外史にあてて〈目次〉

凡例

○本書は、太宰治の山岸外史宛書簡（すべてはがき、絵はがきを含む）八十三通を写真で掲載し、その文面を活字にして示したものである。また適宜【校異】と【ノート】を施した。なおこの八十三通の書簡は、すべて第十一次『太宰治全集』第十二巻（筑摩書房、一九九九年四月）に収録されている。

○文面を活字化するにあたり、明らかな誤記や仮名遣いの誤りも原文どおりとした。ただし、漢字は新漢字に改めた。読点の代わりに一字アキにしたと思われる箇所もあるが、そのアキは設けなかった。句点の代わりのアキは設けた。

○発信の年月日は、直筆、消印、文面からの推定によって示し、その根拠を「直筆」「消印」「推定」として記した。直筆と消印とで日にちが異なる場合は、直筆の日を採用し、消印の日も示した。

○【校異】では、第十一次『太宰治全集』第十二巻所収の書簡と校合し、その異同を示した。ただし、はがき表面の住所、敬称の異同は省いた。

○【ノート】では、適宜解説的な注を施した。その際、右に掲げた第十一次『太宰治全集』のほか以下の文献を参照した。また、山岸徹氏からご教示を得た。

・第十次『太宰治全集』第十一巻（筑摩書房、一九九一年三月）
・山岸外史『太宰治おぼえがき』（審美社、一九六三年十月）
・山岸外史『人間太宰治』（ちくま文庫、一九八九年八月）
・相馬正一『評伝太宰治』第二部（筑摩書房、一九八三年七月）
・津島美知子『回想の太宰治』（講談社文庫、一九八三年六月）
・池内規行『評伝・山岸外史』（万有企画、一九八五年二月）
・山内祥史「解題」（『太宰治全集』第一巻、筑摩書房、一九八九年六月）
・山内祥史「年譜・著作年表」（『太宰治全集』別巻、筑摩書房、一九九二年四月）
・岸睦子「太宰治年譜」（志村有弘・渡部芳紀編『太宰治大事典』勉誠出版、二〇〇五年一月）

（校異、ノート・佐藤秀明）

はがき抄

書簡番号1〜83

書簡番号 1

昭和9年(1934年)〔月日不詳。年は文面から推定〕

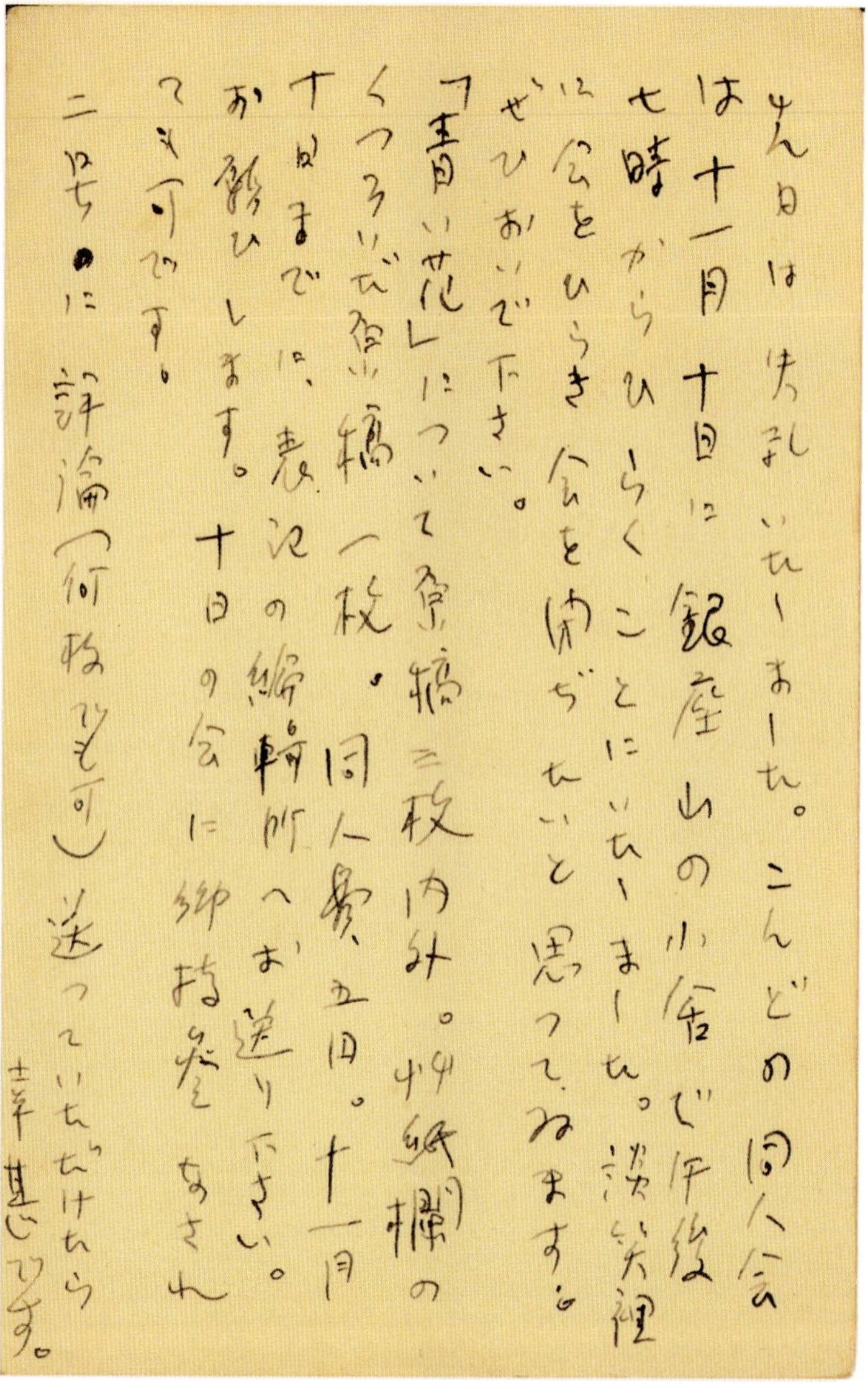

せん日は失礼いたしました。こんどの同人会
は十一月十日に銀座山の小舍で午後
七時からひらくことにいたしました。談笑裡
に会をひらき会を閉ぢたいと思つてゐます。
ぜひおいで下さい。
「青い花」について原稿三枚内外。四百紙欄の
くつろいだ原稿一枚。同人費五円。十一月
十日までに、表紙の編輯所へお送り下さい。
お願ひします。 十日の会に御持参なされ
ても可です。
二号●に 評論(何枚でも可)送つていただけたら
幸甚です。

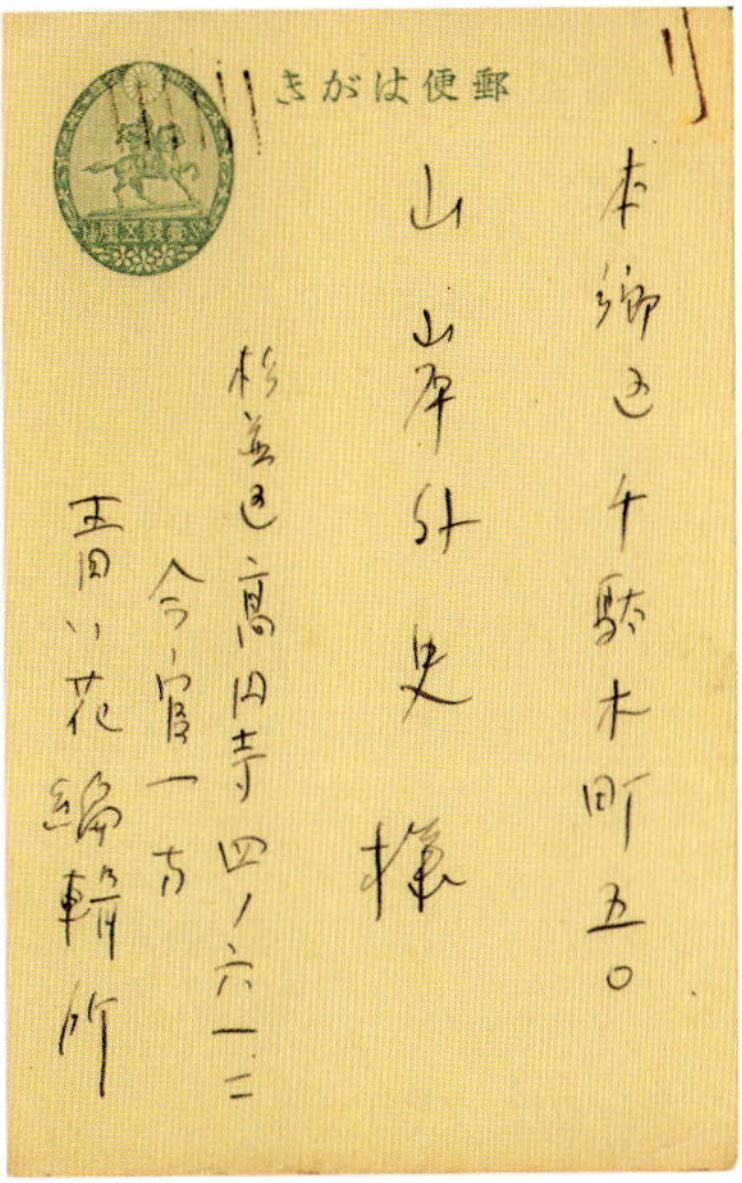
郵便はがき
本郷区千駄木町五〇
山岸外史様
杉並区高円寺四ノ六一二
今官一方
青い花編輯所

先日は失礼いたしました。こんどの同人会は十一月十日に銀座山の小舎で午後七時からひらくことにいたしました。談笑裡に会をひらき会を閉ぢたいと思つてゐます。ぜひおいで下さい。

「青い花」について原稿三枚内外。艸紙欄のくつろいだ原稿一枚。同人費五円。十一月十日までに、表記の編輯所へお送り下さい。お願ひします。十日の会に御持参なされても可です。

二号に評論（何枚でも可）送つていただけたら幸甚です。

本郷区千駄木町五〇　山岸外史様
杉並区高円寺四ノ六一二　今官一方　青い花編輯所

【ノート】
「青い花」――太宰治、今官一が中心となって昭和九年十二月に創刊した同人雑誌。編輯兼発行人は今官一。一号で終刊。同人は、岩田九一、伊馬鵜平、斧稜、太宰治、檀一雄、津村信夫、中原中也、太田克巳、久保隆一郎、安原善弘、小山祐士、今官一、北村謙次郎、木山捷平、雪山俊之、宮川義逸、森敦の計十八名。誌名は太宰の案。「ロマネスク」を掲載し好評を博する。「青い花」発刊をきっかけにして、山岸外史、檀一雄と急速に親しくなる。

書簡番号2

昭和9年（1934年）11月2日〔消印〕

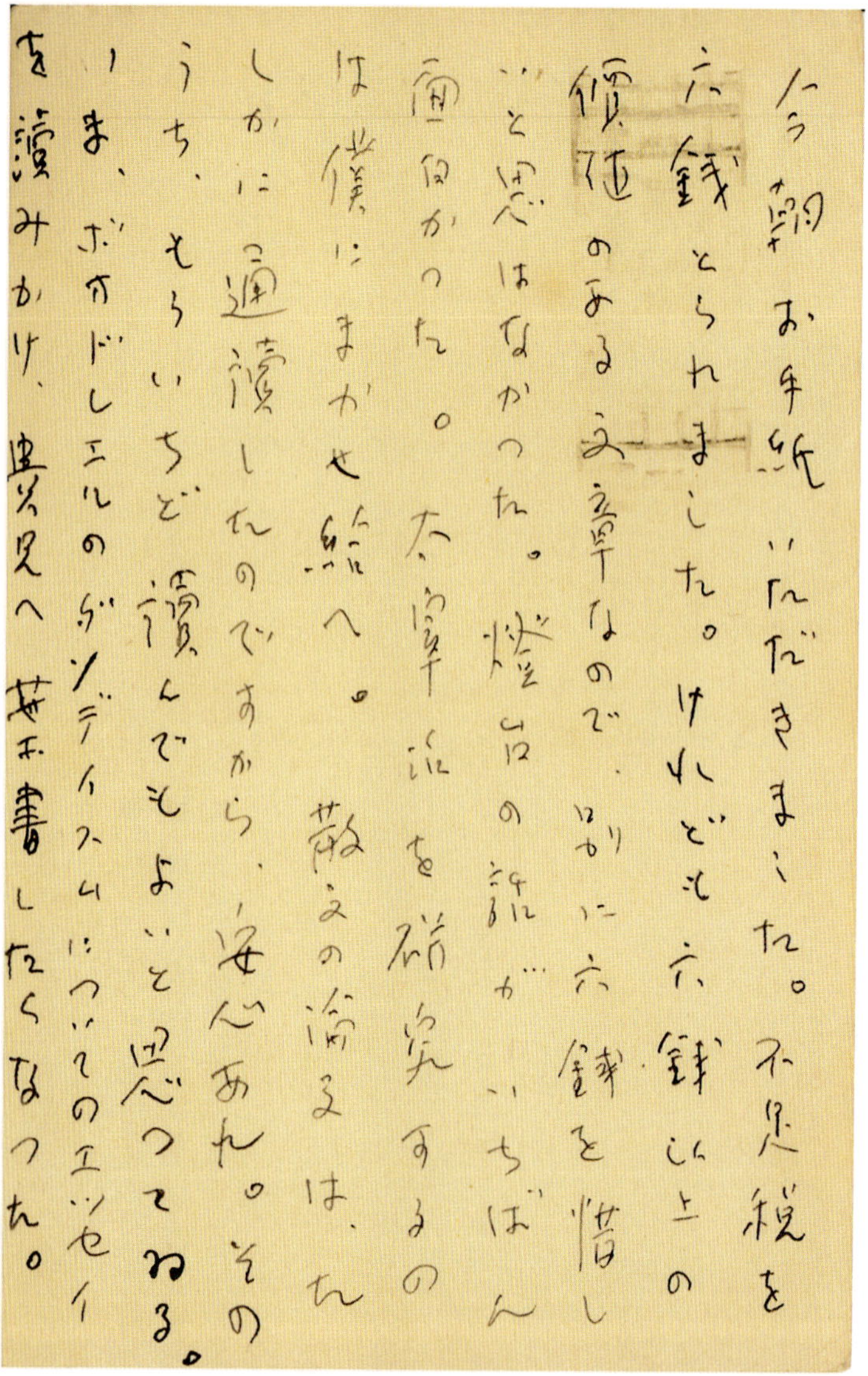
今朝お手紙いただきました。不足税を
六銭とられました。けれども六銭以上の
價値のある文章なので、ばかに六銭を惜し
いと思ひはなかつた。燈台の話がいちばん
面白かつた。文章論を研究するの
は僕にまかせ給へ。散文の論文は、た
しかに通読したのですから、安心あれ。その
うち、もういちど読んでもよいと思つてゐる。
いま、ボオドレエルのダンディスムについてのエッセイ
を読みかけ、貴兄へ葉書したくなつた。

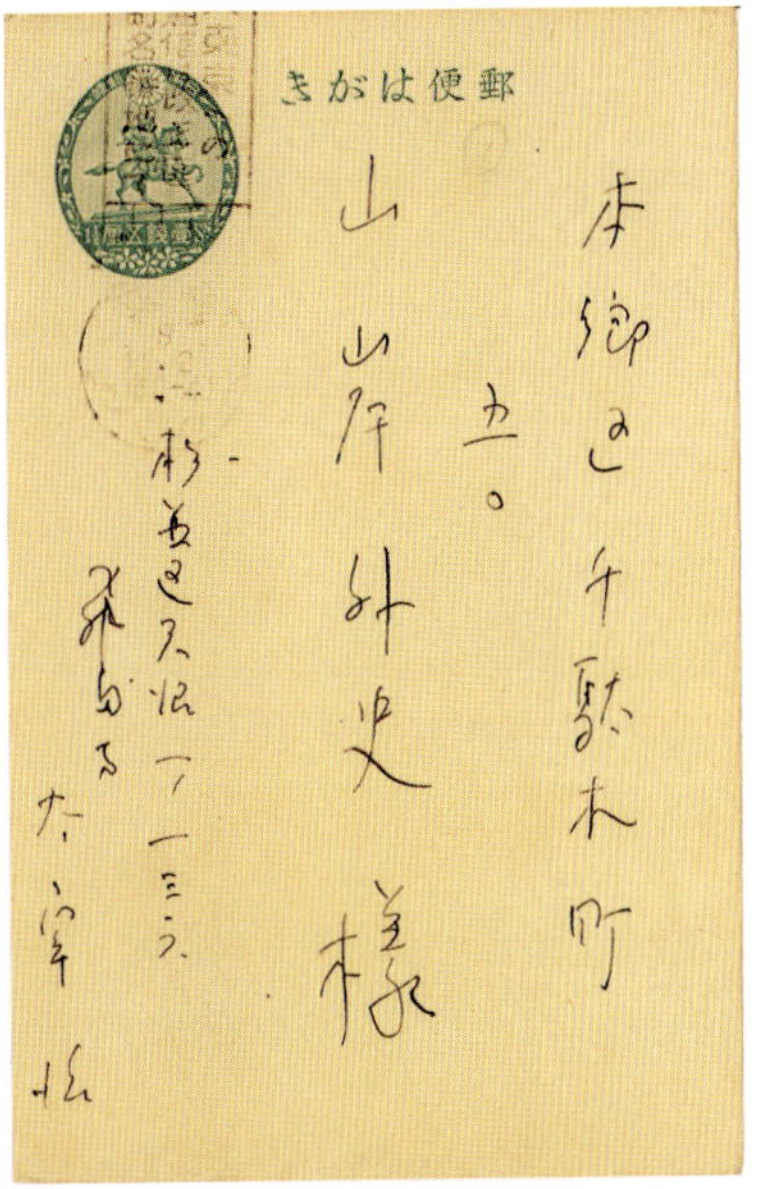

今朝お手紙いただきました。不足税を六銭とられました。けれども六銭以上の価値のある文章なので、別に六銭を惜しいと思はなかつた。灯台の話がいちばん面白かつた。太宰治を研究するのは僕にまかせ給へ。散文の論文は、たしかに通読したのですから、安心あれ。そのうち、もういちど読んでもよいと思つてゐる。いま、ボオドレエルのダンディスムについてのエッセイを読みかけ、貴兄へ葉書したくなつた。

本郷区千駄木町五〇　山岸外史様
杉並区天沼一ノ一三六　飛島方　太宰治

【ノート】

散文の論文――山岸外史が加わった同人雑誌「散文」の評論。山岸外史『人間太宰治』には「この頃（註・このはがきをもらった頃）佐藤春夫論をのせたあとだったか、それとも、散文の古い号を送ったのだったかも知れない」とある。昭和九年四月発行の創刊号に山岸外史の「「紋章」と「禽獣」の作家達」が、同年十一月発行の一巻八号に「佐藤春夫論」が掲載されている。

飛島方――下宿ではなく、飛島定城の家族と同居。飛島定城は、三兄圭治の友人で、太宰の高等学校、大学の先輩（大学は法科）。「東京日日新聞」記者。

書簡番号3

昭和9年（1934年）11月6日〔消印〕

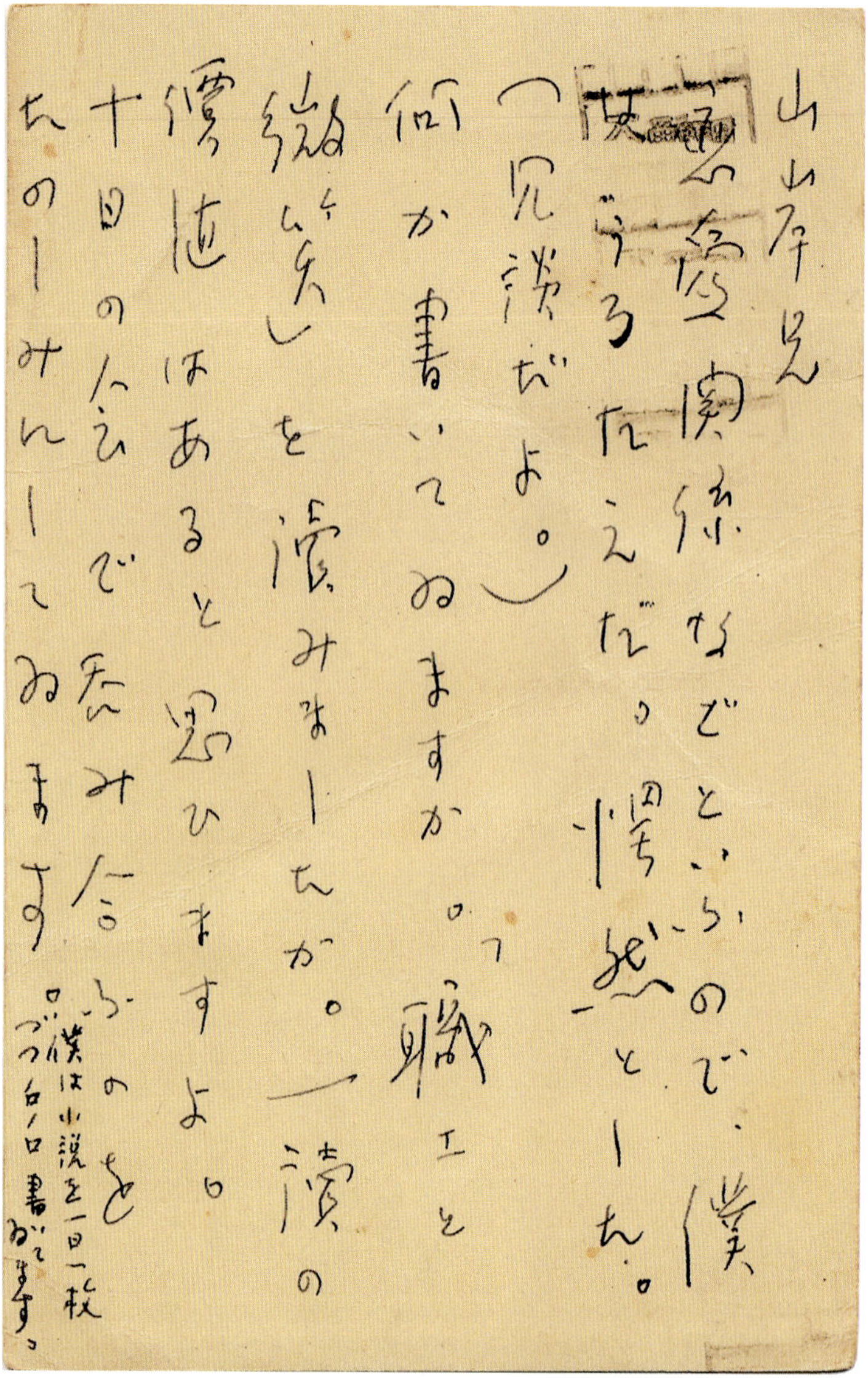

山岸兄

恋愛関係などといふので、僕うろたえた。憫然とした。

（冗談だよ。）

何か書いてゐますか。「職工と微笑」を読みましたか。一読の価値はあると思ひますよ。

十日の会ひで睨み合ふのをたのしみにしてゐます。

「僕は小説を一日一枚づつ、ぽつぽつ書いてゐます。」

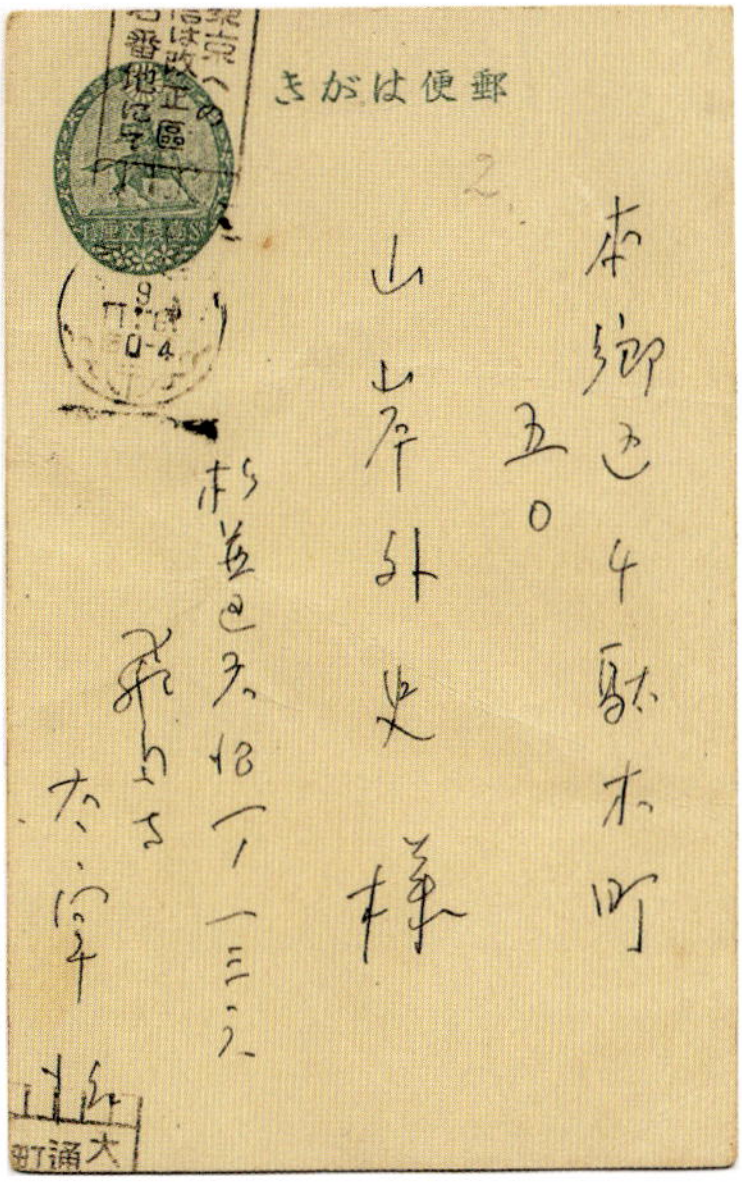

山岸兄

恋愛関係などといふので、僕はうろたえた。愕然とした。（冗談だよ。）

何か書いてゐますか。「職工と微笑」を読みましたか。一読の価値はあると思ひますよ。

　十日の会で呑み合ふのをたのしみにしてゐます。僕は小説を一日一枚づつノロノロ書いてゐます。

本郷区千駄木町五〇　山岸外史様

杉並区天沼一ノ一三六　飛島方　太宰治

【校異】

うろたへた〔全集〕→うろたえた

【ノート】

「職工と微笑」――松永延造『職工と微笑』（春陽堂、昭和三年九月）。

書簡番号 4

昭和9年（1934年）11月16日・速達〔消印〕

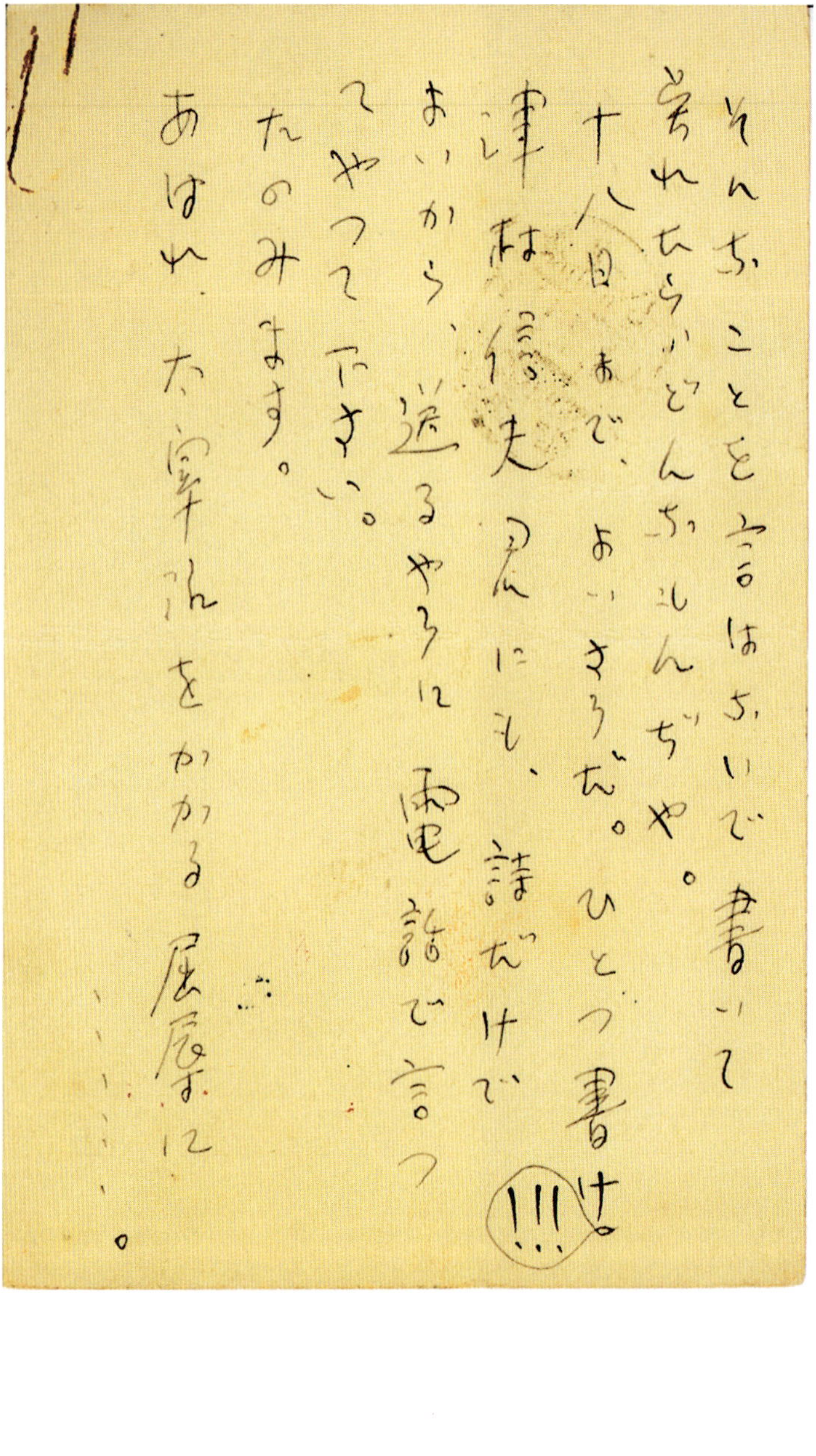

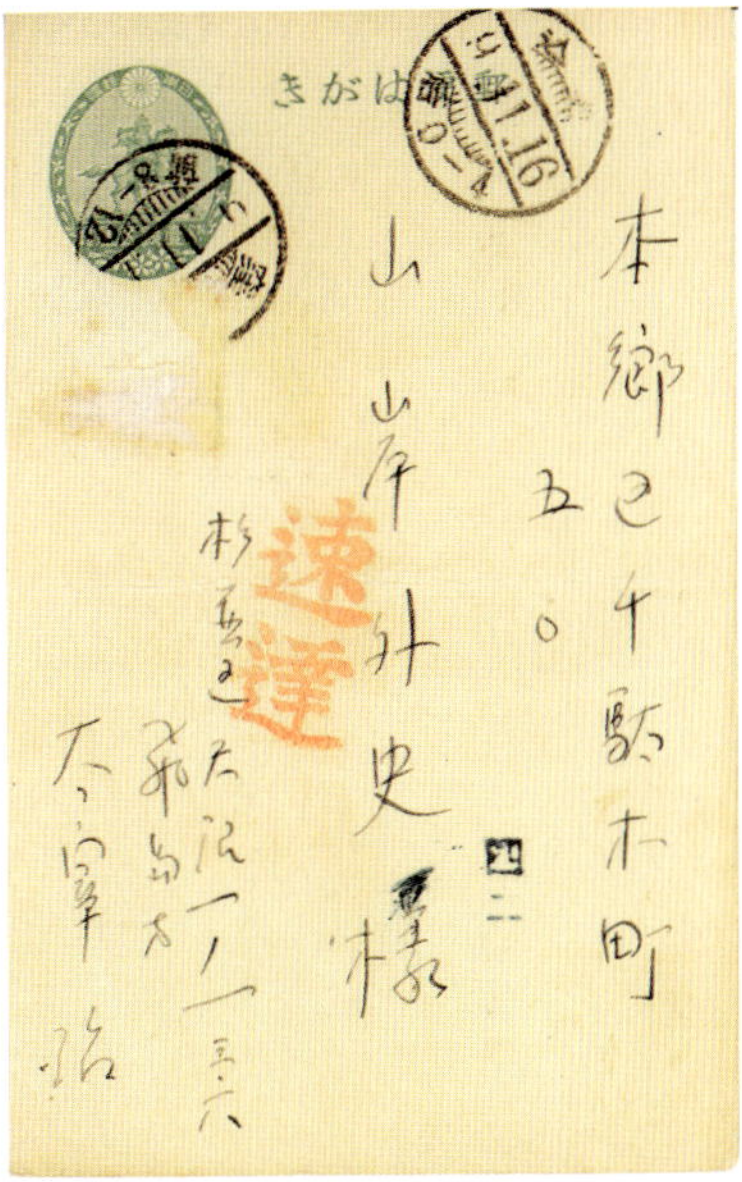

そんなことを言はないで書いて呉れたら、どんなもんちや。

十八日まで、よいさうだ。ひとつ書け!!!

津村信夫君にも、詩だけでよいから、送るやうに電話で言つてやつて下さい。

たのみます。

あはれ、太宰治をかかる屈辱に……。

本郷区千駄木町五〇　山岸外史様
杉並区天沼一ノ一三六　飛島方　太宰治

【校異】

ひとつ書け!!〔全集〕→ひとつ書け!!!

【ノート】

十八日まで、よいさうだ。——「青い花」創刊号の原稿催促。山岸外史は随筆「一枚の絵葉書」を寄稿した。

書簡番号5

昭和9年（1934年）12月24日〔消印〕

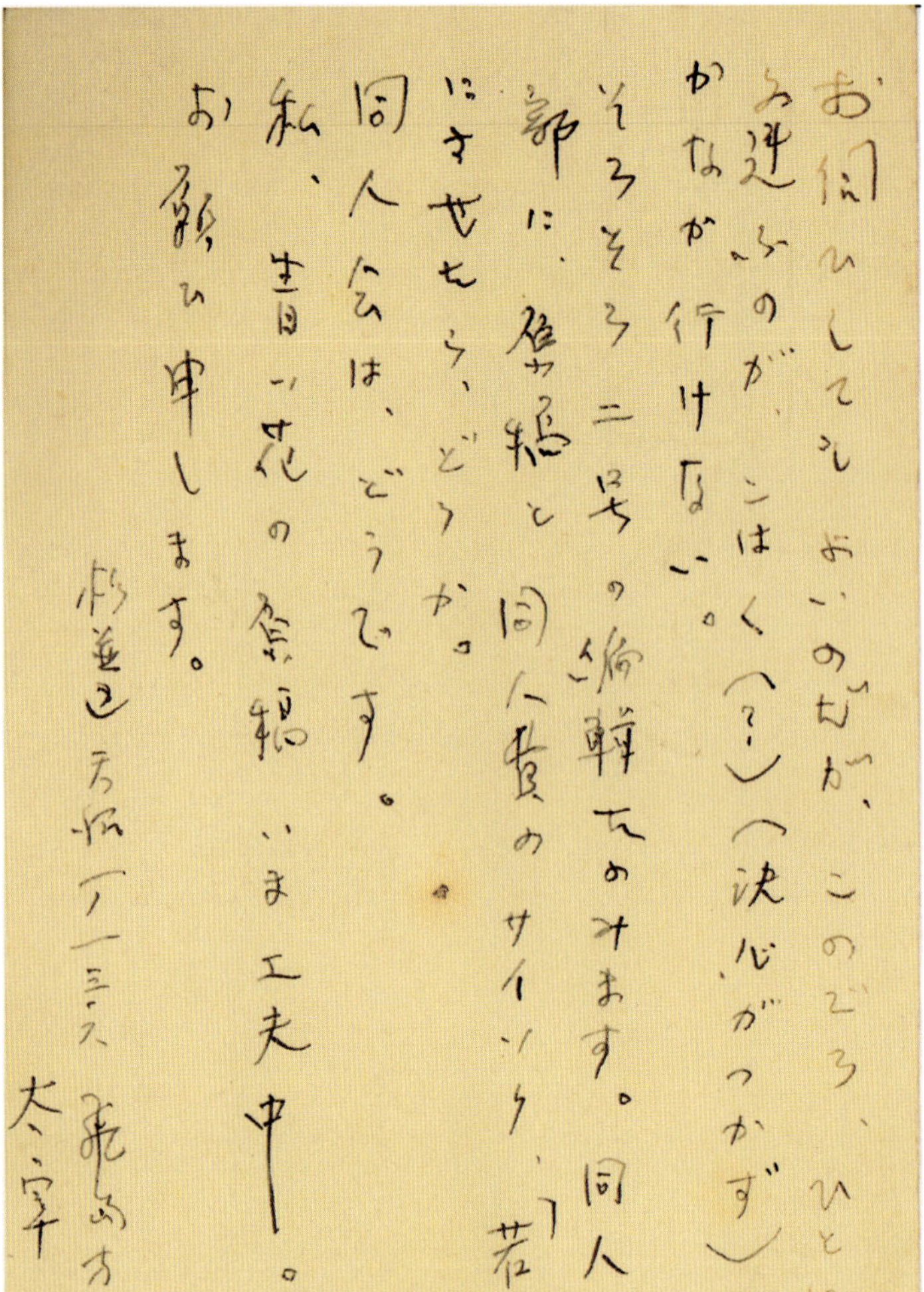
お伺ひしてゐたのだが、このごろ、ひとに
逢ふのが、こはく（？）（決心がつかず）な
かなか行けない。
そろそろ二号の編輯たのみます。同人会
部に、原稿と同人費のサイソク、「若いひと」
にさせてもら、どうか。
同人会は、どうです。
私、昔の花の原稿いま工夫中。
お願ひ申します。
杉並区天沼一ノ一三六 飛島方
太宰治

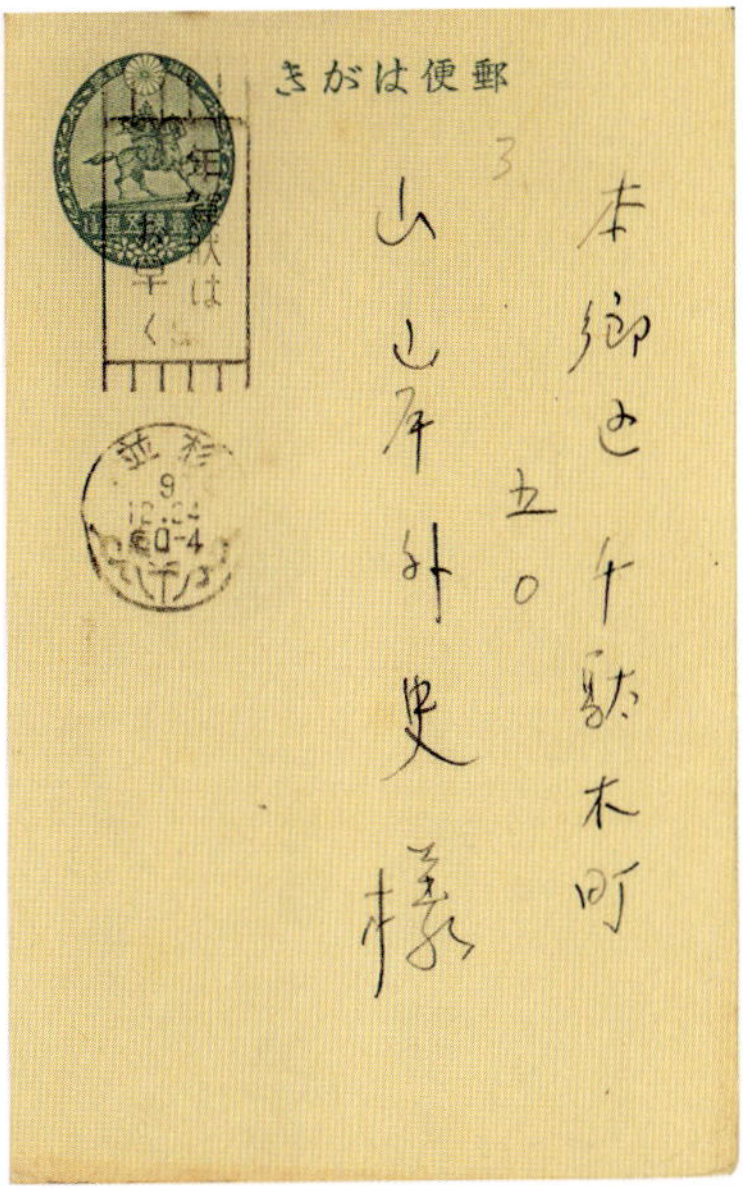

お伺ひしてもよいのだが、このごろ、ひとに逢ふのが、こはく（？）（決心がつかず）なかなか行けない。

そろそろ二号の編輯たのみます。同人全部に、原稿と同人費のサイソク、「若いひと」にさせたら、どうか。

同人会は、どうです。

私、青い花の原稿いま工夫中。

お願ひ申します。

杉並区天沼一ノ一三六　飛島方
太宰治

本郷区千駄木町五〇　山岸外史様

【校異】

「青い花」〔全集〕→青い花

書簡番号6

昭和10年（1935年）6月3日〔消印〕

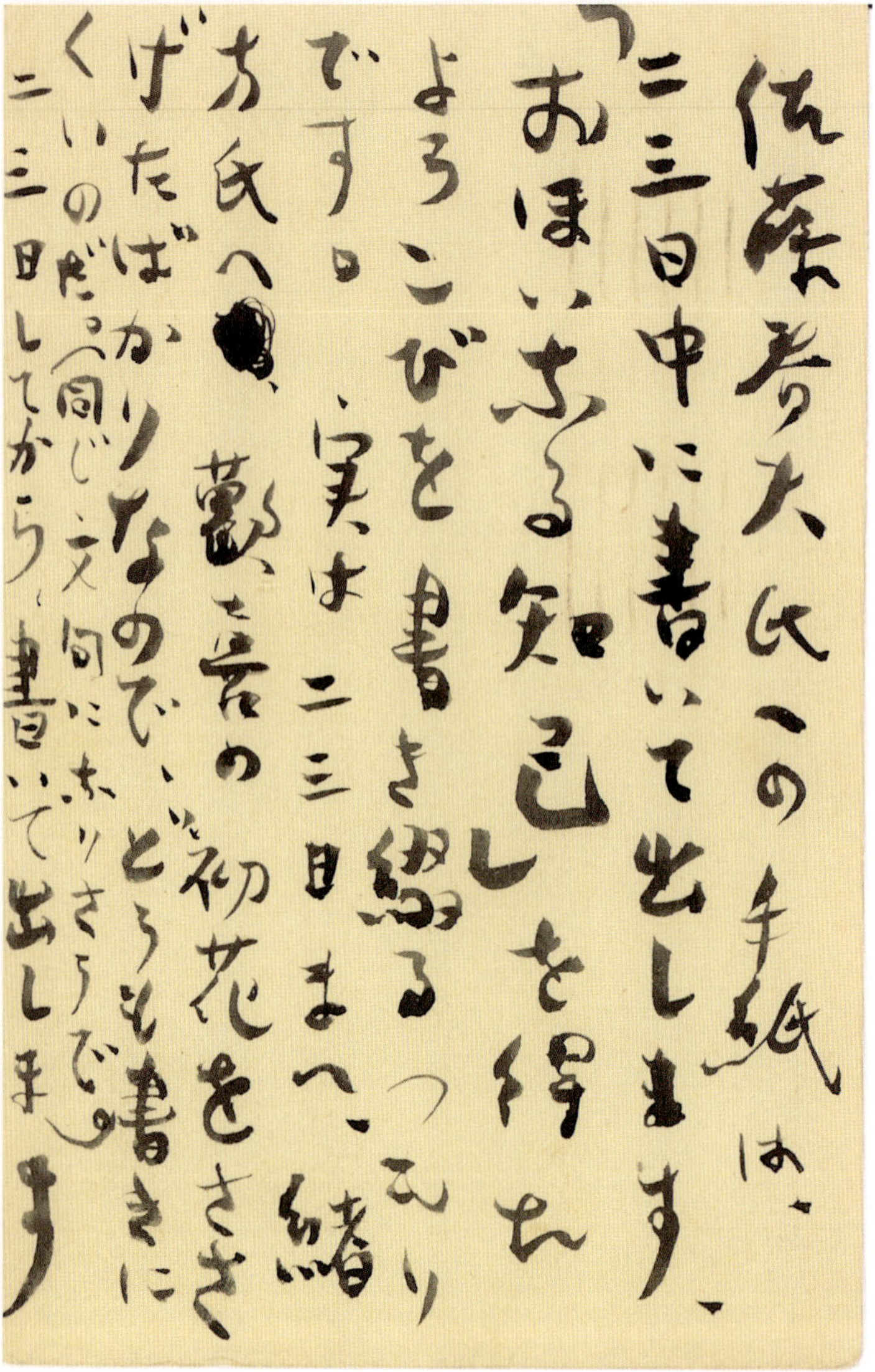

佐藤春夫氏への手紙は、
二三日中に書いて出します。
おほいなる知己を得た
よろこびを書き綴るつもり
です。実は二三日まへ、緒
方氏へ、歡喜の初花をささ
げたばかりなので、どうも書きに
くいのだ。（同じ文句になりさうで。）
二三日してから書いて出します

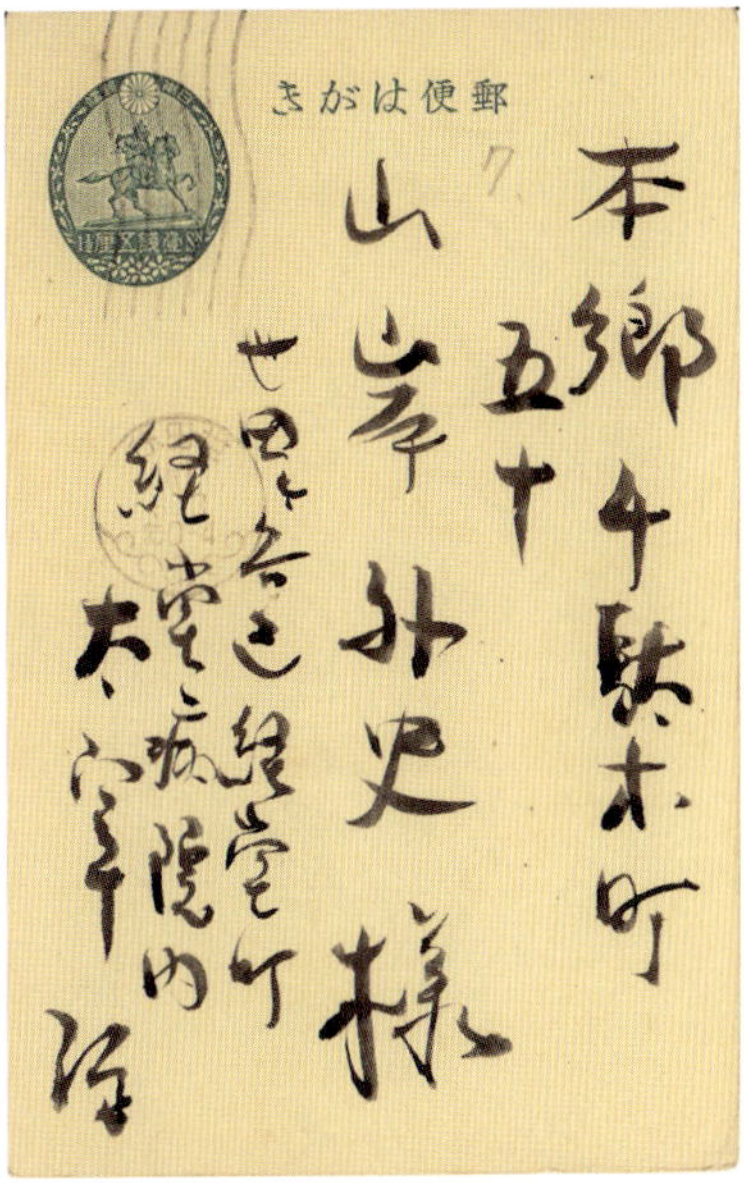

佐藤春夫氏への手紙は、二三日中に書いて出します、「おほいなる知己」を得たよろこびを書き綴るつもりです。実は二三日まへ、緒方氏へ、歓喜の初花をささげたばかりなので、どうも書きにくいのだ。（同じ文句になりさうで。）
二三日してから、書いて出します

本郷千駄木町五十　山岸外史様
世田ヶ谷区経堂町　経堂病院内　太宰治

【校異】

書いて出します。〔全集〕──→書いて出します

【ノート】

緒方氏──緒方隆士。「日本浪曼派」同人。

三枚つづきのはがきの二枚目。一枚目の所在は不明。一枚目の文面は以下のとおり（『太宰治全集』による）。《お手紙、いま読んだ。よい友を持つたと思つた。生涯の記念にならう。こんなときには、ダラシナイ言葉しか出ないものだねえ。歓喜の念の情態には、知識人も文盲もかはりはない。「バイザイ！」これだ。／君は僕の言葉を信じて呉れるか。文字のとほりに信じて呉れ。いいか。「ありがたう」》

経堂病院──四月五日に阿佐谷の篠原病院で急性虫垂炎の手術を受け、腹膜炎を併発、血痰が出たため経堂病院に転院した。虫垂炎の手術後、痛み止めのパビナールの注射を受け、それが常習化し退院後パビナール中毒に苦しむ。

「虚構の春」の第十四の書簡に「『道化の華』早速一読甚だおもしろく存じ候。無論及第点をつけ申し候。（中略）ほのかにもあはれなる真実の蛍光を発するを喜びます」という佐藤春夫の吉田潔宛書簡があるが、山内祥史「解題」（『太宰治全集』第一巻、筑摩書房、一九八九年六月。以下、「山内祥史「解題」」とのみ記す）によれば、「吉田潔」は山岸外史で、山岸が入院中の太宰にこの書簡を届け、それに対して太宰が「昭和十年六月三日付山岸外史宛三枚つづきの葉書を出している」とのことである。

書簡番号7

昭和10年（1935年）6月3日〔消印〕

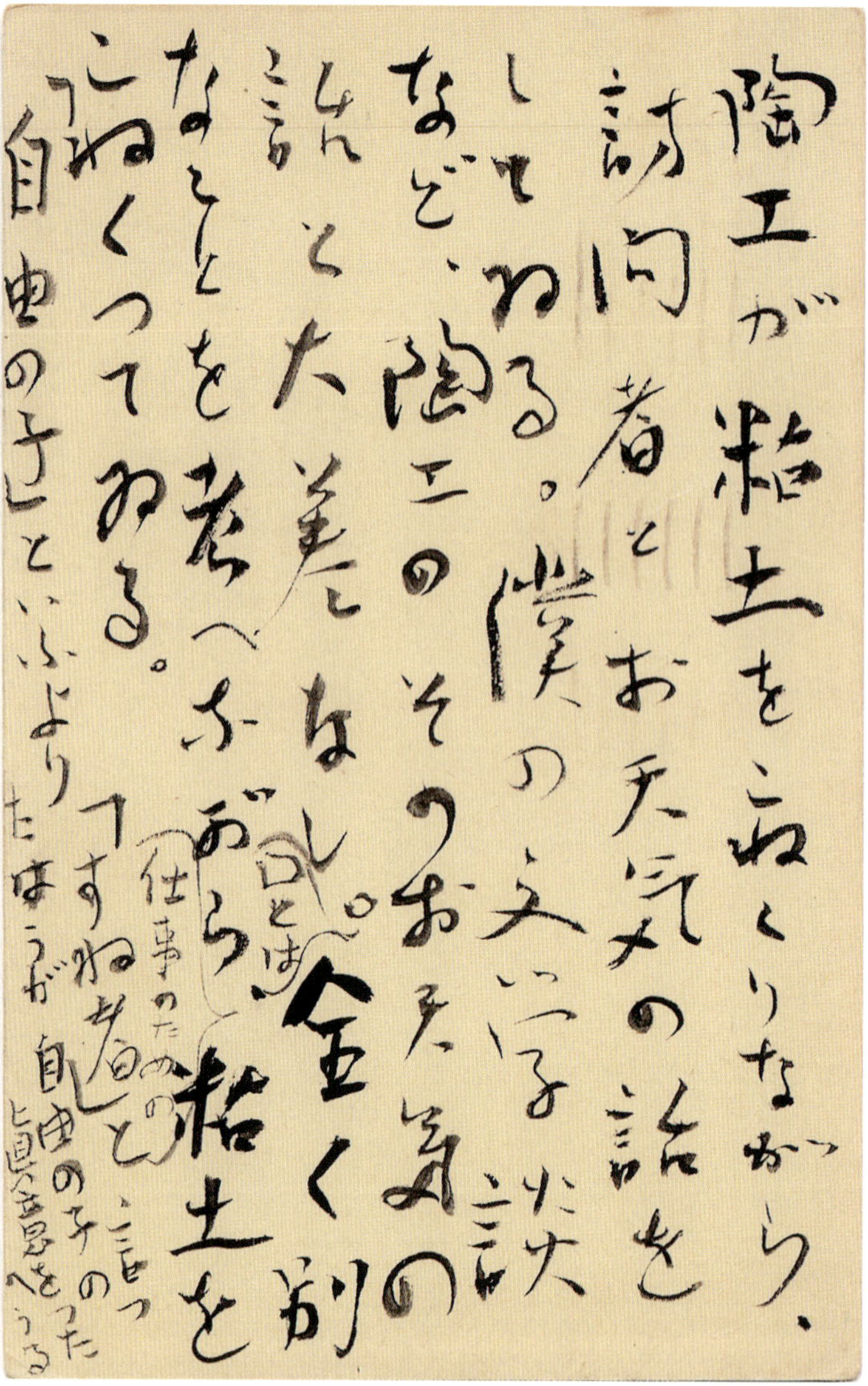

陶工が粘土をこねくりながら、訪問着とお天気の話をしてゐる。僕の文學談など、陶工のそのお天気の話と大差なし。全く別なことを考へながら（口とは、仕事のための）粘土をこねくってゐる。

「自由の子」といふより「すね者」と言ったはうが自由の子の息吹をつたへうる

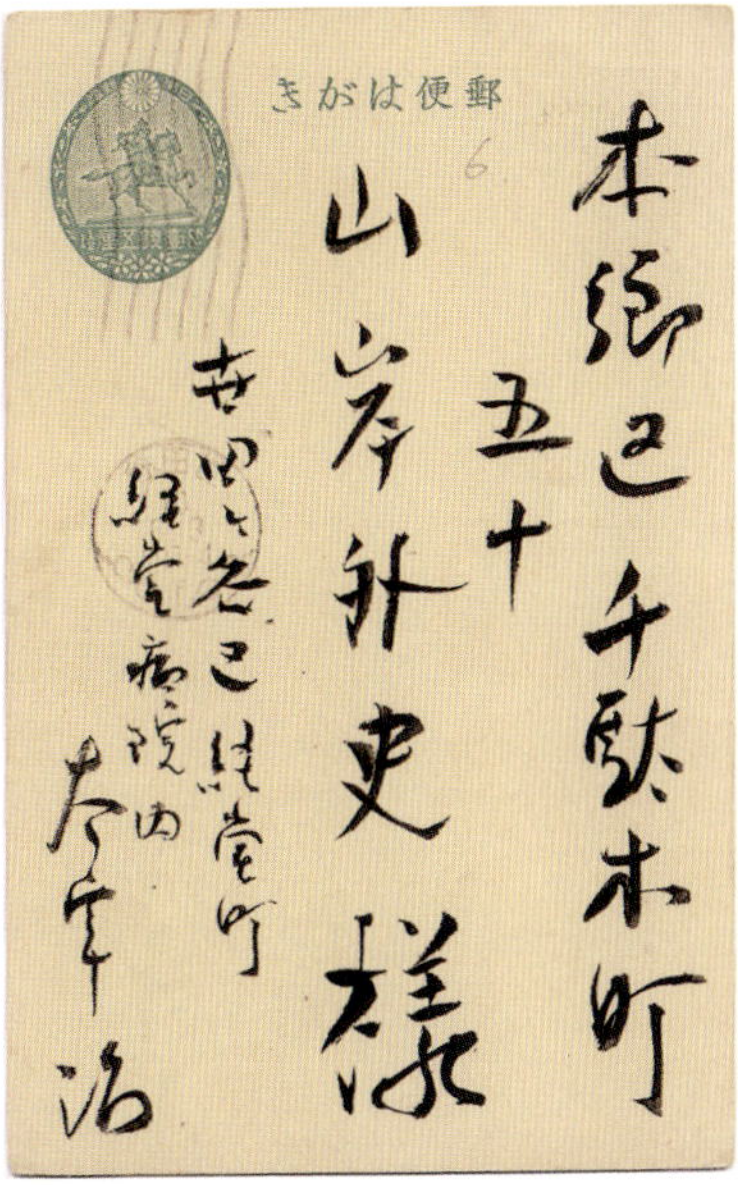

陶工が粘土をこねくりながら、訪問者とお天気の話をしてゐる。僕の文学談など、陶工のそのお天気の話と大差なし。口とは全く別なことを考へながら、仕事のための粘土をこねくつてゐる。
「自由の子」といふより「すね者」と言つたはうが自由の子の真意をつたへうる

本郷区千駄木町五十　山岸外史様
世田ヶ谷区経堂町　経堂病院内　太宰治

【校異】

（改行なし）「自由の子」〔全集〕→（改行）
つたへうる。〔全集〕→つたへうる

【ノート】

三枚つづきのはがきの三枚目。一枚目の所在は不明。

書簡番号 8

昭和10年（1935年）7月、日にち不詳〔消印〕

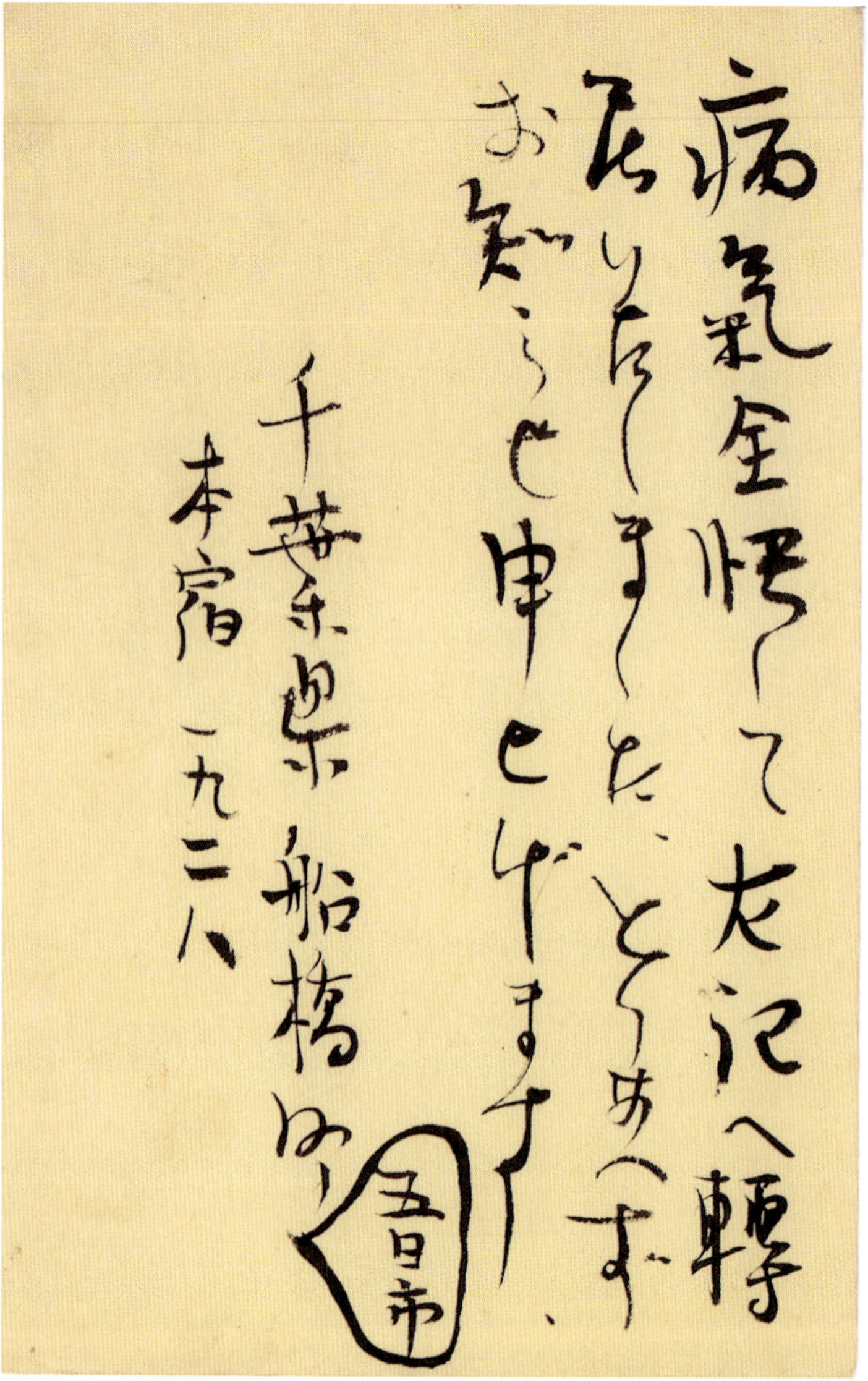
病氣全快して左記へ轉居いたしました、とりあへずお知らせ申しあげます、

千葉縣船橋町

本宿一九二八

五日市

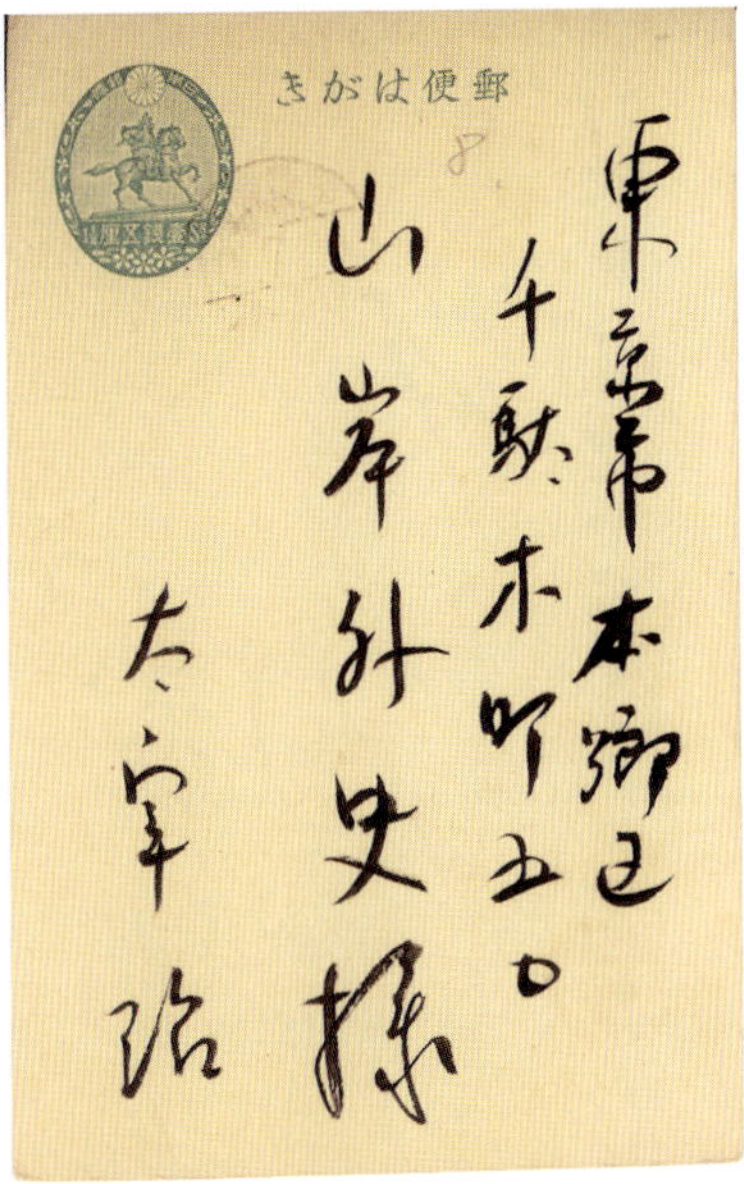

病気全快して左記へ転居いたしました、とりあへずお知らせ申上げます、

千葉県船橋町五日市本宿一九二八

東京市本郷区千駄木町五〇　山岸外史様

太宰治

【校異】

七月一日〔全集〕→7月、日にち不詳

とりあへず、〔全集〕→とりあへず

お知らせ申上げます。〔全集〕→お知らせ申上げます、

【ノート】

左記へ転居――六月三十日に経堂病院を退院し、北芳四郎が手配した船橋の借家に入った。

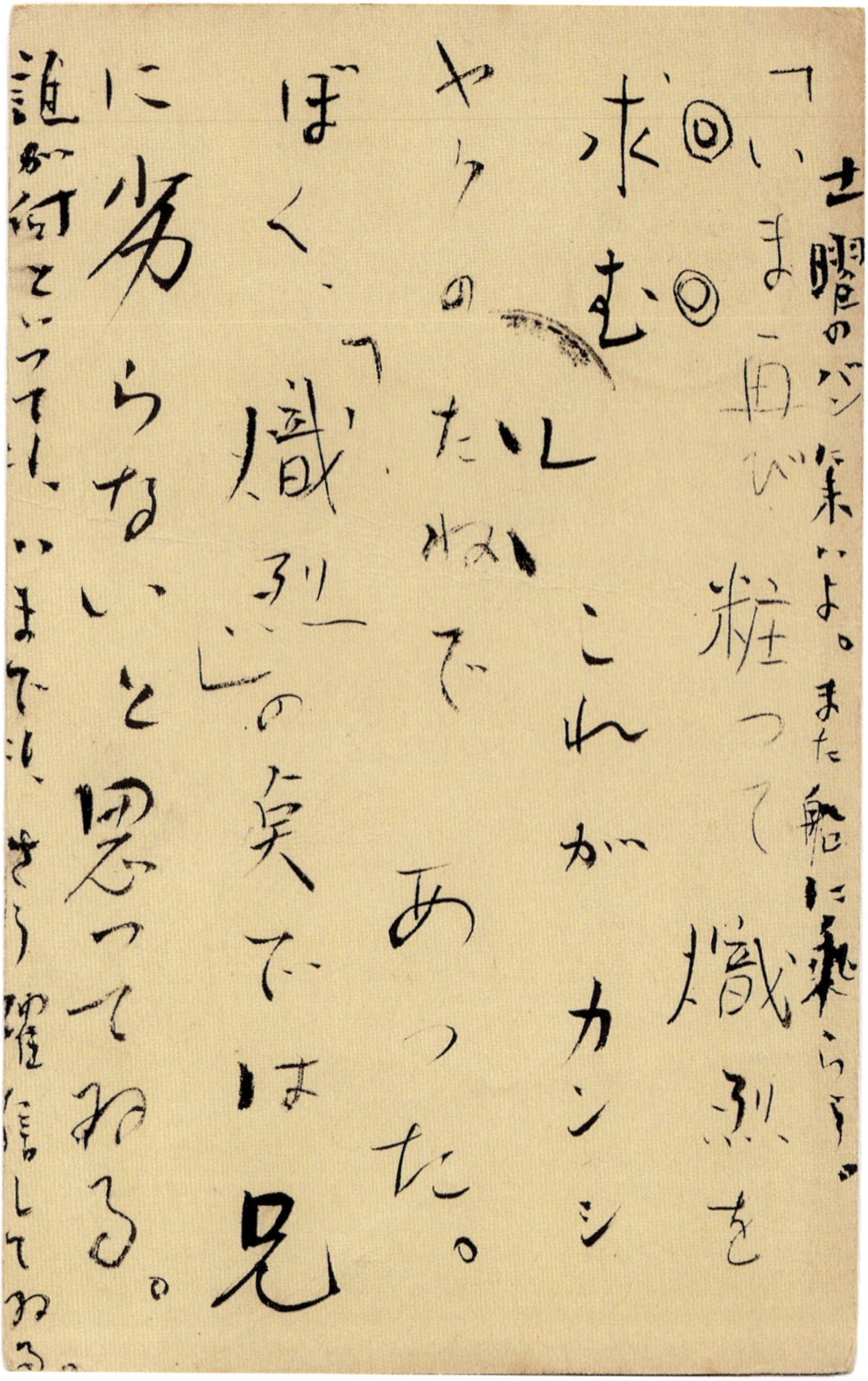
土曜のバン来いよ。また船に乗らう。
「いま再び起って熾烈を
◎◎求む」、これがカンシ
ヤクのたねであった。
ぼく、「熾烈」の点では兄
に劣らない、と思ってゐる。
誰が何といっても、いまでも、さう確信してゐる。

昭和10年（1935年）8月8日〔消印〕

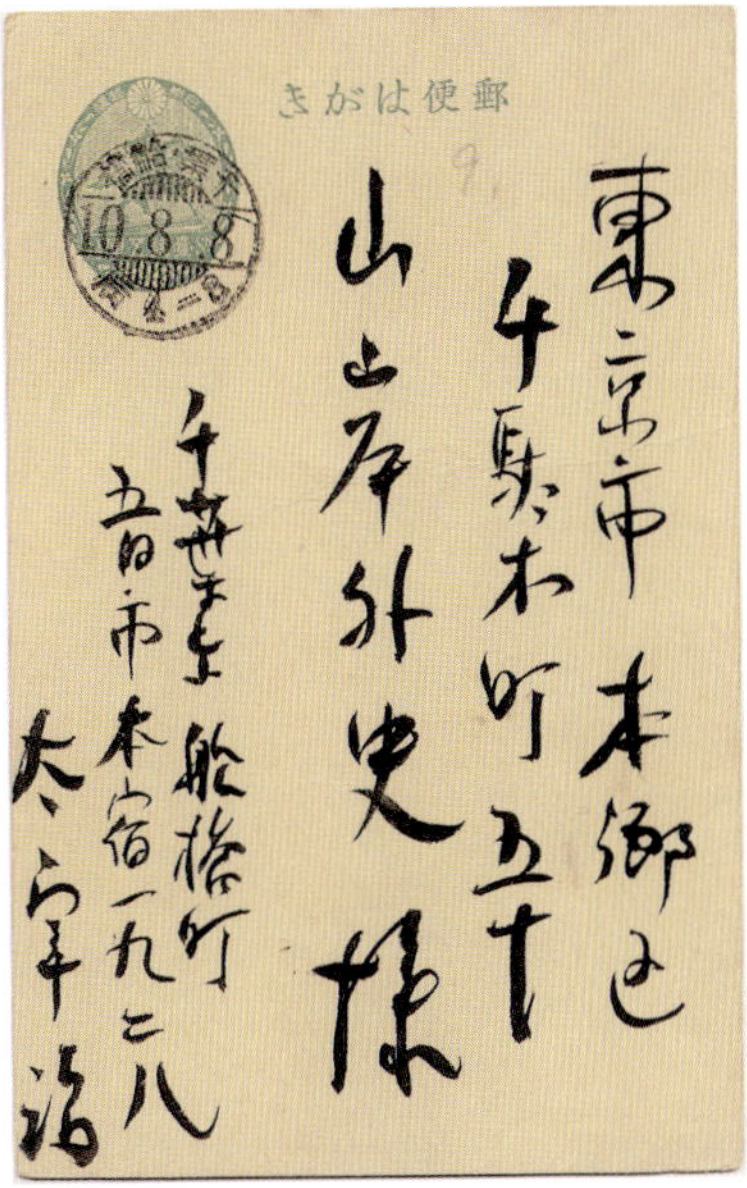

「いま再び粧つて熾烈を求む」これがカンシヤクのたねであつた。ぼく、「熾烈」の点では兄に劣らないと思つてゐる。
誰が何といつても、いまでも、さう確信してゐる。
土曜のバンに来いよ。また船に乗らう。

東京市本郷区千駄木町五十　山岸外史様
千葉県船橋町五日市本宿一九二八　太宰治

【校異】

求む〔全集〕→求む
ぼく〔全集〕→ぼく、

【ノート】

同日付けの以下の文面のはがきがある（所在不明。『太宰治全集』による）。《山岸君／今夕の君の手紙、いままた繰りかへして読み、屈辱、無念やるかたなく転てんした。私は侮辱を受けた。しかもかつてないほどの侮辱を。／けれどもぼくは君の友人だ。かうなると、いよいよこの親友と離れがたい。君も同じ思ひであらうと思ふ。／ソロモンの夢が破れて一匹の蟻。／いまは夜の一時頃だ。／土曜あたりに、また逢つて話したいのだが。／私は、けふよりまた書生にならうと思つてゐる。いままでの僕はたぶんに「作家」であつた。七日午前しるす。八日朝しるす。／おれはしかし、病人でない。絶対に狂つてゐない。八日朝しるす。／三服のスイミン薬と三本の注射でふらふらだ。昨夜一睡もせず。八日朝しるす。》その前日、八月七日付けのはがきもあり、続けて書かれたものと思われる。これに対し山岸外史は『太宰治おぼえがき』で、「考えてみると、太宰はこの頃、パピナールを打っていたわけだが、ぼくの書いた手紙の文章も痛烈なものだったのだと思う。人間主義者のつもりであり、生活派だったぼくではあるが、芸術至上主義的な作家面《づら》をしている太宰が気にくわなかったのだと思う」と書いている。なお、山内祥史「解題」によれば、「虚構の春」の第十三の書簡（太宰の書簡を批判している）は、山岸外史からの来簡が使われており、「この来信に対し、太宰治は、昭和十年八月七日付や八月八日付の山岸外史宛葉書を出したのであろう」としている。

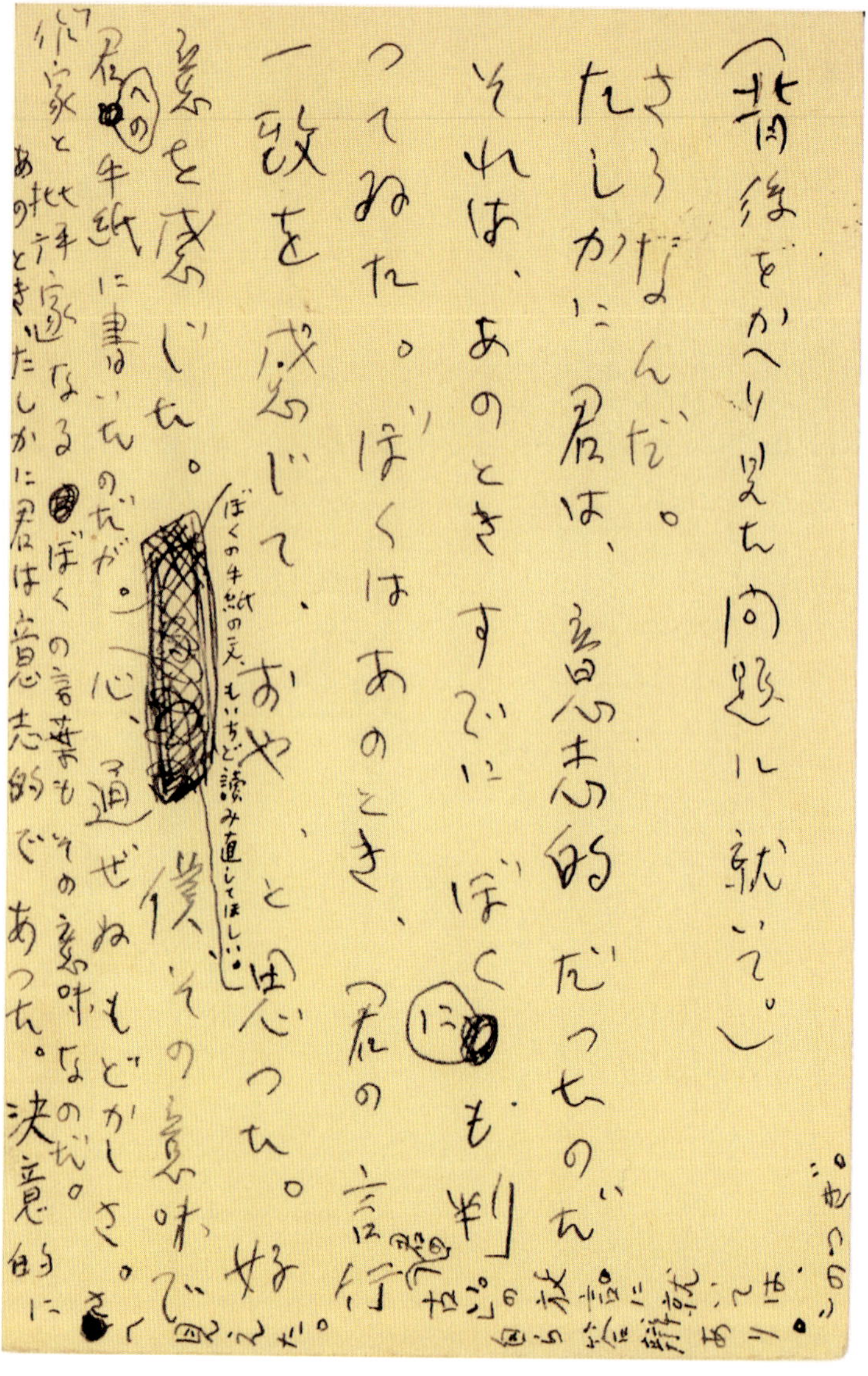
（背後をかへりみた問題に就いて。）
さうなんだ。
たしかに君は、意志的だつたのだ
それは、あのときすでにぼくにも判
つてゐた。ぼくはあのとき、君の言行
一致を感じて、おや、と思つた。好
意を感じた。僕、その意味で
君への手紙に書いたのだが。心、
通ぜぬもどかしさ。
ぼくの手紙の文、もいちど読み直してほしい。
作家と批評家なるぼくの言葉もその意味なのだ。
あのときたしかに君は意志的であつた。決意的に

書簡番号10

昭和10年（1935年）8月27日〔消印〕

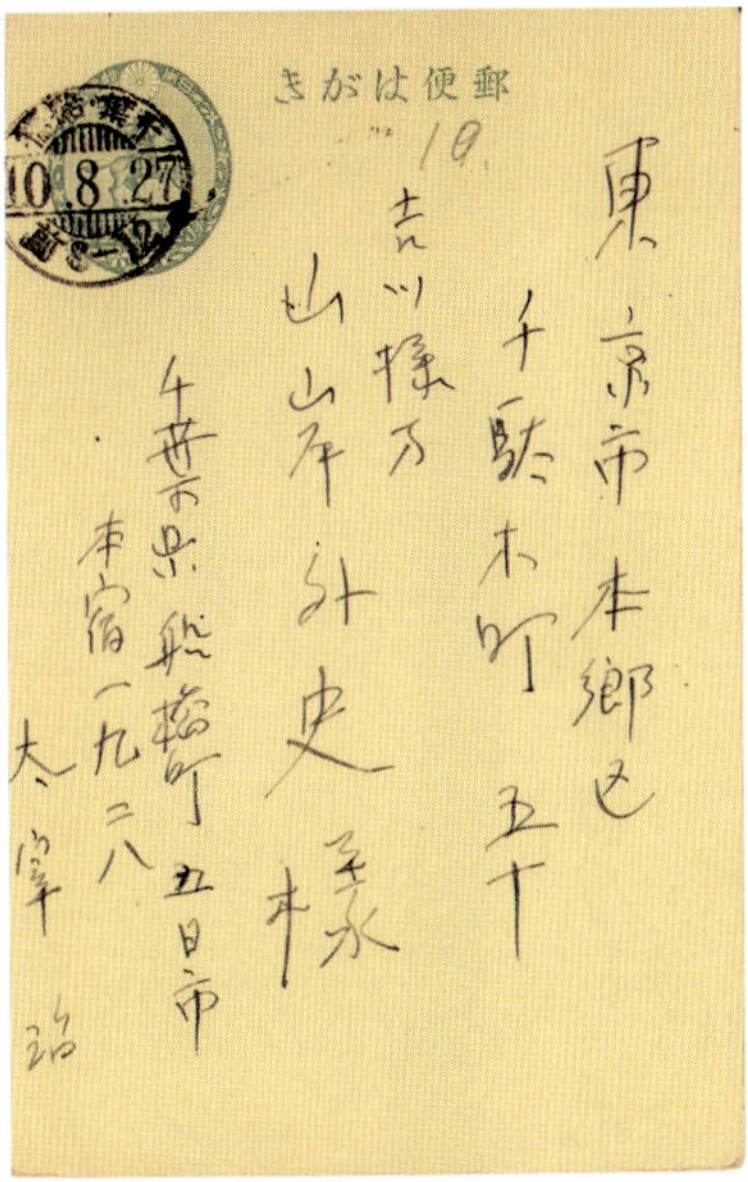

（背後をかへり見た問題に就いて。）

さうなんだ。

たしかに君は、意志的だつたのだ。それは、あのときすでにぼくにも判つてゐた。ぼくはあのとき、君の言行一致を感じて、おや、と思つた。好意を感じた。僕、その意味で君への手紙に書いたのだが。心、通ぜぬもどかしさ。ぼくの手紙の文、もいちど読み直してほしい。「作家と批評家」なるぼくの言葉もその意味なのだ。あのとき、たしかに君は意志的であつた。決意的にさへ見えた。君の「古い。」の放言に就いては、自ら答弁あり。このつぎ。

東京市本郷区千駄木町五十　吉川様方　山岸外史様

千葉県船橋町五日市本宿一九二八　太宰治

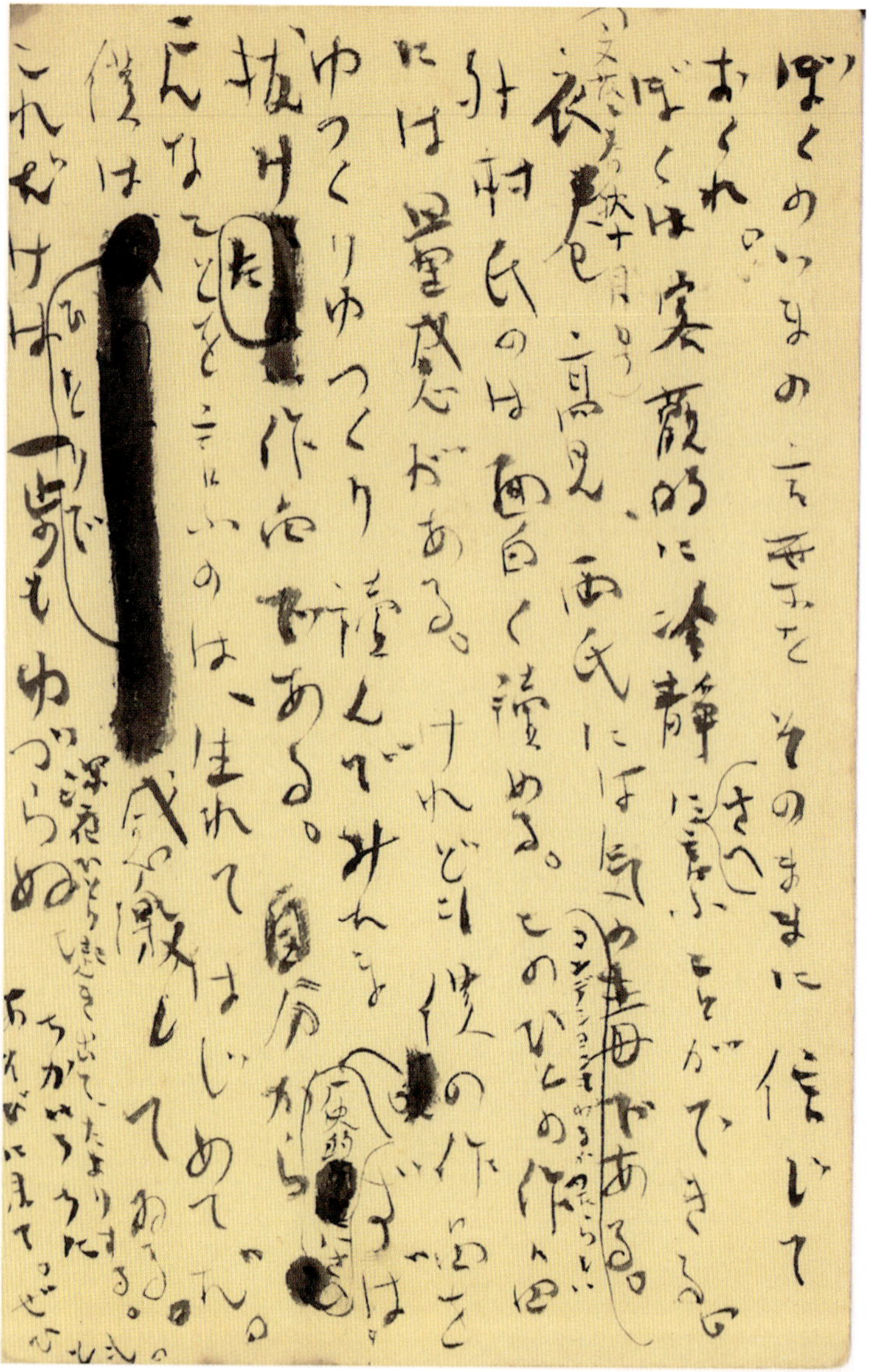
ぼくの いまの 言葉を そのままに 信じて
おくれ。
ぼくは 客観的に 冷静に（さへ）言ふことができる。
（文藝春秋十月号）
衣巻 高見 両氏には 気の毒である。（コンデンシヨンであるかもしれない）
外村氏のは 面白く 読める。このひとの作品
には [illegible] がある。けれども 僕の作品（深さ）は
ゆつくりゆつくり 読んでみれば [illegible]
抜け（た）[redacted] 作品である。自分から [redacted]
こんなことを 言ふのは、生れて はじめてだ。
僕は [redacted] 感激して ゐる。
深夜ひとり 起きて、たよりする。
これだけは（ひとりで）一歩も ゆづらぬ
ちかひうた
[illegible]

書簡番号
11

昭和10年（1935年）9月22日〔消印〕

ぼくのいまの言葉をそのままに信じておくれ。

ぼくは客観的に冷静にさへ言ふことができる。

（文藝春秋十月号）衣巻、高見、両氏には気の毒である。

コンデシヨンもわるかつたらしい　外村氏のは面白く読める。このひとの作品には量感がある。けれども僕の作品をゆつくりゆつくり読んでみたまへ。歴史的にさへずば抜けた作品である。自分からこんなことを言ふのは、生れてはじめてだ。僕はひとりで感激してゐる。これだけは一歩もゆづらぬ。

　深夜ひとり起き出て、たよりする。

ちかいうちにあそびに来て。ぜひとも。

東京市本郷区千駄木町五十　吉川光様方　山岸外史様
千葉県船橋町五日市本宿一九二八　太宰治

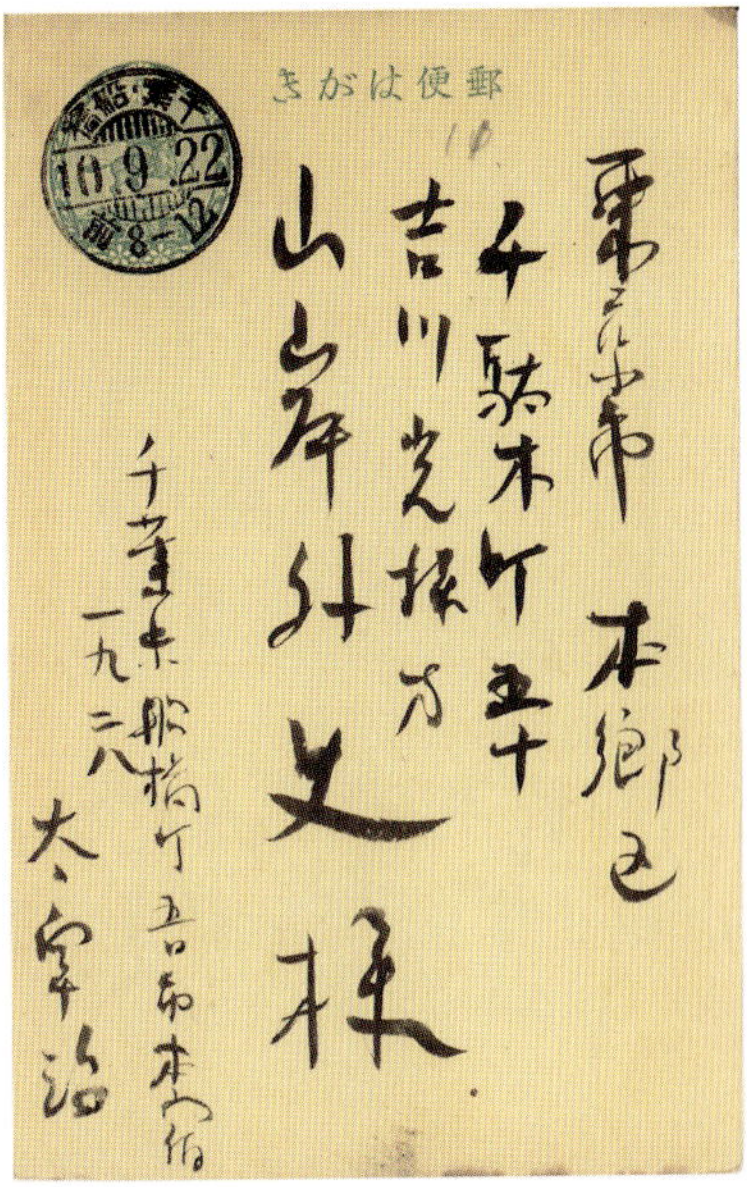

【校異】

（改行）衣巻、〔全集〕→（改行なし）
高見両氏〔全集〕→高見、両氏
コンデシヨンが〔全集〕→コンデシヨンも
わるかつたらしい。〔全集〕→わるかつたらしい
（改行なし）ちかいうちに〔全集〕→（改行）

【ノート】

「ぼくの作品」――「ダス・ゲマイネ」
文藝春秋十月号――第一回芥川賞の候補者である太宰治、衣巻省三、高見順、外村繁が、「文藝春秋」十月号に小説を発表した。同じ内容の葉書を、同日、神戸雄一にも送っている。山岸外史『太宰治おぼえがき』にはこのはがきを引用し、「芥川賞の問題でくよくよして、ぼくと討論した日のあとで改めて、こんな意見をよせてきているのである」とある。なお、「虚構の春」の第四の書簡に「近頃、君は、妙に威張るやうになつたな。恥しいと思へよ。（一行あき。）いまさら他の連中なんかと比較しなさんな」とあり、このはがきへの山岸外史からの返信が使われたと、山内祥史は「解題」で推定している。ただし、「解題」にある「昭和十年九月二十日付」は「二十二日付」の誤り。

書簡番号12

昭和10年（1935年）10月20日〔消印〕

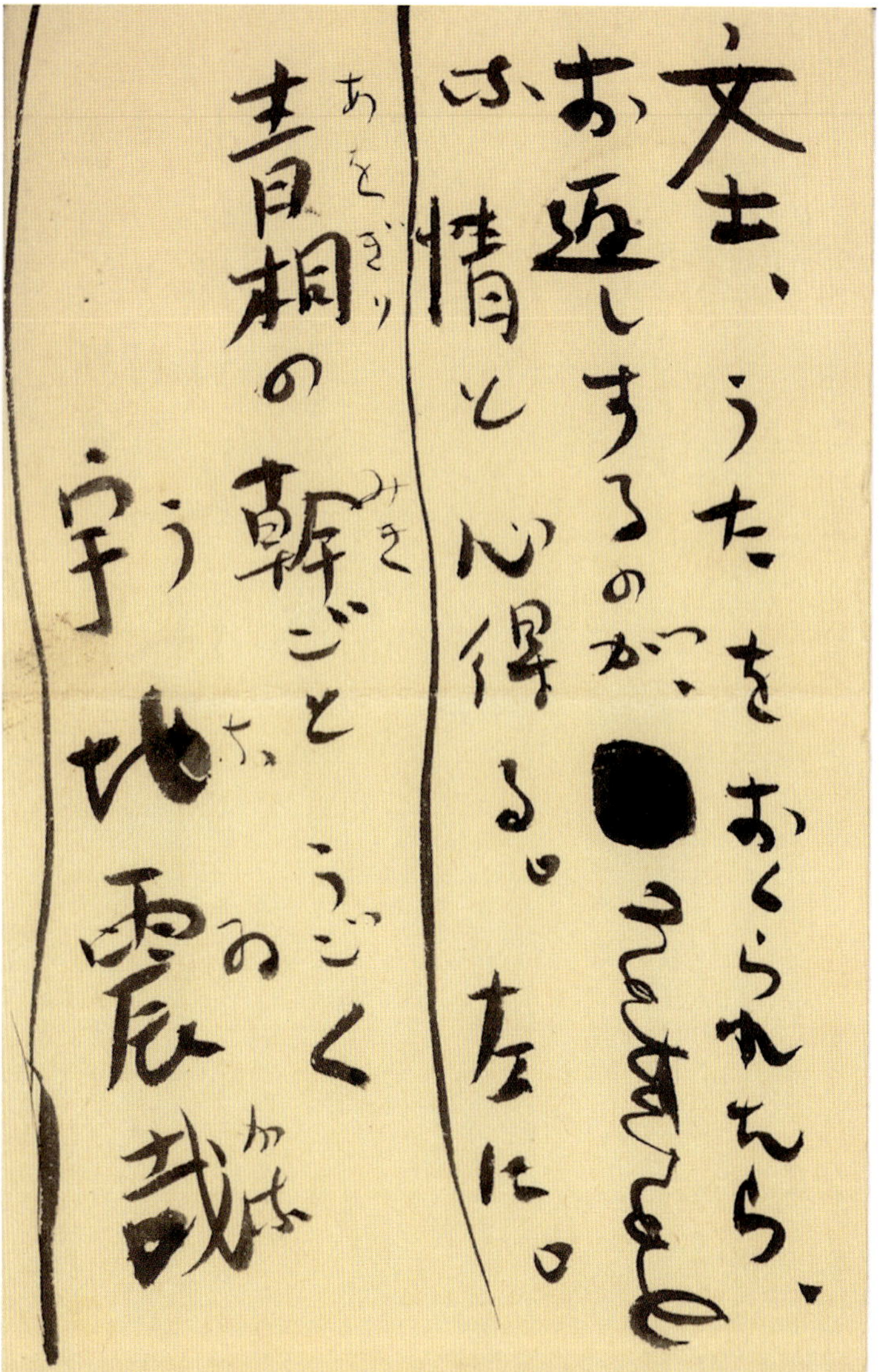
文士、うたをおくられたら、お返しするのがつ、[illegible]
は情と心得る。春に。
青桐《あをぎり》の幹《みき》ごとうごく
宇う地《ち》震《ゐ》哉《かな》

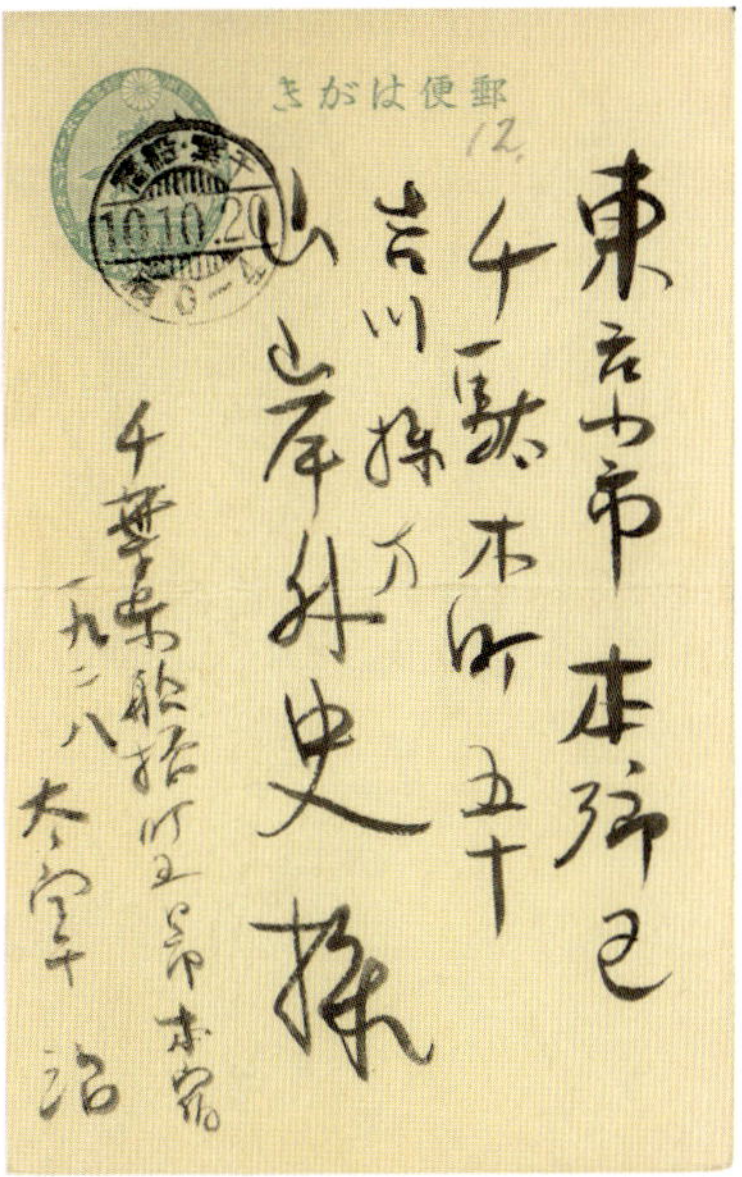

文士、うたをおくられたら、お返しするのが、natural な情と心得る。左に。

青桐《あをぎり》の幹《みき》ごとうごく
宇《う》地震《なゐ》哉《かな》

東京市本郷区千駄木町五十　吉川様方　山岸外史様
千葉県船橋町五日市本宿一九二八　太宰治

【校異】
（縦線二カ所なし）〔全集〕→（縦線二カ所あり）

書簡番号13

昭和10年（1935年）10月24日〔消印〕

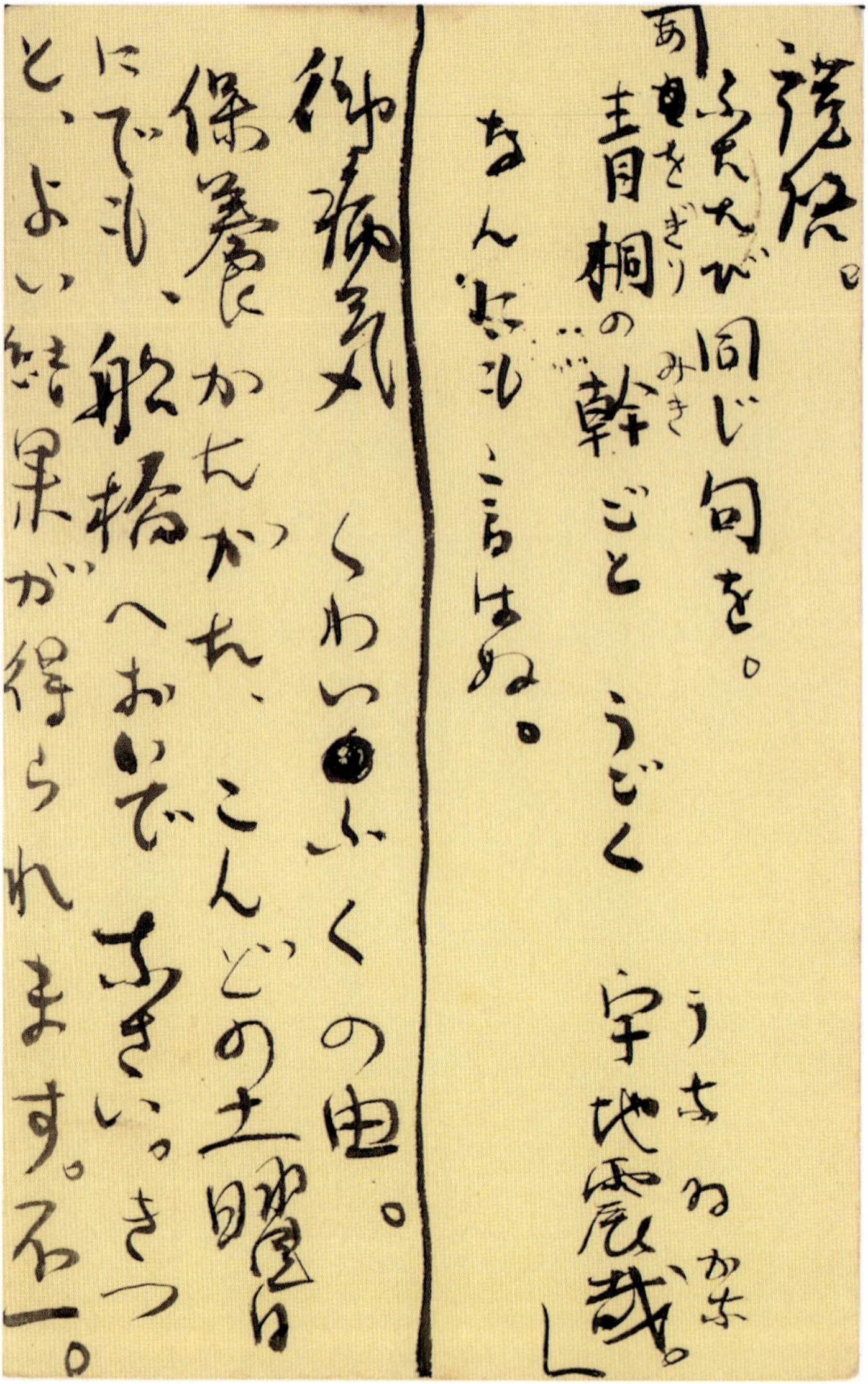
読候。ふたたび同じ句を。
青桐《あをぎり》の幹《みき》ごとうごく宇地震哉《うちなゐかな》
し
なんにも言はぬ。
御病気くわい●ふくの由。
保養かたがた、こんどの土曜日
にでも、船橋へおいでなさい、きつ
と、よい結果が得られます。石一。

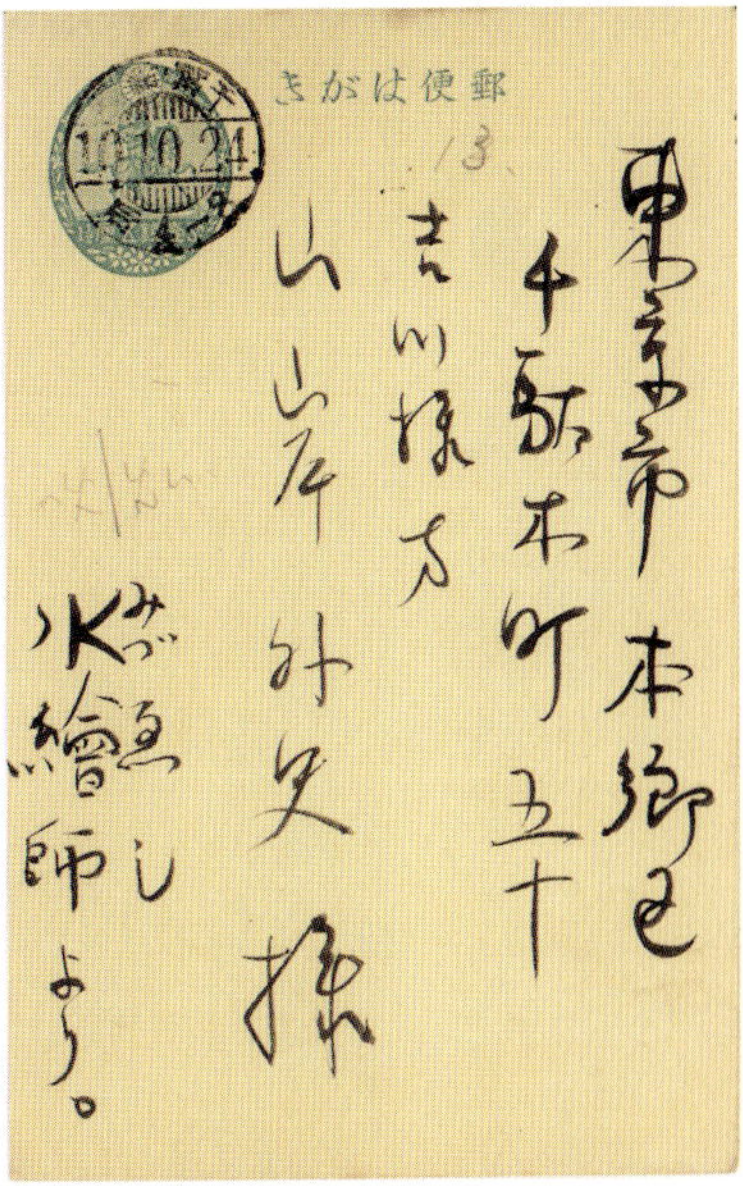

【校異】

謹啓〔全集〕→謹啓。

宇地震哉《うなゐかな》〔全集〕→宇地震哉《うなゐかな》。

謹啓。

ふたたび同じ句を。

「青桐《あをぎり》の幹《みき》ごとうごく宇地震哉《うなゐかな》。」

なんにも言はぬ。

御病気くわいふくの由。

保養かたがた、こんどの土曜日にでも、船橋へおいでなさい。きつと、よい結果が得られます。　不一。

東京市本郷区千駄木町五十　吉川様方　山岸外史様

水絵師《みづゑし》より。

書簡番号14

昭和10年（1935年）10月30日〔消印〕

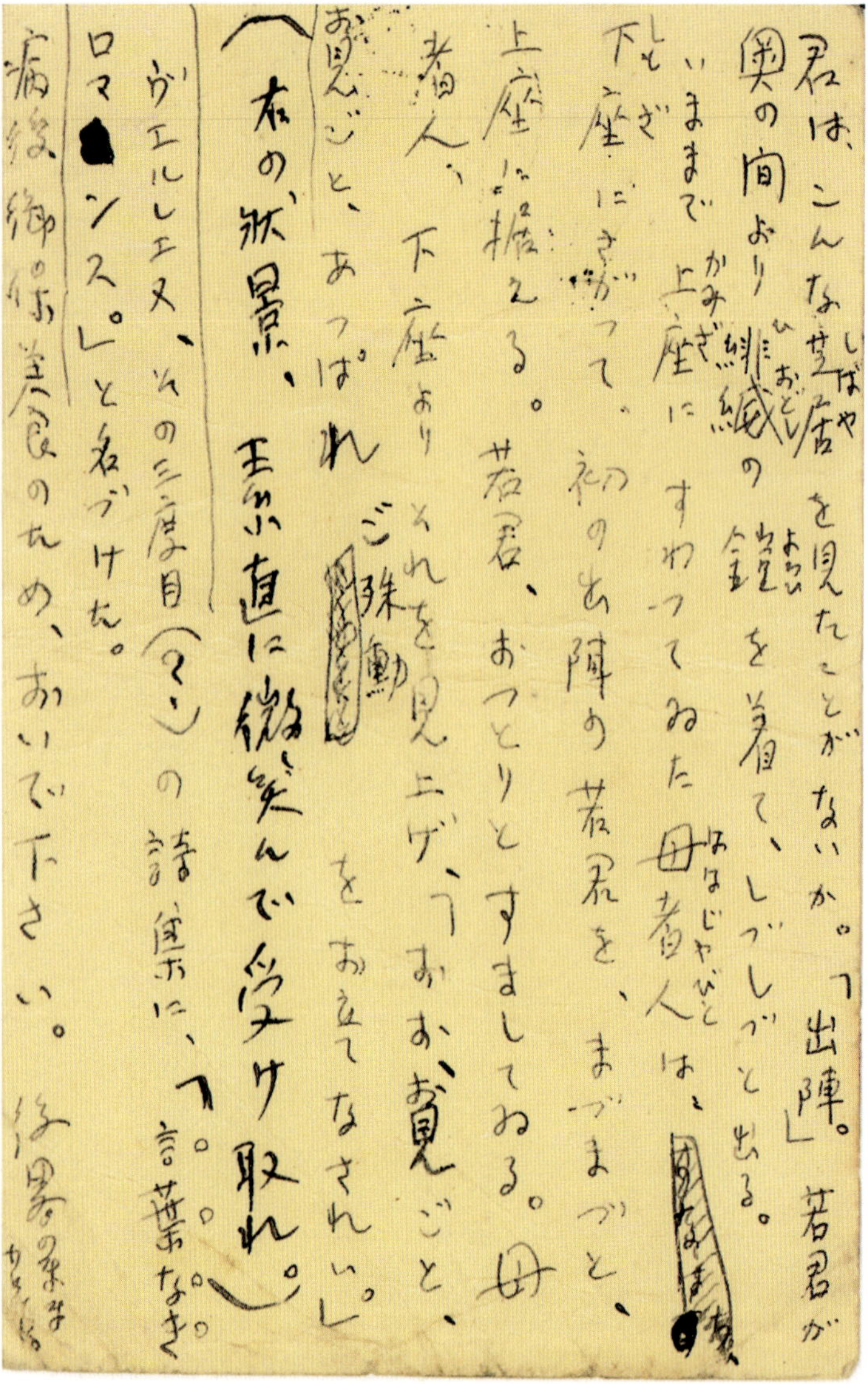
「君は、こんな芝居《しばや》を見たことがないか。「出陣」若君が
奥の間より緋縅《ひおどし》の鎧《よろひ》を着て、しづしづと出る。
いままで上座《かみざ》にすわってゐた母者人《ははじゃびと》は、
下座《しもざ》にさがって、初のお陣の若君を、まづまづと、
上座に据える。若君、おつとりとすましてゐる。母
者人、下座よりそれを見上げ、「おお、お見ごと、
お見ごと、あつぱれ ご殊勲をお立てなされい。」
（右の状景、素直に微笑んで受け取れ。）
ヴエルレエヌ、その三度目（？）の詩集に、「。。。言葉なき
ロマンス。」と名づけた。
病後、御保養のため、おいで下さい。
修 罪の茶のみ
かたき

君は、こんな芝居《しばや》を見たことがないか。「出陣。」若君が奥
の間より緋縅《ひおどし》の鎧《よろひ》を着て、しづしづと出る。
いままで上座《かみざ》にすわつてゐた母者人《ははじやびと》は、下座《しもざ》にさがつて、
初の出陣の若君を、まづまづと、上座に据える。若君、おつ
とりとすましてゐる。母者人、下座よりそれを見上げ、「おお、
お見ごと、お見ごと、あつぱれご殊勲をお立てなされい。」

（右の状景、素直に微笑んで受け取れ。）

ヴエルレエヌ、その三度目（?）の詩集に、「言葉なきロ
マンス。」と名づけた。

病後御保養のため、おいで下さい。後略のまま草々。

東京市本郷区千駄木町五十　吉川様方　山岸外史様
千葉県船橋町五日市本宿一九二八　太宰治

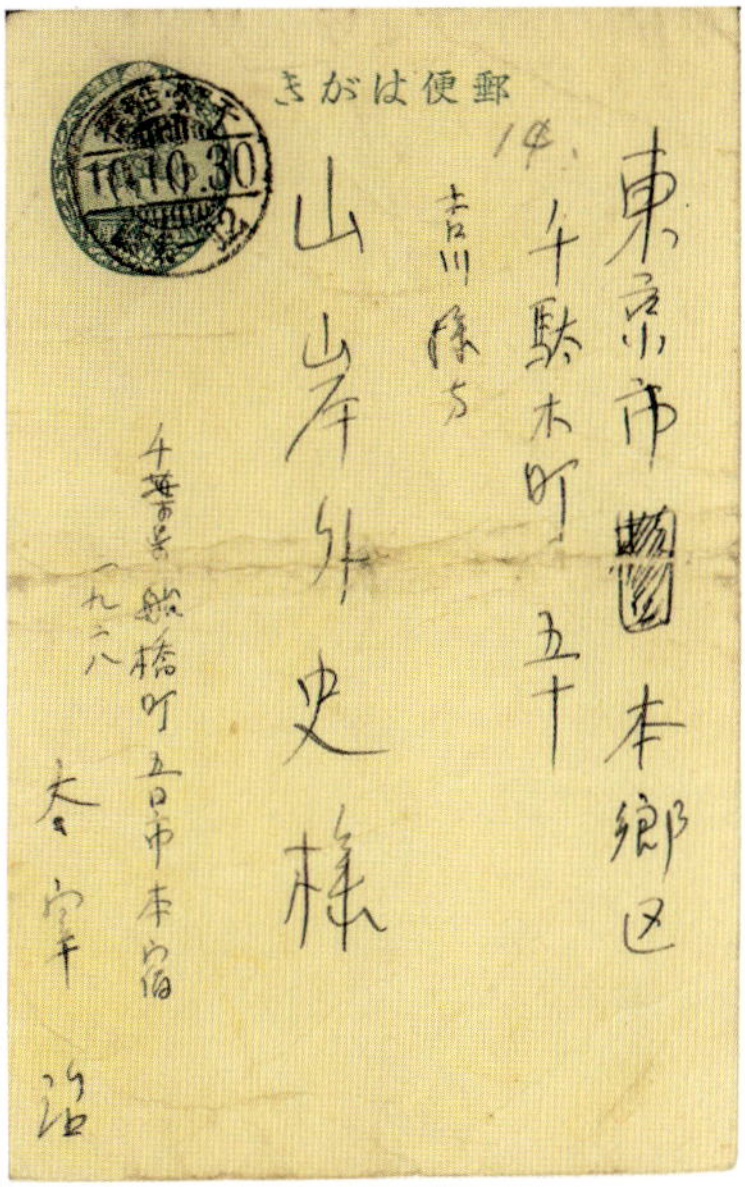

【校異】
芝居《しばゐ》〔全集〕→芝居《しばや》
「出陣」。〔全集〕→「出陣。」
緋縅《ひをどし》〔全集〕→緋縅《ひおどし》
（改行なし）いままで上座《かみざ》→（改行）
据へる。〔全集〕→据える。
（縦線三カ所なし）〔全集〕→（縦線三カ所あり）
後略のまま。〔全集〕→後略のまま草々。

書簡番号15

昭和10年（1935年）11月11日〔消印〕

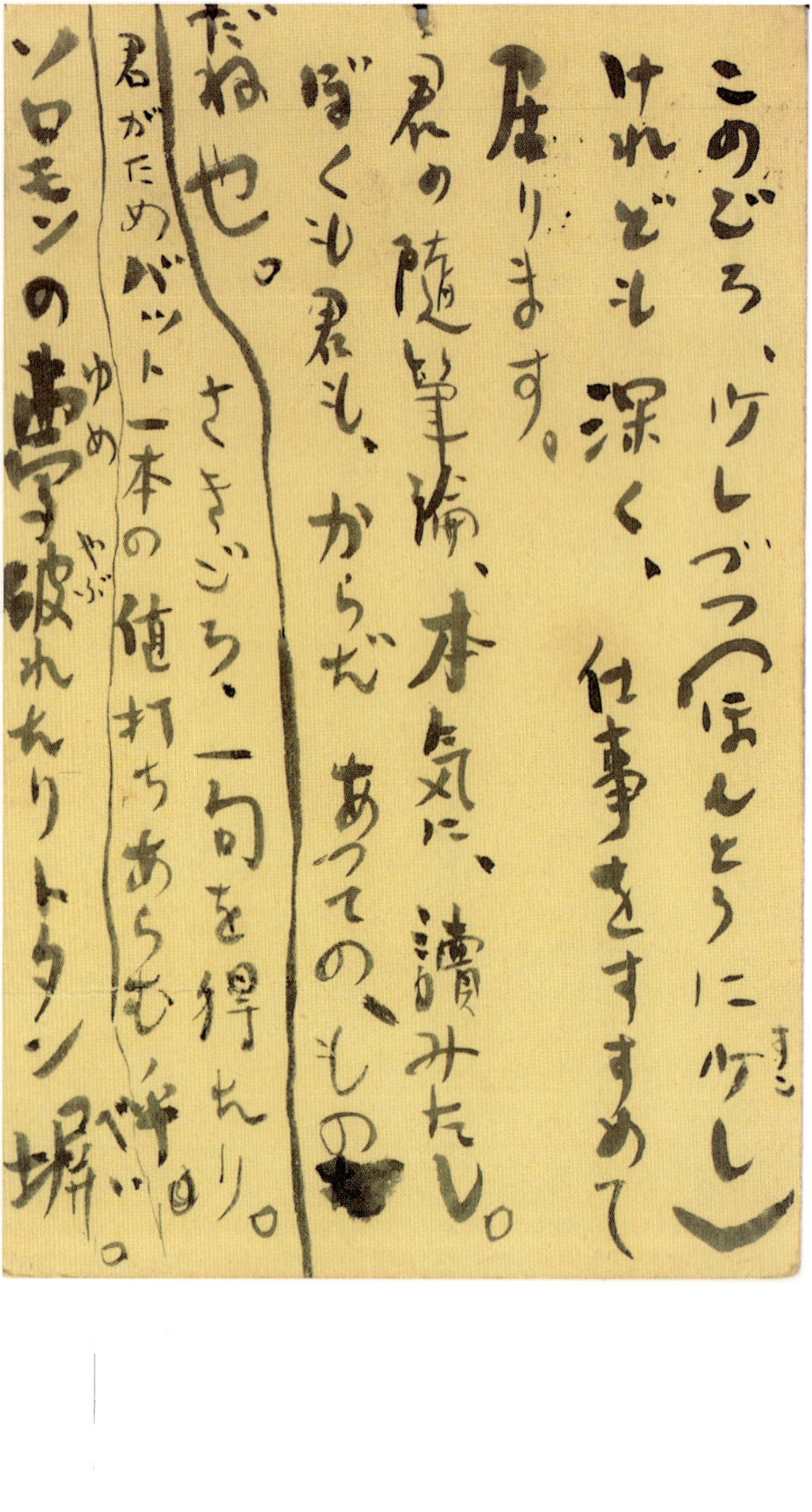
このごろ、少しづつ（ほんとうに少《すこ》し）けれども深く、仕事をすすめて居ります。
「君の随筆論、本気に、読みたし。
ぼくも君も、からだあっての、ものだねせ。
さきごろ、一句を得たり。
君がためバット一本の値打ちあらむ、并《べい》。
ソロモンの夢《ゆめ》破《やぶ》れたりトタン塀。

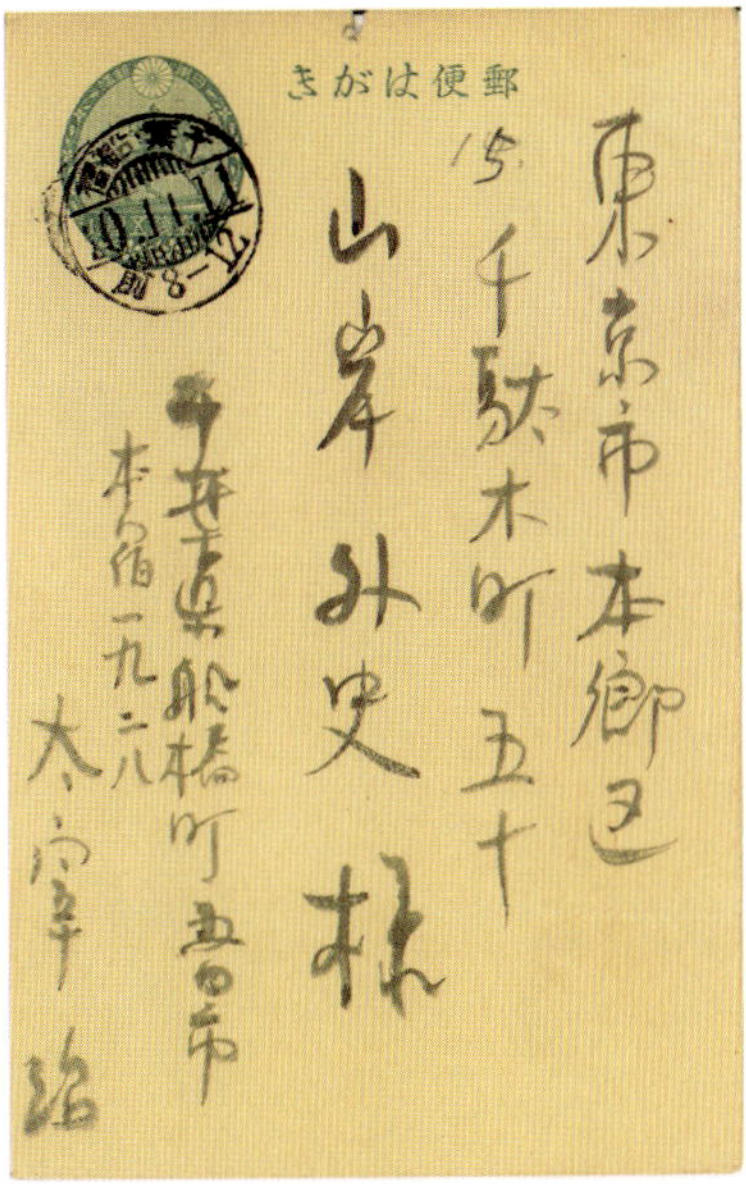

このごろ、少しづつ（ほんとうに少《すこ》し）けれども深く、仕事をすすめて居ります。

君の随筆論、本気に、読みたし。ぼくも君も、からだあっての、ものだね也。

さきごろ、一句を得たり。

君がためバット一本の値打ちあらむ乎。

ソロモンの夢破《ゆめやぶ》れたりトタン塀《べい》。

東京市本郷区千駄木町五十　山岸外史様

千葉県船橋町五日市本宿一九二八　太宰治

【校異】

ほんたうに〔全集〕→ほんとうに

（縦線二カ所なし）〔全集〕→（縦線二カ所あり）

（改行なし）君がため→（改行）

バット〔全集〕→バット

【ノート】

山岸外史は『太宰治おぼえがき』で「たしかに、太宰の「ソロモンの王の夢」はこの頃、次第にやぶれていって、（つまりブルジョア的な生理が次第に変革をおこしていったと解釈してもいいだろうが）ついに、トタン塀の「リアリズム」に接近してきたようにもみえるのである」と書いている。

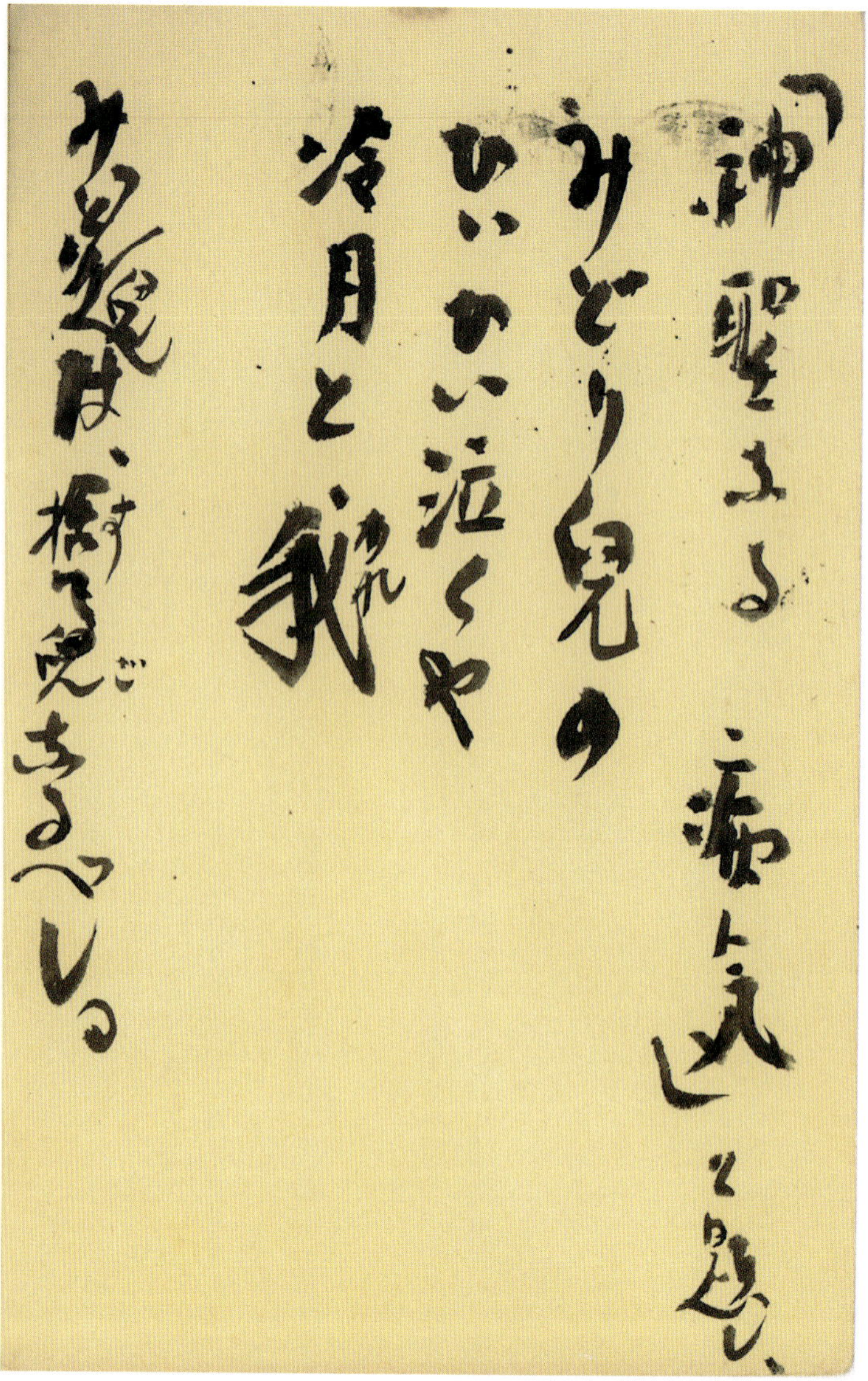
「神聖なる 病気」と題し、
みどり兒の
ひいひい泣くや
冷月と我《われ》
十日選は、捨《す》て兒《ご》なるべし。

書簡番号16

昭和10年（1935年）11月13日〔消印〕

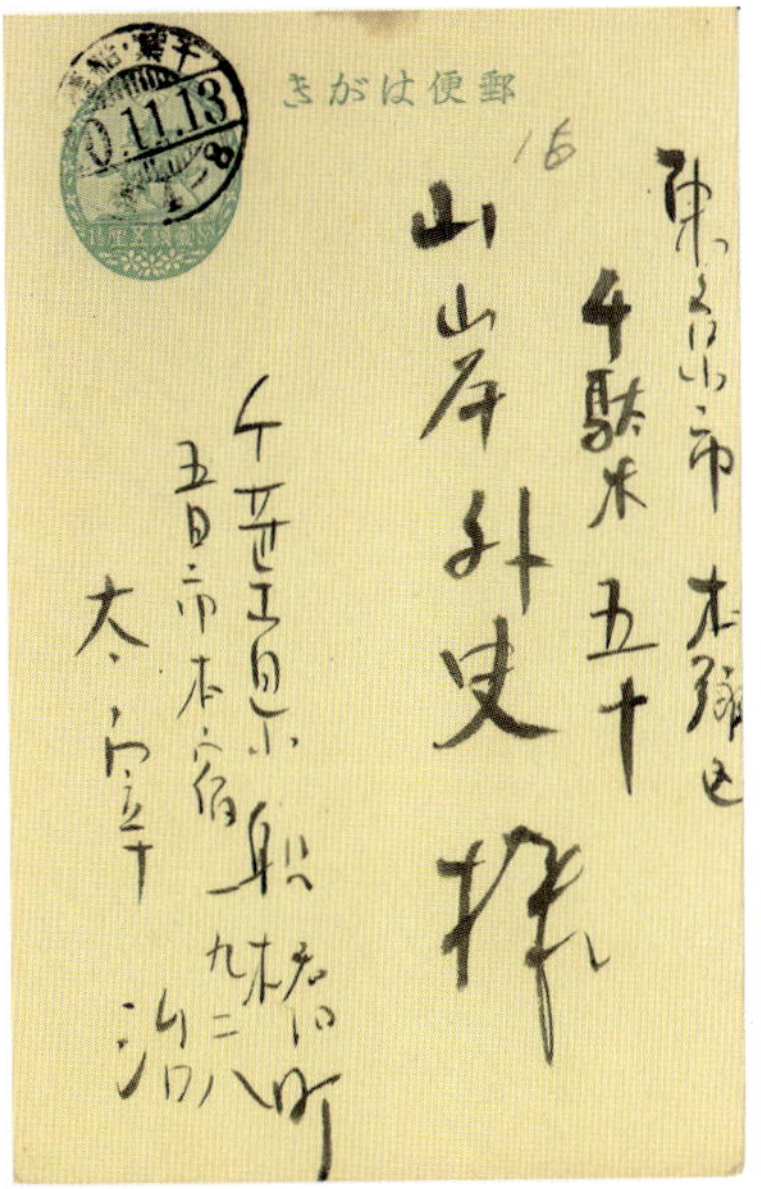

「神聖なる病気」と題し、
みどり児の
ひいひい泣くや
冷月と我《われ》

みどり児は、捨《す》て児《ご》なるべし。

東京市本郷区千駄木五十　山岸外史様
千葉県船橋町五日市本宿一九二八　太宰治

【校異】
みどり児は〔全集〕→みどり児は、

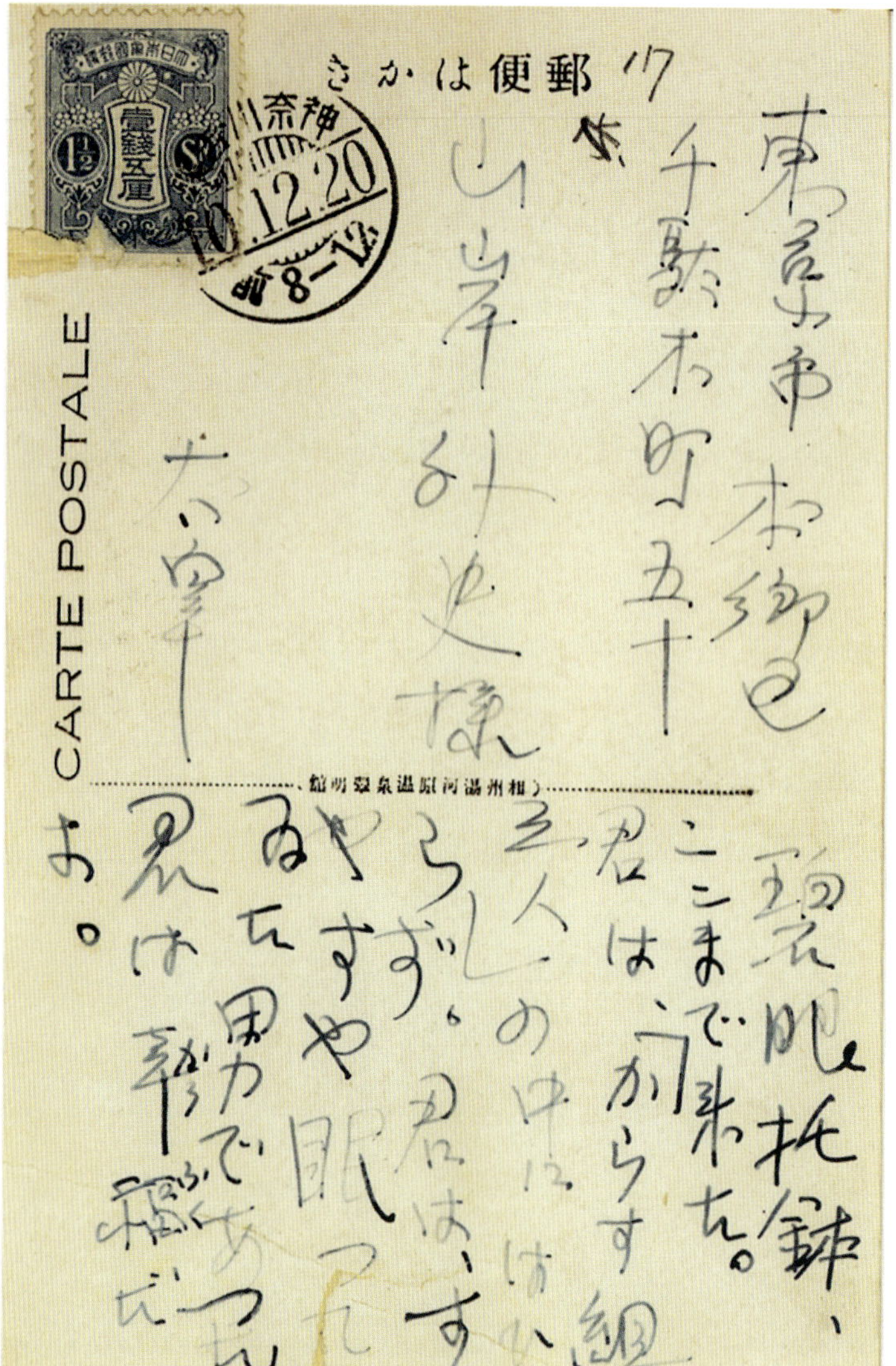

書簡番号17

昭和10年（1935年）12月20日〔消印〕

【校異】
碧眼托鉢。〔全集〕→碧眼托鉢、
（改行）ここまで来た。〔全集〕→（改行なし）

碧眼托鉢、ここまで来た。

君は、「からす組三人」の中にはひらず。君は、すやすや眠つてゐた男であつた。君は幸福《かうふく》だよ。

東京市本郷区千駄木町五十　山岸外史様
太宰

【ノート】

ここまで来た。――絵はがきに「湯河原温泉　翠明館」とある。十二月十九日から二十二日まで、次姉トシの長男津島逸朗と湯河原、箱根に遊ぶ。

「からす組三人」――昭和十年九月二十六日に、山岸外史、檀一雄、小館善四郎と太宰が翠明館に泊まり、そのうちの三人が、夜中に旅館を抜け出して近所の娼家に上がった。その三人をいう。山岸外史『人間太宰治』によれば、太宰は眠っていて旅館に残ったが、今度再び翠明館に泊まったところ、残ったのは山岸だと宿の人に思われていたとのこと。

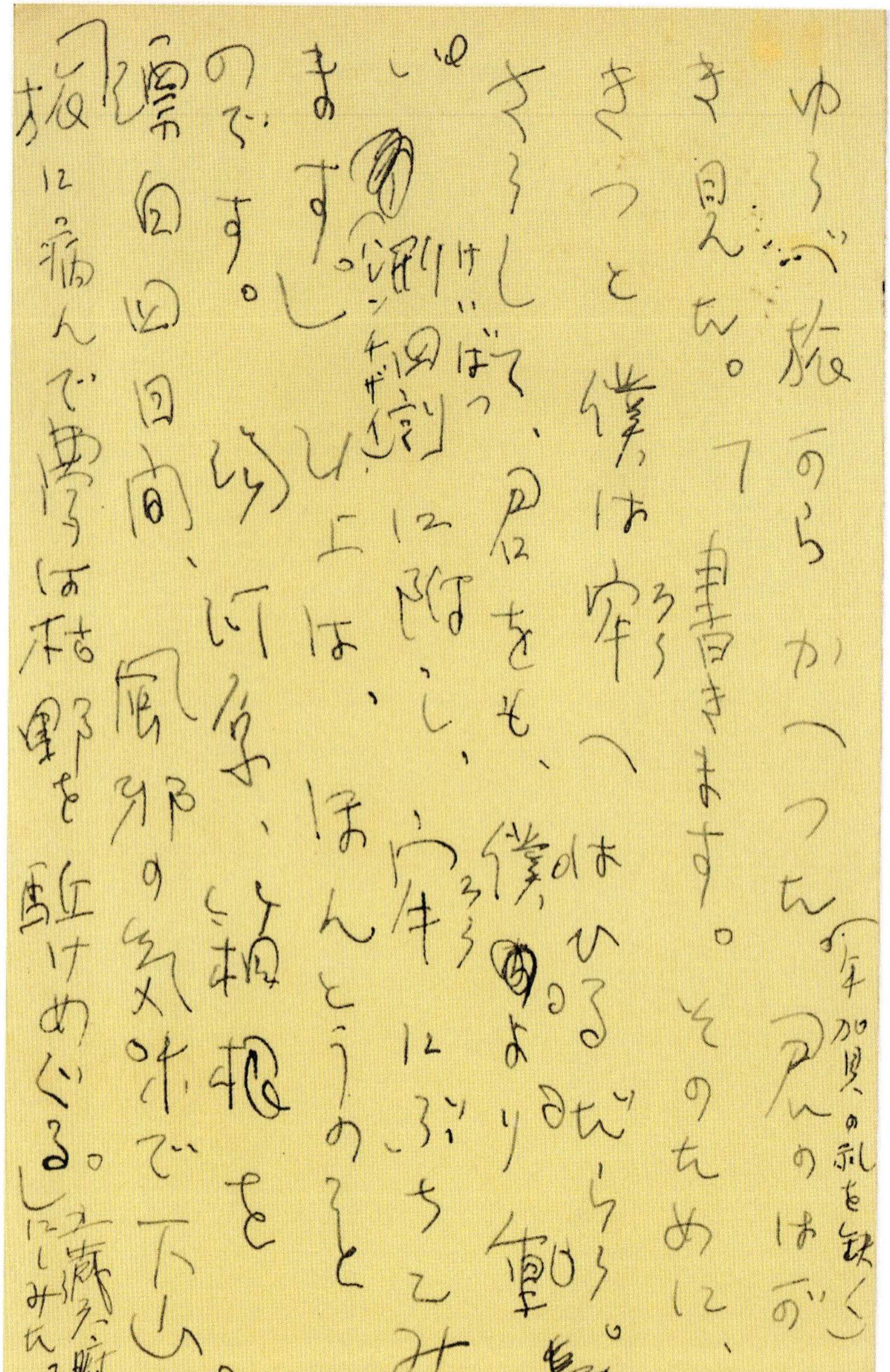

書簡番号18

昭和10年（1935年）12月23日〔消印〕

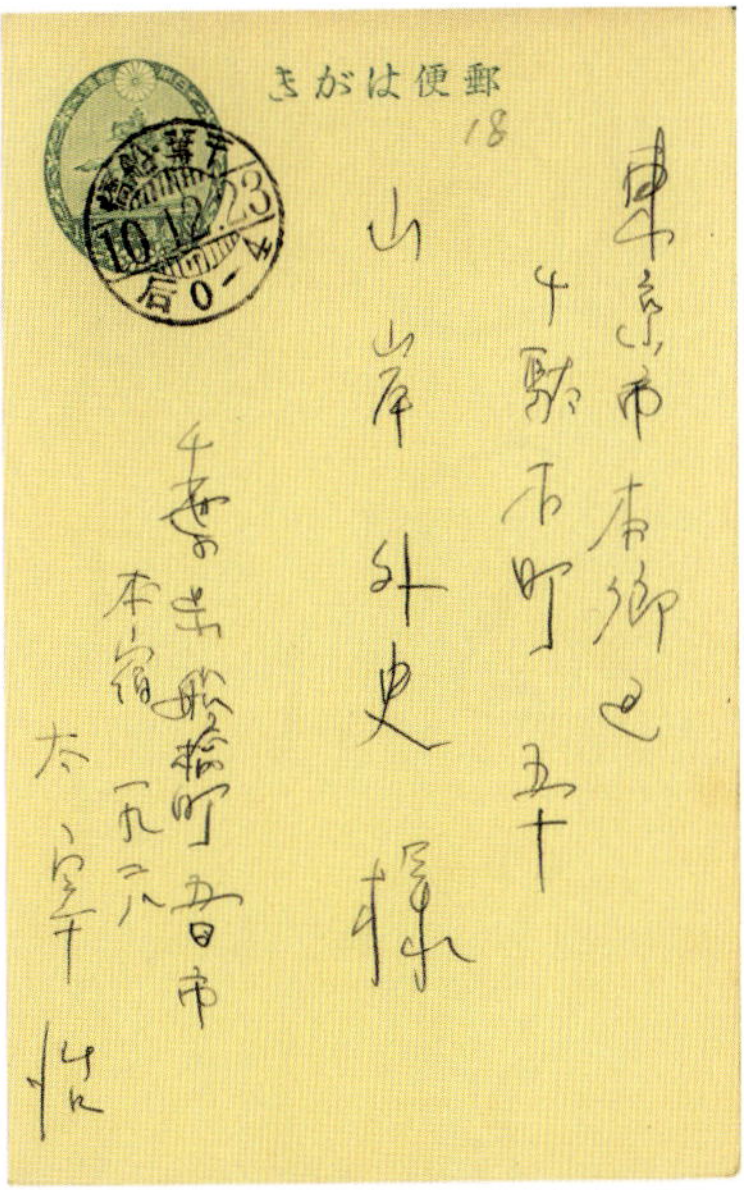

ゆうべ旅からかへつた。君のはがき見た。「書きます。そのために、きつと僕は牢《ろう》へはひるだらう。さうして、君をも、僕より重い刑罰《けいばつ》（ハレンチザイ）に附し、牢《ろう》にぶちこみます。」以上は、ほんとうのことのです。湯河原、箱根を漂白四日間、風邪の気味で下山。「旅に病んで夢は枯野を駈けめぐる。」五臓六腑にしみた。
（年賀の礼を欠く）

東京市本郷区千駄木町五十　山岸外史様
千葉県船橋町五日市本宿一九二八　太宰治

「この来信に対し、太宰治は、昭和十年十二月二十三日付または十二月二十七日付の葉書を、山岸外史宛に投じたと推定される」とある。

【校異】
牢《らう》（二カ所）〔全集〕→牢《ろう》（二カ所）
以上は〔全集〕→以上は、
ほんたうの〔全集〕→ほんとうの
ことなのです。〔全集〕→ことのです。
漂泊〔全集〕→漂白
年賀の礼を欠く。〔全集〕→（年賀の礼を欠く）

【ノート】
「虚構の春」の第二十七の書簡に「めくら草紙だが、晦渋であるけれども、一つの頂点、傑作の相貌を具へてゐた」とあり、山内祥史「解題」によれば、これは山岸外史からの来簡を使ったもので、

書簡番号19

昭和10年（1935年）12月27日〔消印〕

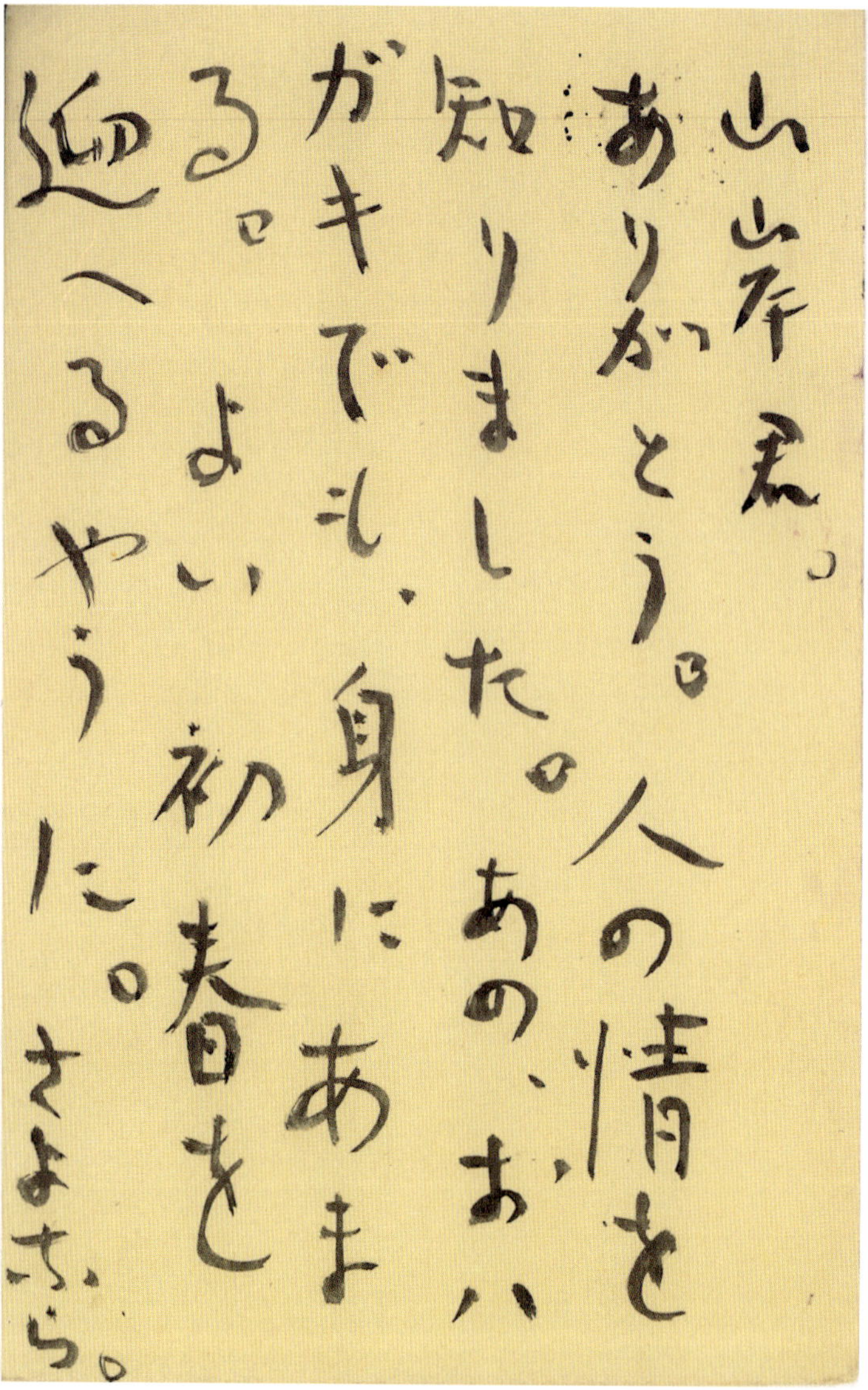

山岸君。

ありがとう。人の情を

知りました。あの、おハ

がキでも、身にあま

る。よい初春を

迎へるやうに。

さよなら。

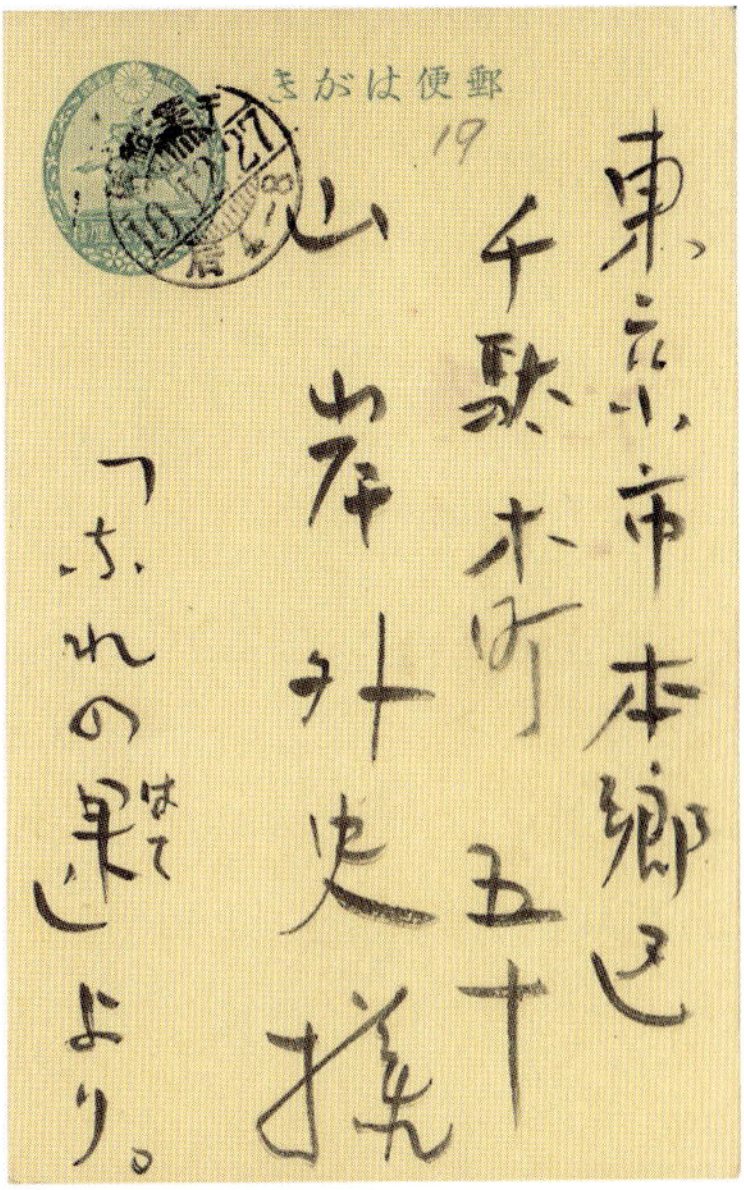

山岸君。
ありがとう。人の情を知りました。あの、おハガキでも、身にあまる。よい初春を迎へるやうに。さよなら。

東京市本郷区千駄木町五十　山岸外史様
「なれの果《はて》」より。

【校異】
山岸君〔全集〕→山岸君。
ありがたう。〔全集〕→ありがとう。
千葉県船橋町五日市本宿一九二八より〔全集〕→「なれの果《はて》」より。

【ノート】
書簡番号18（昭和10年12月23日）の【ノート】参照。

書簡番号20

昭和11年（1936年）2月24日〔消印〕

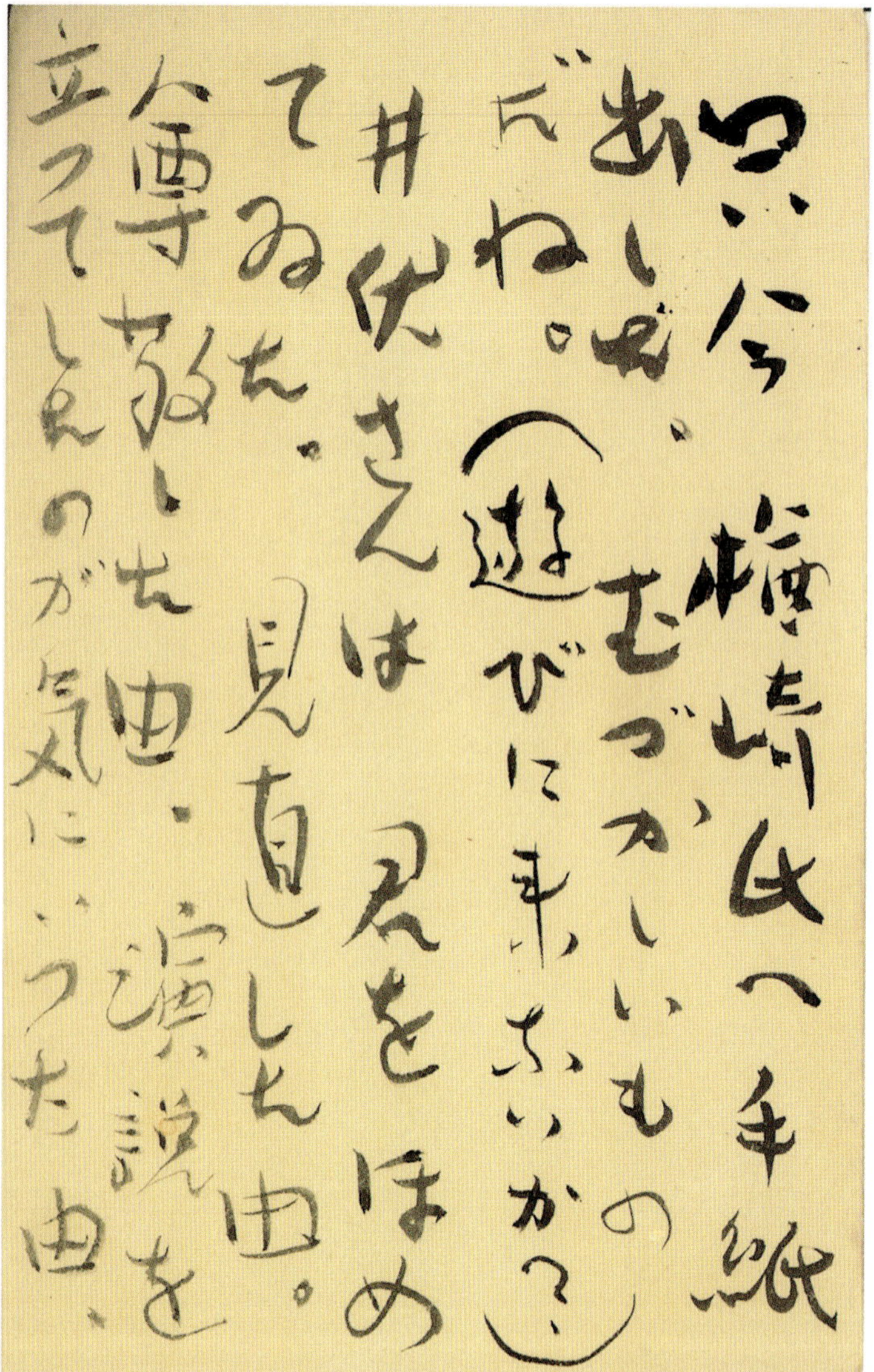
只今 楢崎氏へ手紙
あいぜ、むづかしいもの
だね。(遊びに来ないか?)
井伏さんは 君をほめ
てゐた。 見直した由。
尊敬した由。演説を
立つてしまふのが気にいつた由。

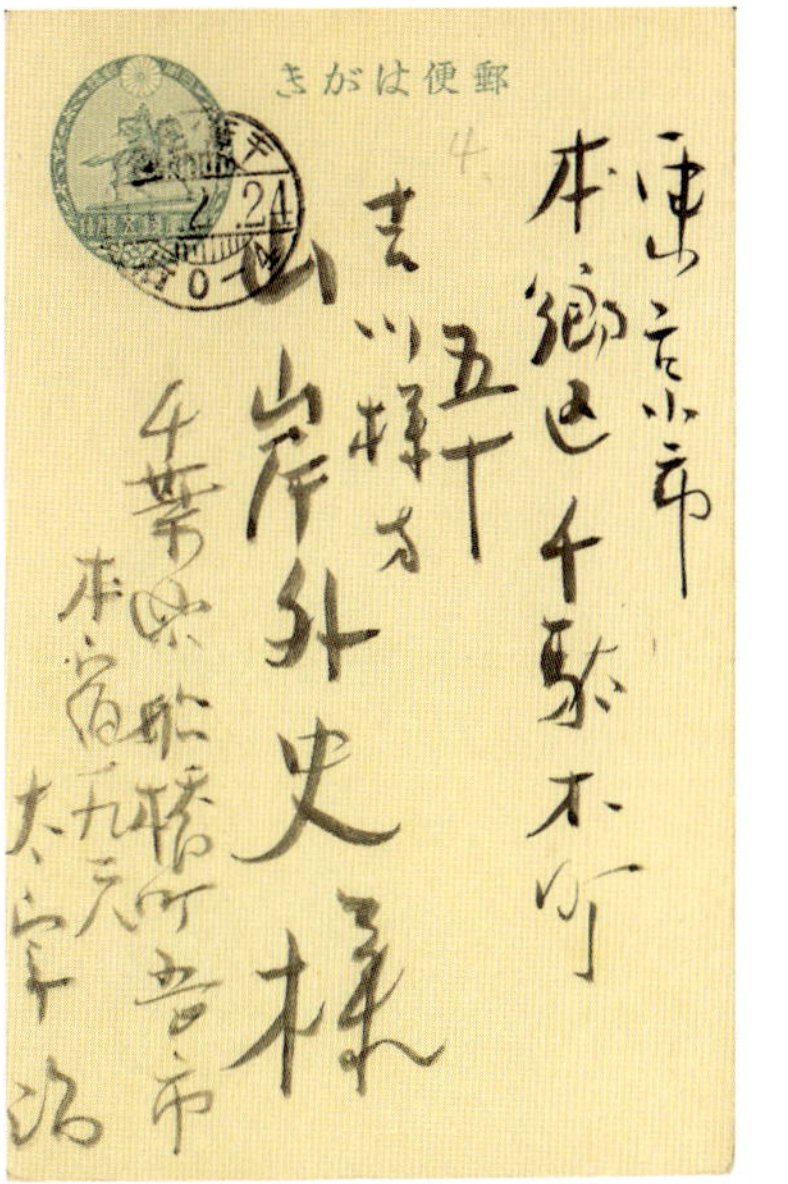

只今楢崎氏へ手紙出した。むづかしいものだね。（遊びに来ないか？）
井伏さんは君をほめてゐた。見直した由。尊敬した由。演説を立つてしたのが気にいつた由。

東京市本郷区千駄木町五十　吉川様方　山岸外史様
千葉県船橋町五日市本宿一九二八　太宰治

【校異】
（改行なし）井伏さんは〔全集〕→（改行）

【ノート】
楢崎氏へ手紙出した。——「新潮」の編集者・楢崎勤宛二月二十四日付け書簡（『太宰治全集』による）。《謹啓／過日は、無理な、おねがひをいたし、失礼申しました。幸ひ、先輩友人の、お力に依り、退院することができましたゆゑ、他事ながら、御安心下さい。／友人の山岸外史が、御誌へ評論を寄せたき旨、申して居りましたが、その節は、必ず、よろしく、お取りはからひ下さいますやう、私からもお願ひ申しあげます。／山岸のその評論は十回ほど書き直したる力篇と聞いて居り、友人一同、期待して居ります。／山岸も今年は大いにやると決意して居るやうでございますゆゑ、何卒御助力ください。／寒さ、なかなか、やはらがず、病後の骨身に、こたへます。／大兄も、おからだを御大切に。／治拝／楢崎勤様／二月二十四日》

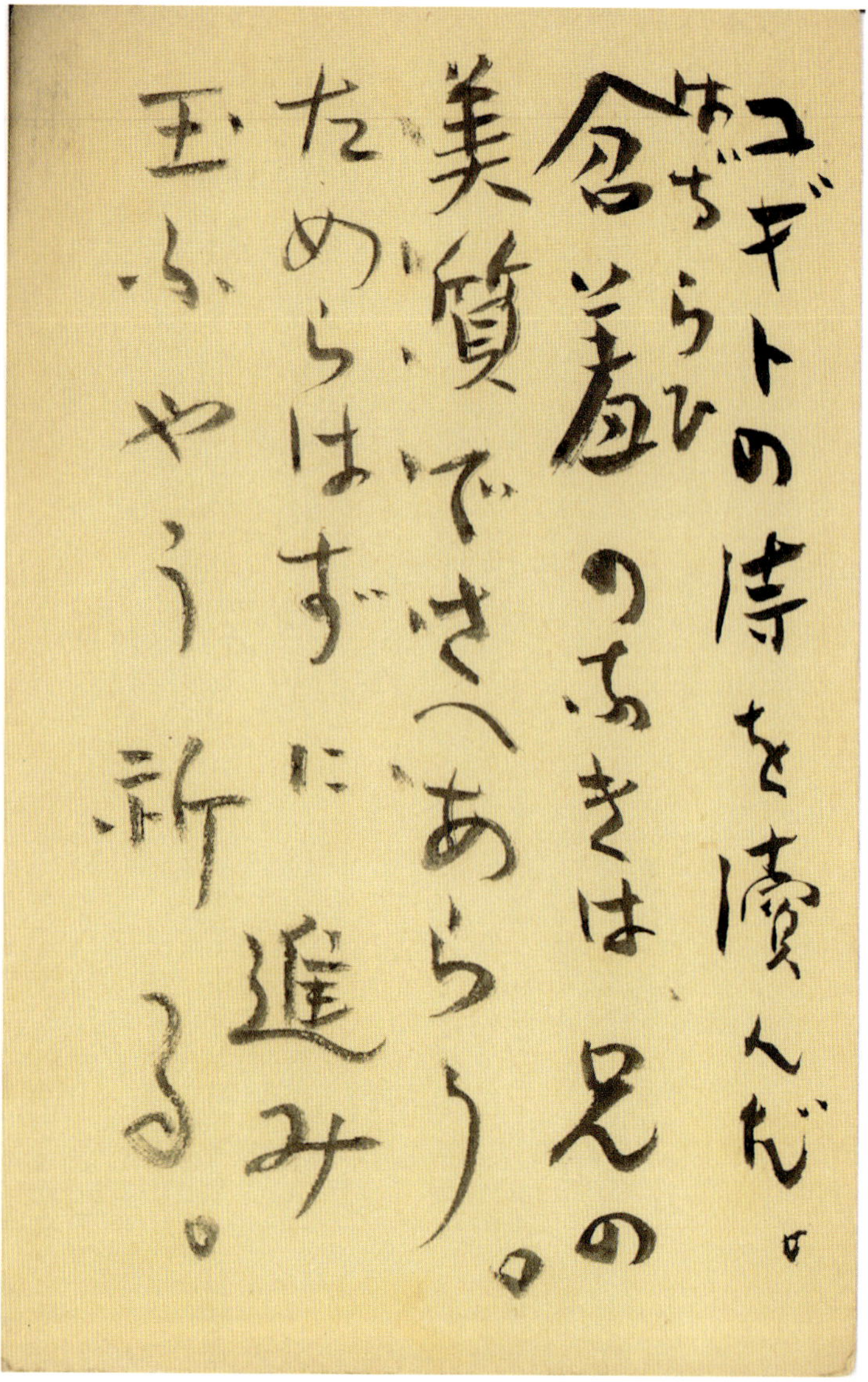
コギトの詩を讀んだ。
含羞《はぢらひ》のふきは君の
美質でさへあらう。
ためらはずに進み
玉ふやう祈る。

書簡番号21

昭和11年（1936年）3月1日〔消印〕

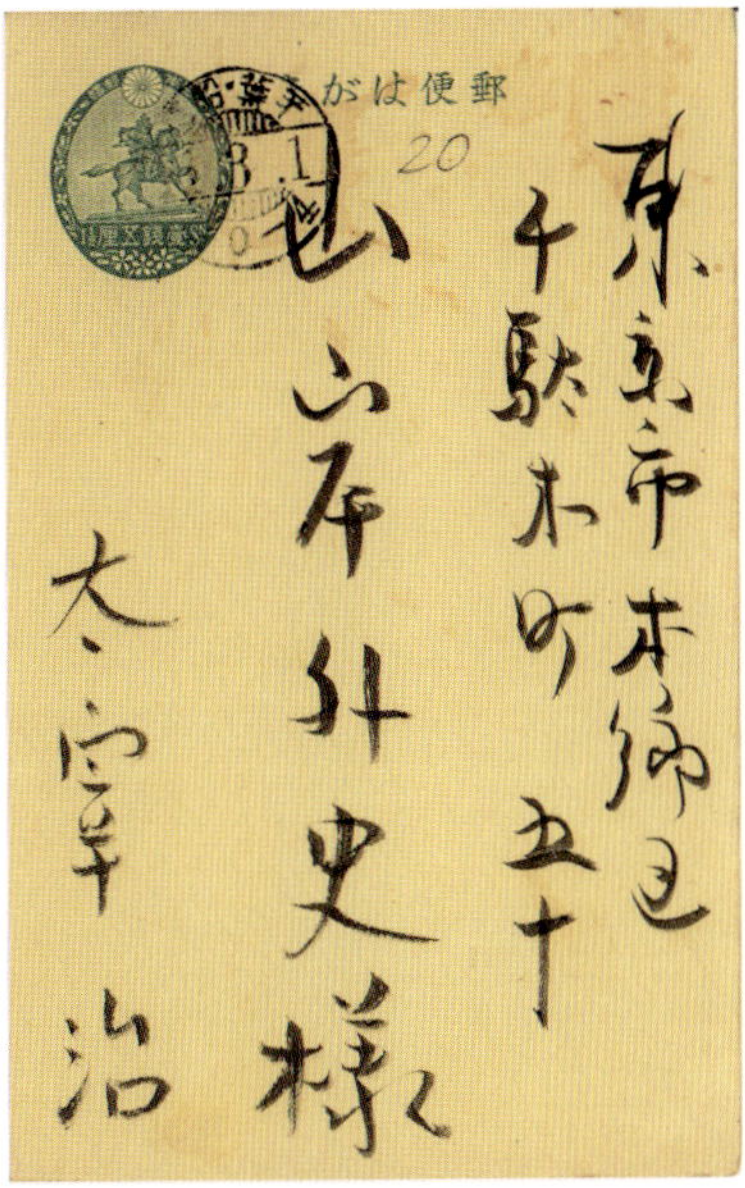

コギトの詩を読んだ。含羞《はぢらひ》のなきは、兄の美質でさへあらう。ためらはずに進み玉ふやう祈る。

東京市本郷区千駄木町五十　山岸外史様

太宰治

【ノート】

コギトの詩――山岸外史「満月歌」（「コギト」昭和十一年三月）。

書簡番号22

昭和11年（1936年）3月10日〔消印〕

きみに三度《さんど》、無言の御返事をさしあげた。三種三様の無言なのだ。それは、君の知つて居るとほりである。君の三枚の葉書が、どれほどの手《て》応《ごた》へがあつたか、それも、君の推察どほりだ。おそらく、ちがつてはゐないだらう。堀《ほり》に石を投じて、堀の深さをはかる。きみは、堀の深さをはかり当てた。遊びに来てお呉れ。

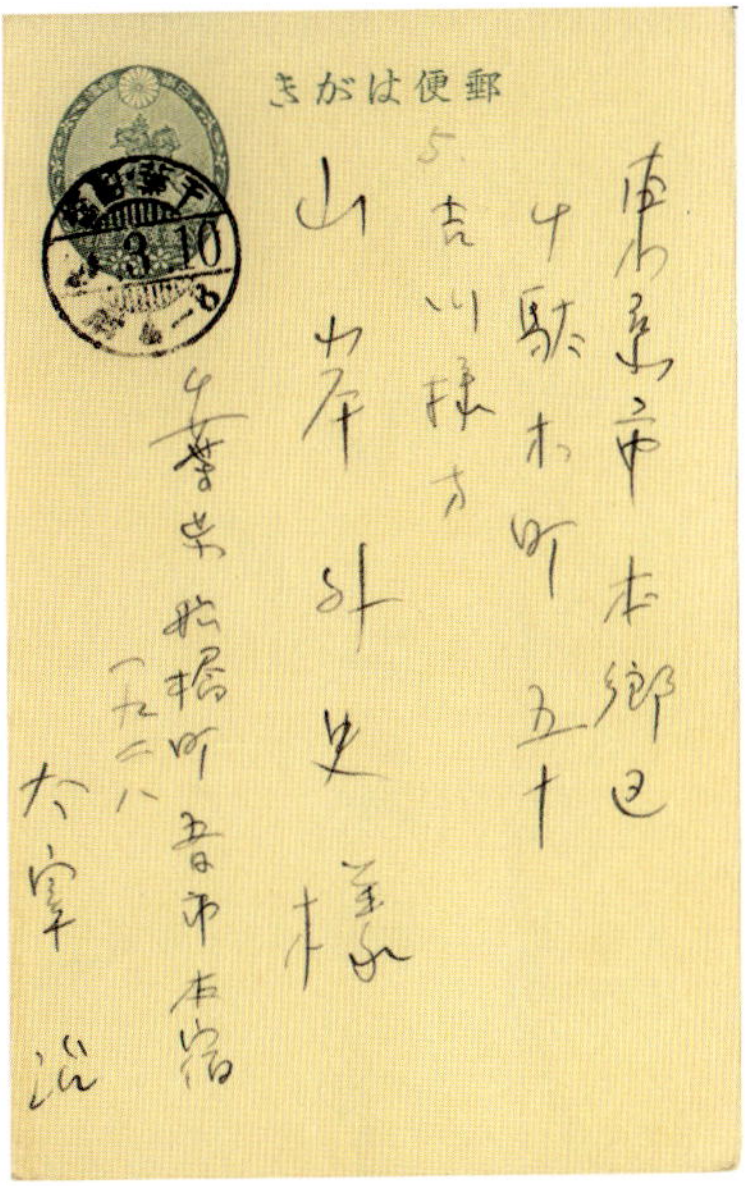

きみに三度《さんど》、無言の御返事をさしあげた。三種三様の無言なのだ。それは、君の知つて居るとほりである。君の三枚の葉書が、どれほどの手応《てごた》へがあつたか、それも、君の推察どほりだ。おそらく、ちがつてはゐないだらう。堀《ほり》に石を投じて、堀の深さをはかる。きみは、堀の深さをはかり当てた。遊びに来てお呉れ。

東京市本郷区千駄木町五十　吉川様方　山岸外史様
千集県船橋町五日市本宿一九二八　太宰治

書簡番号23

昭和11年（1936年）4月17日〔消印〕

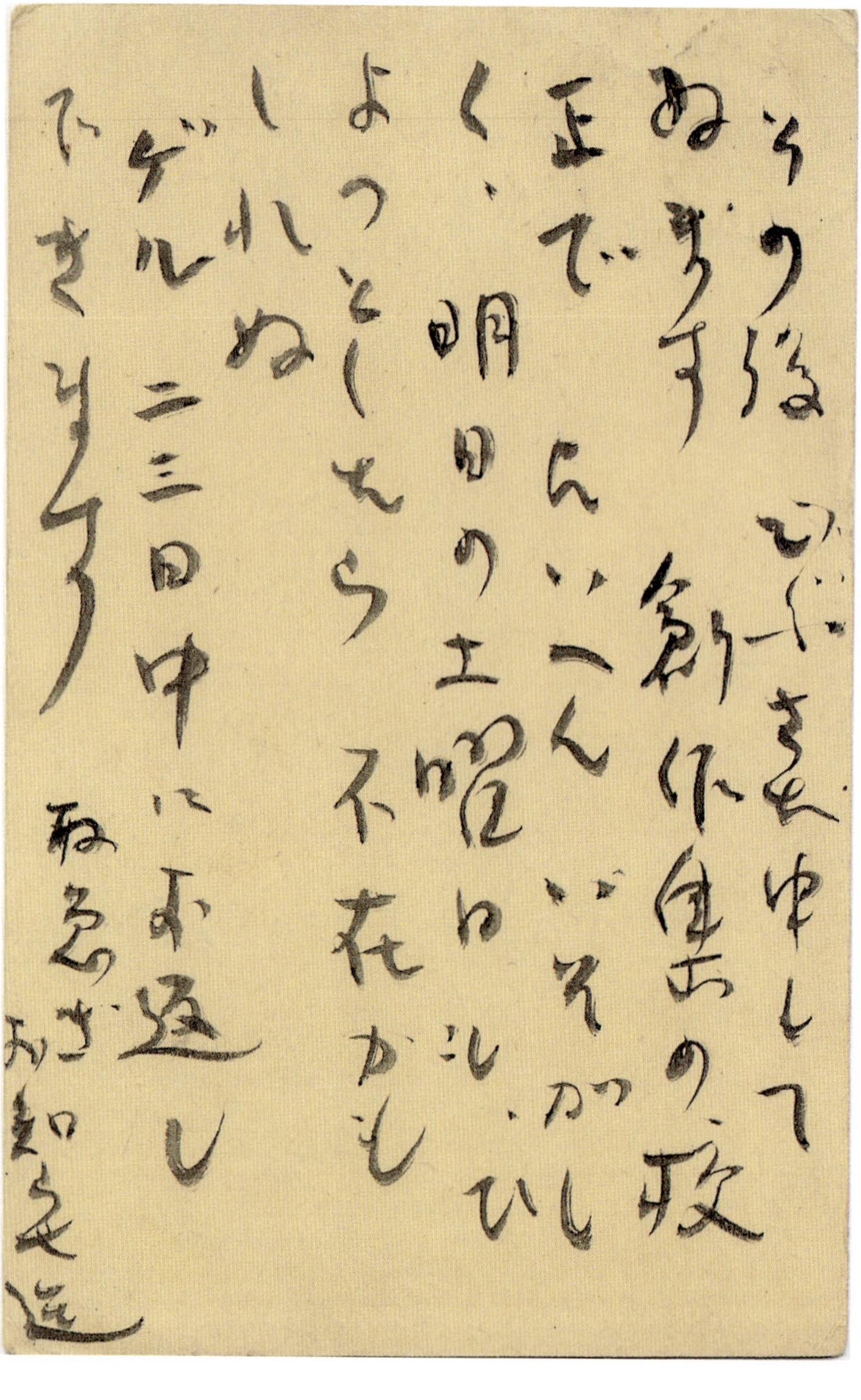
その後ごぶさた申して
ゐます　創作集の校
正でたいへんいそがし
く、明日の土曜日はひ
よつとしたら不在かも
しれぬ
ゲル　二三日中にお返し
できます
取急ぎ
お知らせ迄

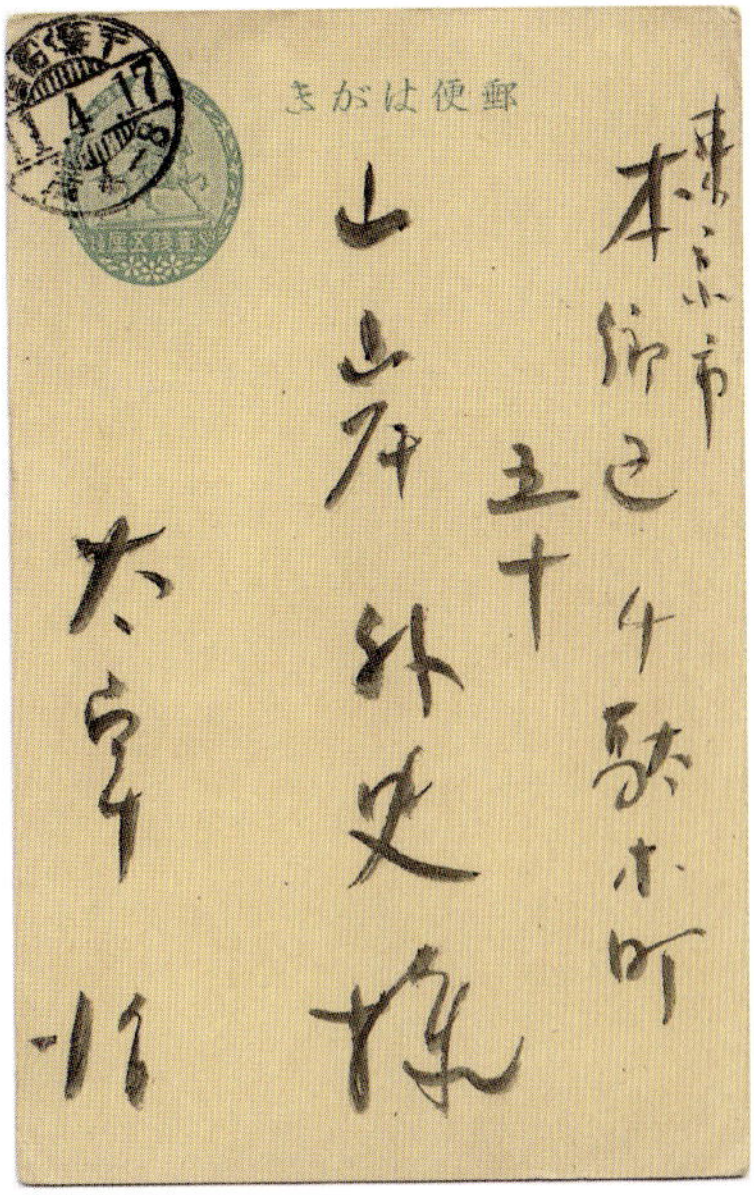

その後ごぶさた申してゐます　創作集の校正でたいへんいそがしく、明日の土曜日も、ひよつとしたら不在かもしれぬ
ゲル二三日中にお返しできます　取急ぎお知らせ迄

東京市本郷区千駄木町五十　山岸外史様
太宰治

【校異】
ごぶさた申してゐます。〔全集〕→ごぶさた申してゐます
不在かもしれぬ。〔全集〕→不在かもしれぬ
お返しできます。〔全集〕→お返しできます
（改行）取急ぎお知らせ迄。〔全集〕→（改行なし）取急ぎお知らせ迄

【ノート】
創作集――太宰の最初の創作集『晩年』（砂子屋書房、昭和十一年六月）。
ゲル――ドイツ語のGelt（金銭）。学生用語で「ゲル」と言った。

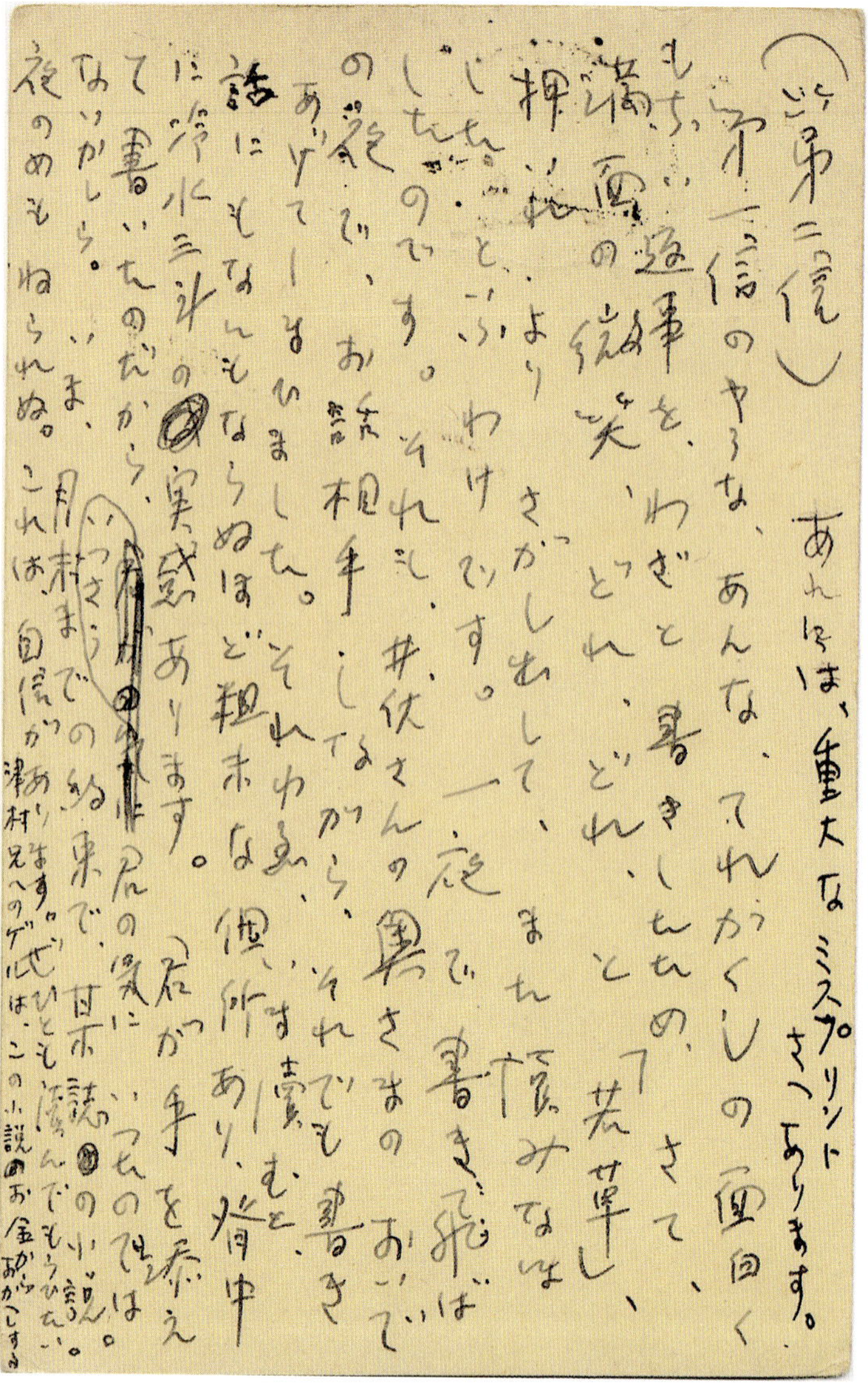
（第二信）　あれには、重大なミスプリントさへあります。
第一信のやうな、あんな、てれかくしの面白く
もち、通俗を、わざと書きしたため、さて、
満面の微笑、どれ、どれ、と「若草」、
押入れより、さがし出して、また「読みなほ
じたばた・と、ぶわけです。一読で書き飛ばは
したのです。それ、井伏さんの奥さまのおいで
の読で、お読相手していながら、それでも書き
あげてしまひました。それゆゑ、讀むと、
話にもなんともならぬほど粗末な個所あり、背中
に冷水三斗の実感あります。君が手を添え
て書いたのだから、君の気にいつたのでは
なかつたかしら。いま、月村までの約束で、甘木小説の小説。
夜のめもねられぬ。これは、自信があります。津村兄へのゲビひとも読んでもらひたい。この小説のお金かへしする

書簡番号24
昭和11年（1936年）4月23日〔消印〕

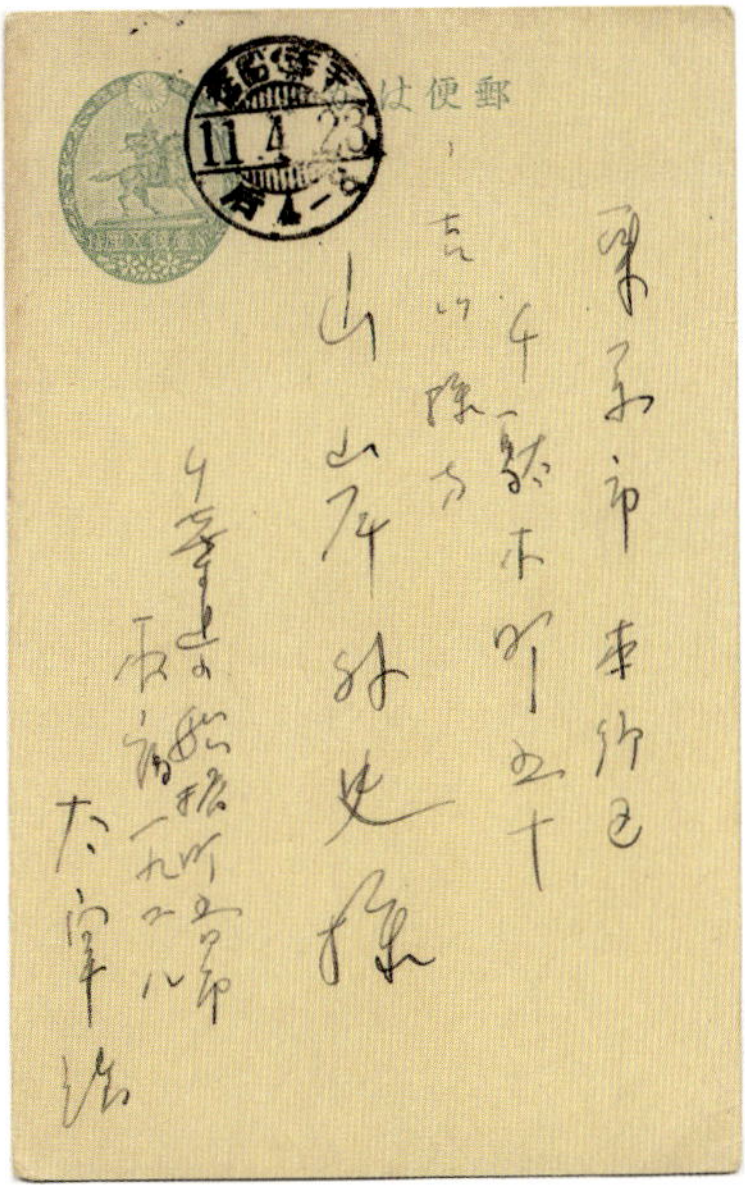

（第二信）

第一信のやうな、あんな、てれかくしの面白くもない返事を、わざと書きしたため、さて、満面の微笑、どれ、どれ、と「若草」、押いれよりさがし出して、また読みなほしたといふわけです。一夜で書き飛ばしたのです。それも、井伏さんの奥さまのおいでの夜で、お話相手しながら、それでも書きあげてしまひました。それゆゑ、いま読むと、話にもなにもならぬほど粗末な個所あり、背中に冷水三斗の実感あります。君が手を添えて書いたのだから、いつさう君の気にいつたのではないかしら。いま、月末までの約束で、某誌の小説。夜のめもねられぬ。これは、自信があります。ぜひとも読んでもらひたい。津村兄へのゲルは、この小説のお金からおかへしする

あれには、重大なミスプリントさへあります。

東京市本郷区千駄木町五十　吉川様方　山岸外史様
千葉県船橋町五日市本宿一九二八　太宰治

【校異】

手を添へて〔全集〕→手を添えて
いつそう〔全集〕→いつさう
おかへしする。〔全集〕→おかへしする

【ノート】

「若草」——「若草」昭和十一年五月発表の「雌に就いて」。「私」が「客人」に、憧れの女性像を語る話だが、「客人」のモデルは山岸外史。山岸は『太宰治おぼえがき』で、二人の対話を「ほとんどそのままを誤たずに文章にしていた」と書いている。

「某誌の小説」——「東陽」昭和十一年十月発表の「狂言の神」。

津村兄——津村信夫。

書簡番号25

昭和11年（1936年）4月27日〔消印〕

昨晩は、大へん疲労してゐ
たので、しつれいしました。
たいていの疲労なら、何くそと
ふんばつて、知らんふりをしてゐるもの
でした。よほどの疲労と、
神経疲労ありました。あの前の徹夜。
二晩、ほとんど徹夜で、仕事をした。
ぐつたりしてゐたところに、大ぜいが来た、
でも、君の昨夜《きのふ》の退去のすがたは、たい（へん
[illegible]
よかつた。[illegible]飛び去りて、あと濁さずと

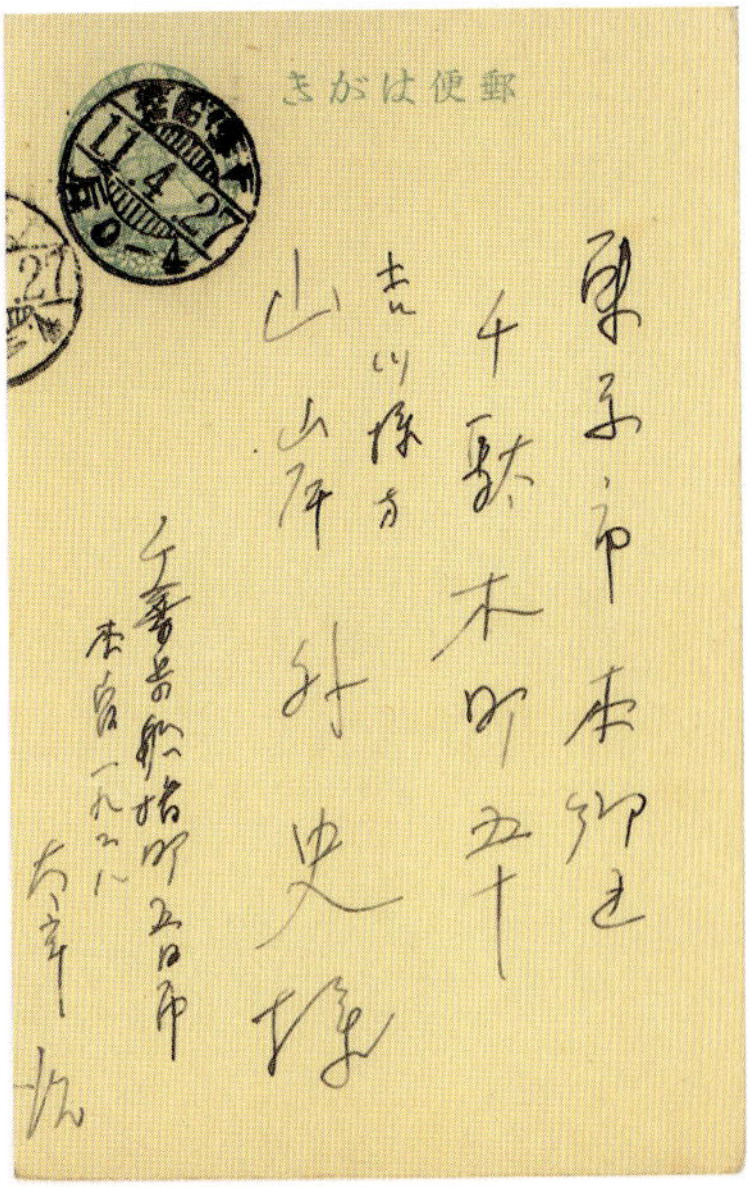

昨夜は、大いに疲労してゐたので、しつれい、しました。たいていの疲労なら、何くそとふんばつて、知らんふりをしてゐるものでした。よほどの疲労と、御賢察ありたい。あの前夜、二晩、ほとんど徹夜で、仕事をした。ぐつたりしてゐたところに大兄が来た。

でも、君の昨夜の退去のすがたは、たいへんよかつた。名《めい》禽《きん》飛び去りても、あとを濁さずと言ふやうな感あり。スガスガしかつた。

東京市本郷区千駄木町五十　吉川様方　山岸外史様
千葉県船橋町五日市本宿一九二八　太宰治

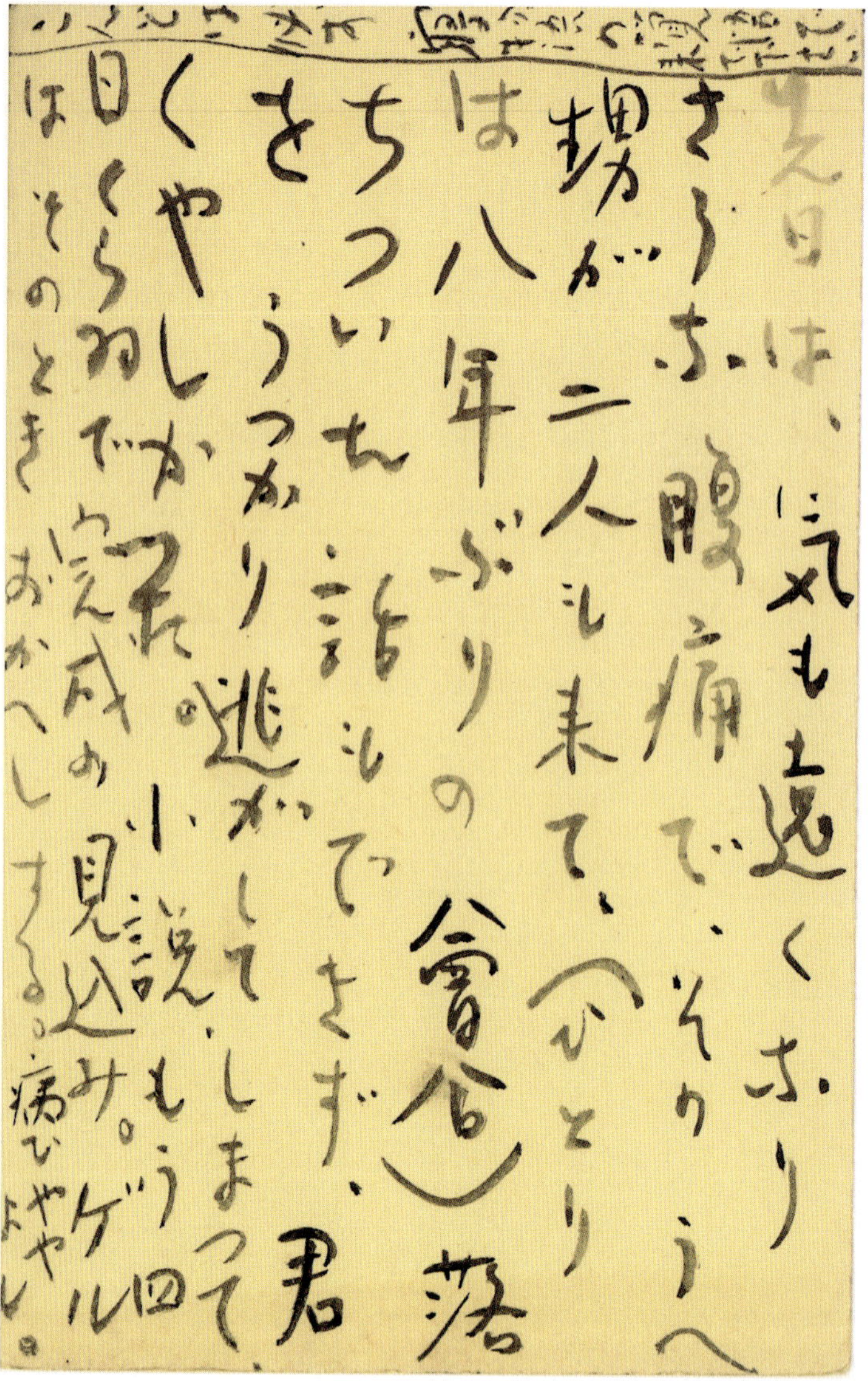

先日は、
に気も遠くなり
きのふ腹痛で、そのうへ
甥が二人も来て、(ひとり
は八年ぶりの會合)落
ちついて話もできず、君
をうつかり逃がしてしまつて
くやしかつた。小説もう四
日くらゐで完成の見込み。ゲル
はそのときおかへしする。病ひややよし

書簡番号26

昭和11年（1936年）4月29日〔消印〕

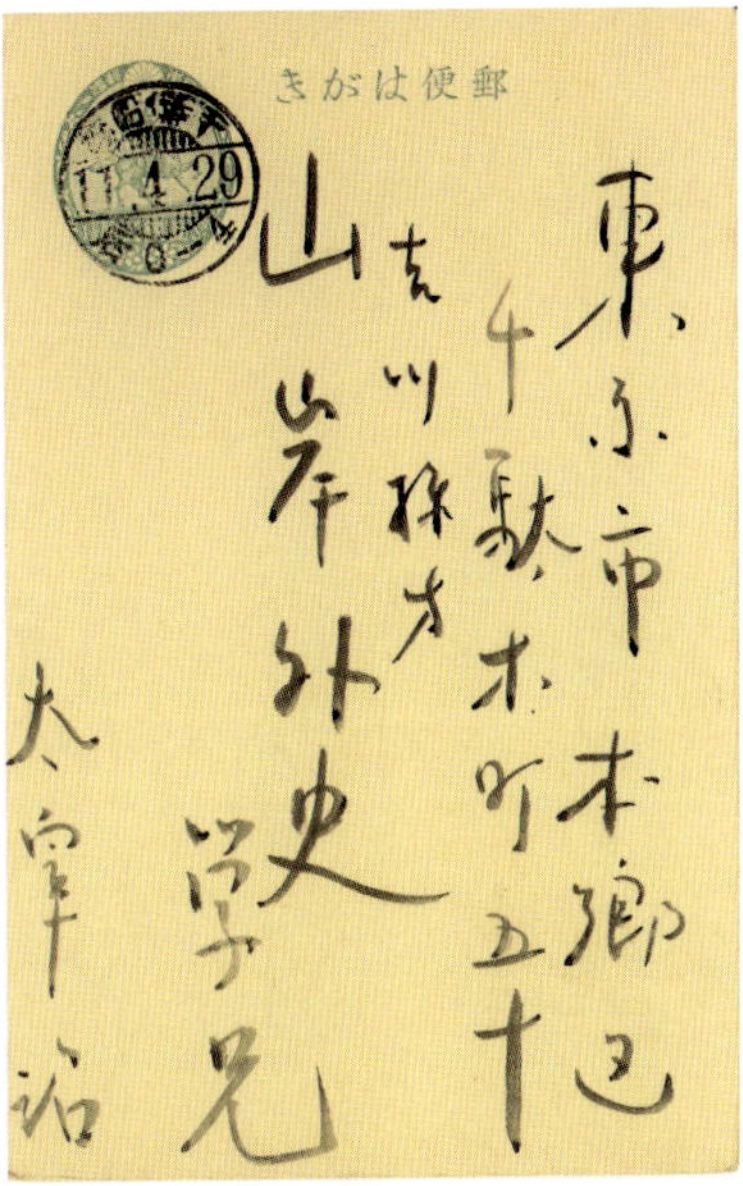

先日は、気も遠くなりさうな腹痛で、そのうへ甥が二人も来て、（ひとりは八年ぶりの会合）落ちついた話もできず、君をうつかり逃がしてしまつて、くやしかつた。小説、もう四日くらゐで完成の見込み。ゲルはそのときおかへしする。病ひややよし。

こんどは必ず寝物語の覚悟で来て下さい

東京市本郷区千駄木町五十　吉川様方　山岸外史学兄

太宰治

【校異】

逃がしてしまつて〔全集〕→逃がしてしまつて、

（縦線なし）〔全集〕→（縦線あり）

来て下さい。〔全集〕→来て下さい

書簡番号27

昭和11年（1936年）5月3日〔消印〕

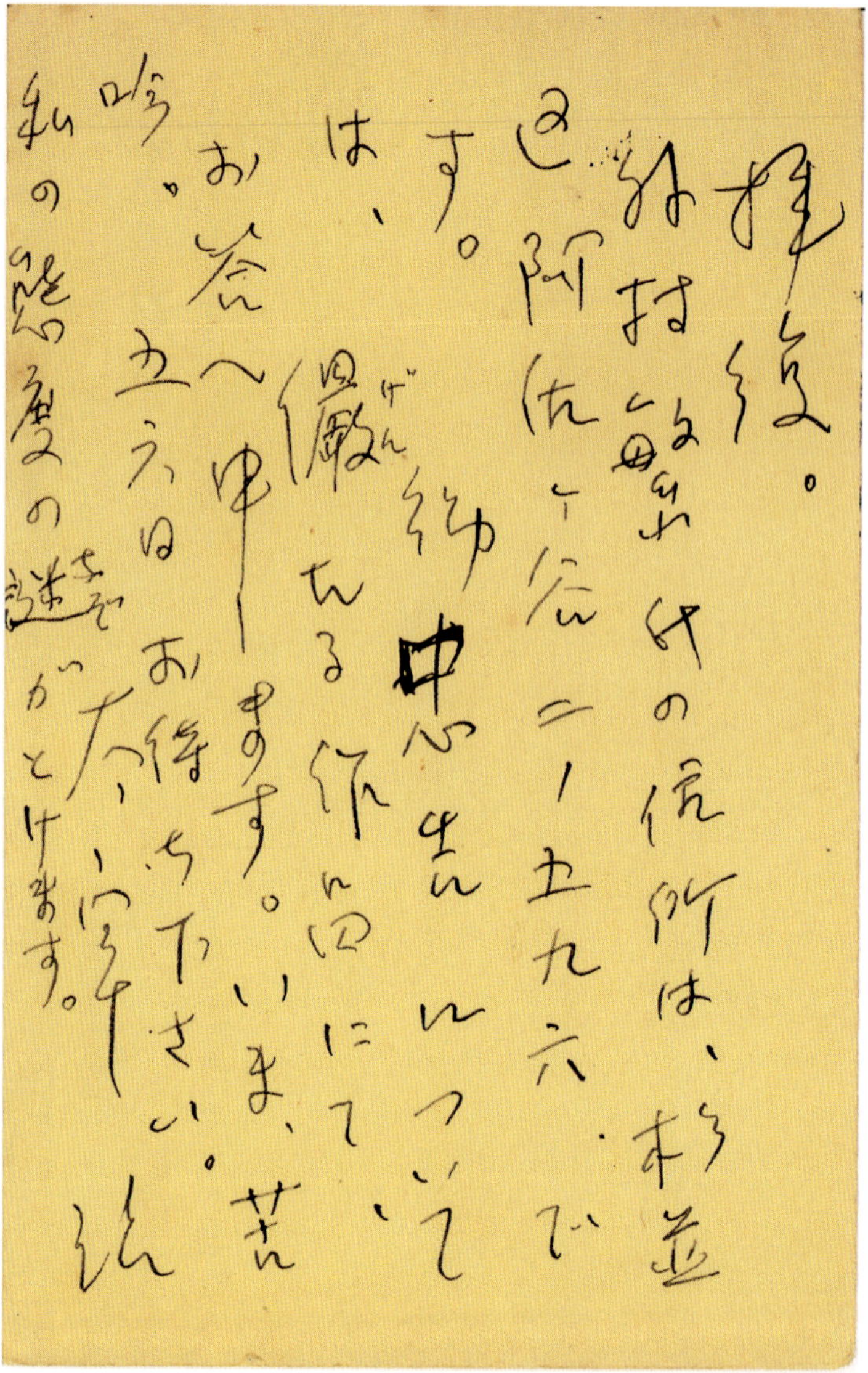

拝復。

御母様の住所は、杉並区阿佐ヶ谷二ノ五九六です。御中心生れについては、儼《げん》たる作品にて、お答へ申します。いま、苦吟。五六日お待ち下さい。私の恋愛の謎《なぞ》がとけます。

太宰治

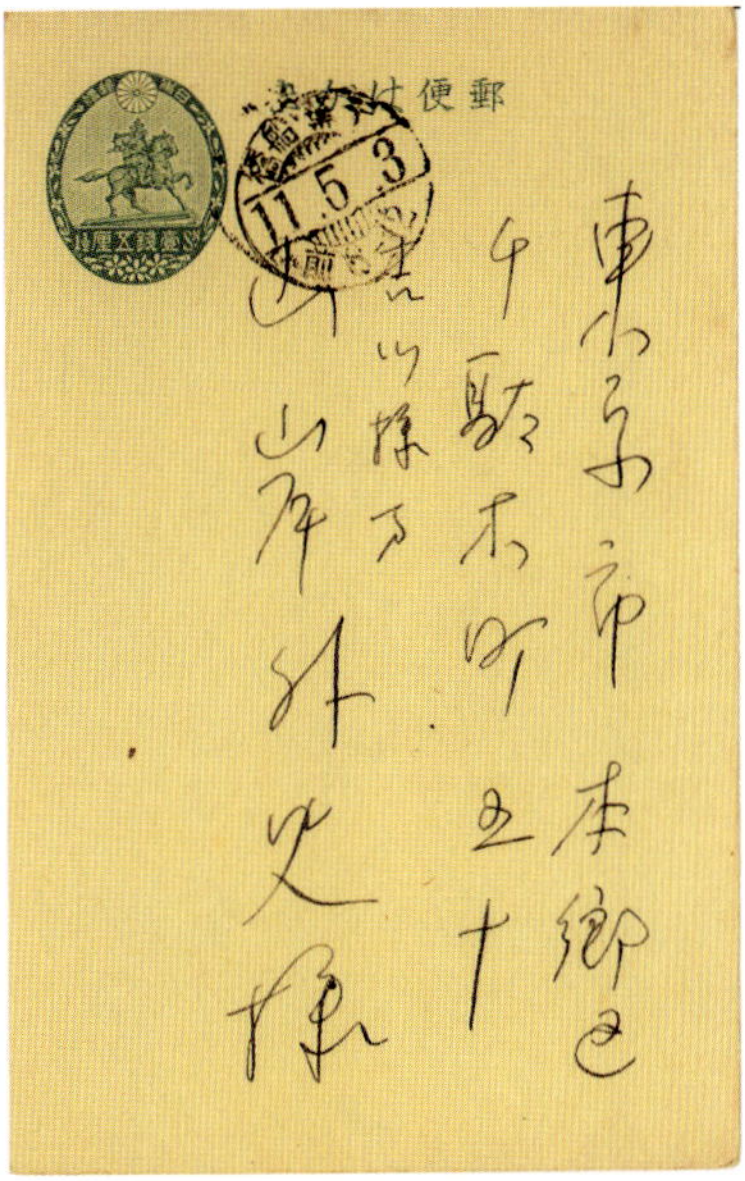

拝復。

外村繁氏の住所は、杉並区阿佐ヶ谷二ノ五九六、です。御忠告については、儼《げん》たる作品にて、お答へ申します。いま、苦吟。五六日お待ち下さい。

私の態度の謎《なぞ》がとけます。

太宰治

東京市本郷区千駄木町五十　吉川様方　山岸外史様

【校異】

拝復〔全集〕→拝復。

二ノ五九六〔全集〕→二ノ五九六、

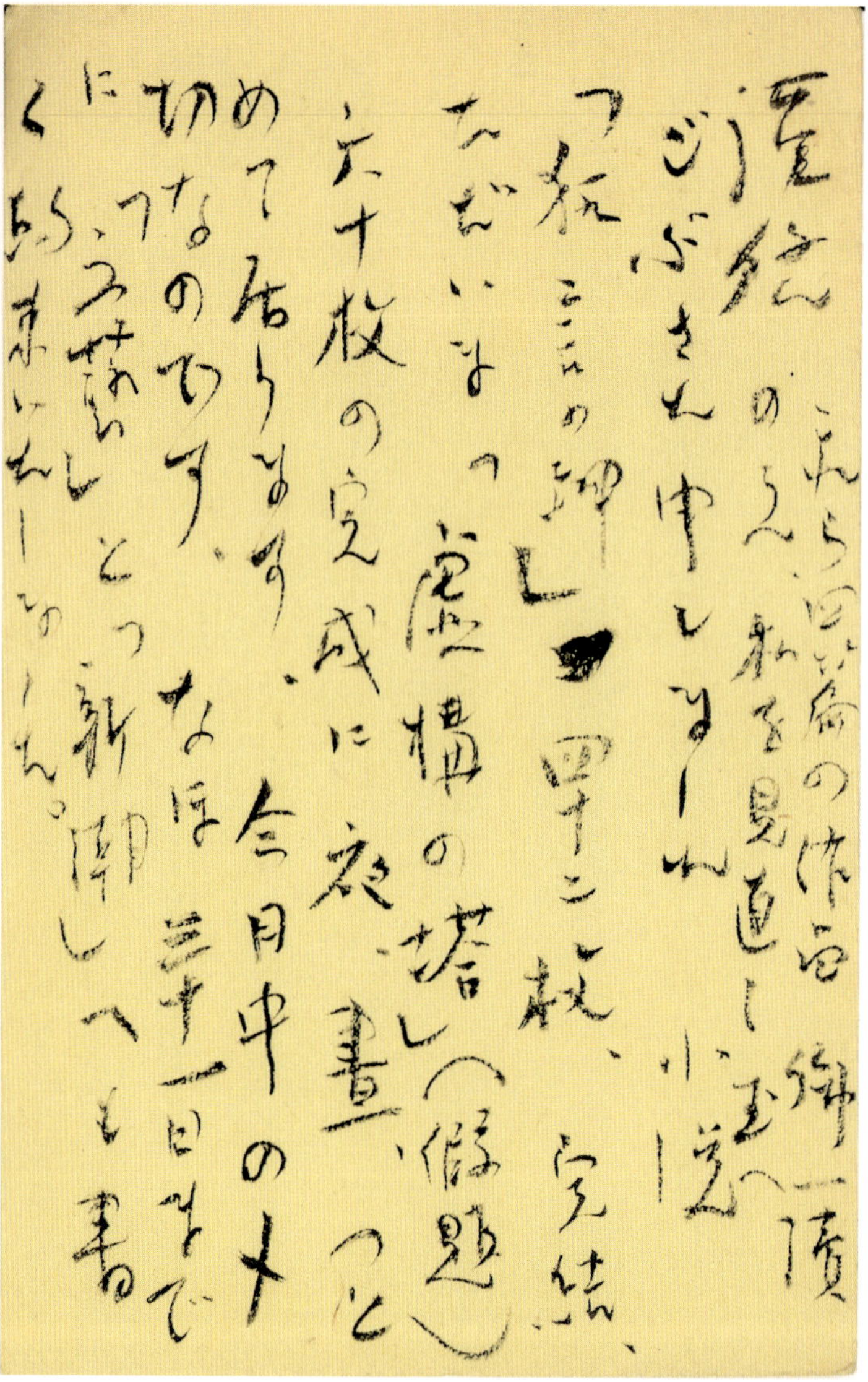

書簡番号28

昭和11年（1936年）5月20日〔消印〕

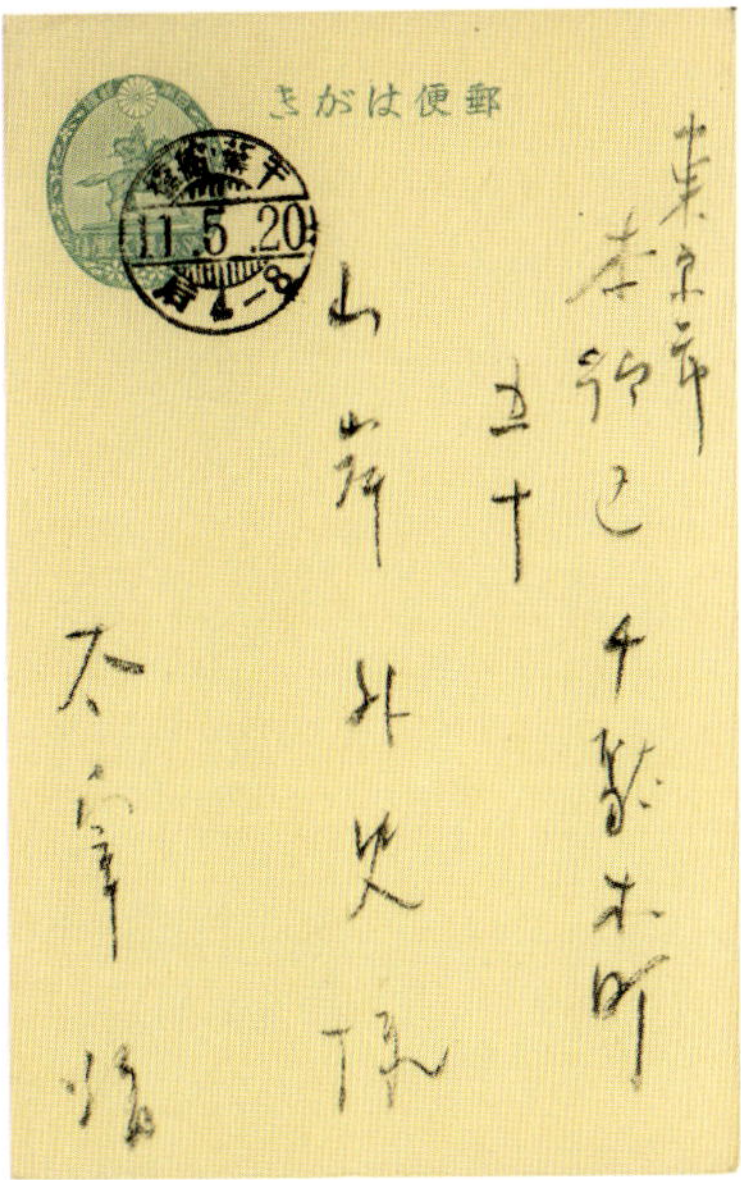

謹啓
ごぶさた申しました　小説「狂言の神」四十二枚、完結、ただいま「虚構の塔」（仮題）六十枚の完成に夜、昼、つとめて居ります、今月中の〆切なのです、なほ三十一日までに「文藝」と「新潮」へも書く約束いたしました。
　これら四篇の作品御一読のうへ、私を見直し玉へ

東京市本郷区千駄木町五十　山岸外史様
太宰治

【校異】

ごぶさた申しました。〔全集〕→ごぶさた申しました
つとめて居ります。〔全集〕→つとめて居ります、
「文藝」と、〔全集〕→「文藝」と
これから〔全集〕→これら
見直し玉へ。〔全集〕→見直し玉へ

【ノート】

「虚構の塔」（仮題）――「虚構の春」（「文学界」昭和十一年七月）。山岸外史『太宰治おぼえがき』には、「これらの小説の主人公のなかには、あきらかに、ぼくを使ったものがあって、ぼくへの抵抗を示している」とある。

書簡番号29

昭和11年（1936年）6月24日〔消印〕

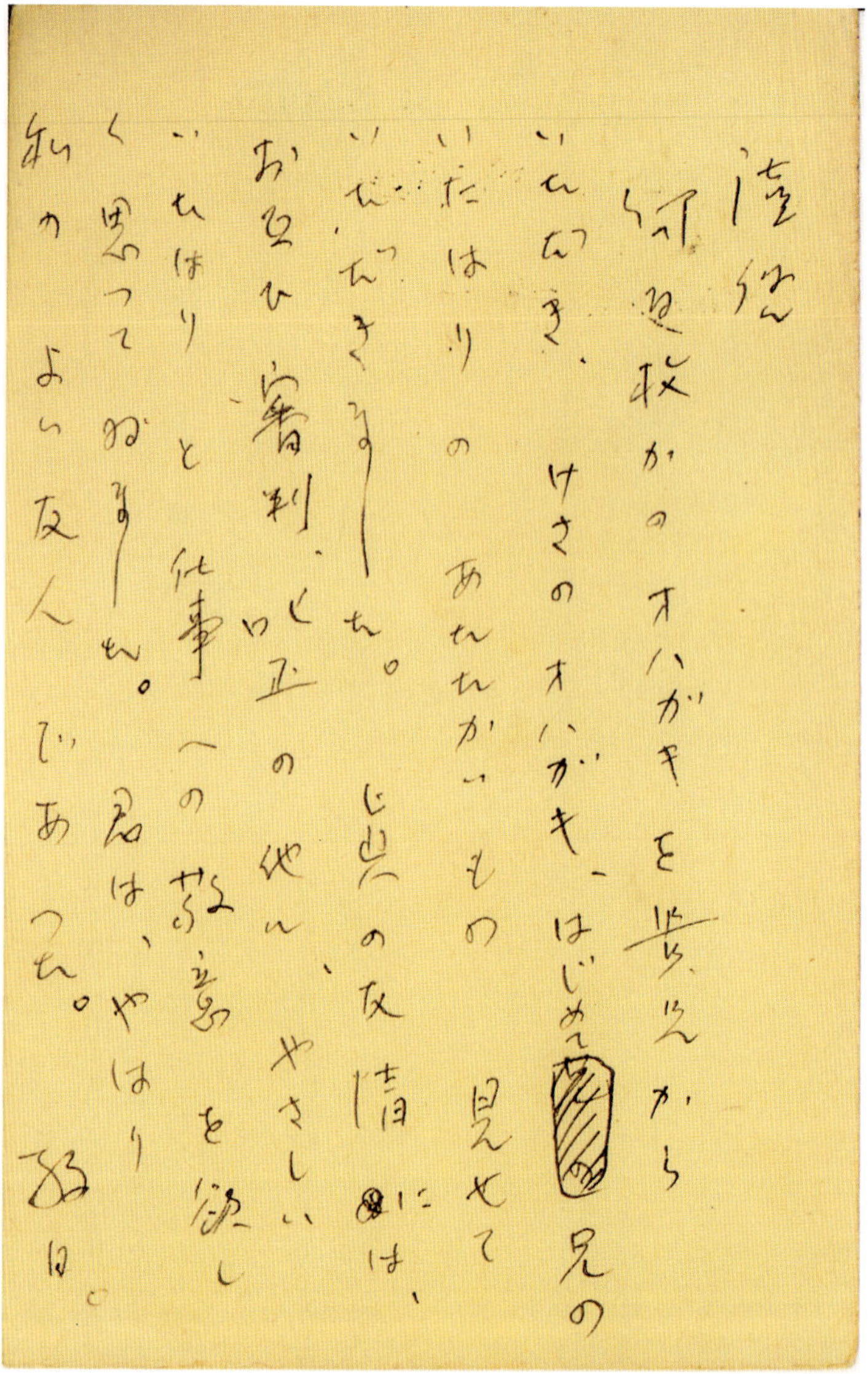
拝復
何通枚かのオハガキを読んでから
いただき、けさのオハガキ、はじめて兄の
いたはりのあたたかいもの見せて
いただきました。じぶんの友情には、
お互ひ審判、公正の他に、やさしい
いたはりと仕事への敬意を欲し
く思つてゐました。君は、やはり
私のよい友人であつた。治
日。

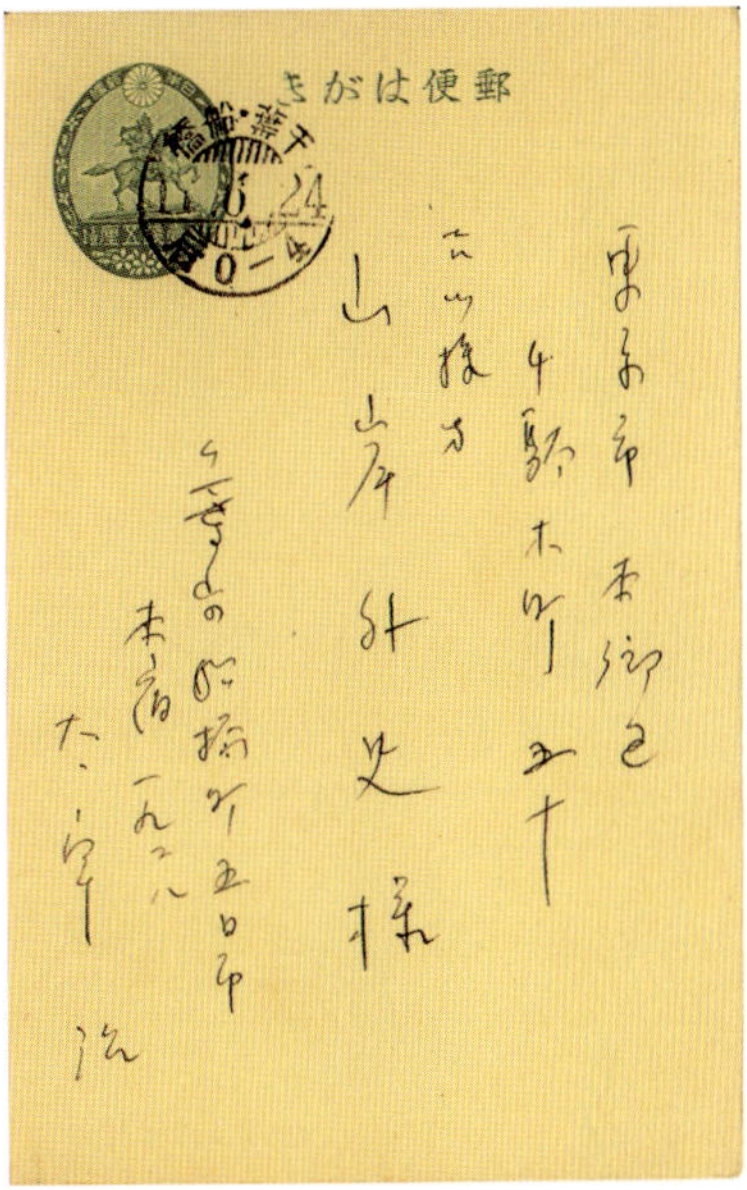

謹啓
何百枚かのオハガキを貴兄からいただき、けさのオハガキ、はじめて兄のいたはりのあたたかいもの見せていただきました。真の友情には、お互ひ審判、叱正の他に、やさしいいたはりと仕事への敬意を欲しく思つてゐました。君は、やはり私のよい友人であつた。
敬白。

東京市本郷区千駄木町五十　吉川様方　山岸外史様
千葉県船橋町五日市本宿一九二八　太宰治

【校異】
あたたかいもの、〔全集〕 ——→ あたたかいもの
敬白〔全集〕 ——→ 敬白。

書簡番号30

昭和11年（1936年）6月24日〔消印〕

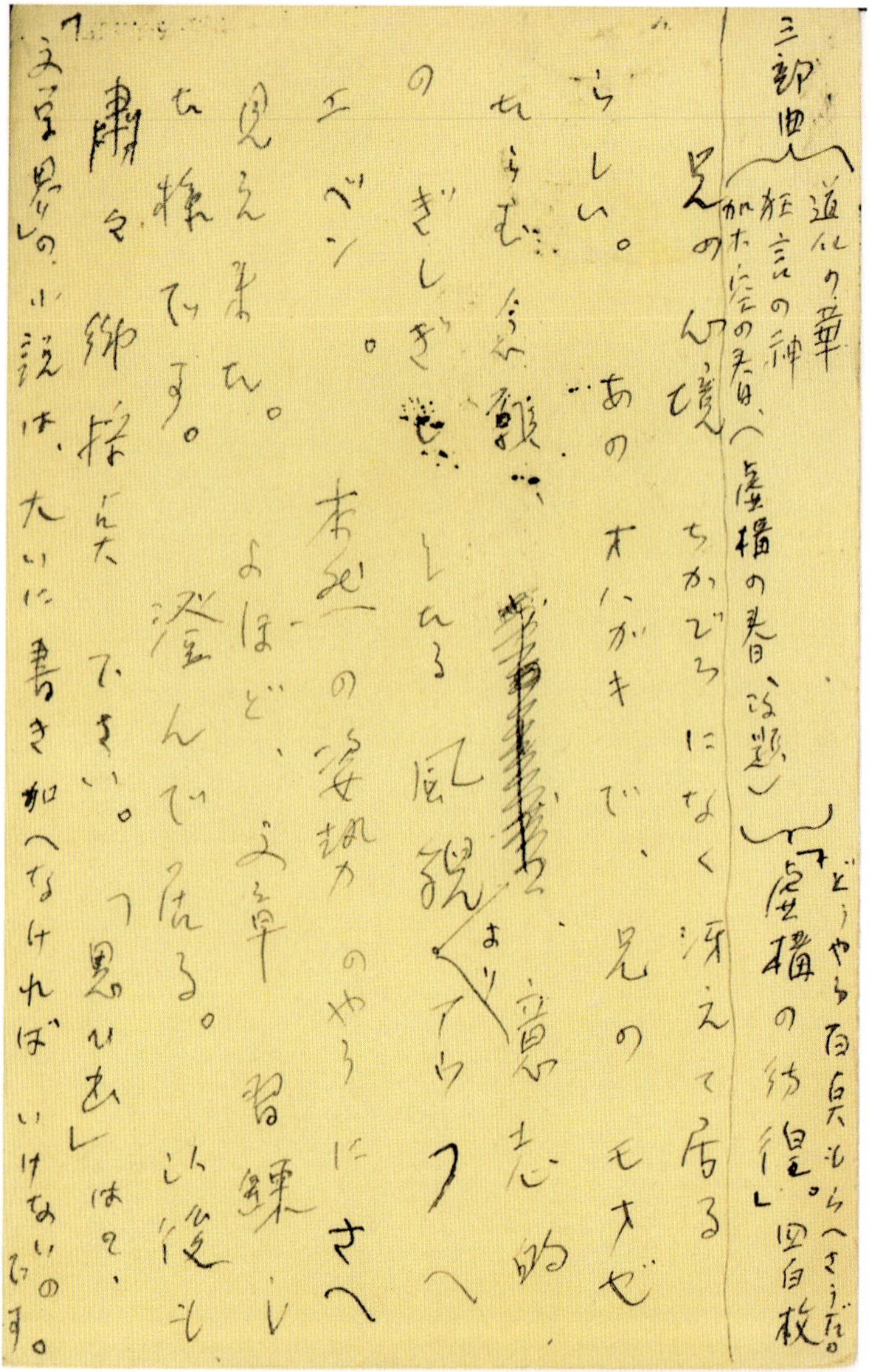
三部曲、
道化の華
狂言の神
加た空の春、（虚構の春、改題）
「虚構の彷徨」四百枚。どうやら百点もらへさうだ。
兄の心境ちかごろになく冴えて居るらしい。あのハガキで、兄のモオゼそれらむ…含む顔……意志的より風貌アラフへのぎしぎしぎしれるエベン。本来の姿執力のやうにさへ見えました。よほど、文章習練した様です。澄んで居る。以後も粛々御精進できい。「思ひ出」はそ、「文学界」の小説は、大いに書き加へなければいけないのです。

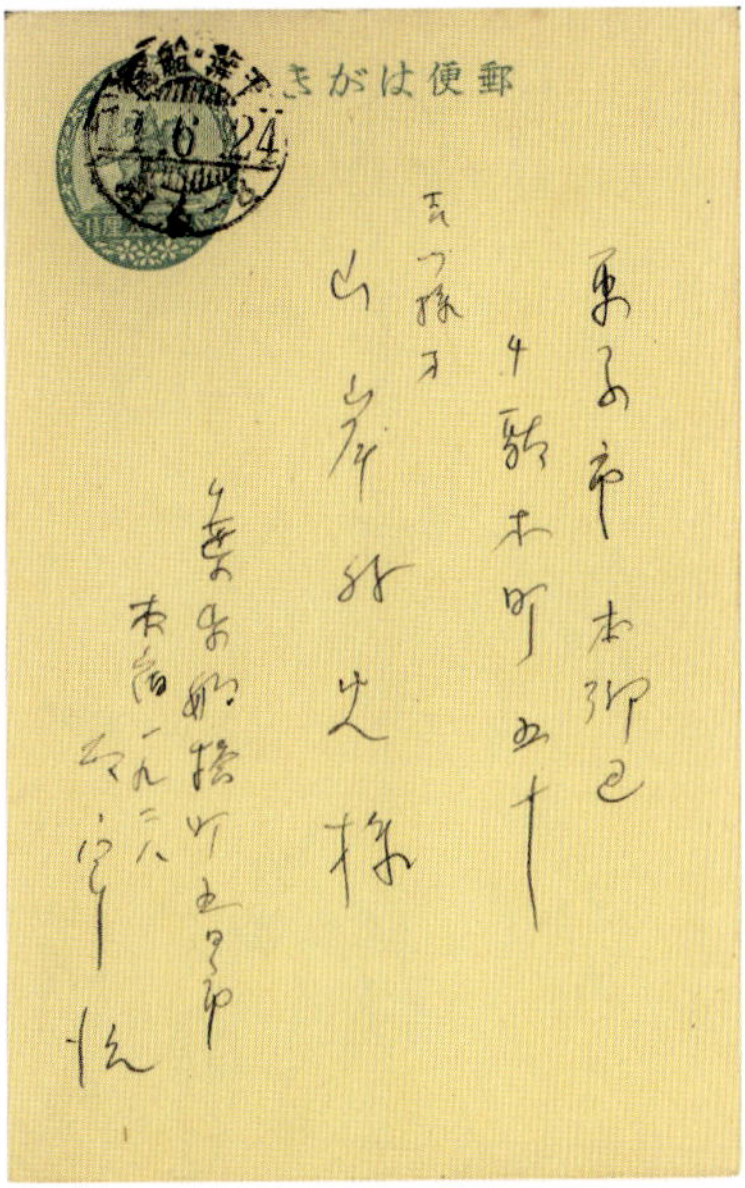

三部曲 ｛道化の華 / 狂言の神 / 架空の春、（虚構の春、改題）｝ どうやら百点もらへさうだ「虚構の彷徨。」四百枚。

兄の心境ちかごろになく冴えて居るらしい。あのオハガキで、兄のモオゼたらむ念願、意志的のぎしぎしたる風貌よりアウフヘエベン。本然の姿勢のやうにさへ見え来た。よほど、文章習練した様です。澄んで居る。以後も、粛々御採点下さい。「思ひ出」は？

「文学界」の小説は、大いに書き加へなければいけないのです。

東京市本郷区千駄木町五十　吉川様方　山岸外史様
千葉県船橋町五日市本宿一九二八　太宰治

【校異】

架空の春〔全集〕→架空の春、
（「架空の春（虚構の春、改題）」の次行）どうやら百点もらへさうだ。〔全集〕→（「「虚構の彷徨。」」の右の行）どうやら百点もらへさうだ
（「架空の春（虚構の春、改題）」の次行）四百枚。〔全集〕→（「「虚構の彷徨。」」の下）
「虚構の彷徨」〔全集〕→「虚構の彷徨。」
（縦線なし）〔全集〕→（縦線あり）
兄の心境、〔全集〕→兄の心境
見えて来た。〔全集〕→見え来た。
（改行なし）「文学界」の〔全集〕→（改行）

【ノート】

「虚構の彷徨。」――作品集『虚構の彷徨、ダス・ゲマイネ』（新潮社、昭和十二年六月）。「虚構の彷徨」の題のもとに「道化の華」「狂言の神」「虚構の春」を収録し、「ダス・ゲマイネ」を付ける。
「文学界」の小説――「虚構の春」（「文学界」昭和十一年七月）。

書簡番号31

昭和11年（1936年）6月27日〔消印〕

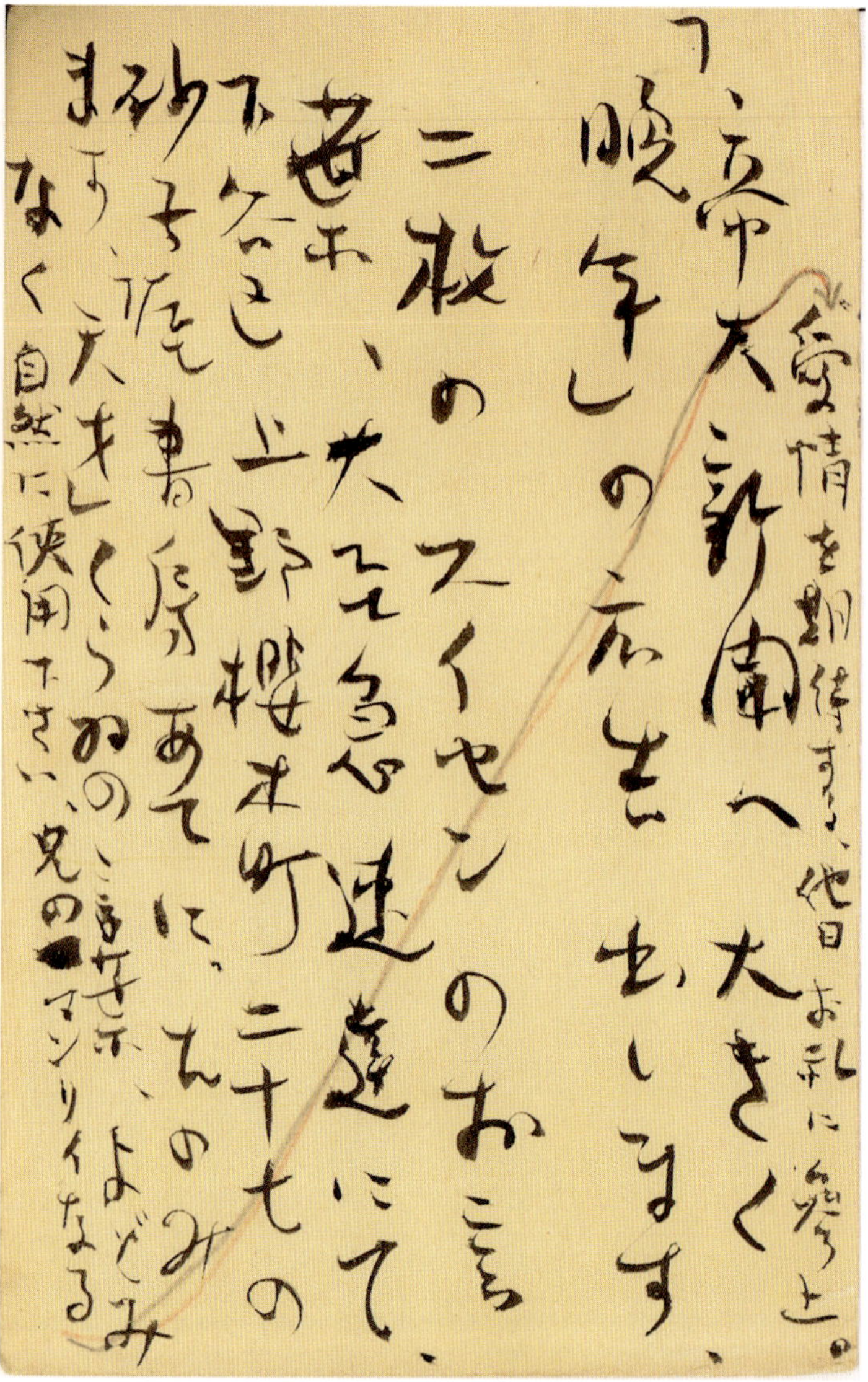
「帝大新聞へ大きく、
愛情を期待す、他日お礼に参上。
「晩年」の広告出します、
二枚のスイセンのおことば、
至急、大至急速達にて、
下谷区上野桜木町二十七の
砂子屋書房あてに、たのみ
ます、大きくうつのこと、存分、よどみ
なく自然に使用下さい、兄のマンリイなる

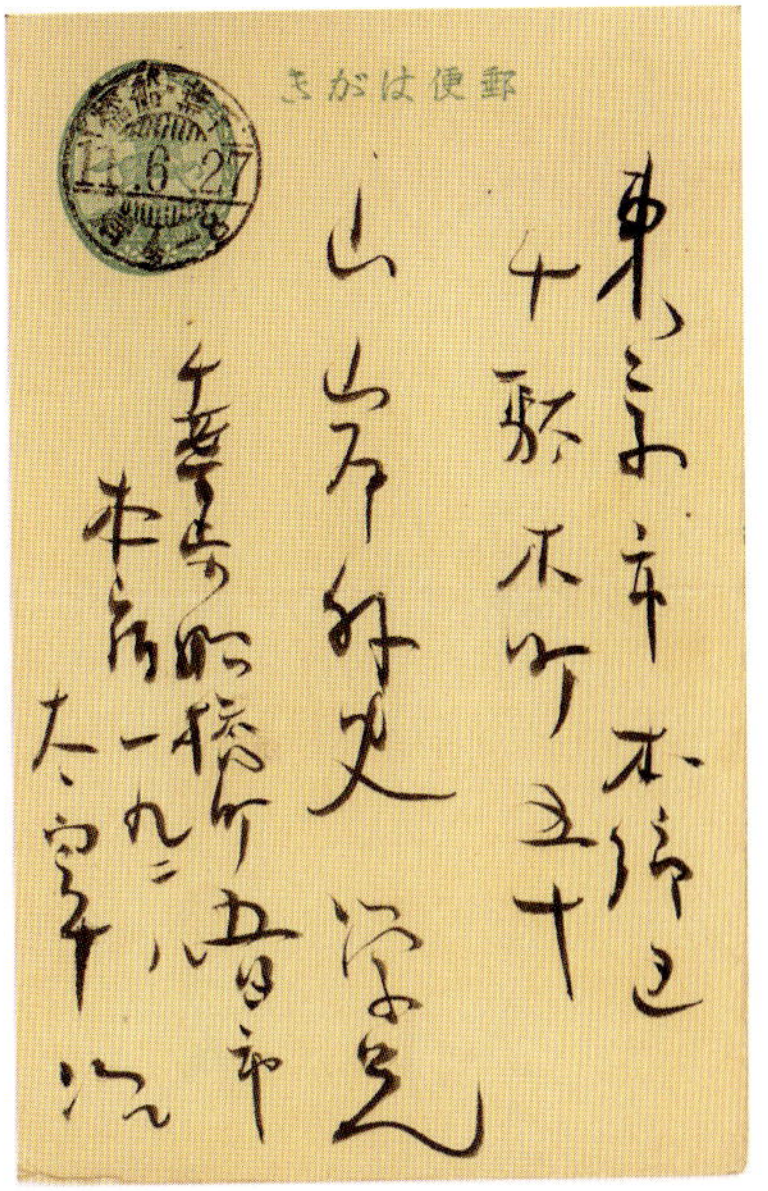

帝大新聞へ大きく「晩年」の広告出します、二枚のスイセンのお言葉、大至急速達にて、下谷区上野桜木町二十七の砂子屋書房あてに、たのみます、「天才」くらゐの言葉、よどみなく自然に使用下さい、兄のマンリイなる愛情を期待する、他日お礼に参上。

東京市本郷区千駄木町五十　山岸外史学兄
千葉県船橋町五日市本宿一九二八　太宰治

【校異】

広告出します。〔全集〕──→広告出します、
（改行なし）二枚のスイセンの〔全集〕──→（改行）
たのみます。〔全集〕──→たのみます、
使用下さい。〔全集〕──→使用下さい、
期待する。〔全集〕──→期待する、

【ノート】

スイセンのお言葉──山岸外史の推薦文は、「帝国大学新聞」（七月六日）の『晩年』広告には使われず、中村地平推薦文（無題）が使われた。山岸の「太宰治の短篇集『晩年』を推薦する」は、砂子屋房発行の「文筆」創刊号（昭和十一年八月）に中村地平の文章（「『晩年』の讃」）とともに掲載された。

「天才」くらゐの言葉──山岸外史『人間太宰治』には、「天才！この言葉に困った」とある。山岸は「天才」ということばを避け「鬼才」としたが、太宰は「「鬼才」では満足できなかったのである」と書いている。

書簡番号32

昭和11年（1936年）6月30日〔消印〕

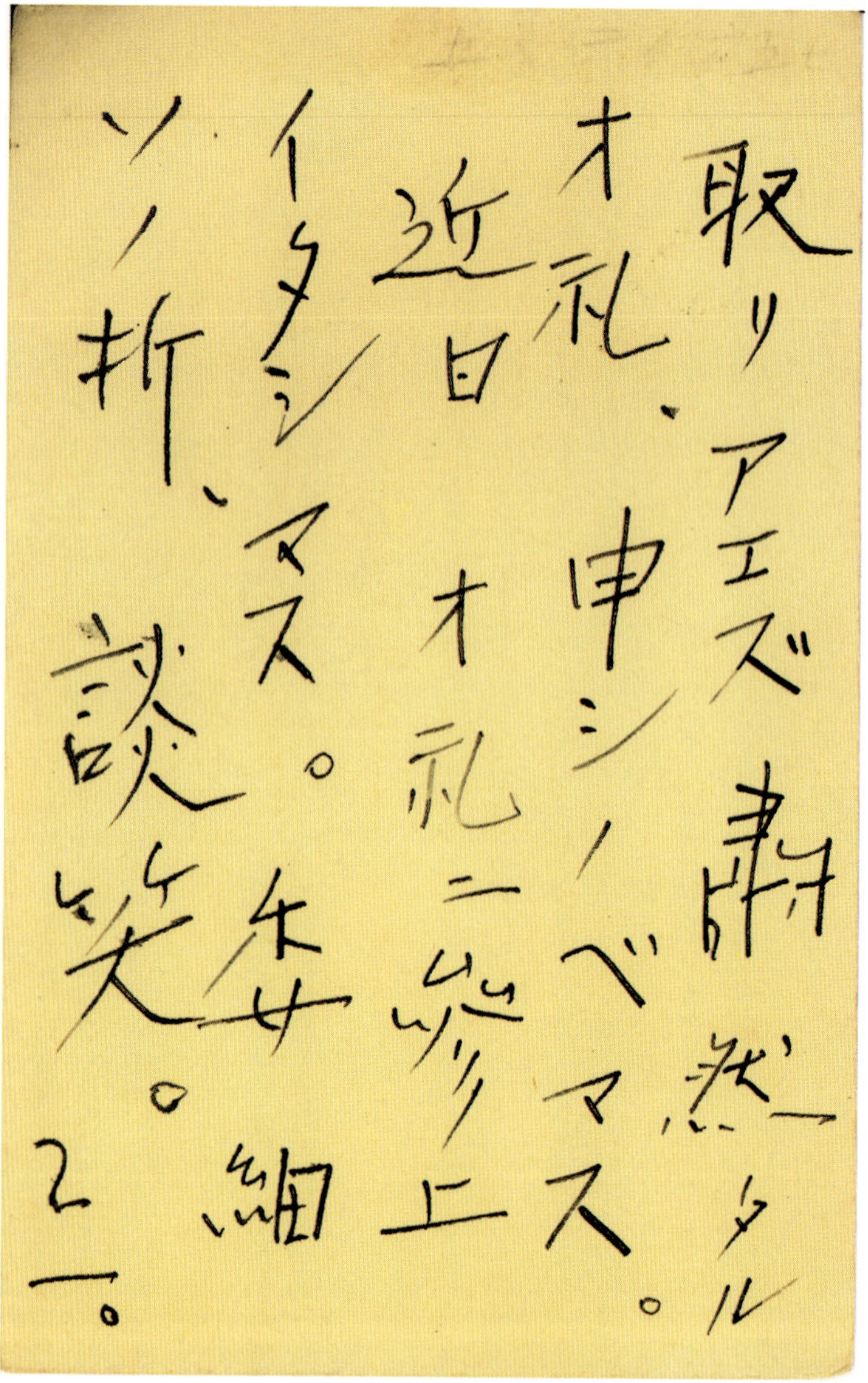
取リアエズ粛然タル
オ礼、申シノベマス。
近日オ礼ニ参上
イタシマス。委細
ソノ折、談笑。
乙一。

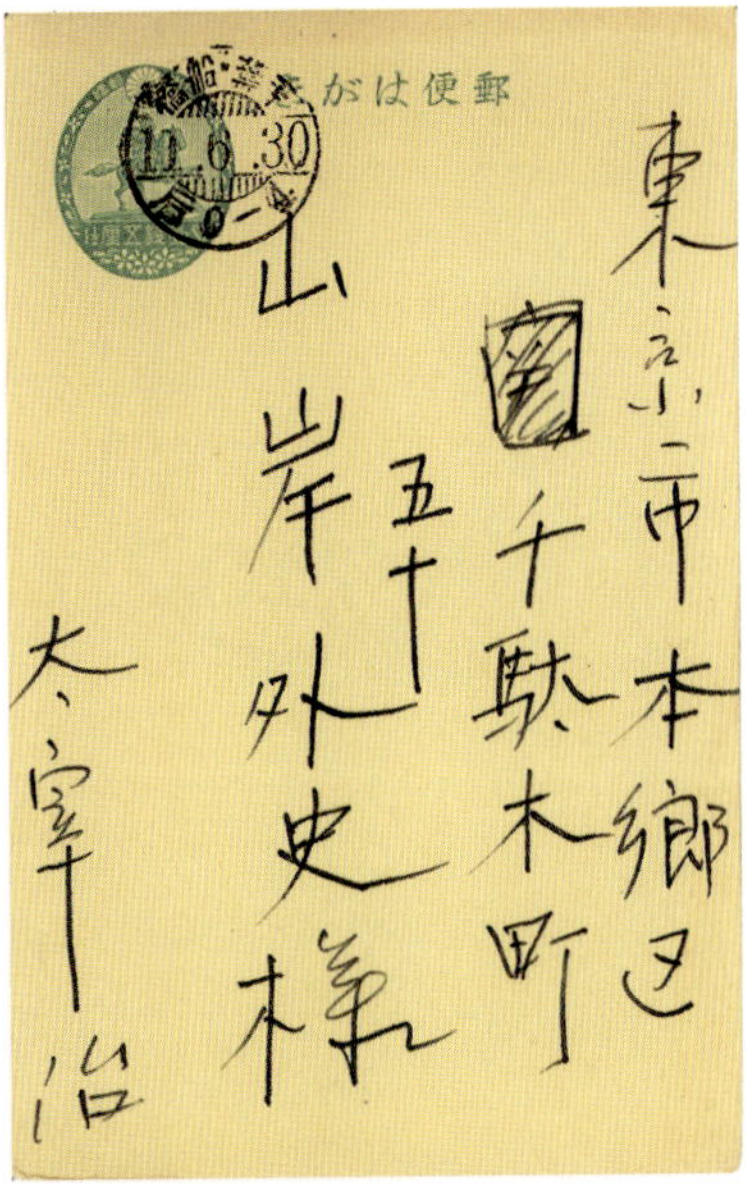
郵便はがき
東京市本郷区
千駄木町
五十
山岸外史様
太宰治

取リアエズ粛然タルオ礼、申シノベマス。
近日オ礼ニ参上イタシマス。委細ソノ折、談笑。
不一。

東京市本郷区千駄木町五十　山岸外史様
太宰治

【校異】

取リアヘズ〔全集〕→取リアエズ

（改行なし）近日〔全集〕→（改行）

（脱字。「談笑。」の次行）〔全集〕→不一。

書簡番号33

昭和11年（1936年）7月5日〔推定、消印〕

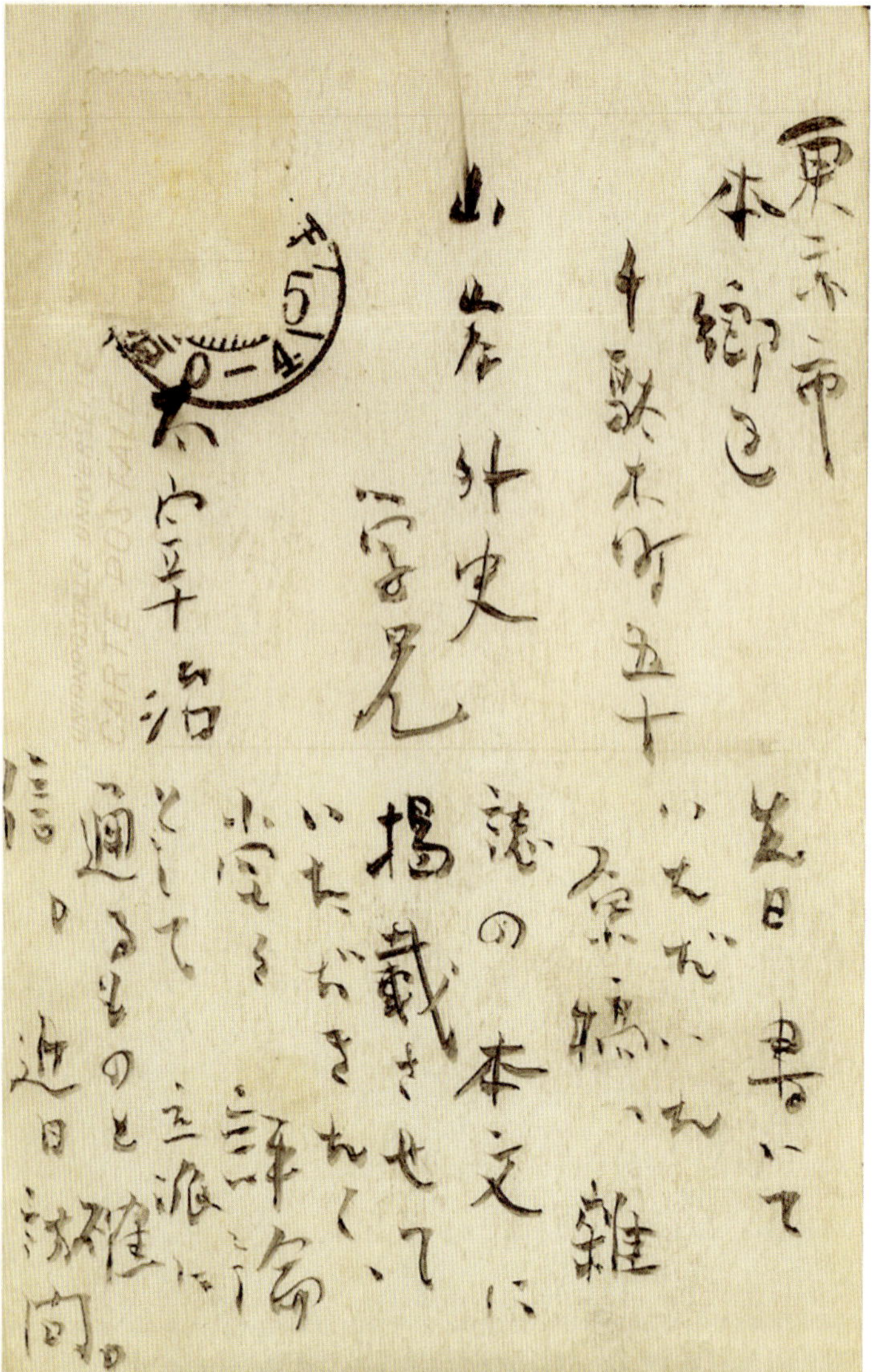
東京市本郷区
千駄木町五十
山岸外史
学兄
太宰治

先日書いていたゞいた京橋、雑誌の本文に掲載させていたゞきたく、小説を評論として立派に通るものと確信。近日訪問。

先日書いていただいた原稿、雑誌の本文に掲載させていただきたく、堂々評論として立派に通るものと確信。近日訪問。

東京市本郷区千駄木町五十　山岸外史学兄

太宰治

【校異】
昭和十年頃（全集）──→昭和11年（1936年）7月5日（【ノート】参照）

【ノート】
この書簡の発信年月日は、直筆がなく消印からも判明しない。一九九一年三月刊行の『太宰治全集』第十一巻では「昭和十一年七月上旬頃」とし、一九九九年四月刊行の『太宰治全集』第十二巻では「昭和十年頃」としている。前者は、「先日書いていただいた原稿」を、左に記す「太宰治の短篇集『晩年』を推薦する」と推測しているが、後者はそれを採らなかったためか。しかし、後者の書簡の掲載は昭和十一年の場所にあるから、「昭和十年頃」は誤植か。ここでは前者を採用する。消印では、末尾の日にちの「5」が確認できるだけだが、スタンプ内の「5」の位置から一桁の数字と思われる。

先日書いていただいた原稿──一九九一年三月刊行の『太宰治全集』第十一巻の注記にあるように、「太宰治の短篇集『晩年』を推薦する」（「文筆」創刊号、昭和十一年八月）と思われる。

書簡番号34

昭和12年（1937年）1月20日〔消印〕

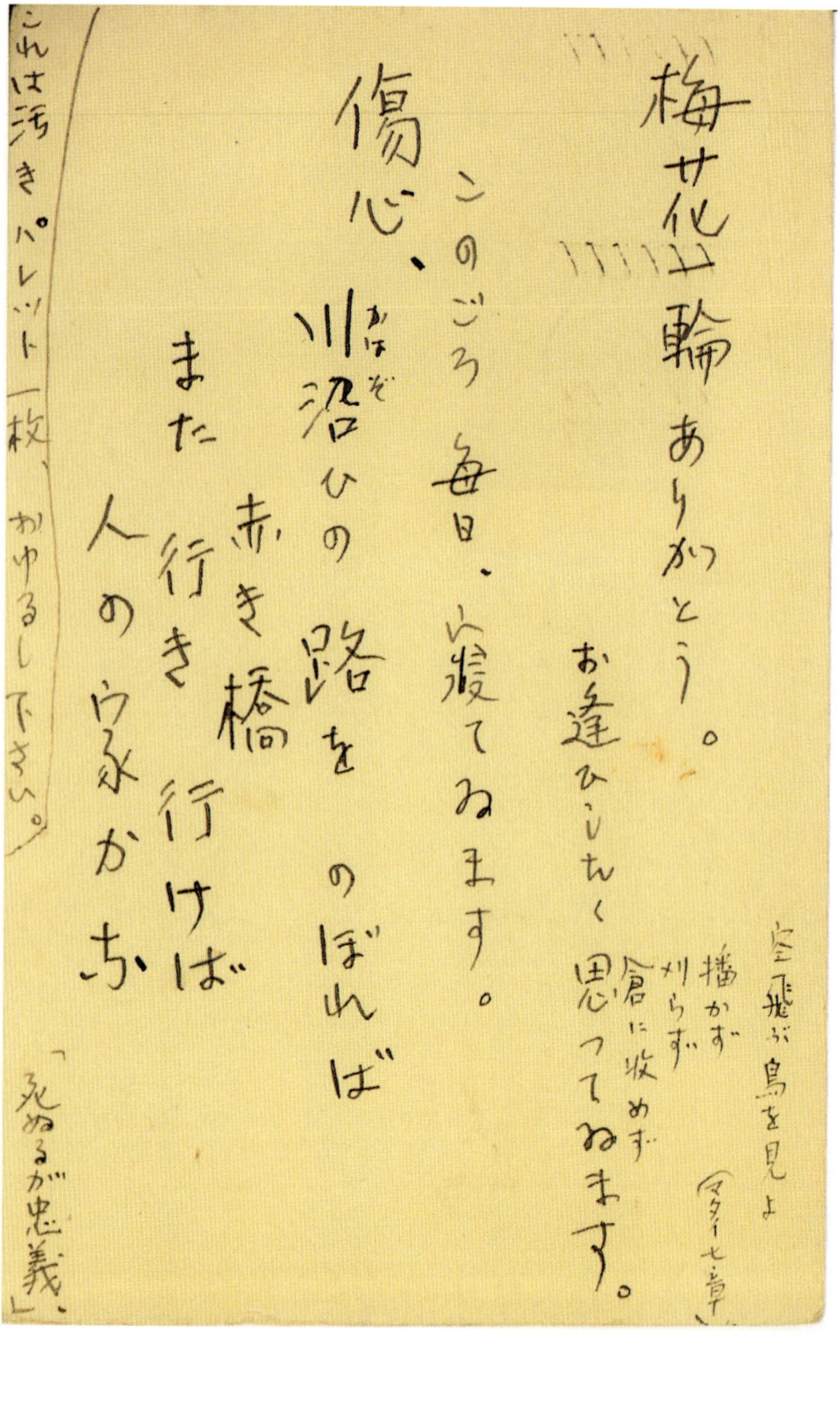
梅花輪ありがとう。
お逢ひしたく思つてゐます。
空飛ぶ鳥を見よ
播かず
刈らず
倉に収めず
（マタイ七・二六）
このごろ毎日、寝てゐます。
傷心、
川沿《かはぞ》ひの
路をのぼれば
赤き橋
また行き行けば
人の家かな
これは汚きパレット一枚、おゆるし下さい。
「死ぬるが忠義」

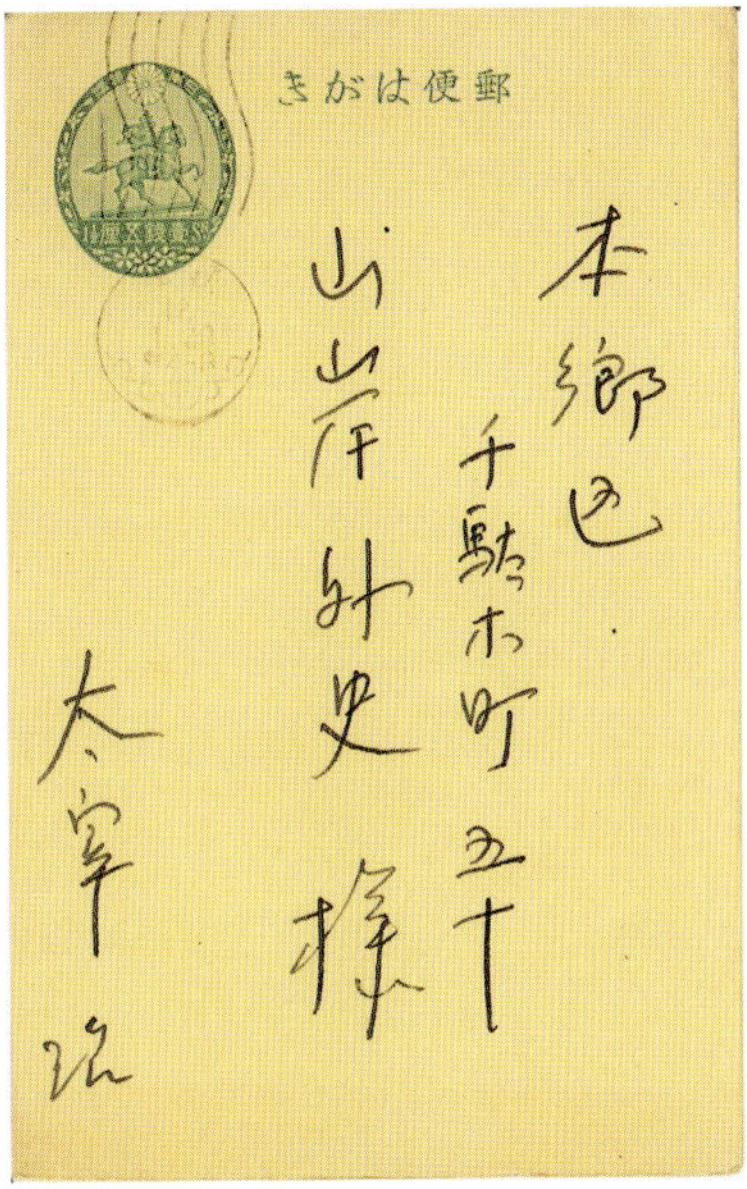

梅花一輪ありがとう。
　お逢ひしたく思つてゐます。
　このごろ毎日、寝てゐます。
傷心、
　川沿《かはぞ》ひの路をのぼれば
　　赤き橋
　また行き行けば
　　人の家かな

空飛ぶ鳥を見よ
播かず
刈らず
倉に収めず
　　（マタイ七章）

「死ぬるが忠義」、

これは汚きパレット一枚、おゆるし下さい。

本郷区千駄木町五十　山岸外史様
太宰治

【校異】
ありがたう。〔全集〕→ありがとう。／傷心。〔全集〕→傷心、／人の家かな。〔全集〕→人の家かな／「死ぬるが忠義」〔全集〕→「死ぬるが忠義」、／（縦線なし）〔全集〕→（縦線あり）

【ノート】
傷心、……――昭和十一年十一月二十九日付小館善四郎宛はがき、十二月三日付鰭崎潤宛はがきにも同じ文句がある。山岸外史は『人間太宰治』で、小館善四郎宛はがきを引用し、妻初代と小館善四郎との性関係を知った太宰の「心境の深い苦しさもよくでている」と書いているが、それは誤りである。このときの太宰はまだ二人の関係を知らなかった。後にその事実を知った太宰は、初代と心中未遂を起こし、離別する。小館善四郎は、太宰の四姉きやうの夫の弟で帝国美術学校の画学生。

書簡番号35

昭和13年（1938年）12月17日〔消印、推定〕

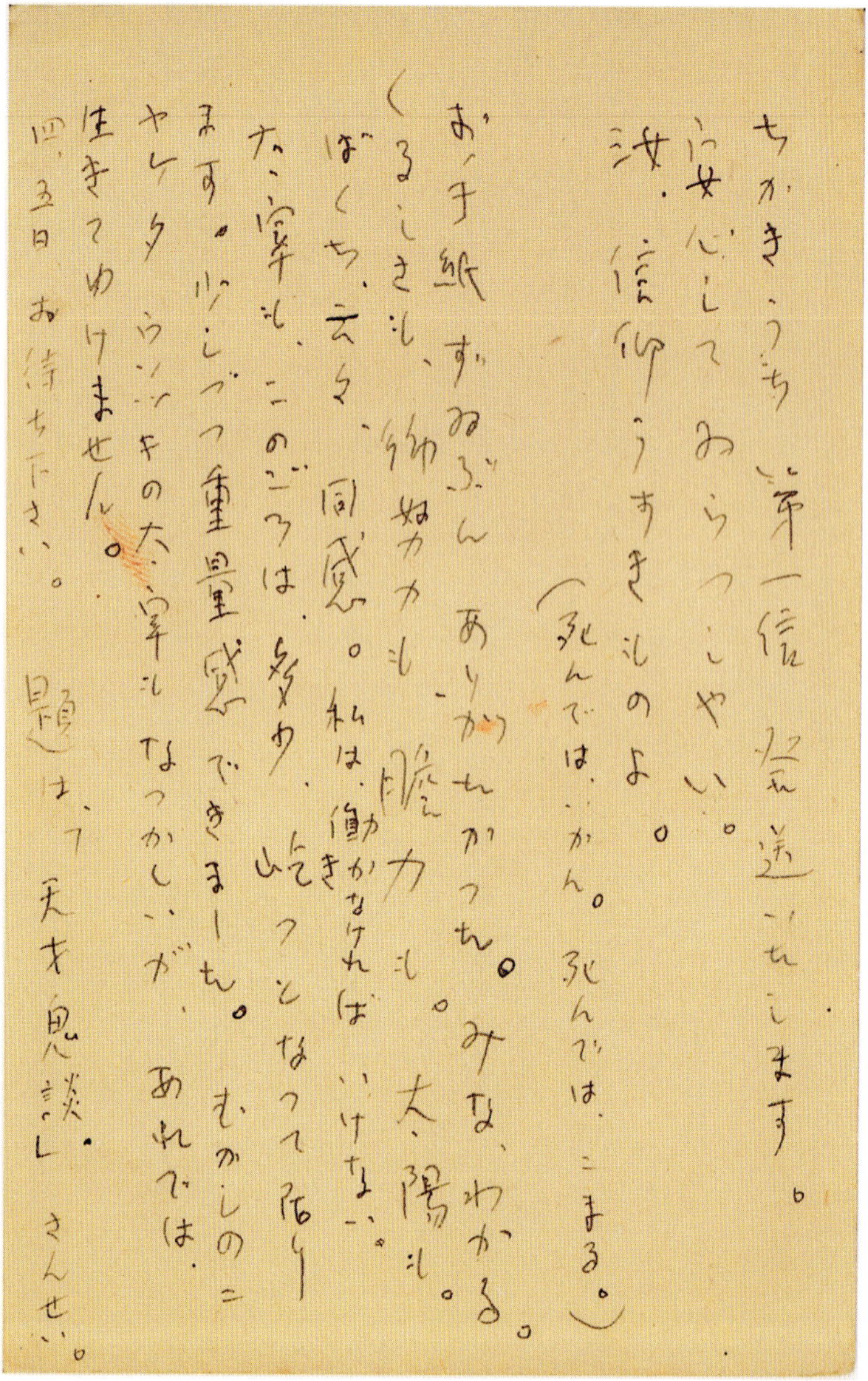
ちかきうち　第一信　発送いたします。
安心しておらっしゃい。
汝、信仰うすきものよ。
（死んでは、いかん。死んでは、こまる。）
お手紙ずゐぶんありがたかった。みな、わかる。
くるしさも、嫉妬力も、膽力も。太陽も。
ぼくも、云々、同感。私は、働かなければいけない。
太宰も、このごろは多少、屹っとなって居り
ます。少しづつ重量感できました。むかしのこ
ヤケクソ　ウソツキの太宰も　なつかしいが、あれでは
生きてゆけません。
四、五日お待ち下さい。
題は「天才思談」　さんせい。

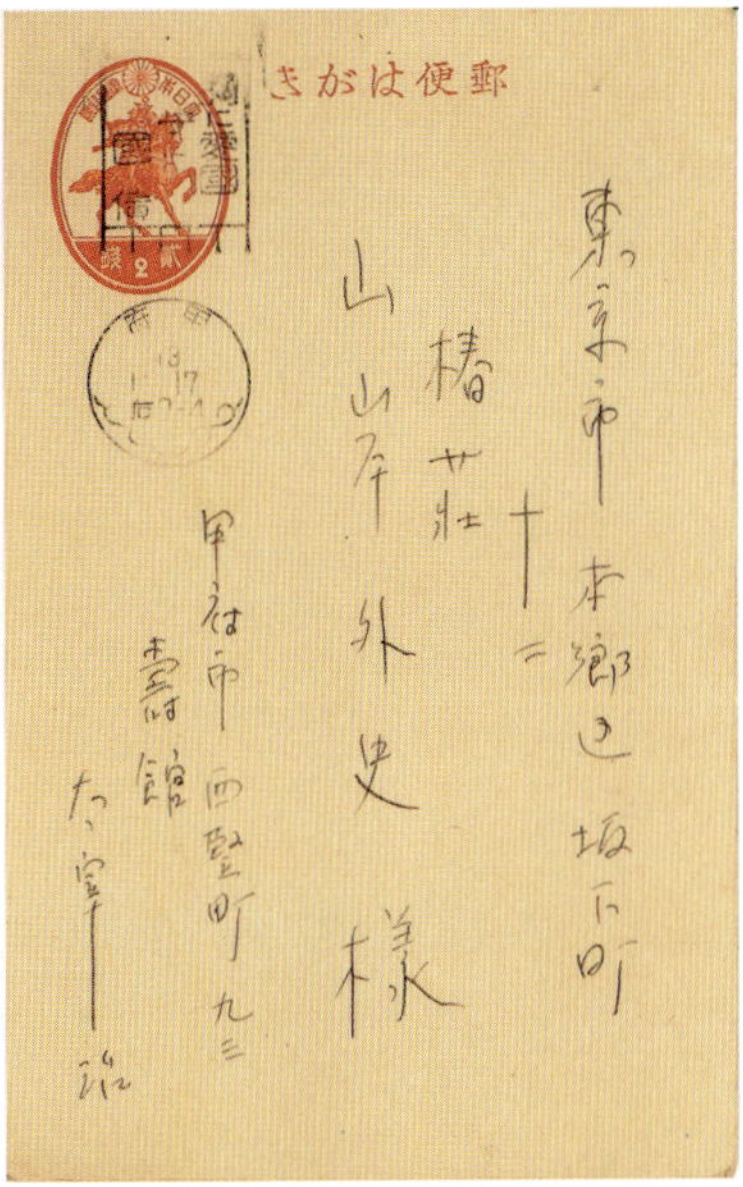

ちかきうち第一信発送いたします。

安心してゐらつしやい。

汝、信仰うすきものよ。

（死んでは、いかん。死んでは、こまる。）

お手紙ずゐぶんありがたかつた。みな、わかる。くるしさも、御努力も、胆力も。太陽も。

ばくち、云々、同感。私は、働かなければいけない。

太宰も、このごろは、多少、吃《き》つとなつて居ります。少しづつ重量感できました。むかしのニヤケタウソツキの太宰もなつかしいが、あれでは、生きてゆけません。
四、五日、お待ち下さい。題は、「天才鬼談。」さんせい。

東京市本郷区坂下町十二　椿荘　山岸外史様
甲府市西竪町九三　寿館　太宰治

【校異】

十月十七日〔全集〕→12月17日（【ノート】参照）
安心していらつしやい。〔全集〕→安心してゐらつしやい。
胆力も、〔全集〕→胆力も。
吃つと〔全集〕→吃《き》つと
ニヤケタ、〔全集〕→ニヤケタ

【ノート】

消印の月の部分は「10」とも「12」とも見える。発信地の住所が甲府の下宿屋寿館であることから、十二月と推定される。天下茶屋から寿館に移ったのは、昭和十三年十一月十六日のことで（同日付け中畑慶吉宛書簡による）、石原美知子の母がここを「探して交渉してくれた」（津島美知子『回想の太宰治』）ことを考えれば、下宿する以前の十月に短期間滞在したとは考えにくいからである。甲府市西竪町――井伏鱒二に勧められ御坂峠天下茶屋に住まいを移していたが、この頃、石原家（見合いをした石原美知子の家）に近い下宿に入る。

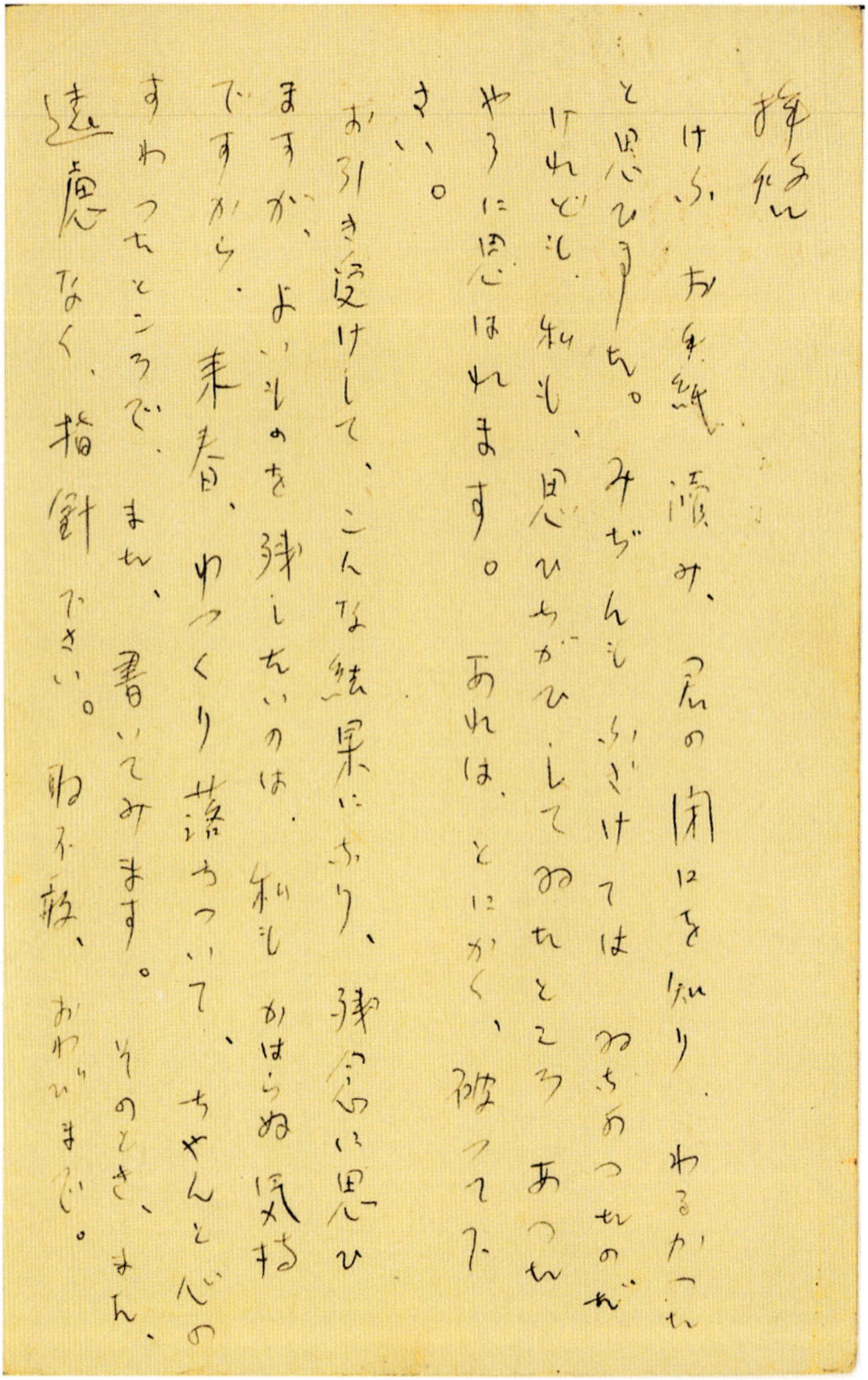

拝啓
けふお手紙讀み、君の困りを知り、わるかつた
と思ひました。みぢんもふざけてはゐなかつたのだ
けれども、私も、思ひちがひをしてゐたところ、あつた
やうに思はれます。あれは、とにかく、破つて下
さい。
お引き受けして、こんな結果になり、残念に思ひ
ますが、よいものを残したいのは、私もかはらぬ気持
ですから、来春、ゆつくり落ちついて、ちやんと心の
すわつたところで、また、書いてみます。そのとき、また、
遠慮なく、指針下さい。取不敢、おわびまで。

書簡番号36

昭和13年（1938年）12月30日〔消印〕

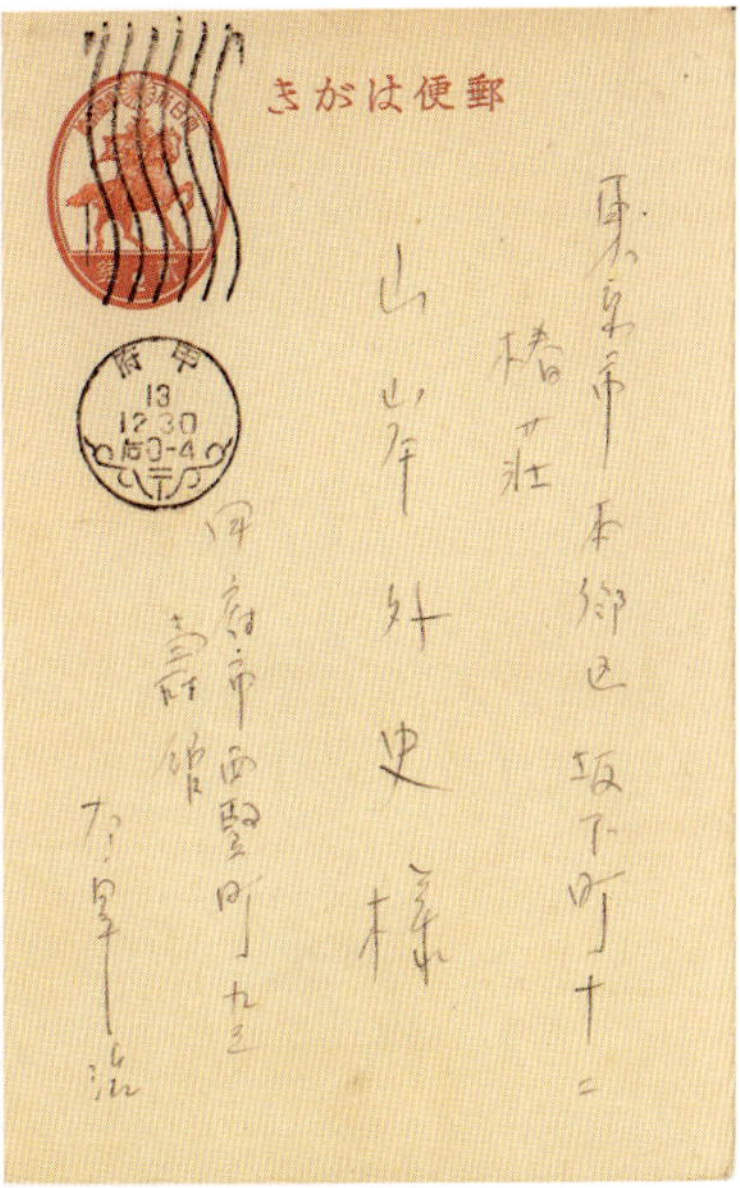

拝啓

けふお手紙読み、君の閉口を知り、わるかつたと思ひました。みぢんもふざけてはゐなかつたのだけれども、私も、思ひちがひしてゐたところあつたやうに思はれます。あれは、とにかく、破つて下さい。

お引き受けして、こんな結果になり、残念に思ひますが、よいものを残したいのは、私もかはらぬ気持ですから、来春、ゆつくり落ちついて、ちやんと心のすわつたところで、また、書いてみます。そのとき、また、遠慮なく、指針下さい。取不敢、おわびまで。

東京市本郷区坂下町十二　椿荘　山岸外史様
甲府市西竪町九三　寿館　太宰治

【校異】
不取敢、〔全集〕→取不敢、

書簡番号37

昭和14年（1939年）3月10日〔消印〕

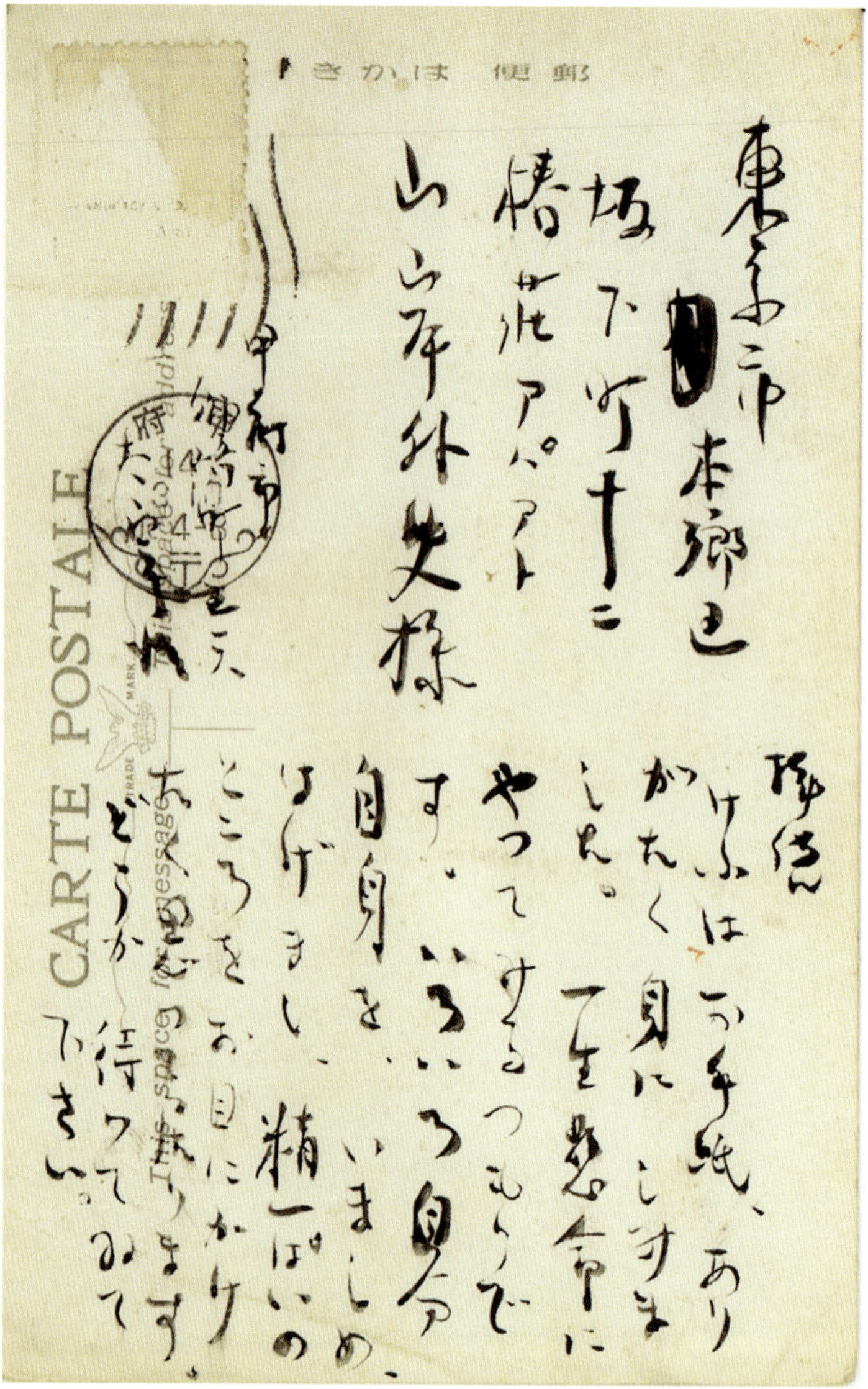
郵便はがき

東京市[redacted]本郷区
坂下町十二
椿荘アパアト
山岸外史様

甲府市御崎町五六
太宰治

拝復
けふは、お手紙、あり
がたく身にしみま
した。一生懸命に
やってみるつもりで
す。いろいろ自分
自身を、いましめ、
はげまし、精一ぱいの
ところをお目にかけ
あ[illegible]ます。
どうか、待ってゐて
下さい。

拝啓
けふはお手紙、ありがたく身にしみました。一生懸命にやつてみるつもりです。いろいろ自分自身を、いましめ、はげまし、精一ぱいのところをお目にかけたく思つて居ります。どうか待つてゐて下さい。

東京市本郷区坂下町十二　椿荘アパアト　山岸外史
様

甲府市御崎町五六　太宰治

【校異】
（改行なし）どうか待つてゐて〔全集〕 ──→ （改行）

【ノート】
甲府市御崎町──石原美知子との結婚のため、昭和十四年一月六日に借家に転居した。

書簡番号38

昭和14年（1939年）5月4日〔消印〕

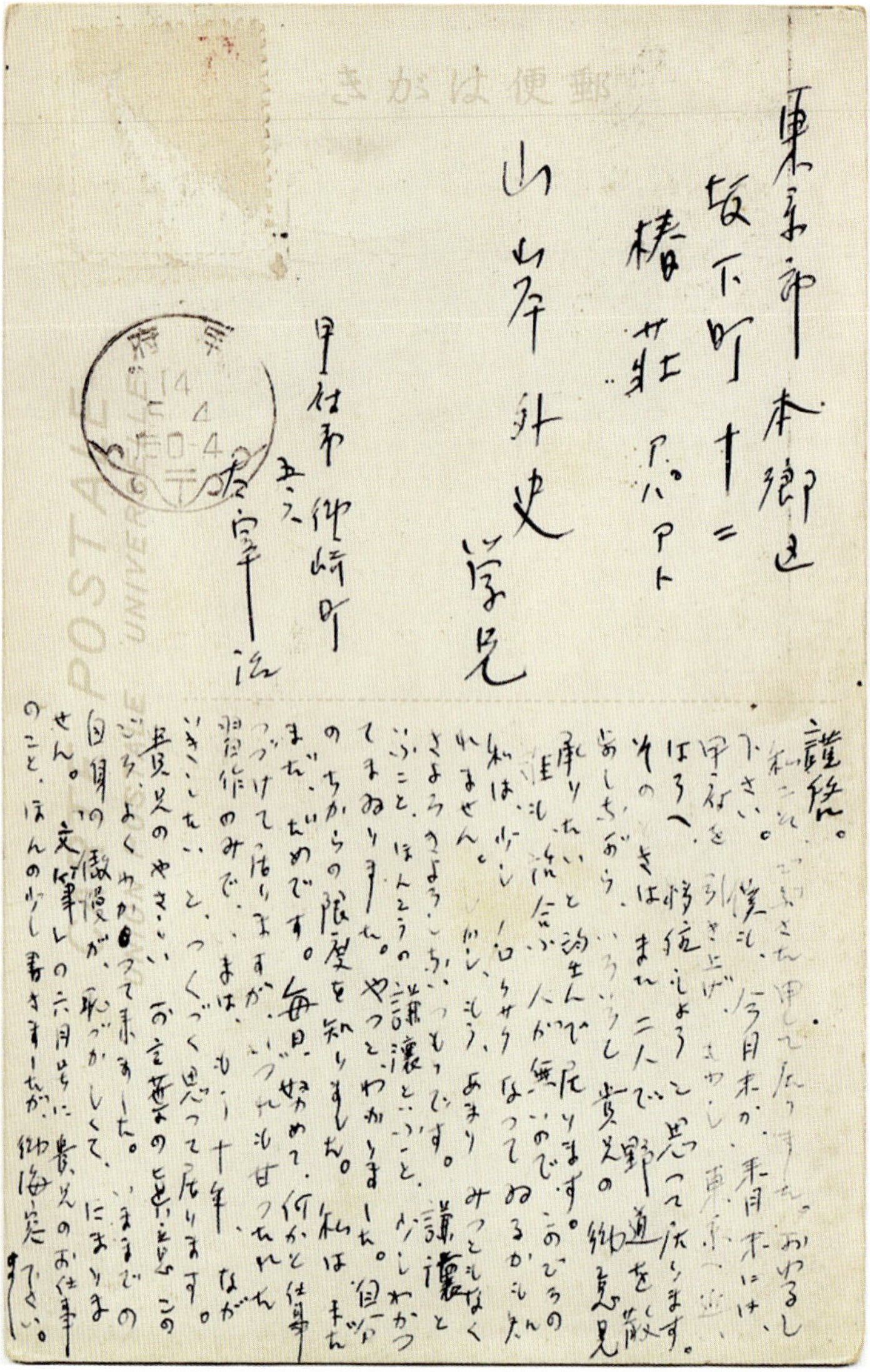

謹啓。

私こそ、ごぶさた申して居りました。おゆるし下さい。僕も、今月末か、来月末には、甲府を引き上げ、も少し、東京へ近いはうへ、移住しようと思つて居ります。そのときはまた二人で野道を散歩しながら、いろいろと貴兄の御意見承りたいと望んで居ります。

誰も、話合ふ人が無いので、このごろの私は、少しノロクサクなつてゐるかも知れません。しかし、もう、あまりみつともなくきよろきよろしないつもりです。謙譲といふこと、ほんとうの謙譲といふこと、少しわかつてまゐりました。やつと、わかりました。自分のちからの限度を知りました。私は、まだまだ、だめです。毎日、努めて、何かと仕事つづけて居りますが、いづれも甘つたれた習作のみで、いまは、もう十年、ながいきしたいと、つくづく思つて居ります。

貴兄のやさしいお言葉の真意このごろ、よくわかつて来ました。いままでの自身の傲慢が、恥づかしくて、たまりません。「文筆」の六月号に貴兄のお仕事のこと、ほんの少し書きましたが、御海容下さいまし。

東京市本郷区坂下町十二　椿荘アパアト　山岸外史
学兄
甲府市御崎町五六　太宰治

【校異】
謹啓〔全集〕→謹啓。／その時は、〔全集〕→そのときは／いろいろ〔全集〕→いろいろと／ノロクサなつて〔全集〕→ノロクサクなつて／やつと〔全集〕→やつと、／まだ、まだ、〔全集〕→まだまだ、／（改行なし）貴兄のやさしい〔全集〕→（改行）／お言葉の真意、〔全集〕→お言葉の真意／このごろ〔全集〕→このごろ、／恥かしくて、〔全集〕→恥づかしくて、／御海容下さい。〔全集〕→御海容下さいまし。

【ノート】

「文筆」の六月号に――六月号ではなく七月十日発行の初夏随筆号に、『「人間キリスト記」その他』を発表。山岸外史著『人間キリスト記』（第一書房、昭和十三年十一月）と山崎剛平著『水郷記』（砂子屋書房、昭和十三年十月）についての随筆。

書簡番号39

昭和14年（1939年）8月10日〔消印〕

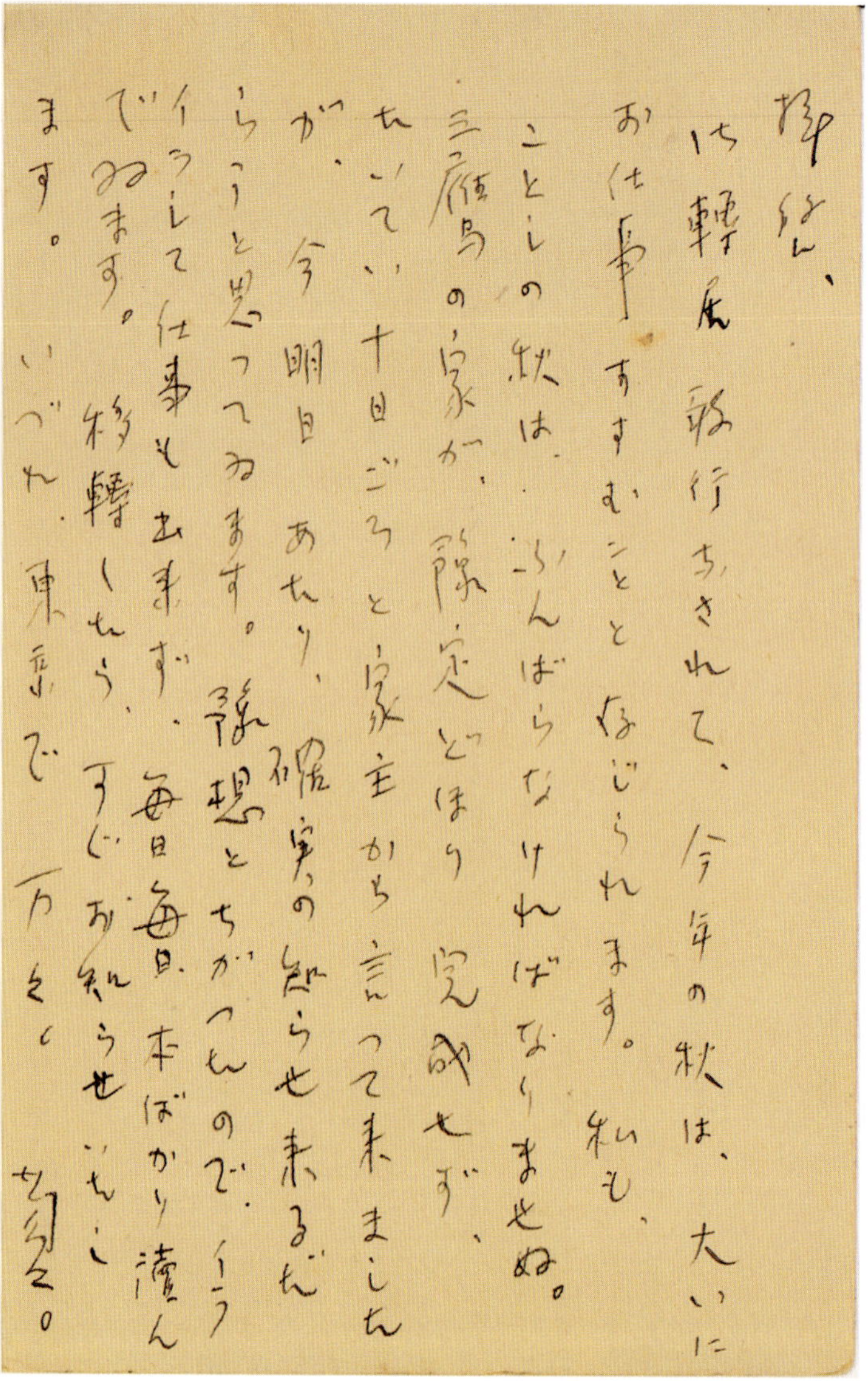

拝復、
ご転居移行なされて、今年の秋は、大いにお仕事すすむことと存じられます。私も、ことしの秋は、ふんばらなければなりませぬ。三鷹の家が、予定どほり完成せず、たいてい十日ごろと家主から言って来ましたが、今明日あたり、確実の知らせ来るだらうと思ってゐます。予想とちがったので、イライラして仕事も出来ず、毎日毎日、本ばかり読んでゐます。移転したら、すぐお知らせいたします。いづれ、東京で。万々
[illegible]。

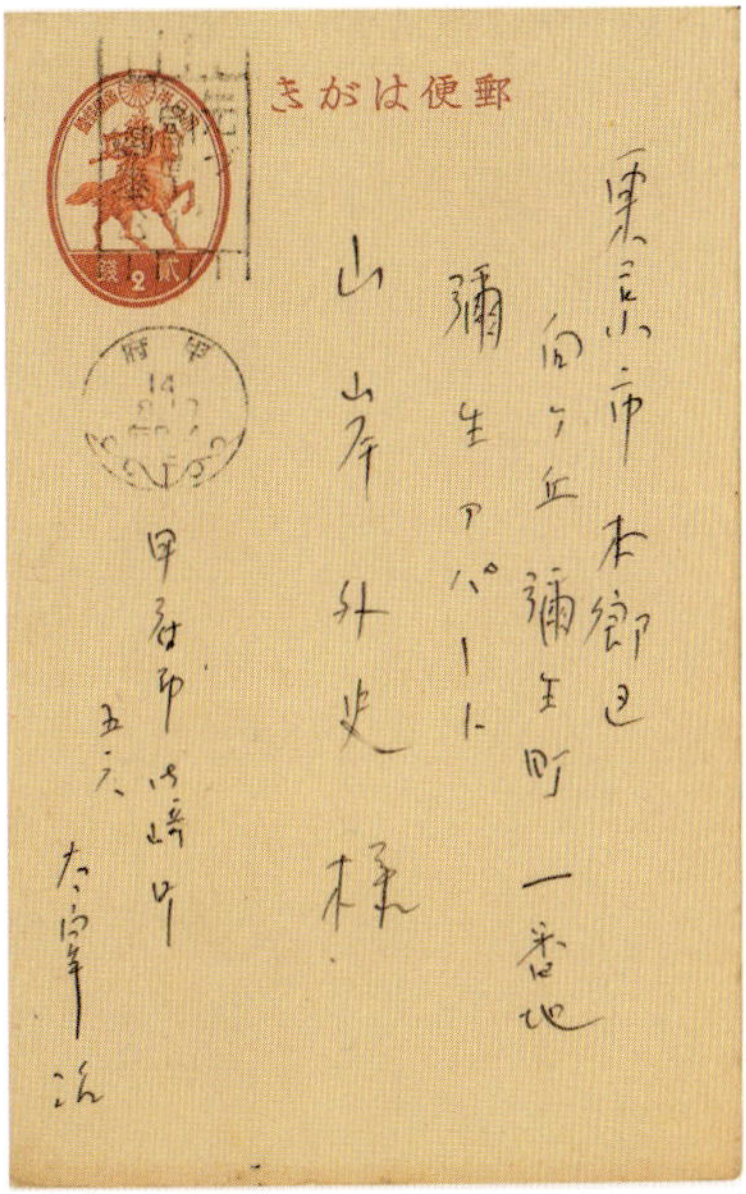

拝啓、
　御転居敢行なされて、今年の秋は、大いにお仕事すすむことと存じられます。私も、ことしの秋は、ふんばらなければなりませぬ。三鷹の家が、予定どほり完成せず、たいてい十日ごろと家主から言つて来ましたが、今明日あたり、確実の知らせ来るだらうと思つてゐます。予想とちがつたので、イライラして仕事も出来ず、毎日毎日、本ばかり読んでゐます。移転したら、すぐ、お知らせいたします。いづれ、東京で万々。　　　　匆々。

東京市本郷区向ヶ丘弥生町一番地　弥生アパート
山岸外史様
甲府市御崎町五六　太宰治

【校異】
拝啓〔全集〕→拝啓、
がんばらなければ〔全集〕→ふんばらなければ
イライラ仕事も〔全集〕→イライラして仕事も
すぐ〔全集〕→すぐ、
（改行）いづれ、〔全集〕→（改行なし）
草々。〔全集〕→匆々。

【ノート】
三鷹の家——東京府北多摩郡三鷹村下連雀一一三番地の新築の借家。九月一日に引っ越す。

書簡番号40

昭和15年（1940年）2月28日〔消印〕

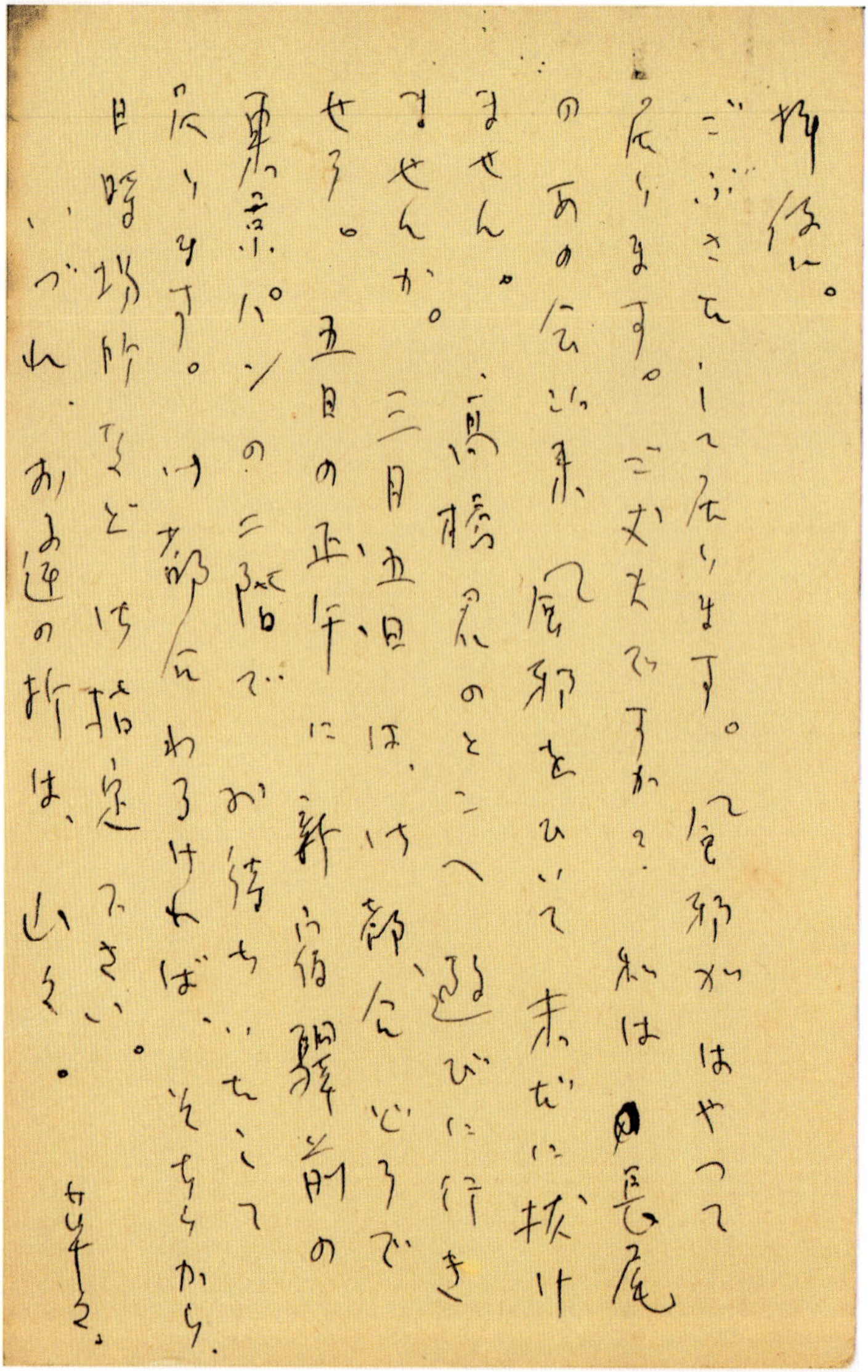
拝復。
ごぶさたして居ります。風邪がはやって
居ります。ご丈夫ですか？ 私は尻尾
のあの会以来風邪をひいて未だに抜け
ません。高橋君のとこへ遊びに行き
ませんか。三月五日は、け部会必ずで
せう。五日の正午に新宿駅前の
東京パンの二階でお待ちいたして
居ります。け部会わるければ、そちらから、
日時場所など御指定下さい。
いづれ、お逢の折は、山々。

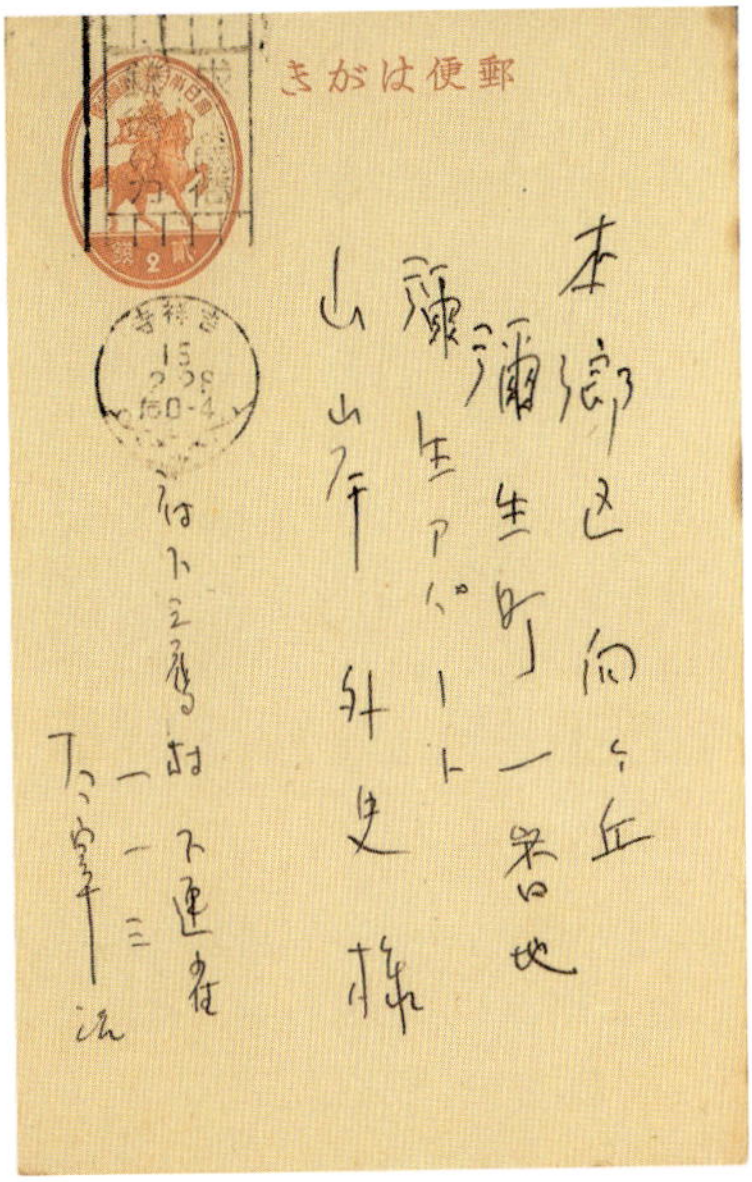

拝啓。

ごぶさたして居ります。風邪がはやつて居ります。ご丈夫ですか？　私は長尾のあの会以来風邪をひいて未だに抜けません。高橋君のとこへ遊びに行きませんか。三月五日は、御都合どうでせう。五日の正午に新宿駅前の東京パンの二階でお待ちいたして居ります。御都合わるければ、そちらから、日時場所など御指定下さい。

いづれ、お逢の折は、山々。

草々。

本郷区向ヶ丘弥生町一番地　弥生アパート　山岸外史様

府下三鷹村下連雀一一三　太宰治

【校異】

拝啓〔全集〕→拝啓。

（改行なし）草々。〔全集〕→（改行）

【ノート】

長尾のあの会——長尾良の入営送別会。二月十八日に鶯谷の「笹の雪」で行われた。中谷孝雄、山岸外史、高橋幸雄、塩月赳らと出席。

高橋君——高橋幸雄か。

書簡番号41

昭和15年（1940年）3月21日〔消印〕

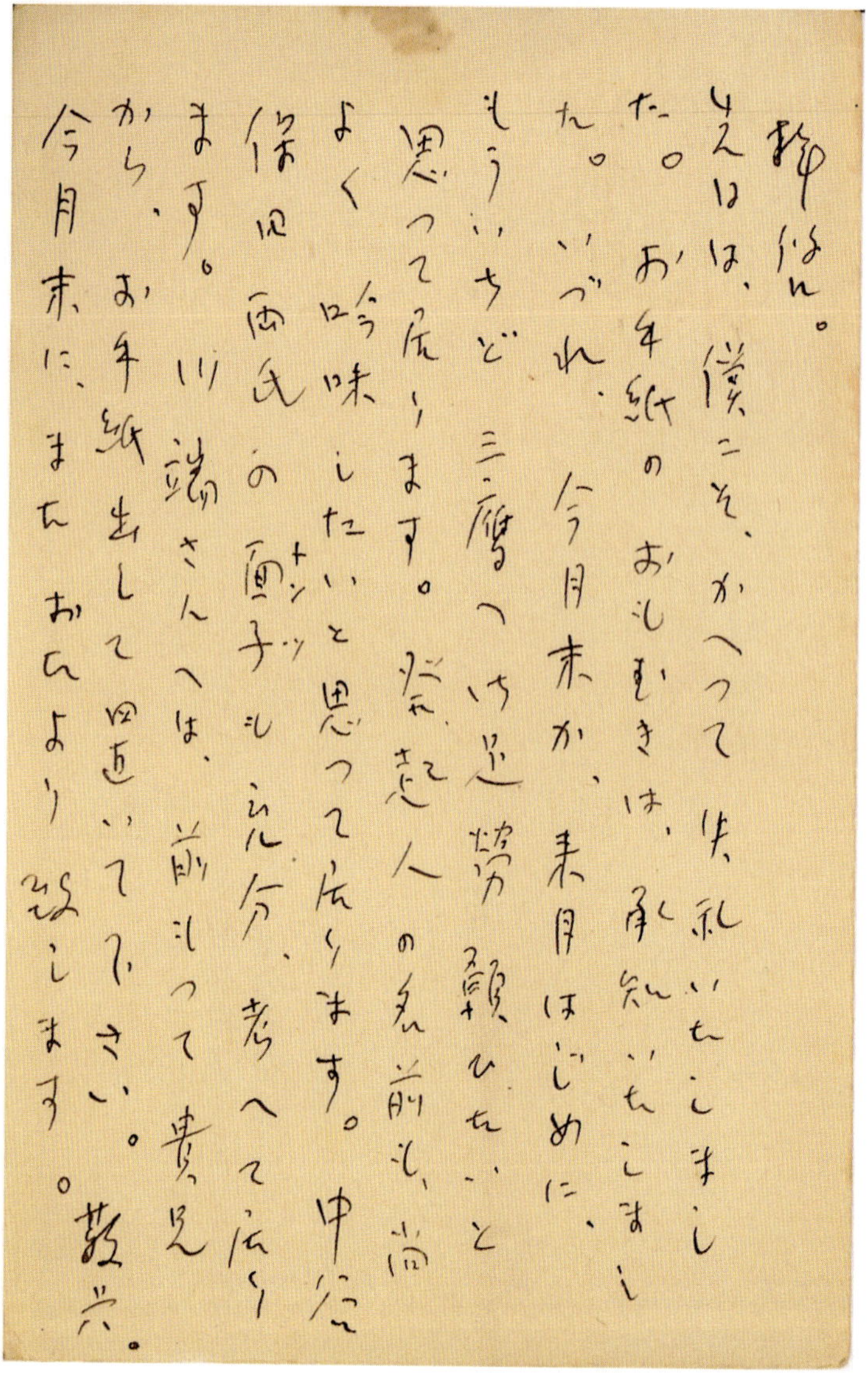

拝復。
先日は、僕こそ、かへつて失礼いたしまし
た。お手紙のおもむきは、承知いたしまし
た。いづれ、今月末か、来月はじめに、
もういちど三鷹へは足労願ひたいと
思つて居ります。発起人の名前も、尚
よく吟味したいと思つて居ります。中谷
保田両氏の面子《メンツ》も充分、考へて居り
ます。川端さんへは、前もつて貴兄
から、お手紙出して置いて下さい。
今月末に、またおたより致します。
敬具。

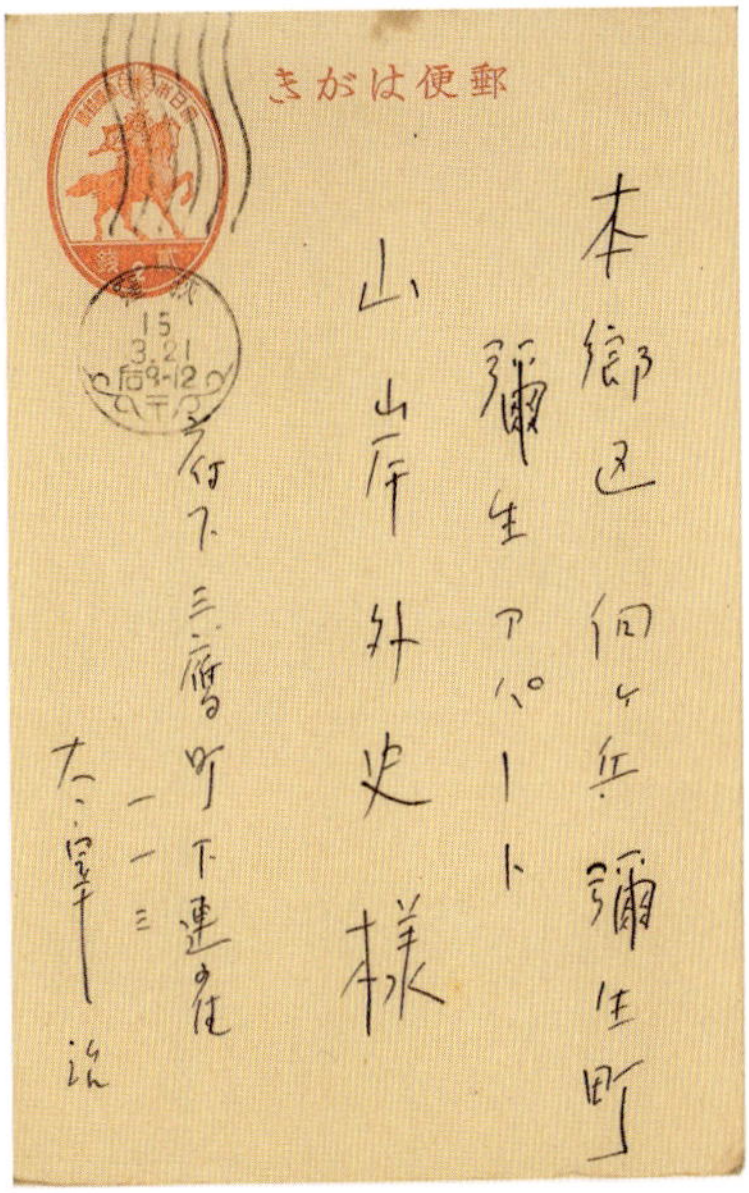

拝啓。
先日は、僕こそ、かへつて失礼いたしました。お手紙のおもむきは、承知いたしました。いづれ、今月末か、来月はじめに、もういちど三鷹へ御足労願ひたいと思つて居ります。発起人の名前も、尚よく吟味したいと思つて居ります。中谷保田両氏の面子《メンツ》も充分、考へて居ります。川端さんへは、前もつて貴兄から、お手紙出して置いて下さい。
今月末に、またおたより致します。

敬具。

本郷区向ヶ丘弥生町　弥生アパート　山岸外史様
府下三鷹町下連雀一一三　太宰治

【校異】

拝啓〔全集〕→拝啓。
（改行）御手紙の〔全集〕→（改行なし）お手紙の
もういちど、〔全集〕→もういちど
（改行）発起人の〔全集〕→（改行なし）
中谷、保田〔全集〕→中谷保田
（改行なし）敬具。〔全集〕→（改行）

【ノート】

発起人――山岸外史『芥川龍之介』（ぐろりあ・そさえて、昭和十五年三月）の出版記念会の発起人。山岸外史『人間太宰治』には、太宰が出版記念会を強く勧め「誠心誠意、僕の世話をやいてくれた」とある。
中谷――中谷孝雄。
保田――保田与重郎。
川端さん――川端康成。

書簡番号42

昭和15年（1940年）3月28日〔消印〕

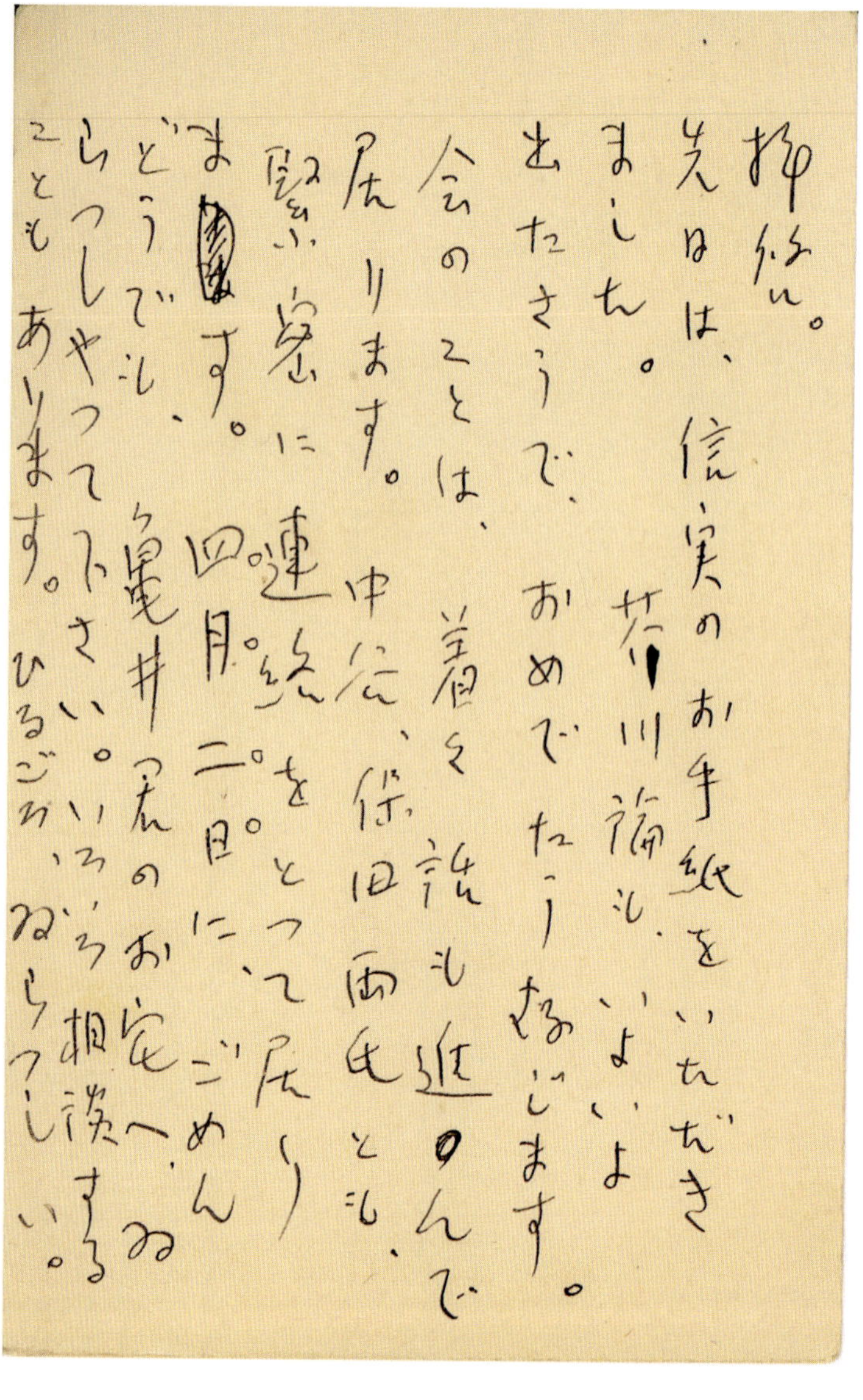

拝復。
先日は、信実のお手紙をいただき
ました。芥川論も、いよいよ
出たさうで、おめでたう存じます。
会のことは、着々話も進んで
居ります。中谷、保田両氏とも、
緊密に連絡をとって居り
ます。四月二日に、ごめん
どうでも、亀井君のお宅へ、ね
らっしゃって下さい。いろいろ相談する
こともあります。ひるごろ、ねらっしゃい。

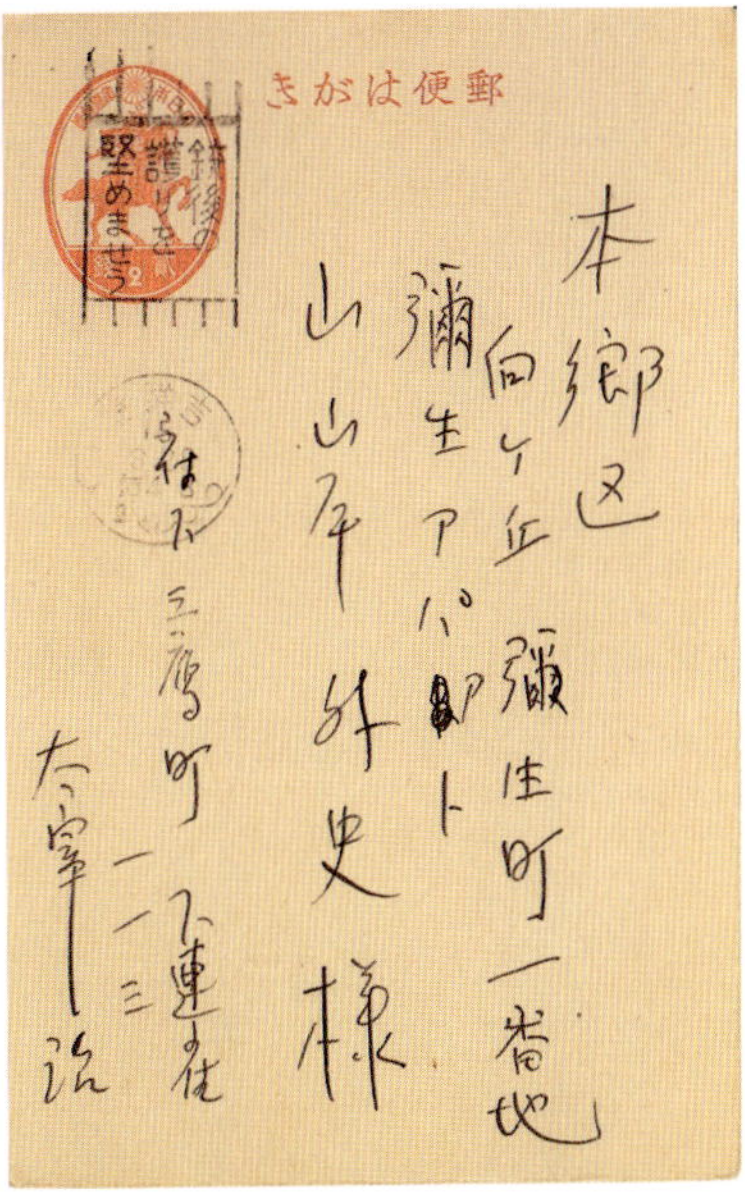

拝啓。
先日は、信実のお手紙をいただきました。芥川論も、いよいよ出たさうで、おめでたう存じます。会のことは、着々話も進んで居ります。中谷、保田両氏とも、緊密に連絡をとつて居ります。四月二日に、ごめんどうでも、亀井君のお宅へ、ゐらつしやつて下さい。いろいろ相談することもあります。ひるごろ、ゐらつしい。

本郷区向ヶ丘弥生町一番地　弥生アパアト　山岸外史様
府下三鷹町下連雀一一三　太宰治

【校異】
拝啓〔全集〕→拝啓。
会のことは〔全集〕→会のことは、
（改行）中谷、〔全集〕→（改行なし）
両氏とも〔全集〕→両氏とも、
ごめんだうでも、〔全集〕→ごめんどうでも、
いらつしやつて〔全集〕→ゐらつしやつて
いらつしやい。〔全集〕→ゐらつしい。

【ノート】
芥川論——山岸外史『芥川龍之介』（ぐろりあ・そさえて、昭和十五年三月）。
会のこと——山岸の出版記念会。

昭和15年（1940年）4月15日〔月日直筆、消印〕

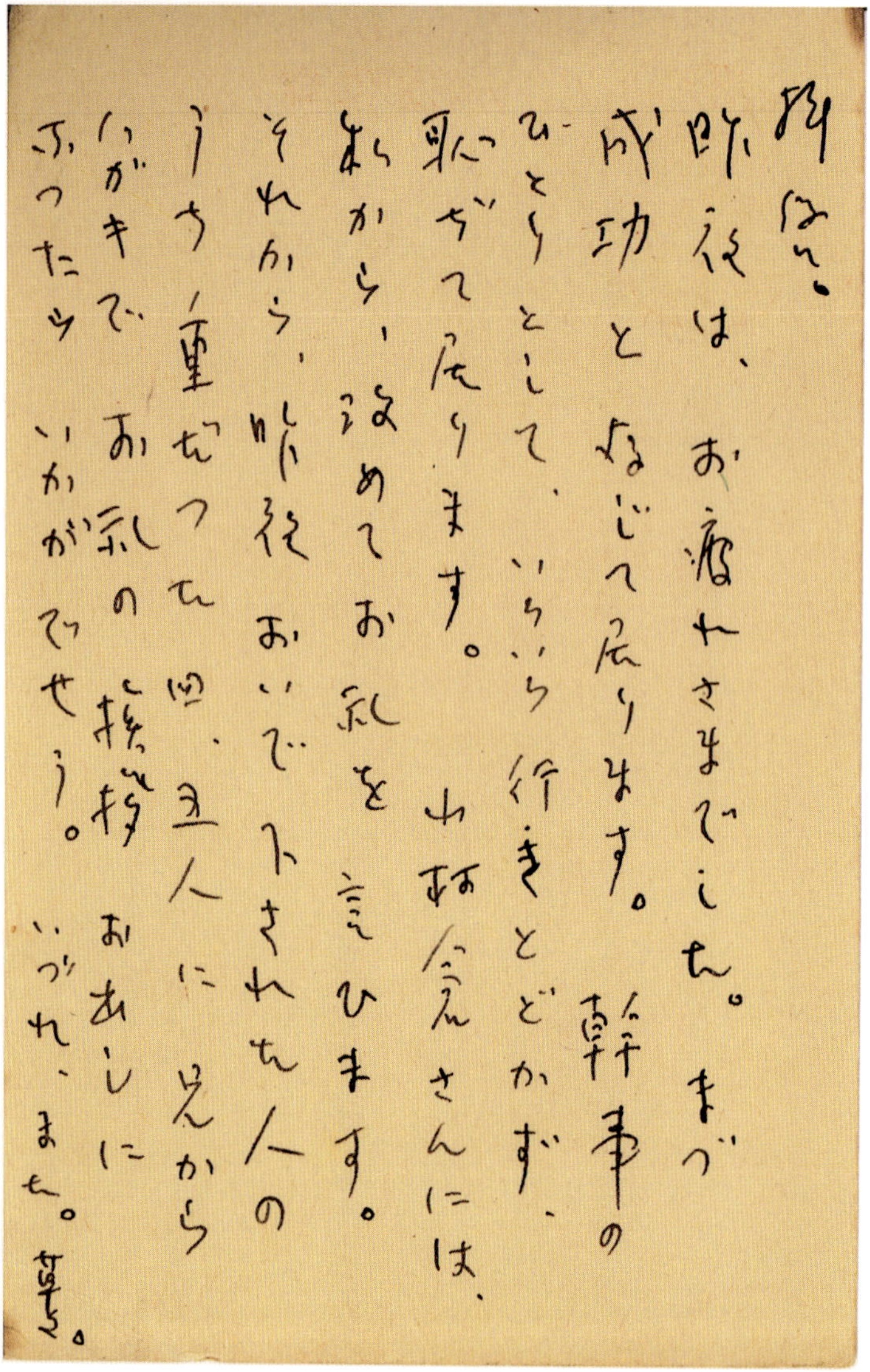
拝啓。
昨夜は、お疲れさまでした。まづ
成功と存じて居ります。幹事の
ひとりとして、いろいろ行きとどかず、
恥ぢて居ります。小林令んさんには、
私から、改めてお礼を言ひます。
それから、昨夜おいで下された人の
うち、重だつた四、五人に兄から
はがきで、お礼の挨拶お出しに
なつたら いかがでせう。いづれ、また。
草々。

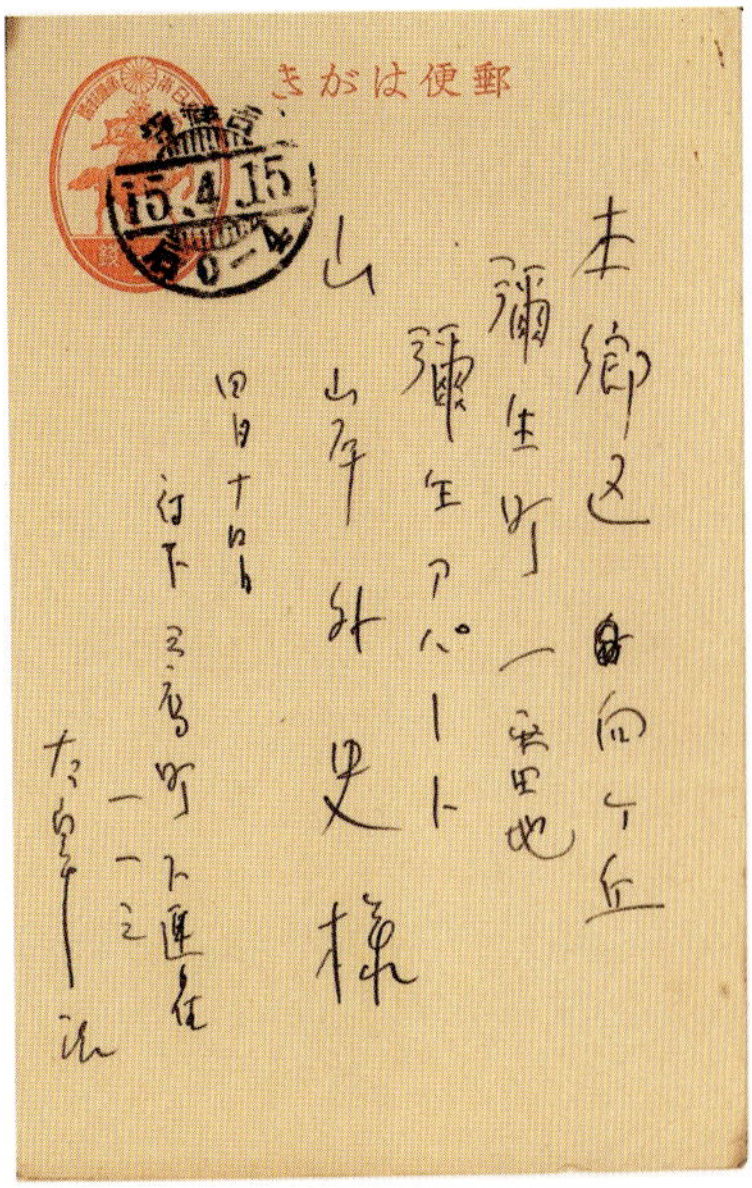

拝啓。

昨夜は、お疲れさまでした。まづ成功と存じて居ります。幹事のひとりとして、いろいろ行きとどかず、恥ぢて居ります。小林倉さんには、私から、改めてお礼を言ひます。それから、昨夜おいで下された人のうち重だつた四、五人に兄からハガキでお礼の挨拶お出しになつたらいかがでせう。いづれ、また。

草々。

本郷区向ヶ丘弥生町一番地　弥生アパート　山岸外史様

四月十五日　府下三鷹町下連雀一一三　太宰治

【校異】

拝啓〔全集〕→拝啓。

（脱文。「私から、」の後）〔全集〕→改めてお礼を言ひます。それから、

（改行）草々。〔全集〕→（改行なし）

【ノート】

昨夜——四月十四日、日比谷の松本楼で開かれた山岸外史『芥川龍之介』の出版記念会。太宰が幹事を務めた。

小林倉さん——小林倉三郎。原稿用紙の製作販売業「久楽堂」主人。佐藤春夫夫人千代の兄。

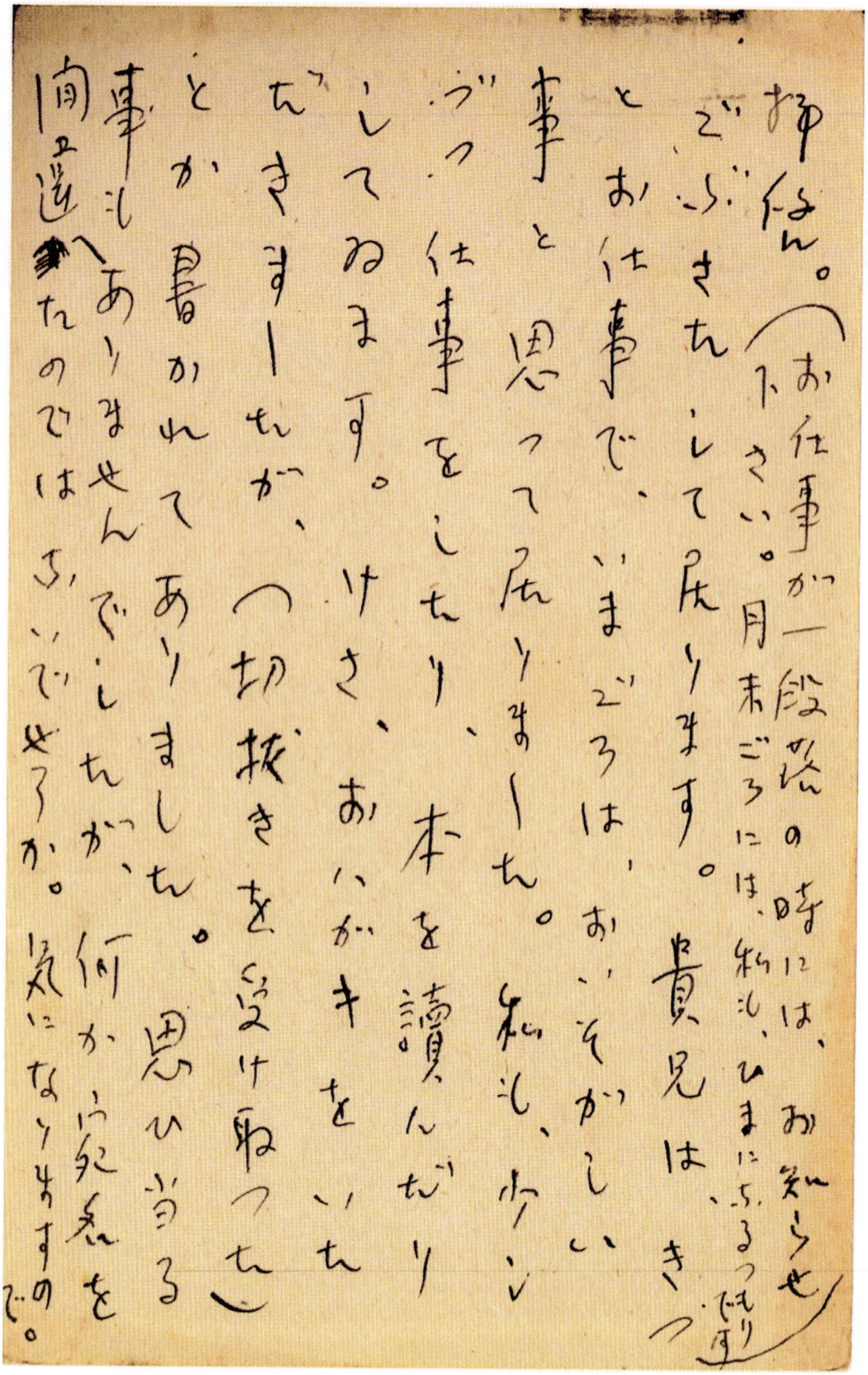

拝啓。（お仕事が一段落の時には、お知らせ下さい。月末ごろには、私し、ひまになるつもりです）

ごぶさたしてをります。貴兄はきっとお仕事で、いまごろは、おいそがしい事と思って居りました。私し、少しづつ仕事をしたり、本を讀んだりしてゐます。けさ、おハガキをいただきました、（切抜きを受け取った）とか書かれてありました。思ひ当る事もありませんでしたが、何か研究を間違へたのではないでせうか。気になりますので。

書簡番号44

昭和15年（1940年）9月5日〔月日直筆、消印は6日〕

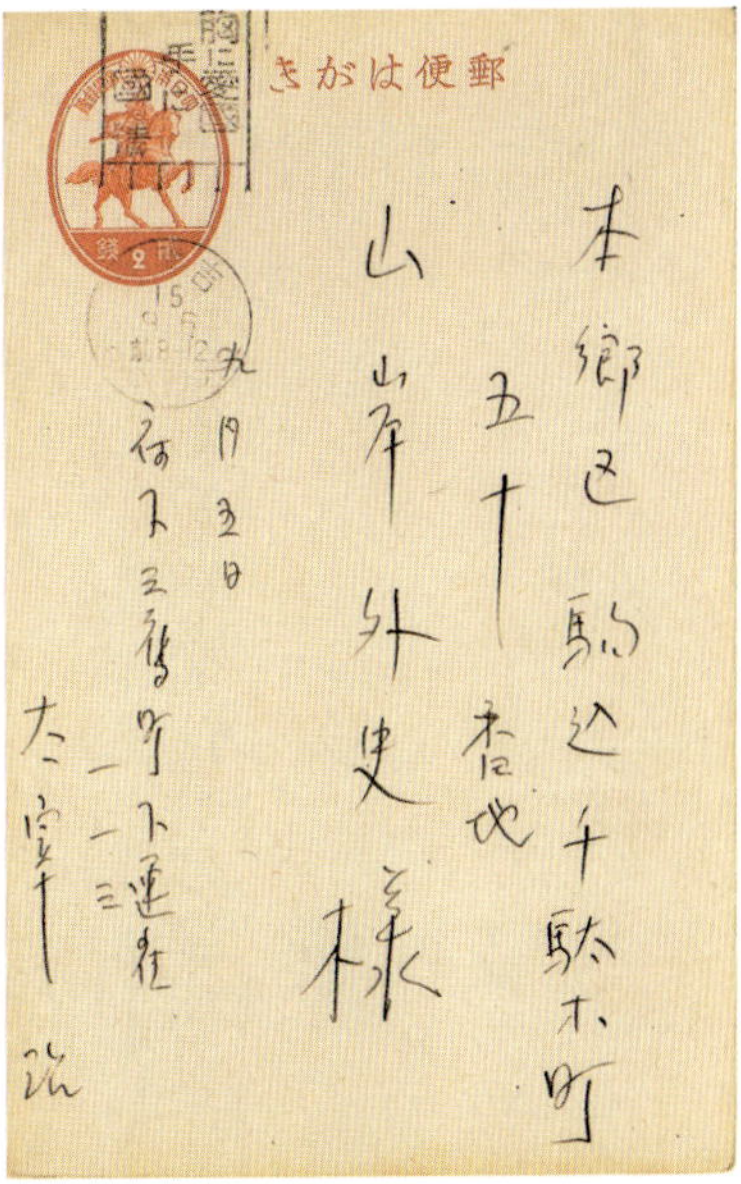

拝啓。

ごぶさたして居ります。貴兄は、きつとお仕事で、いまごろは、おいそがしい事と思つて居りました。私も、少しづつ仕事をしたり、本を読んだりしてゐます。けさ、おハガキをいただきましたが、（切抜きを受け取つた）とか書かれてありました。思ひ当る事もありませんでしたが、何か宛名を間違へたのではないでせうか。気になりますので。

（お仕事が一段落の時には、お知らせ下さい。月末ごろには、私も、ひまになるつもりです）

本郷区駒込千駄木町五十番地　山岸外史様

九月五日　府下三鷹町下連雀一一三　太宰治

【校異】

拝啓〔全集〕→拝啓。

（脱文。「気になりますので。」（改行）の後）〔全集〕→（お仕事が一段落の時には、お知らせ下さい。月末ごろには、私も、ひまになるつもりです）

昭和15年（1940年）10月6日〔月日直筆、消印〕

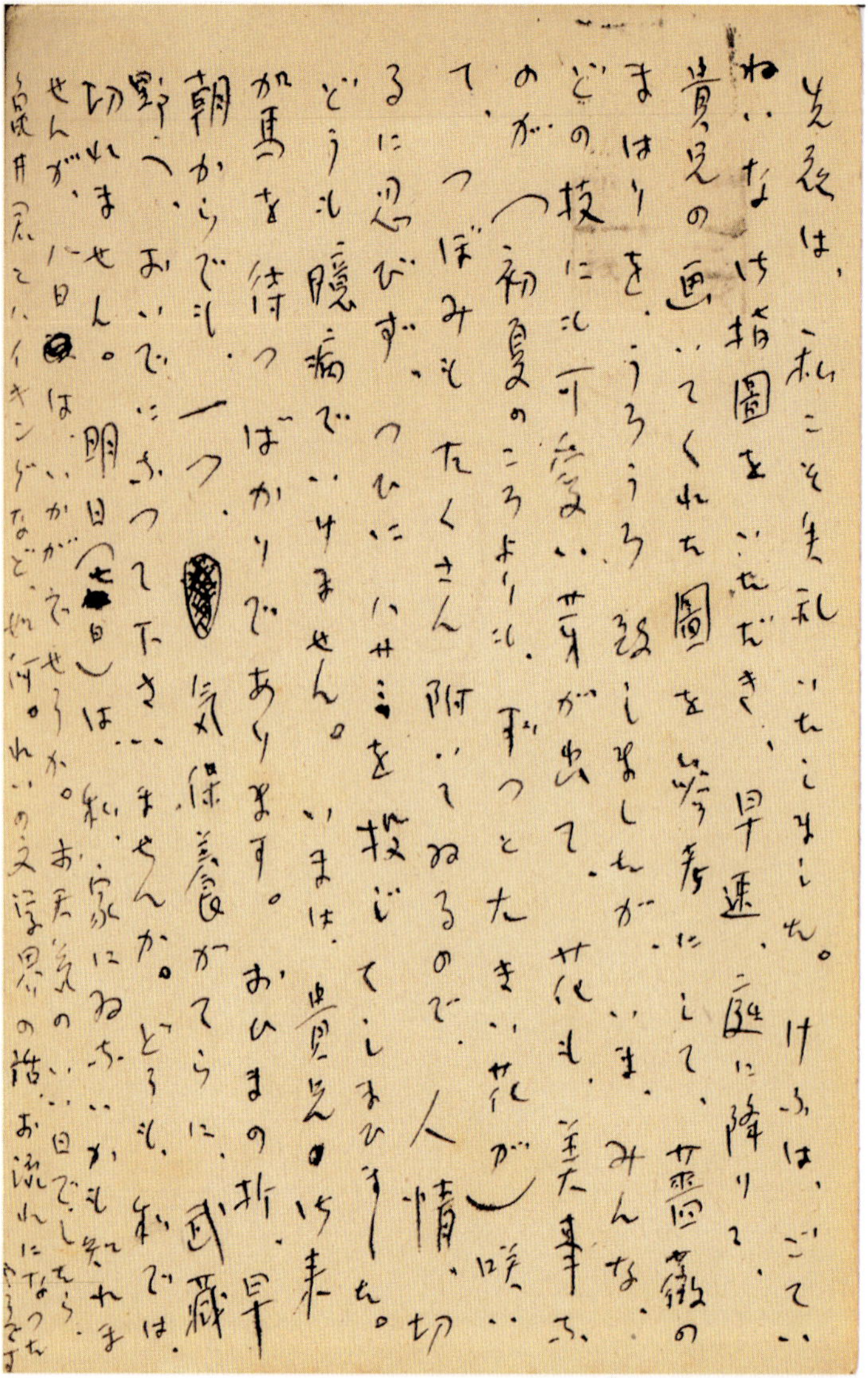
先夜は、私こそ失礼いたしました。けふは、ごていねいな指図をいただき、早速、庭に降りて、貴兄の画いてくれた図を参考にして、薔薇のまはりを、うろうろ致しましたが、いま、みんなどの枝にも可愛い芽が出て、花も、美事なのが（初夏のころよりも、ずつと大きい花が）咲いて、つぼみもたくさん附いてゐるので、人情、切るに忍びず、つひにハサミを投じてしまひました。どうも臆病でいけません。いまは、貴兄の来駕を待つばかりであります。おひまの折、早朝からでも、一つ、気保養かてらに、武蔵野へ、おいでになつて下さいませんか。どうも、私では切れません。明日（七日）は、私、家にゐないかも知れませんが、八日は、いかがでせうか。お天気のいい日でしたら、今月末は、ハイキングなど、如何。れいの文学界の話、お流れになつたやうです

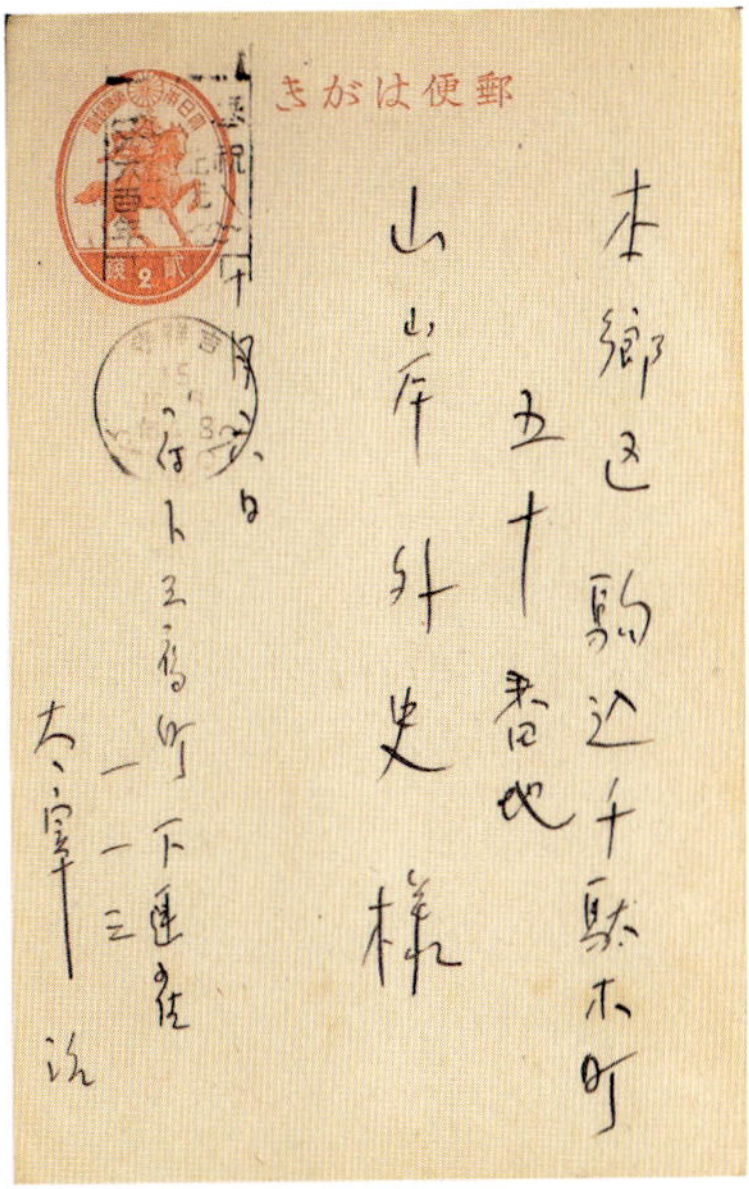

先夜は、私こそ失礼いたしました。けふは、ごていねいな御指図をいただき、早速、庭に降りて、貴兄の画いてくれた図を参考にして、薔薇のまはりを、うろうろ致しましたが、いま、みんな、どの枝にも可愛い芽が出て、花も、美事なのが（初夏のころよりも、ずつと大きい花が）咲いて、つぼみもたくさん附いてゐるので、人情、切るに忍びず、つひにハサミを投じてしまひました。どうも臆病でいけません。いまは、貴兄御来駕を待つばかりであります。おひまの折、早朝からでも、一つ、気保養がてらに、武蔵野へ、おいでになつて下さいませんか。どうも、私では、切れません。明日（七日）は、私、家にゐないかも知れませんが、八日は、いかがでせうか。お天気のいい日でしたら、亀井君とハイキングなど、如何。れいの文学界の話、お流れになつたやうです

本郷区駒込千駄木町五十番地　山岸外史様
十月六日　府下三鷹町下連雀一一三　太宰治

【校異】

〔脱文。「庭に降りて、」の後〕〔全集〕——→貴兄の画いてくれた図を参考にして、薔薇の
ついに〔全集〕——→つひに
貴兄の御来駕を〔全集〕——→貴兄御来駕を
ハイキングなど〔全集〕——→ハイキングなど、
お流れになつたやうです。〔全集〕——→お流れになつたやうです

【ノート】

亀井君——亀井勝一郎。

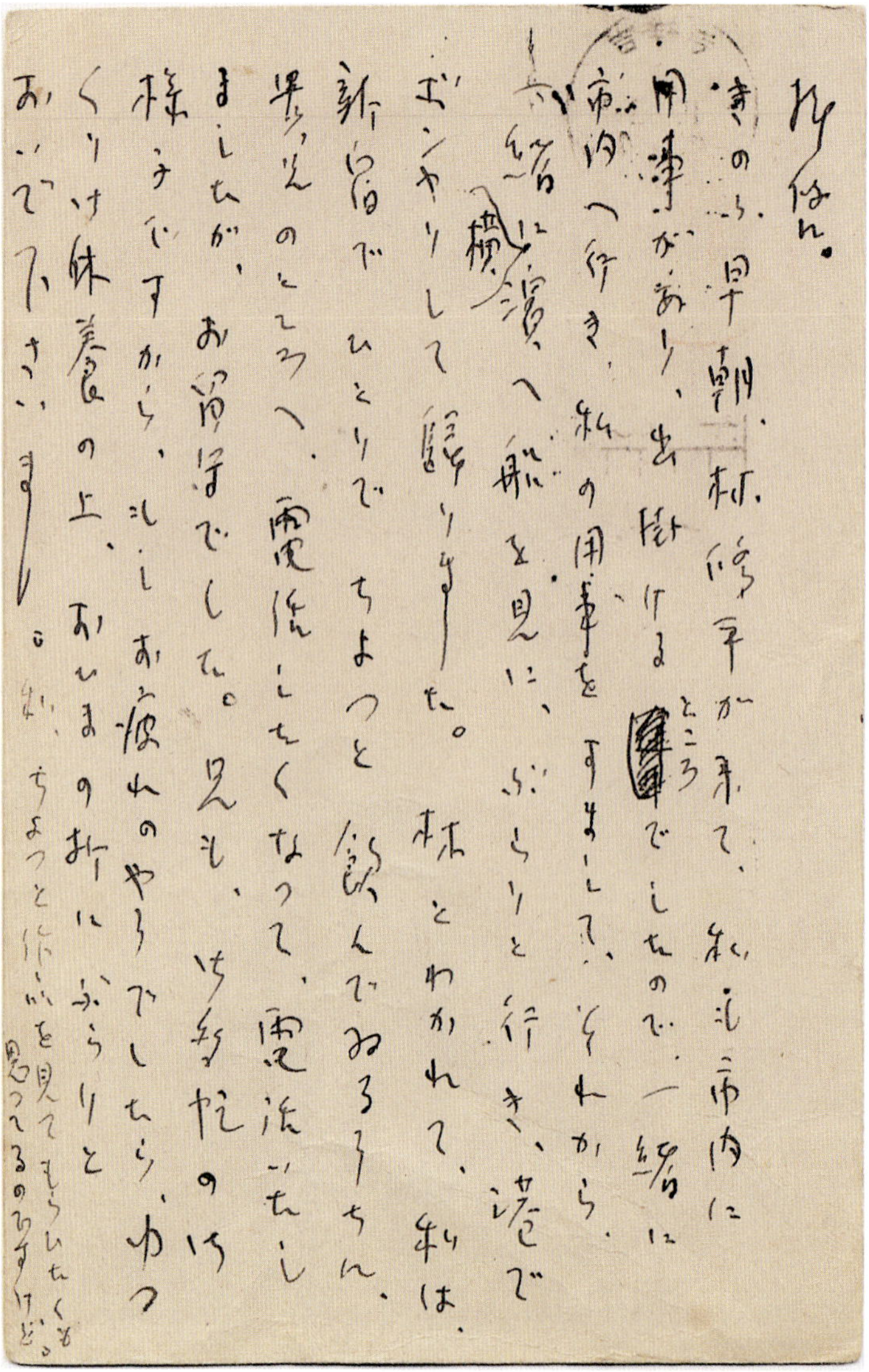
れん。
きのふ早朝、林修平が来て、私も市内に
用事があり、出掛けるところでしたので一緒に
市内へ行き、私の用事をすまして、それから、
一緒に横浜へ船を見に、ぶらりと行き、港で
ボンヤリして帰りました。林とわかれて、私は、
新宿でひとりでちよつと飲んでゐるうちに、
男っちゃんのところへ、電話したくなつて、電話いたし
ましたが、お留守でした。兄も、出勤の時
様子ですから、もしお疲れのやうでしたら、ゆつ
くりと休養の上、おひまの折にぶらりと
おいで下さいます
○私、ちよつと作品を見てもらひたくも思つてゐるのですけど。

書簡番号46

昭和15年（1940年）10月8日〔日にち直筆、消印〕

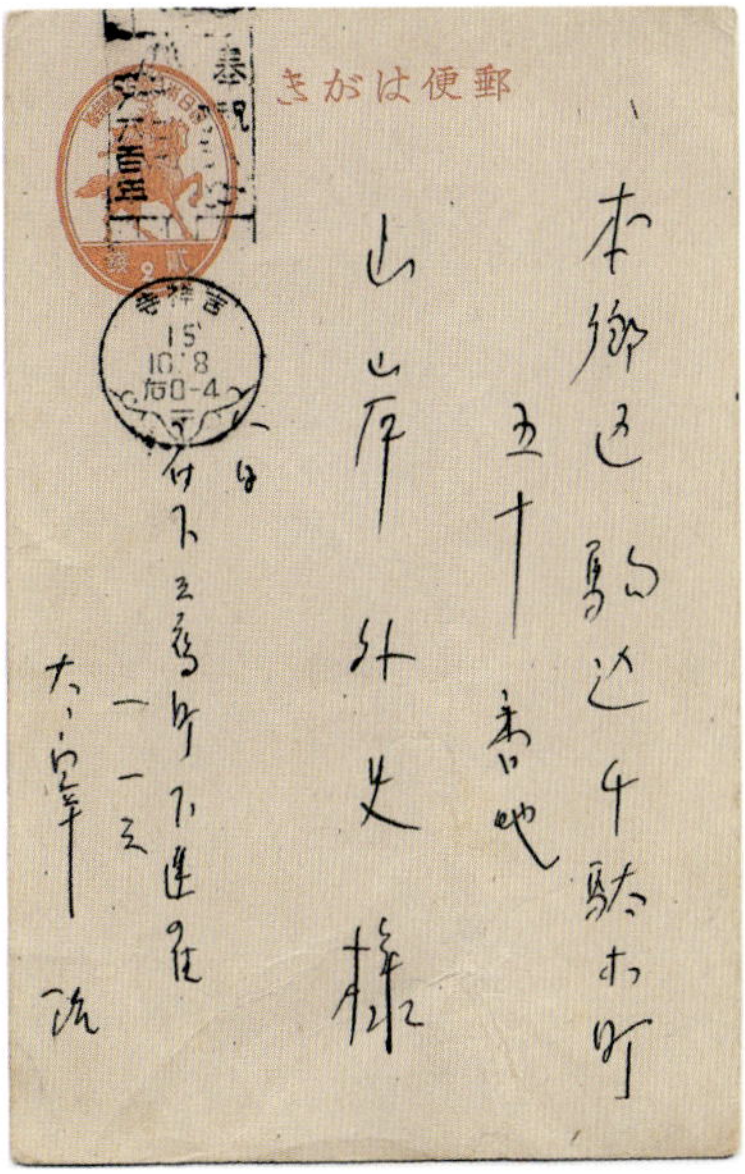

拝啓。

きのふ早朝、林修平が来て、私も市内に用事があり、出掛けるところでしたので、一緒に市内へ行き、私の用事をすまして、それから、一緒に横浜へ船を見に、ぶらりと行き、港でボンヤリして帰りました。林とわかれて、私は、新宿でひとりでちよつと飲んでゐるうちに、貴兄のところへ、電話したくなつて、電話いたしましたが、お留守でした。兄も、御多忙の御様子ですから、もしお疲れのやうでしたら、ゆつくり御休養の上、おひまの折にぶらりとおいで下さいまし。私、ちよつと作品を見てもらひたくも思つてるのですけど。

本郷区駒込千駄木町五十番地　山岸外史様
八日　府下三鷹町下連雀一一三　太宰治

【校異】

拝啓〔全集〕──→拝啓。

休養〔全集〕──→御休養

【ノート】

林修平──林富士馬。

書簡番号47

昭和15年（1940年）10月12日・速達〔消印〕

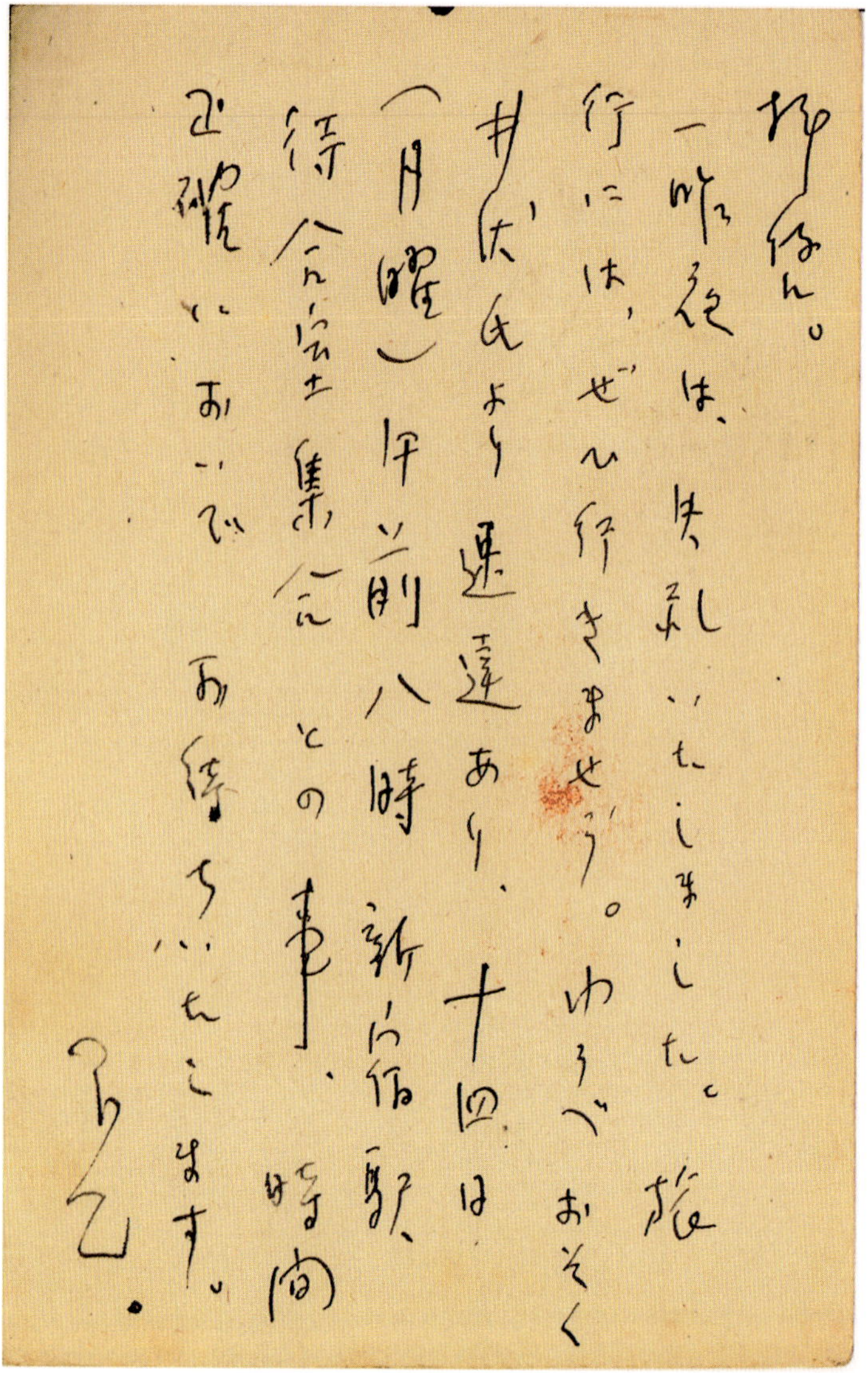
拝復。
一昨夜は、失礼いたしました。旅
行には、ぜひ行きませう。ゆうべおそく
井伏氏より速達あり、十四日
（月曜）午前八時新宿駅
待合室集合との事、時間
正確においで　お待ちいたします。
治。

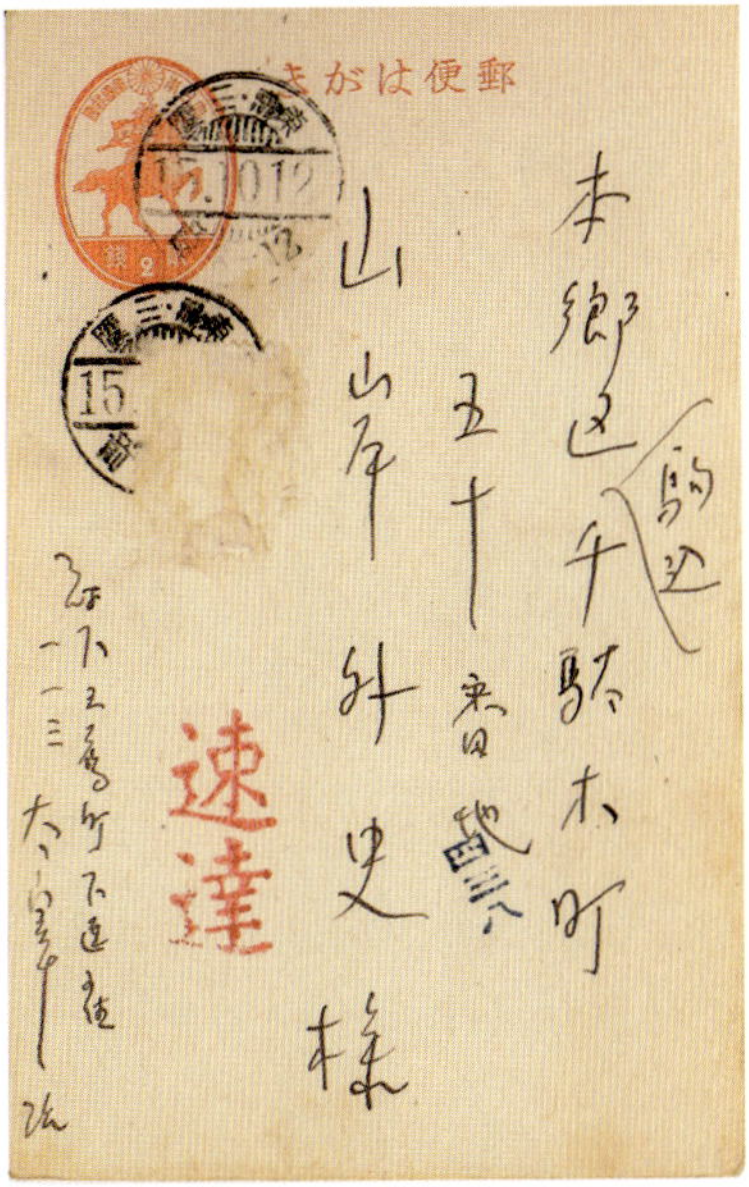

拝啓。
一昨夜は、失礼いたしました。旅行には、ぜひ行きませう。
ゆうべおそく井伏氏より速達あり、十四日（月曜）午前八時
新宿駅待合室集合との事、時間正確においでお待ちいたし
ます。

不乙。

本郷区駒込千駄木町五十番地　山岸外史様
府下三鷹町下連雀一一三　太宰治

【校異】
拝啓〔全集〕→拝啓。
（改行なし）不乙。〔全集〕→（改行）

【ノート】
新宿駅待合室集合――佐藤春夫、井伏鱒二、山岸外史、亀井勝一郎との甲府への旅行。

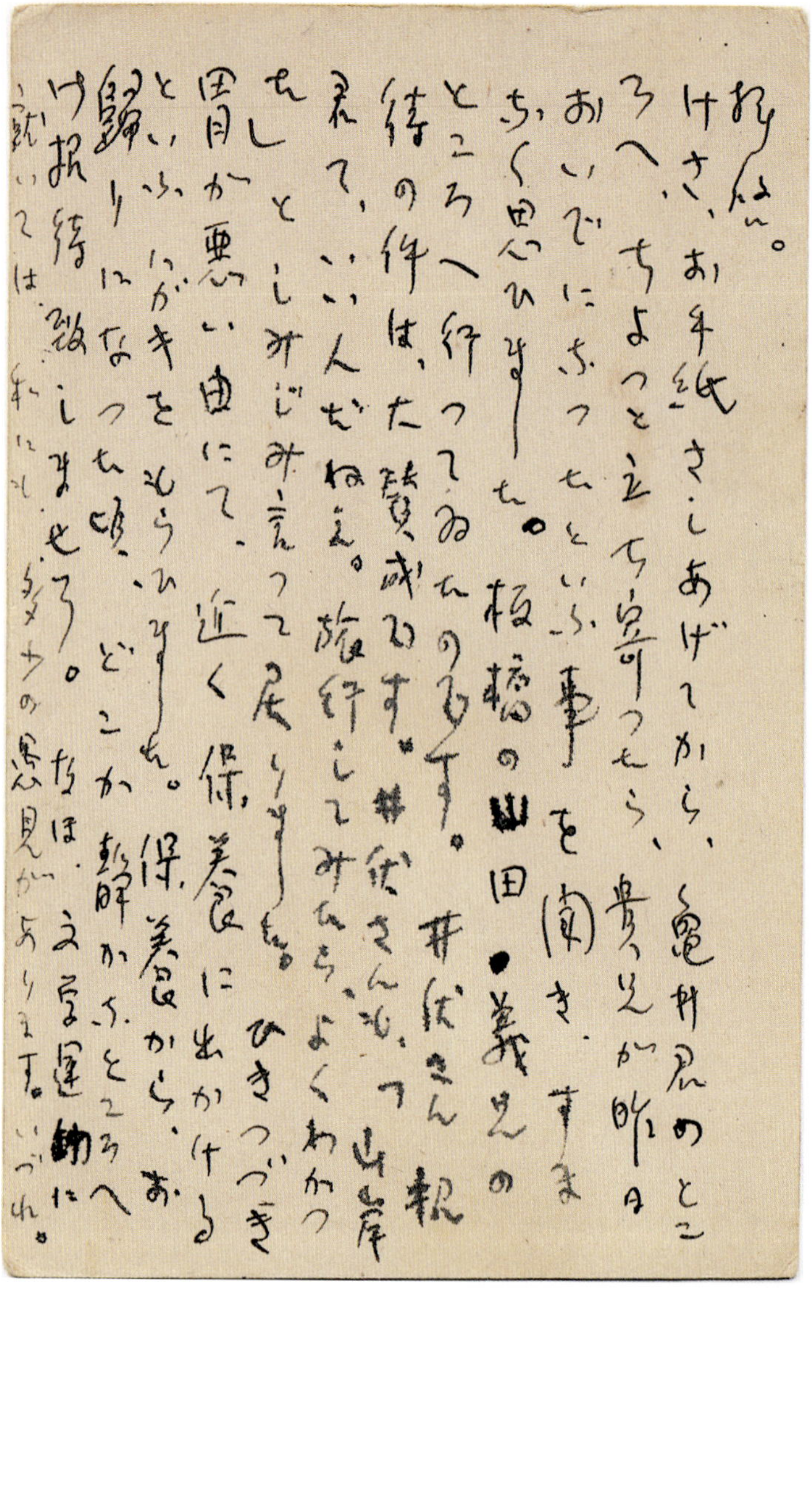
拝復。
けさ、お手紙さしあげてから、亀井君のとこ
ろへ、ちよつと立ち寄つたら、貴兄が昨日
おいでになつたといふ事を聞き、すま
なく思ひました。板橋の山田・義兄の
ところへ行つてゐたのです。井伏さん招
待の件は、大賛成です。井伏さんも、山岸
来て、いい人だねえ。旅行してみたら、よくわかつ
たとしみじみ言つて居りました。ひきつづき
胃が悪い由にて、近く保養に出かける
といふはがきをもらひました。保養からお
帰りになつた頃、どこか静かなところへ
ご招待致しませう。なほ、文学運動に
就いては、私にしても多少の意見があります。いづれ。

書簡番号48

昭和15年（1940年）10月19日〔日にち直筆、消印〕

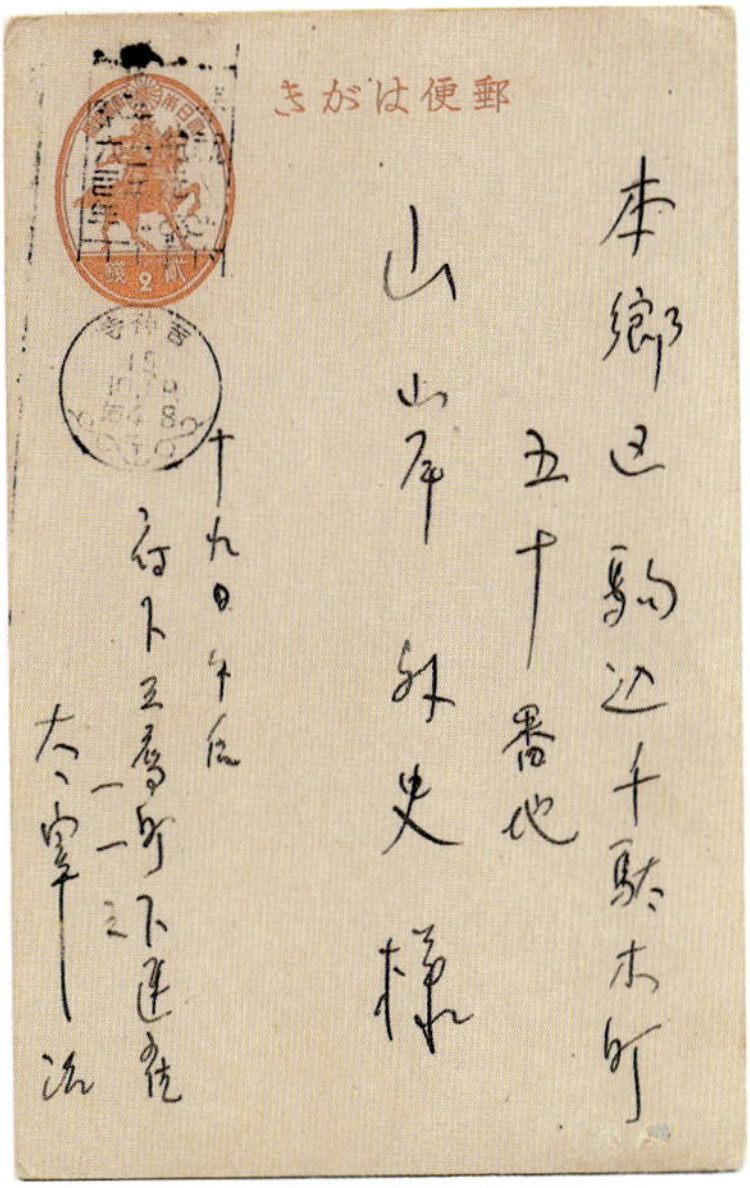

拝啓。
けさ、お手紙さしあげてから、亀井君のところへ、ちよつと立ち寄つたら、貴兄が昨日おいでになつたといふ事を聞き、すまなく思ひました。板橋の山田義兄のところへ行つてゐたのです。井伏さん招待の件は、大賛成です。井伏さんも、「山岸君て、いい人だねえ。旅行してみたら、よくわかつた」としみじみ言つて居りました。ひきつづき胃が悪い由にて、近く保養に出かけるといふハガキをもらひました。保養から、お帰りになつた頃、どこか静かなところへ御招待致しませう。なほ、文学運動に就いては、私にも、多少の愚見があります。いづれ。

本郷区駒込千駄木町五十番地　山岸外史様
十九日午后　府下三鷹町下連雀一一三　太宰治

【校異】
拝啓〔全集〕→拝啓。
御手紙〔全集〕→お手紙
山岸君つて、〔全集〕→山岸君て、
（改行）なほ、〔全集〕→（改行なし）
私にても、〔全集〕→私にも、

【ノート】
旅行——十月十四日の甲府への旅行。

拝啓。
ロマン派の問題は、いろいろむづか
しいと思ひます。四方八方から考
へてみたいと思ひます。私は自重論
なのですが、兄からも説を伺ひたい
と思つてゐます。いづれ機會を作り、
兄と二人きりで、ゆつくり話合つてみたい
と思つてゐます。さて、佐藤先生は、
あの後また早稲田へ行き、ブドウ園の画を
數枚画いて来られた由にて、その制作披露の
内意もあり、二十四日、午後二時に、おいで
といふ招待であります。午後二時に、小石川佐藤邸においで
下さい。そのころ、私も佐藤邸へ行つて居りますから。

書簡番号49

昭和15年（1940年）10月23日・速達〔消印〕

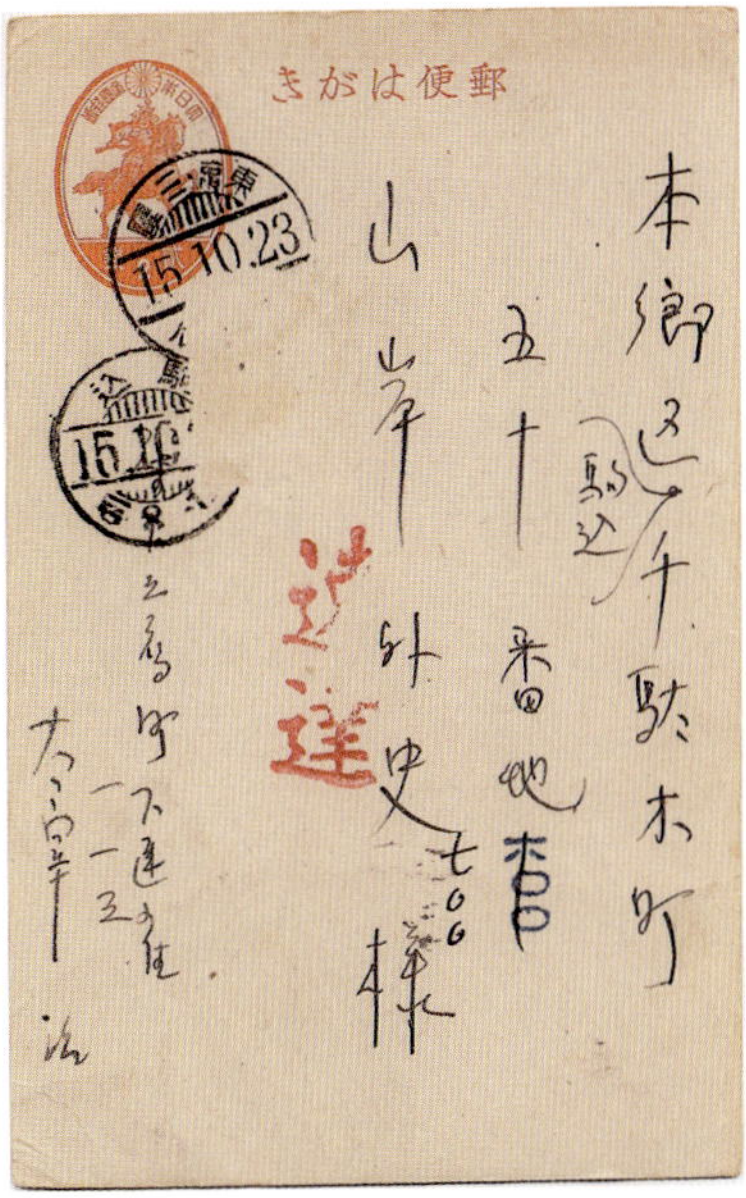

拝啓。

ロマン派の問題は、いろいろむづかしいと思ひます。四方八方から考へてみたいと思ひます。私は自重論なのですが、兄からも御説を伺ひたいと思つてゐます。いづれ機会を作り、兄と二人きりで、ゆつくり話合つてみたいと思つてゐます。さて、佐藤先生は、あの後また、甲府へ行き、ブドウ園の画を数枚画いて来られた由にて、その製作披露の内意もあり、二十四日、午後二時に、小石川佐藤邸に、おいでといふ招待であります。午後二時に、小石川佐藤邸に、おいで下さい。そのころ、私も佐藤邸へ行つて居りますから。

本郷区駒込千駄木町五十番地　山岸外史様
府下三鷹町下連雀一一三　太宰治

【校異】

拝啓〔全集〕→拝啓。
考へて見たいと〔全集〕→考へてみたいと
（脱字。「小石川」の後）〔全集〕→佐藤邸
小石川に〔全集〕→小石川佐藤邸に、
そのころ〔全集〕→そのころ、

書簡番号50

昭和15年（1940年）11月1日〔日にち直筆、消印〕

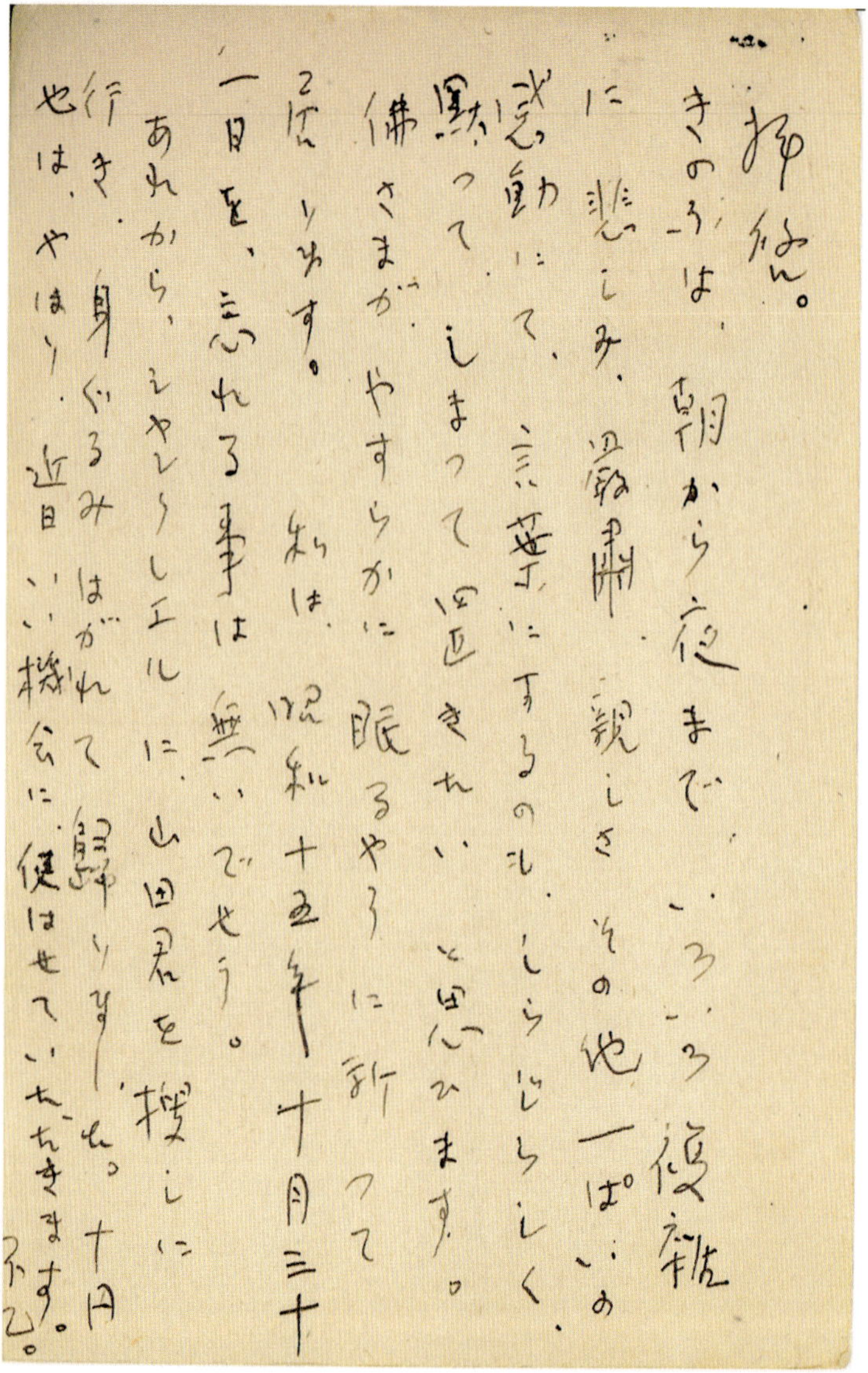
拝啓。
きのふは、朝から夜まで、いろいろ複雑
に悲しみ、寂しさ、親しさ、その他一ぱいの
感動にて、言葉にするのもしらじらしく、
黙ってしまって、涙されいと思ひます。
佛さまがやすらかに眠るやうに祈って
居ります。私は、昭和十五年十月三十
一日を、忘れる事は無いでせう。
あれから、こやしりしエルに、山田君を探しに
行き、身ぐるみはがれて歸りました。十円
也は、やはり、近日、いい機会に、使はせていただきます。
不乙。

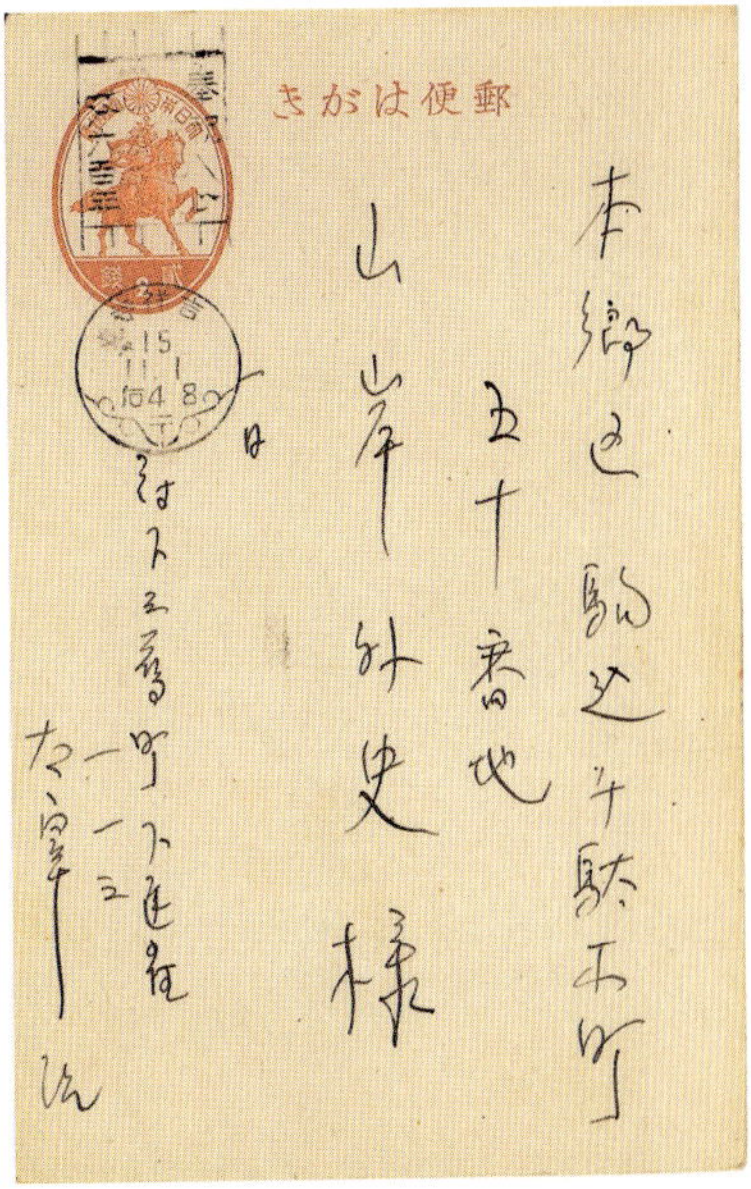

拝啓。

きのふは、朝から夜まで、いろいろ複雑に悲しみ、厳粛、親しさその他一ぱいの感動にて、言葉にするのも、しらじらしく、黙つて、しまつて置きたいと思ひます。

仏さまが、やすらかに眠るやうに祈つて居ります。私は、昭和十五年十月三十一日を、忘れる事は無いでせう。

あれから、シヤンクレエルに、山田君を捜しに行き、身ぐるみはがれて帰りました。十円也は、やはり、近日いい機会に、使はせていただきます。

不乙。

本郷区駒込千駄木町五十番地　山岸外史様
一日　府下三鷹町下連雀一一三　太宰治

【校異】

拝啓〔全集〕→拝啓。
親しさ、〔全集〕→親しさ
しまつて置きたい、〔全集〕→しまつて置きたい
眠るやう〔全集〕→眠るやうに
（改行）十円也は、〔全集〕→（改行なし）
いい機会に〔全集〕→いい機会に、
（改行なし）不乙。〔全集〕→（改行）

【ノート】

仏さま――山岸外史夫人ユキ。

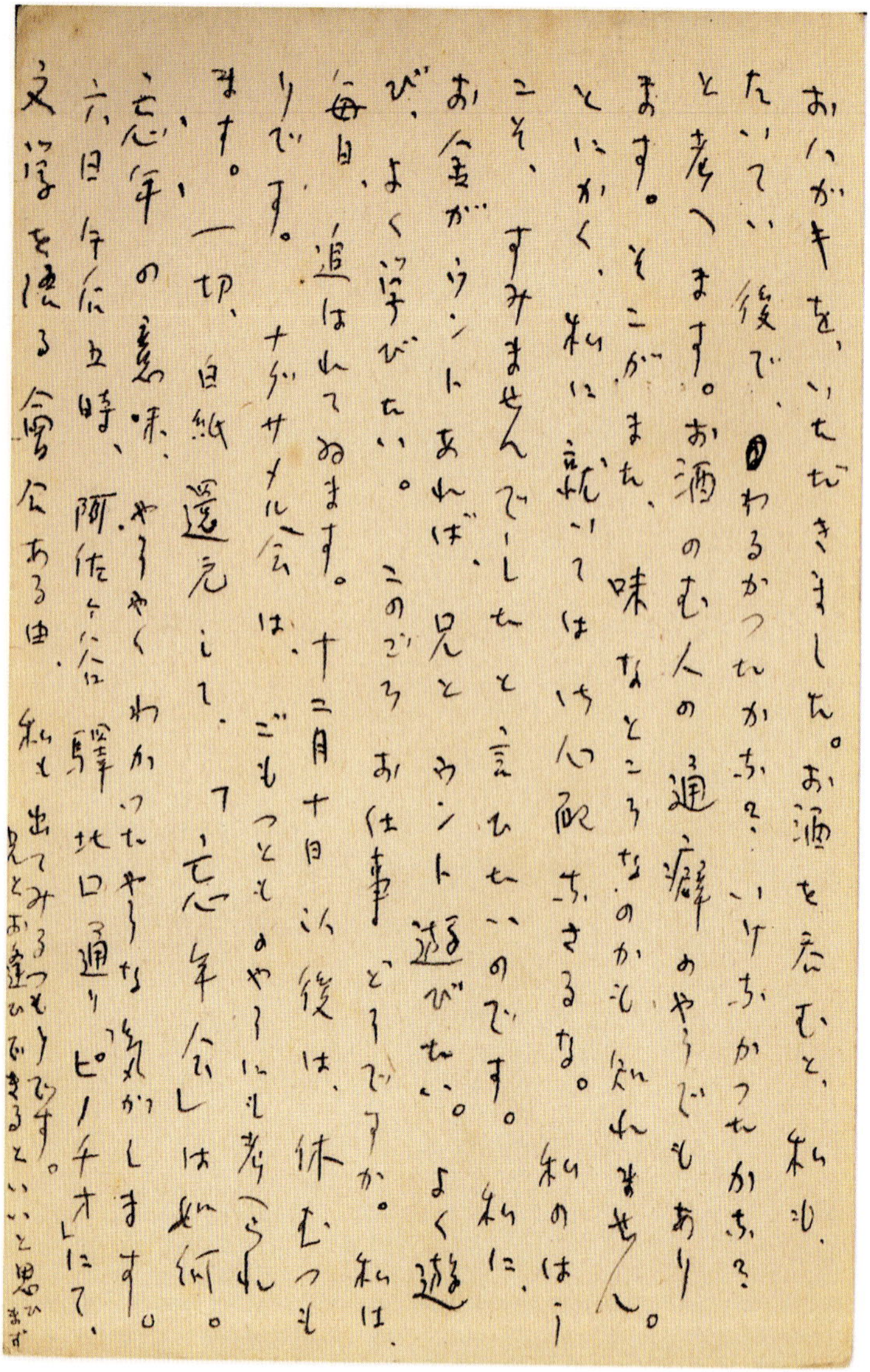

おハガキを、いただきました。お酒を呑むと、私も、
たいてい後で、わるかつたかな？いけなかつたかな？
と考へます。お酒のむ人の通癖のやうでもあり
ます。そこがまた、味なところなのかも知れません。
とにかく、私に就いては心配なさるな。私のはう
こそ、すみませんでしたと言ひたいのです。私に、
お金がウントあれば、兄とウント遊びたい。よく遊
び、よく学びたい。このごろお仕事どうですか。私は、
毎日、追はれてゐます。十二月十日以後は、休むつも
りです。ナグサメル会は、ごもつとものやうにも考へられ
ます。一切、白紙還元して、「忘年会」は如何。
忘年の意味、やうやくわかつたやうな気がします。
六日午后五時、阿佐ケ谷駅北口通りピノチオにて、
文学を語る会合ある由。私も出てみるつもりです。
兄とお逢ひできるといいと思ひます

書簡番号51

昭和15年（1940年）12月2日〔日にち直筆、消印〕

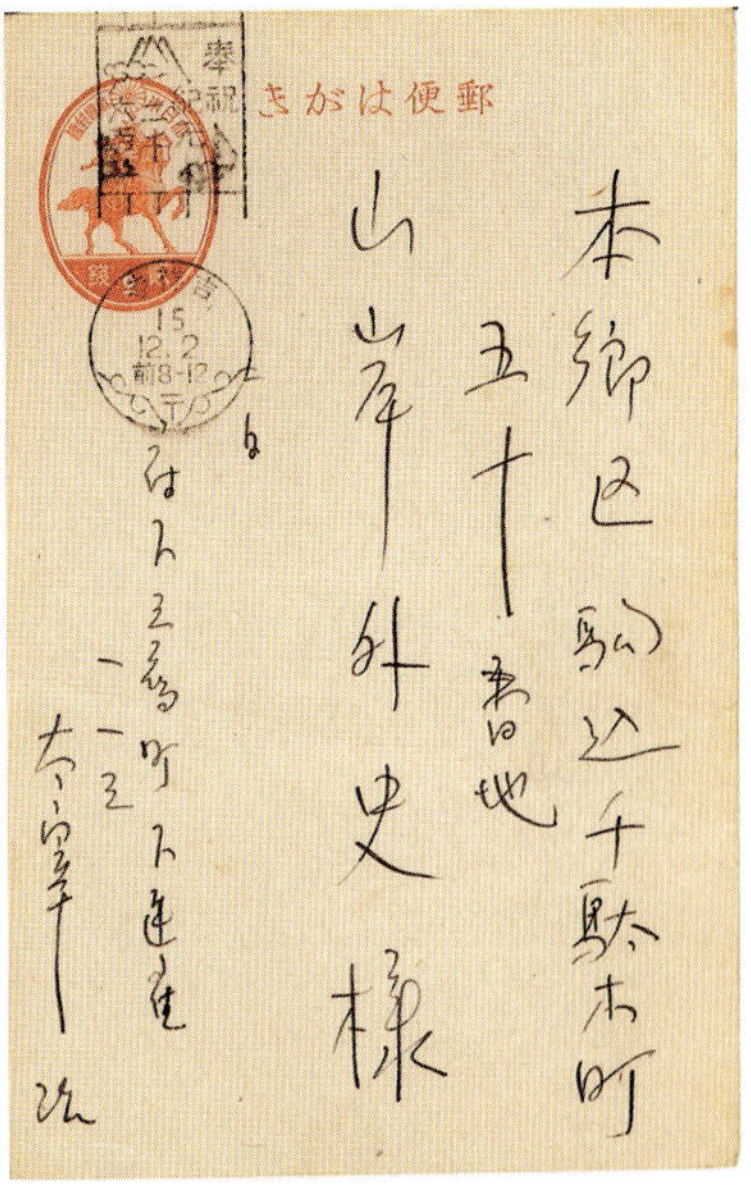

おハガキを、いただきました。お酒を呑むと、私も、たいてい後で、わるかつたかな？　いけなかつたかな？　と考へます。お酒のむ人の通癖のやうでもあります。そこがまた、味なところなのかも知れません。とにかく、私に就いては御心配なさるな。私のはうこそ、すみませんでしたと言ひたいのです。私に、お金がウントあれば、兄とウント遊びたい。よく遊び、よく学びたい。このごろお仕事どうですか。私は、毎日、追はれてゐます。十二月十日以後は、休むつもりです。ナグサメル会は、ごもつとものやうにも考へられます。一切、白紙還元して、「忘年会」は如何。忘年の意味、やうやくわかつたやうな気がします。六日午后五時、阿佐ヶ谷駅、北口通り「ピノチオ」にて、文学を語る会合ある由、私も出てみるつもりです。

　兄とお逢ひできるといいと思ひます

本郷区駒込千駄木町五十番地　山岸外史様
二日　府下三鷹町下連雀一一三　太宰治

【校異】
すみませんでした、と〔全集〕→すみませんでしたと
ウンと遊びたい。〔全集〕→ウント遊びたい。
一切は、〔全集〕→一切、
午後六時、〔全集〕→午后五時、
阿佐ヶ谷駅〔全集〕→阿佐ヶ谷駅、
（改行なし）兄とお逢ひできると〔全集〕→（改行）
いいと思ひます。〔全集〕→いいと思ひます

【ノート】
文学を語る会合――第一回の阿佐ヶ谷会。青柳瑞穂の許に集った中央線沿線の文学者、編集者の会。

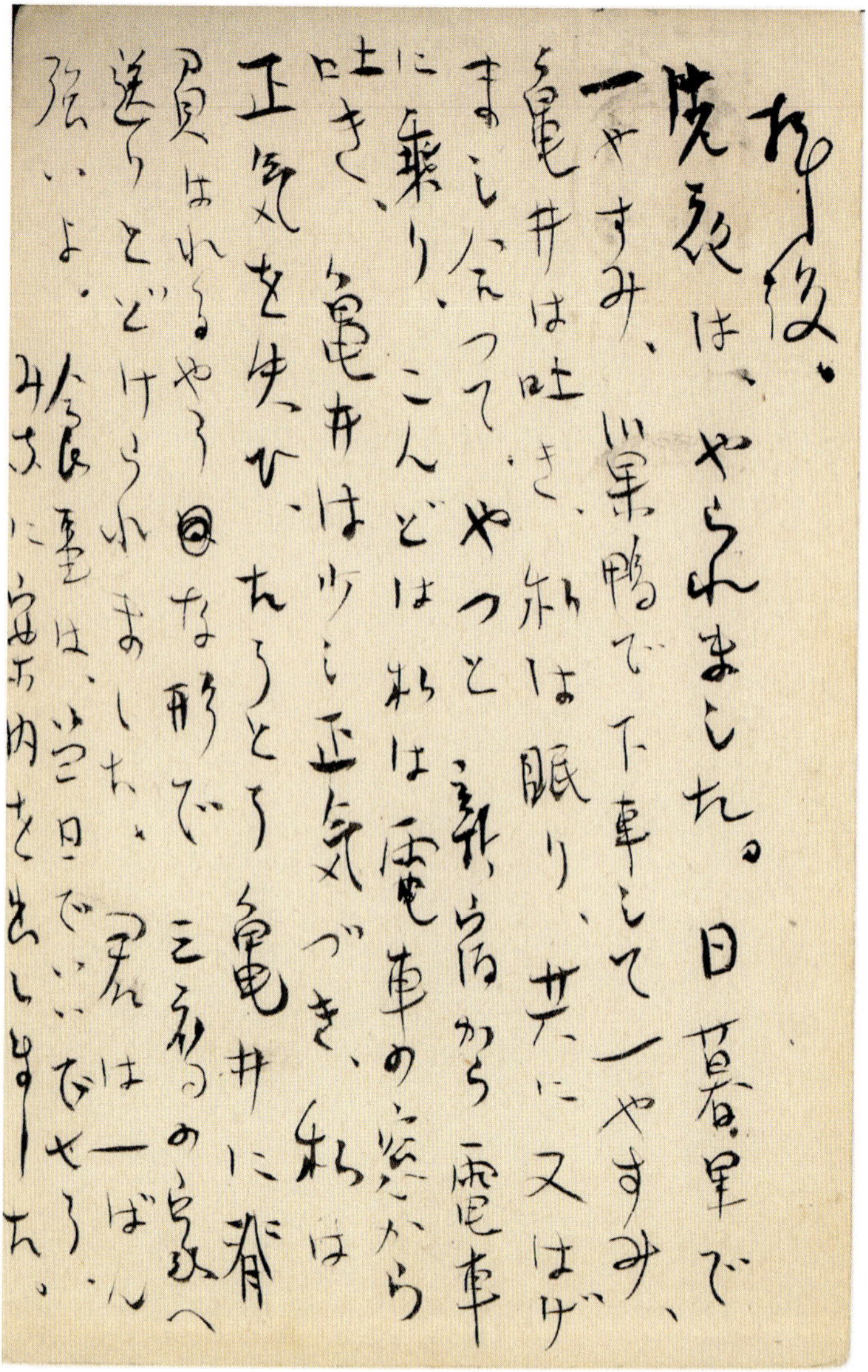
拝復。
昨夜は、やられました。日暮里で一やすみ、巣鴨で下車して一やすみ、亀井は吐き、私は眠り、共に又はげましあつてやつと新宿から電車に乗り、こんどは私は電車の窓から吐き、亀井は少し正気づき、私は正気を失ひ、たうとう亀井に脊負はれるやうな形で三鷹の家へ送りとどけられました。君は一ばん偉いよ。今度の会は、十三日でいゝだらう。みなに案内を出しました。

書簡番号52
昭和15年（1940年）12月12日〔日にち直筆、消印〕

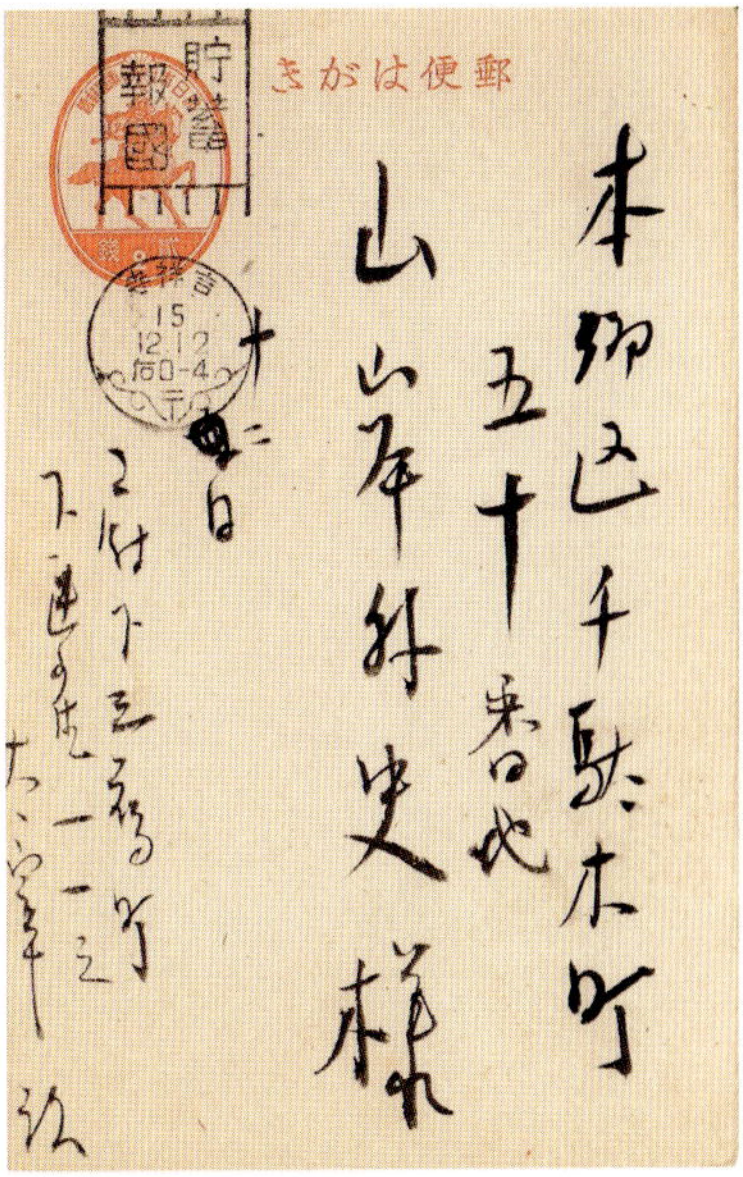

拝復。
先夜は、やられました。日暮里で一やすみ、巣鴨で下車して一やすみ、亀井は吐き、私は眠り、共に又はげまし合つて、やつと新宿から電車に乗り、こんどは私は電車の窓から吐き、亀井は少し正気づき、私は正気を失ひ、たうとう亀井に背負はれるやうな形で三鷹の家へ送りとどけられました。君は一ばん強いよ。食事は、当日でいいでせう。
みなに案内を出しました。

本郷区千駄木町五十番地　山岸外史様
十二日　府下三鷹町下連雀一一三　太宰治

【校異】
拝復〔全集〕 ――→拝復。

【ノート】
先夜は、やられました。――山岸外史『太宰治おぼえがき』によれば、新橋の烏森で芸者をあげて飲んだときのこと。「各自がそれぞれに自分の働いた金で酒も飲めれば、女房も養えるようになっているのだから、ここで自己慰安会を開催して、最大限に飲んでみようということになった」とある。書簡番号51の「ナグサメル会」、あるいは「忘年会」のことと思われる。

昭和16年（1941年）2月1日〔月日直筆、消印〕

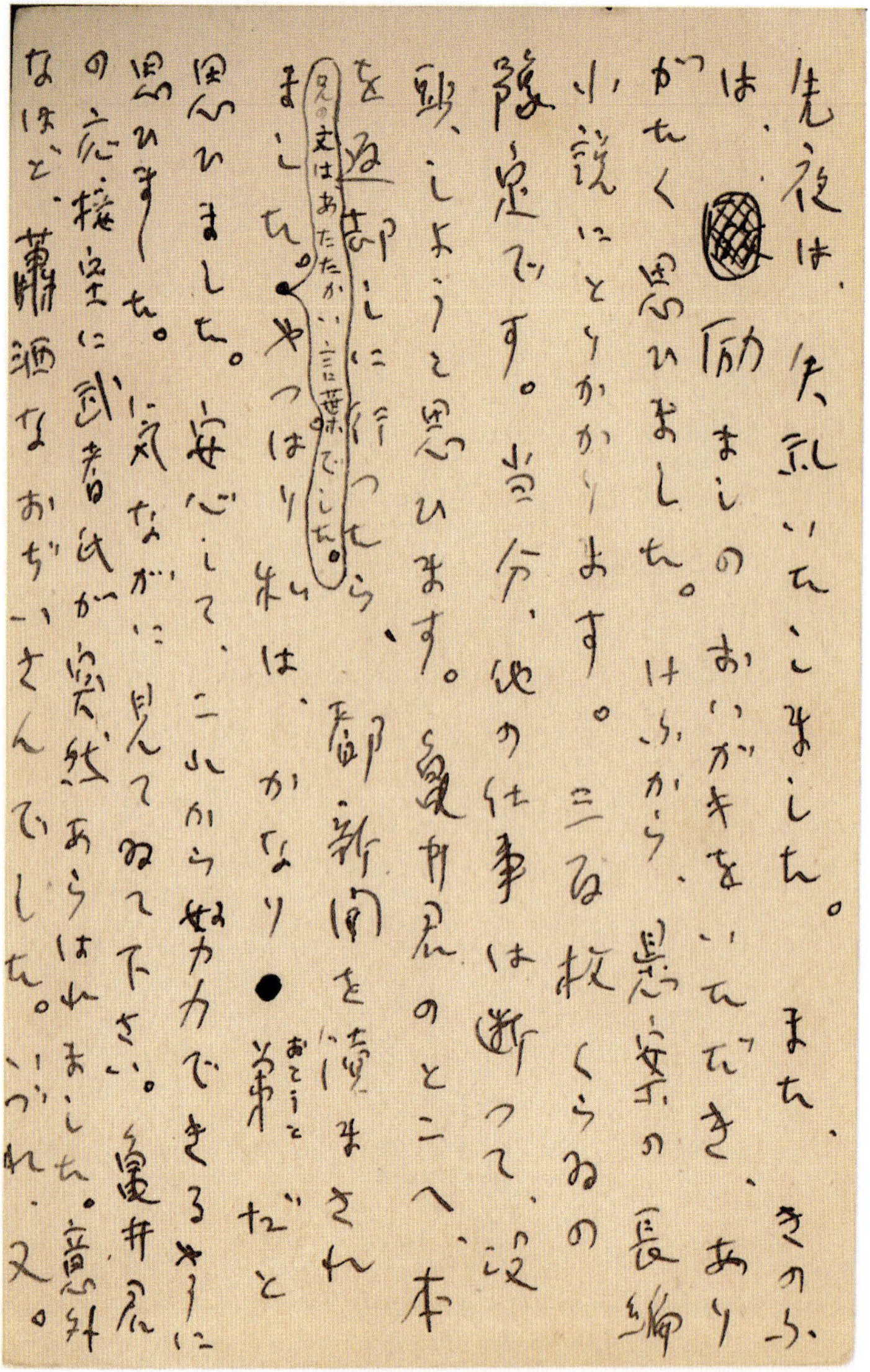

先夜は、失礼いたしました。また、きのふは、励ましのおハガキをいただき、ありがたく思ひました。けふから、懸案の長編小説にとりかかります。二百枚くらゐの豫定です。当分、他の仕事は断つて、没頭しようと思ひます。亀井君のところへ、本を返却しに行つたら、都新聞を讀まされました。兄の文はあたたかい言葉でした。やつぱり私は、かなりいゝ弟《おとうと》だと思ひました。安心して、これから努力できるやうに思ひました。気ながに見てゐて下さい。亀井君の応接室に武者氏が突然あらはれました。意外なほど、蕭洒なおぢいさんでした。いづれ。又。

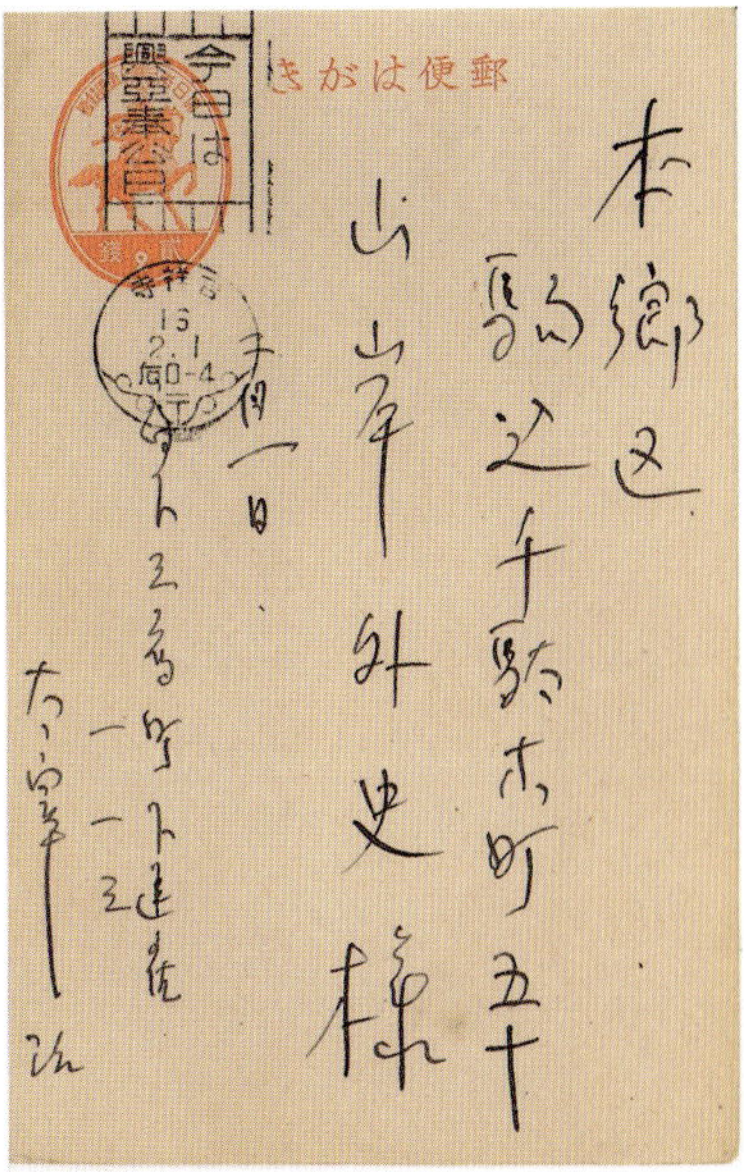

先夜は、失礼いたしました。また、きのふは、励ましのおハガキをいただき、ありがたく思ひました。けふから、懸案の長編小説にとりかかります。三百枚くらゐの予定です。当分、他の仕事は断つて、没頭しようと思ひます。亀井君のとこへ、本を返却しに行つたら、都新聞を読まされました。兄の文は、あたたかい言葉でした。安心して、これから努力できるやうに思ひました。やつぱり私は、かなり弟《おとうと》だと思ひました。気ながに見てゐて下さい。亀井君の応接室に武者氏が突然あらはれました。意外なほど、蕭洒なおぢいさんでした。いづれ、又。

本郷区駒込千駄木町五十　山岸外史様
二月一日　府下三鷹町下連雀一一三　太宰治

【校異】
瀟洒〔全集〕→蕭洒
（改行）いづれ、又。〔全集〕→（改行なし）

【ノート】
長編小説――「新ハムレット」。
都新聞――山岸外史「文芸時評③」（「都新聞」昭和十六年一月三十一日）。作品名は挙げていないが、「太宰治氏の小説の面白さは「心理の純粋度をもつてゐるところにある」、「その人間性とその生活が面白く読めるのは、太宰氏が極端に繊弱な良心家で、底の底に到つてゐる自己の生活を気取らずに表現してみせるからである」（ルビ省略）と称賛している。
武者氏――武者小路実篤。

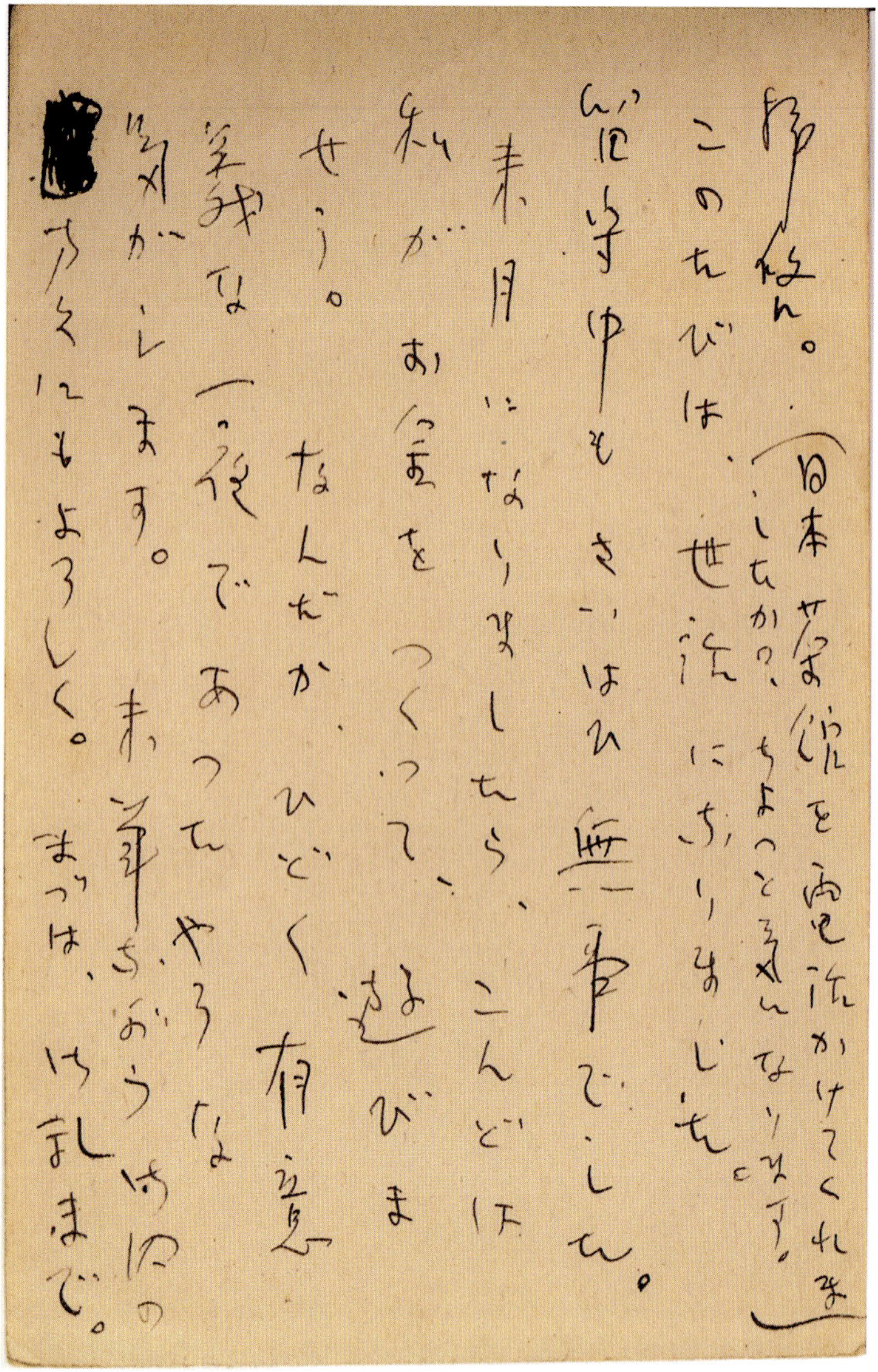
拝啓。（日本茶館を電話かけてくれま
したか。ちよっと気になります。）
このたびは、世話になりました。
ご留守中もさいはひ無事でした。
来月になりましたら、こんどは
私がお金をつくって、遊びま
せう。なんだかひどく有意
義な一夜であつたやうな
気がします。お華ち、おうちの
[redacted]さんにもよろしく。
まづは、はら乱まで。

書簡番号54

昭和16年（1941年）2月12日〔日にち直筆、消印〕

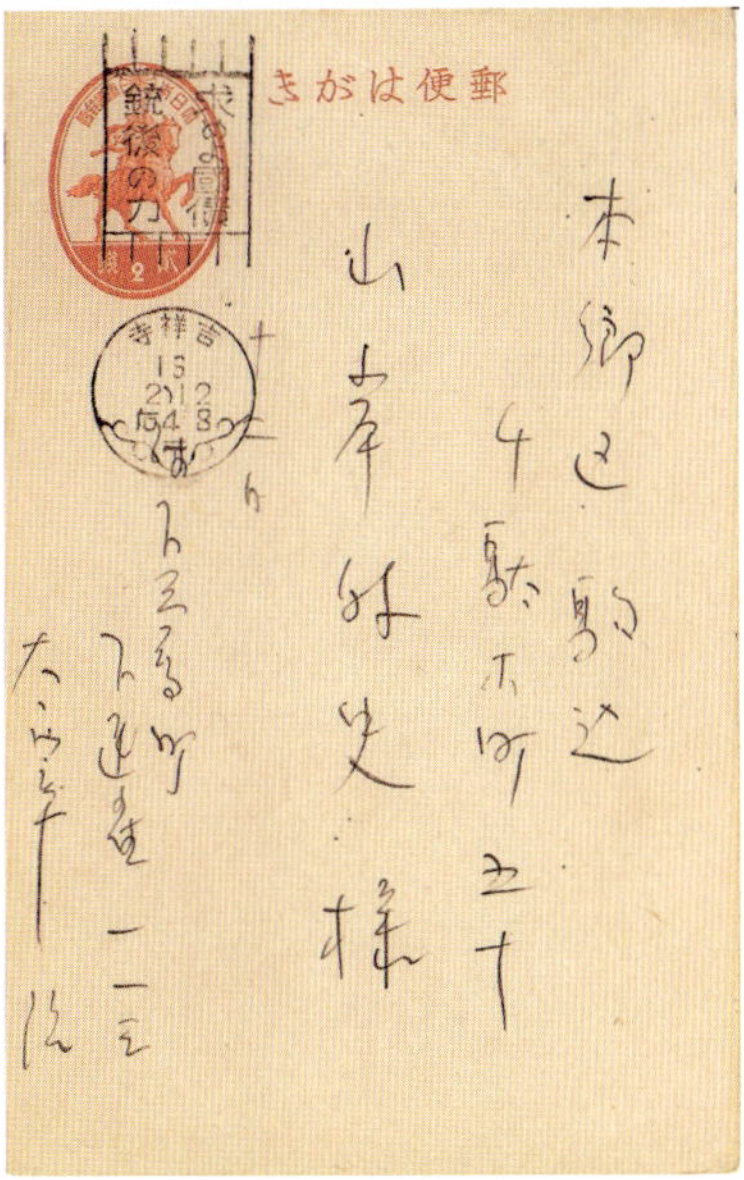

拝啓。
このたびは、世話になりました。留守中もさいはひ無事でした。
来月になりましたら、こんどは私がお金をつくつて、遊びませう。なんだか、ひどく有意義な一夜であつたやうな気がします。末筆ながら御内の方々にもよろしく。まづは、御礼まで。
（日本茶館を電話かけてくれましたか？　ちよつと気になります。）

本郷区駒込千駄木町五十　山岸外史様
十二日　府下三鷹町下連雀一一三　太宰治

【校異】

拝啓〔全集〕→拝啓。
（改行なし）来月に〔全集〕→（改行）
ひどく、〔全集〕→ひどく
末筆ながら、〔全集〕→末筆ながら
日本茶館を電話かけてくれましたか？　ちよつと気になります。〔全集〕→（日本茶館を電話かけてくれましたか？　ちよつと気になります。）

書簡番号55

昭和16年（1941年）2月14日〔日にち直筆、消印〕

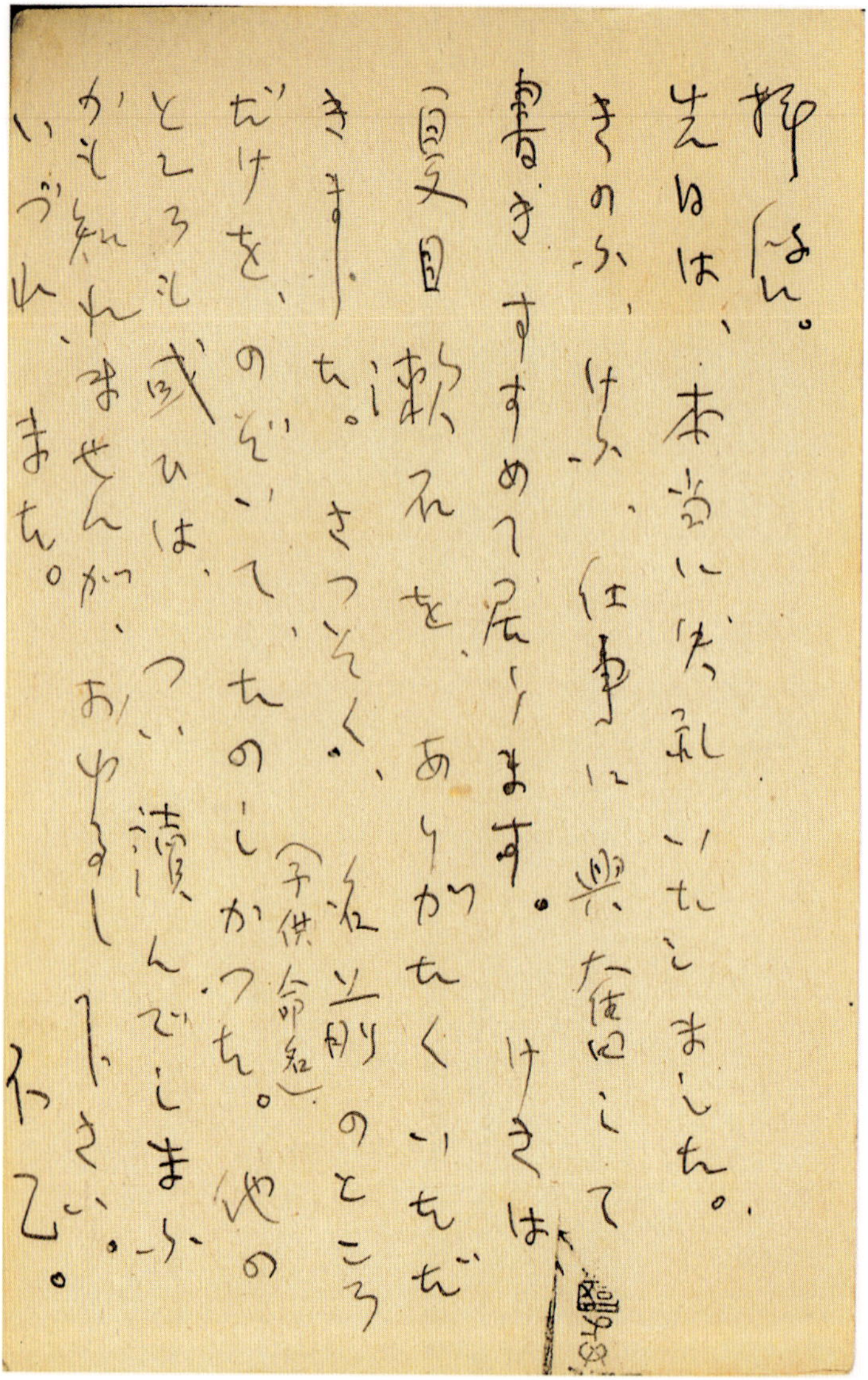
拝啓。
先日は、本当に失礼いたしました。
きのふ、けふ、仕事に興奮して
書きすすめて居ります。けさは
「夏目漱石」を、ありがたくいただ
きました。さつそく、名前のところ（子供命名）
だけを、のぞいてたのしかつた。他の
ところ或ひは、つい読んでしまふ
かも知れませんが、おゆるし下さい。
いづれ、また。
仁乙。

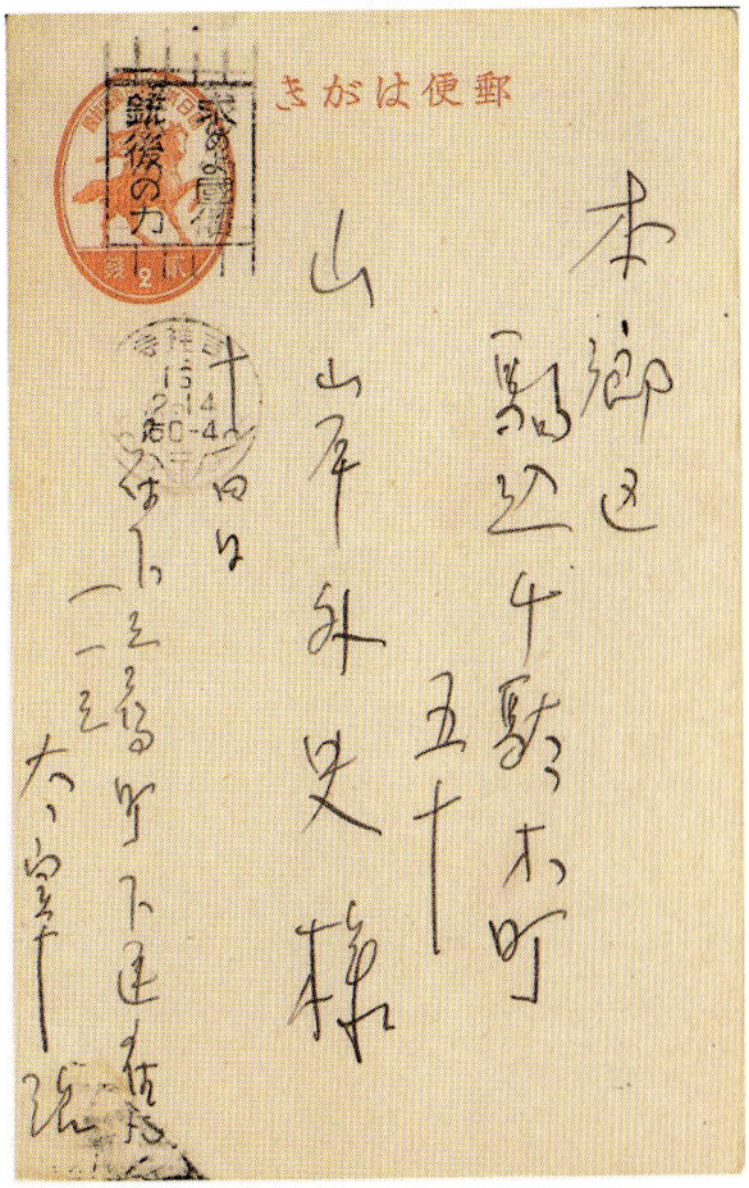

拝啓。
先日は、本当に失礼いたしました。
きのふ、けふ、仕事に興奮して書きすすめて居ります。けさは、夏目漱石を、ありがたくいただきました。さつそく、名前（子供命名）のところだけを、のぞいて、たのしかつた。他のところも或ひは、つい読んでしまふかも知れませんが、おゆるし下さい。
いづれ、また。　　不乙。

本郷区駒込千駄木町五十　山岸外史様
十四日　府下三鷹町下連雀一一三　太宰治

【校異】
拝啓〔全集〕→拝啓。
名前のところだけを（子供命名）、〔全集〕→名前（子供命名）のところだけを、
いづれ、また〔全集〕→いづれ、また。

【ノート】
夏目漱石——山岸外史『夏目漱石』（弘文堂書房、昭和十五年十二月）。

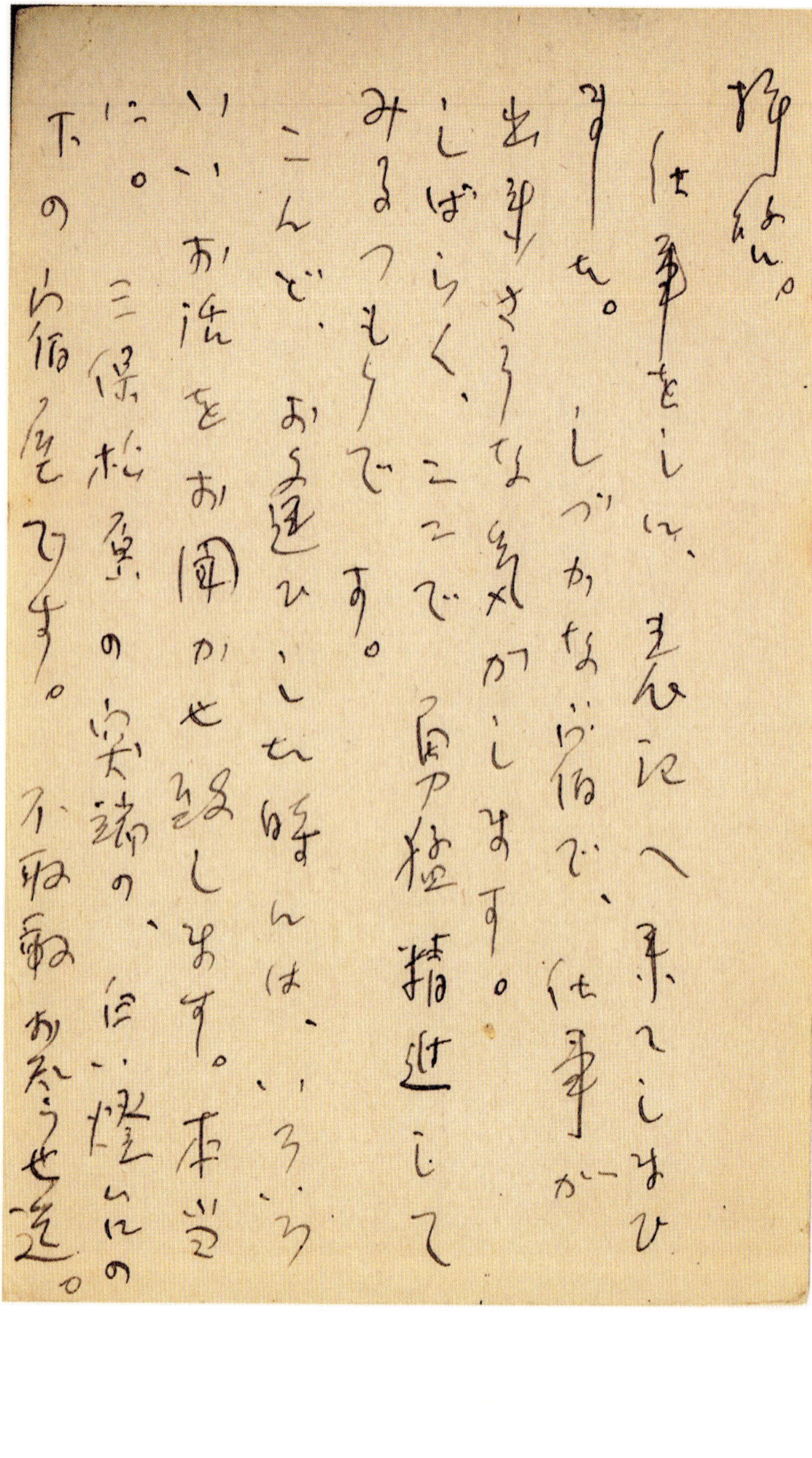
拝啓。
仕事をしに、表記へ来てしまひ
ました。 しづかな宿で、仕事が
出来さうな気がします。
しばらく、ここで勇往邁進して
みるつもりです。
こんど、お逢ひしたときは、いろいろ
いいお話をお聞かせ致します。本当
に。 三保松原の、突端の、白い燈台の
下の宿屋です。 不取敢お知らせ迄。

書簡番号56

昭和16年（1941年）2月19日〔日にち直筆、消印20日〕

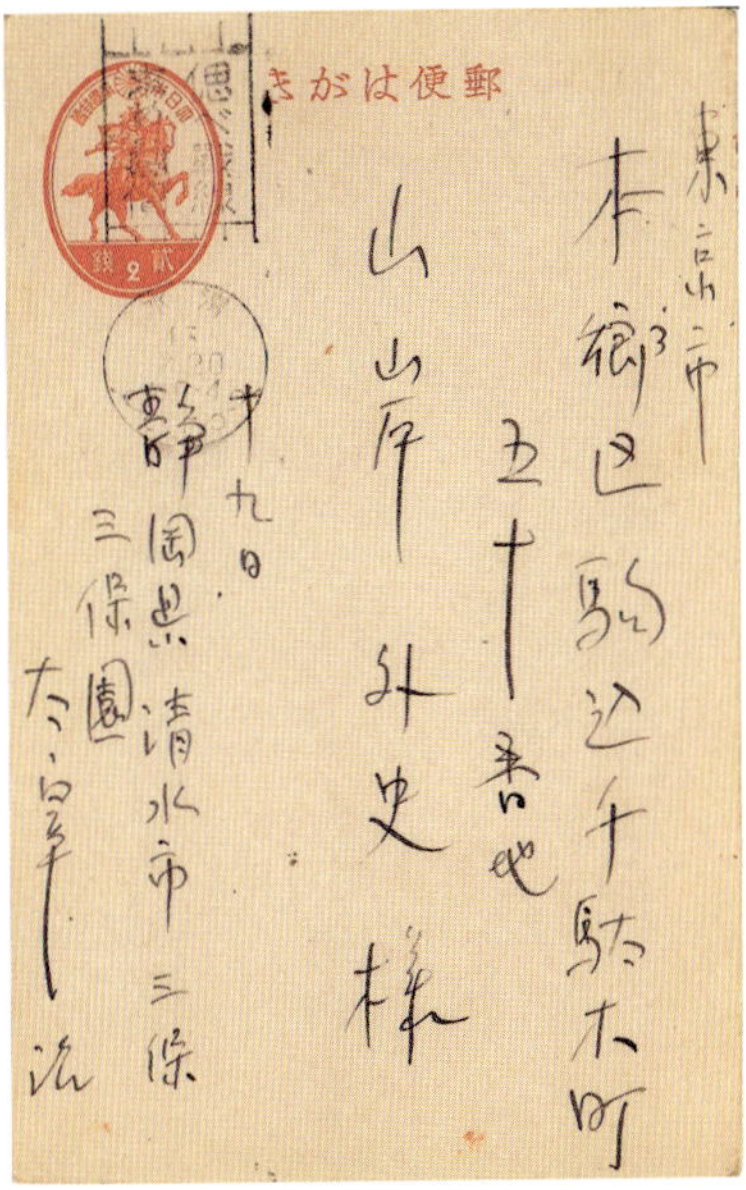

拝啓。

仕事をしに、表記へ来てしまひました。しづかな宿で、仕事が出来さうな気がします。

しばらく、ここで勇猛精進してみるつもりです。

こんど、お逢ひした時には、いろいろいいお話をお聞かせ致します。本当に。三保松原の突端の、白い灯台の下の宿屋です。不取敢お知らせ迄。

東京市本郷区駒込千駄木町五十番地　山岸外史様

十九日　静岡県清水市三保　三保園　太宰治

【校異】

拝啓〔全集〕→拝啓。

（改行）不取敢お知らせ迄。〔全集〕→（改行なし）

【ノート】

仕事——「新ハムレット」の執筆。

表記へ——文藝春秋に借金をし、十九日から清水市三保松原の三保園に滞在する。

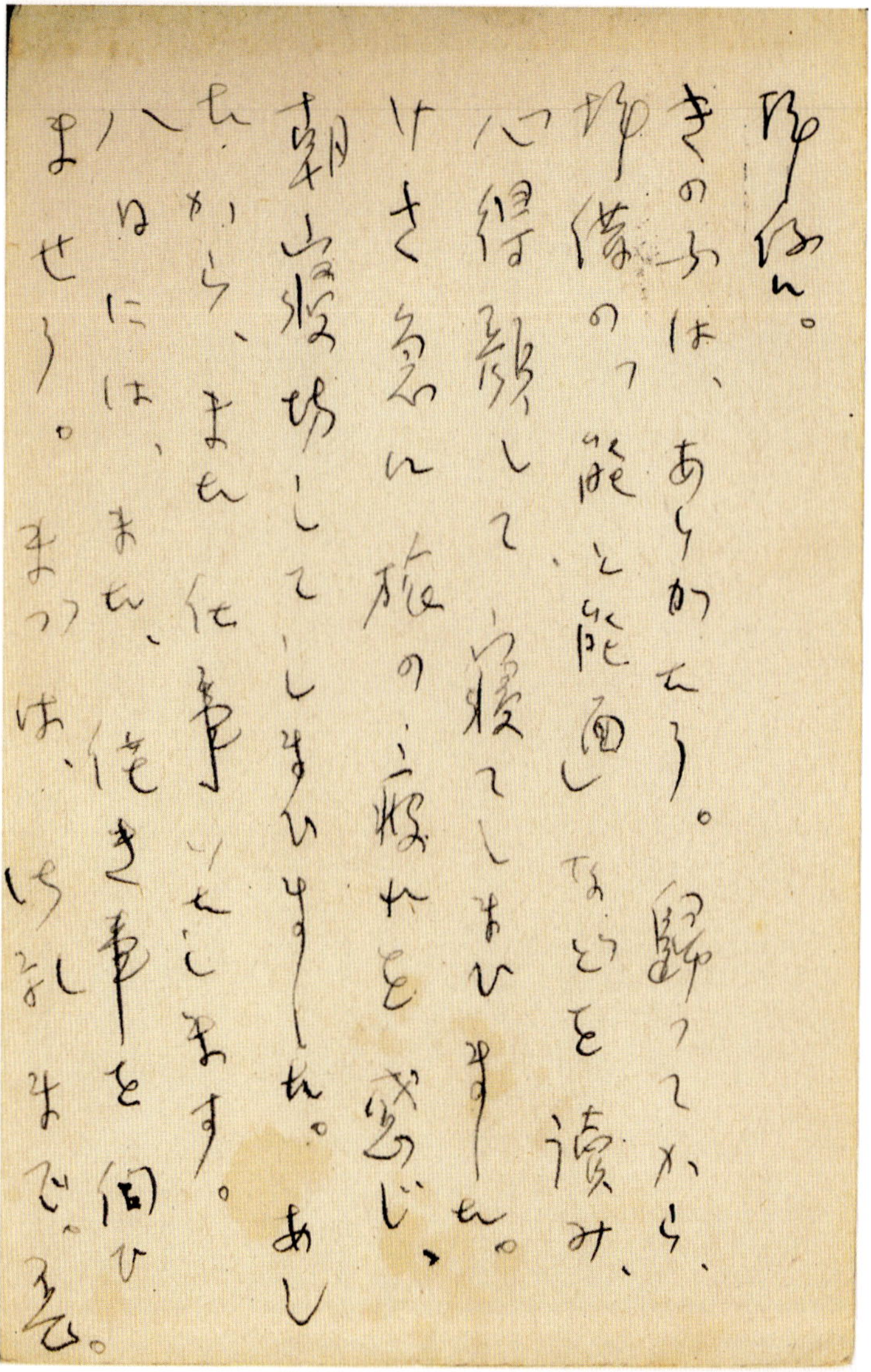

[illegible]さん。
きのふは、ありがたう。帰ってから、
[illegible]僕の「能と能面」などを読み、
心得顔して寝てしまひました。
けさ急に旅の疲れを感じ、
朝寝坊してしまひました。あし
たから、また仕事いたします。
八ねには、また、佗き事を伺ひ
ませう。まづは、お礼まで。

書簡番号57

昭和16年（1941年）3月2日〔月日直筆、消印は3日〕

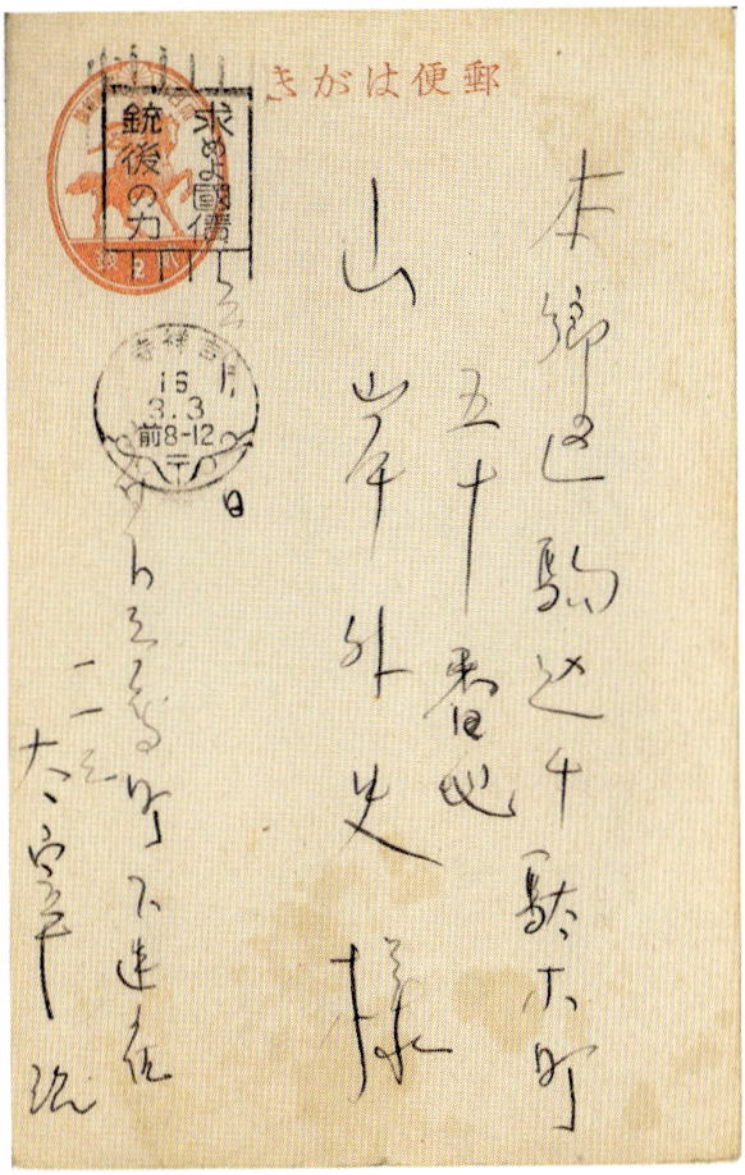

拝啓。
きのふは、ありがたう。帰つてから、拝借の「能と能面」などを読み、心得顔して、寝てしまひました。けさ急に旅の疲れを感じ、朝寝坊してしまひました。あしたから、また仕事いたします。
八日には、また、佳き事を伺ひませう。まづは、御礼まで。
不乙。

本郷区駒込千駄木町五十番地　山岸外史様
三月二日　府下三鷹町下連雀一一三　太宰治

【校異】
三月三日〔全集〕―→3月2日
拝啓〔全集〕―→拝啓。
など読み、〔全集〕―→などを読み、
心得顔して〔全集〕―→心得顔して、
（改行なし）八日には、〔全集〕―→（改行）
また佳き事を〔全集〕―→また、佳き事を

【ノート】
「能と能面」――金剛巌『能と能面（世界文庫）』（弘文堂書房、昭和十五年五月）

書簡番号58

昭和16年（1941年）3月27日〔日にち直筆、消印〕

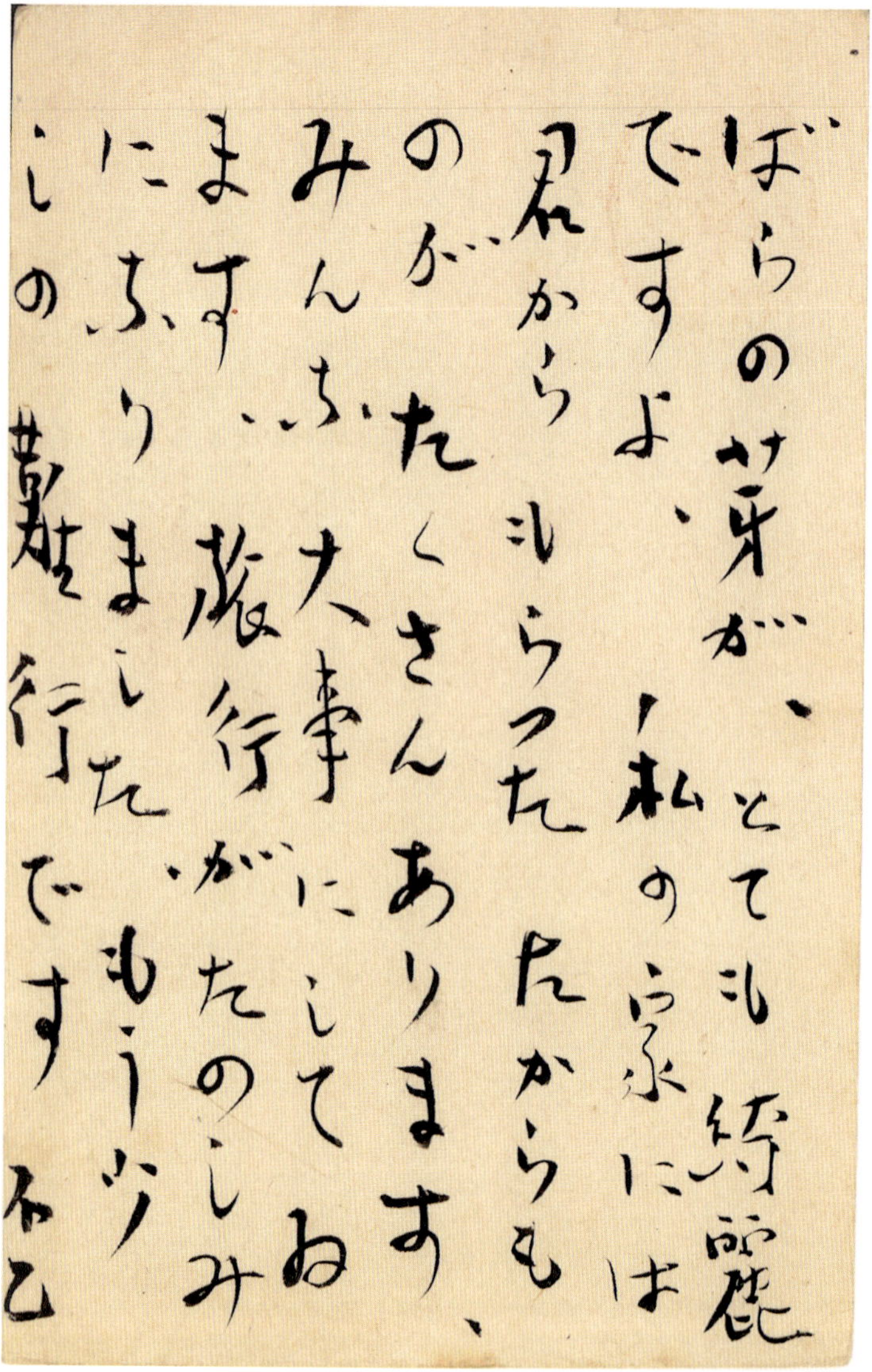
ばらの芽が、とても綺麗ですよ、私の家には君からもらったたからものがたくさんあります、みんな大事にしてねます、旅行がたのしみになりました、もう少しの難行です　不乙

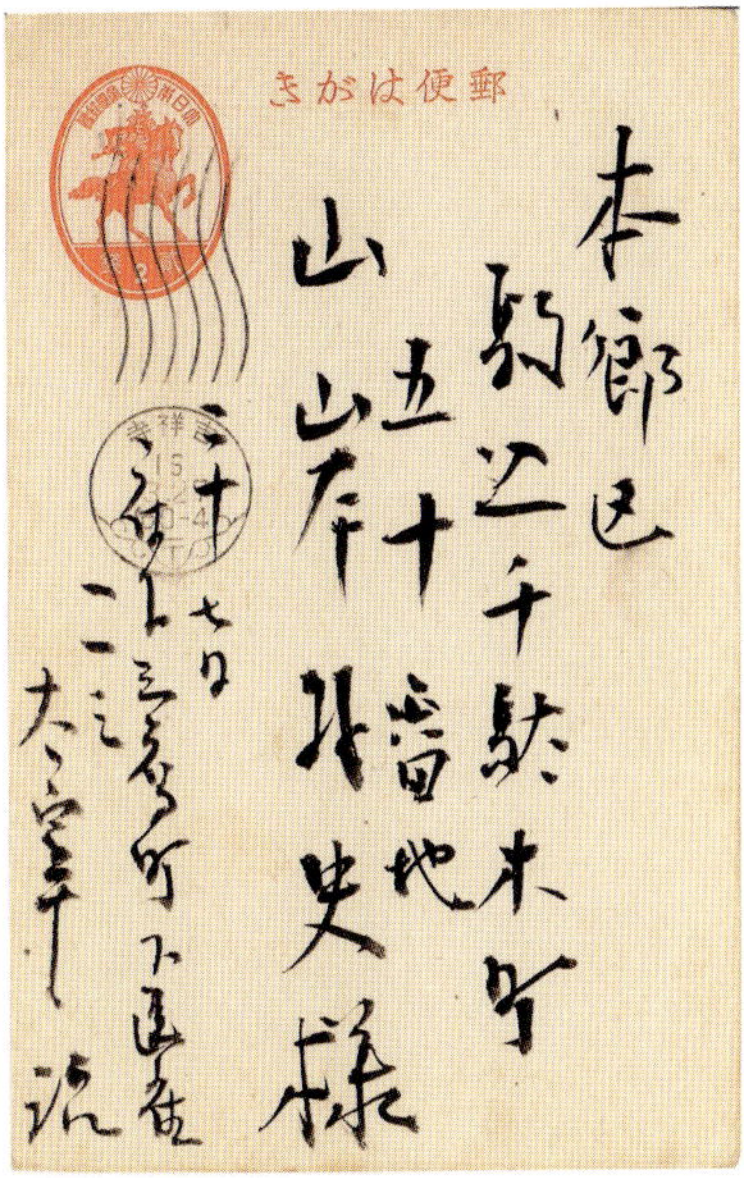

ばらの芽が、とても綺麗ですよ、私の家には君からもらつたたからものがたくさんあります、みんな大事にしてゐます、旅行がたのしみになりました、もう少しの難行です
不乙

本郷区駒込千駄木町五十番地　山岸外史様
二十七日　府下三鷹町下連雀一一三　太宰治

【校異】
綺麗ですよ。〔全集〕→綺麗ですよ、
君からもらつた、〔全集〕→君からもらつた
たくさんあります。〔全集〕→たくさんあります、
大事にしてゐます。〔全集〕→大事にしてゐます、
たのしみになりました。〔全集〕→たのしみになりました、
難行です。〔全集〕→難行です
（改行なし）不乙。〔全集〕→（改行）不乙

書簡番号59

昭和16年（1941年）4月9日〔消印〕

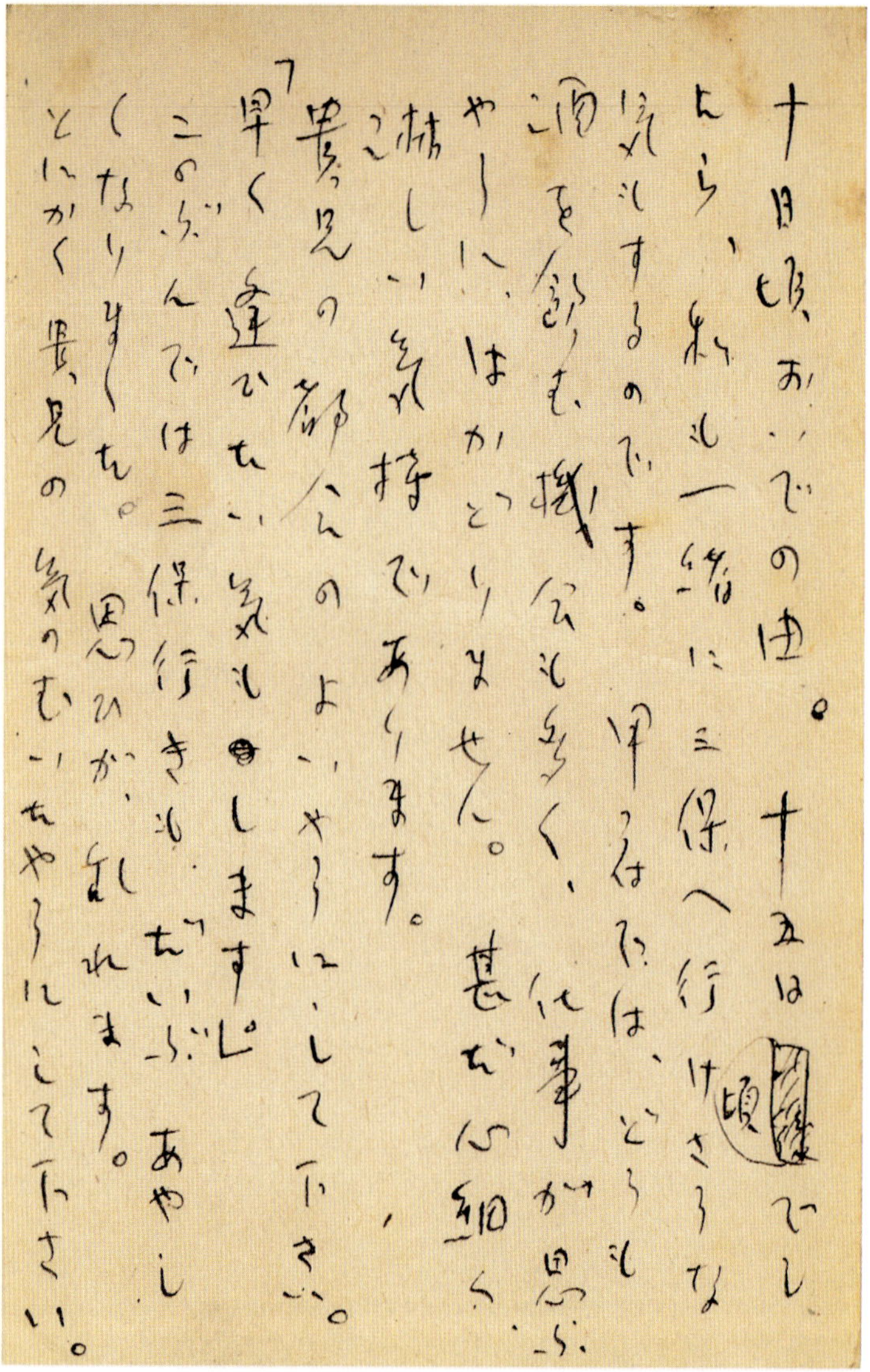

十日頃おいでの由。十五は頃でし
たら、私も一緒に三保へ行けさうな
気もするのです。伊豆には、どうも
ご酒を飲む機会も多く、仕事が思ふ
やうにはかどりません。甚だ心細く、
淋しい気持であります。
ご貴兄の都合のよいやうにして下さい。
早く逢でたい気もします。
このぶんでは三保行きもだいぶあやし
くなりました。思ひが乱れます。
とにかく貴兄の気のむいたやうにして下さい。

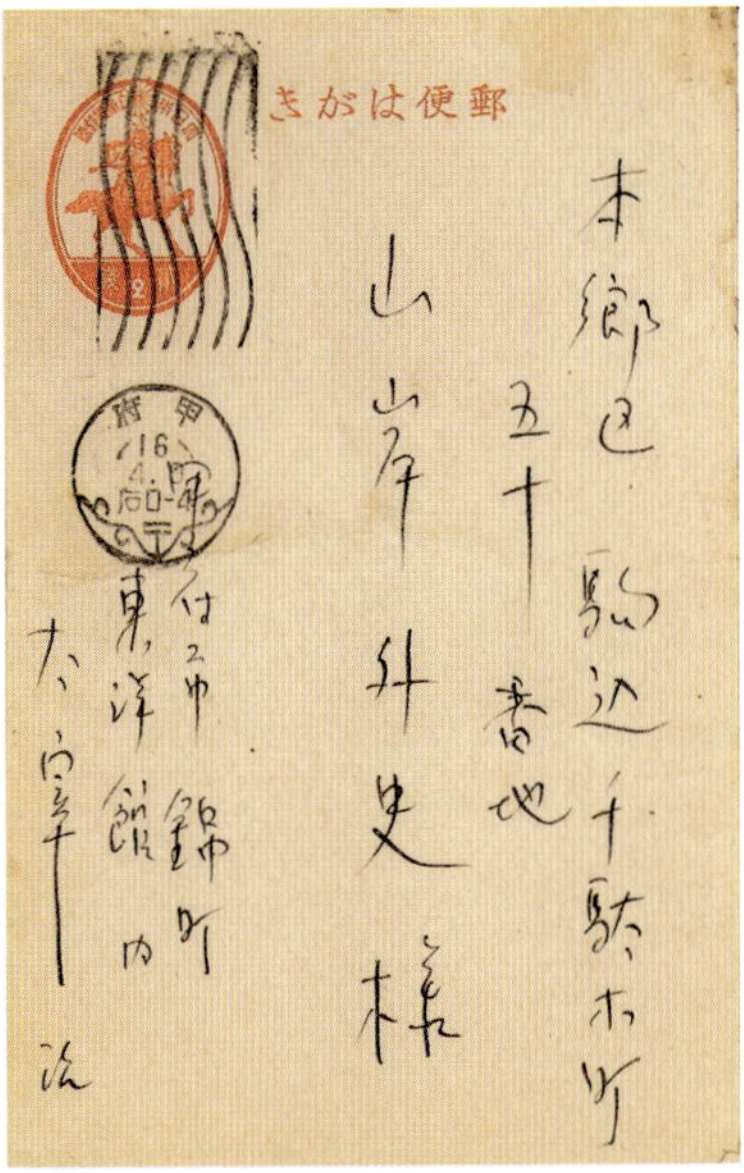

十日頃おいでの由。十五日頃でしたら、私も一緒に三保へ行けさうな気もするのです。甲府では、どうも酒を飲む機会も多く、仕事が思ふやうに、はかどりません。甚だ心細く、淋しい気持であります。

貴兄の都合のよいやうにして下さい。

「早く逢ひたい気もします。」

このぶんでは三保行きも、だいぶあやしくなりました。思ひが、乱れます。

とにかく貴兄の気のむいたやうにして下さい。

本郷区駒込千駄木町五十番地　山岸外史様
甲府市錦町　東洋館内　太宰治

【校異】
四月六日〔全集〕→4月9日
【ノート】
甲府——四月五日に井伏鱒二と行く。

書簡番号60

昭和16年（1941年）6月11日〔日にち直筆、消印〕

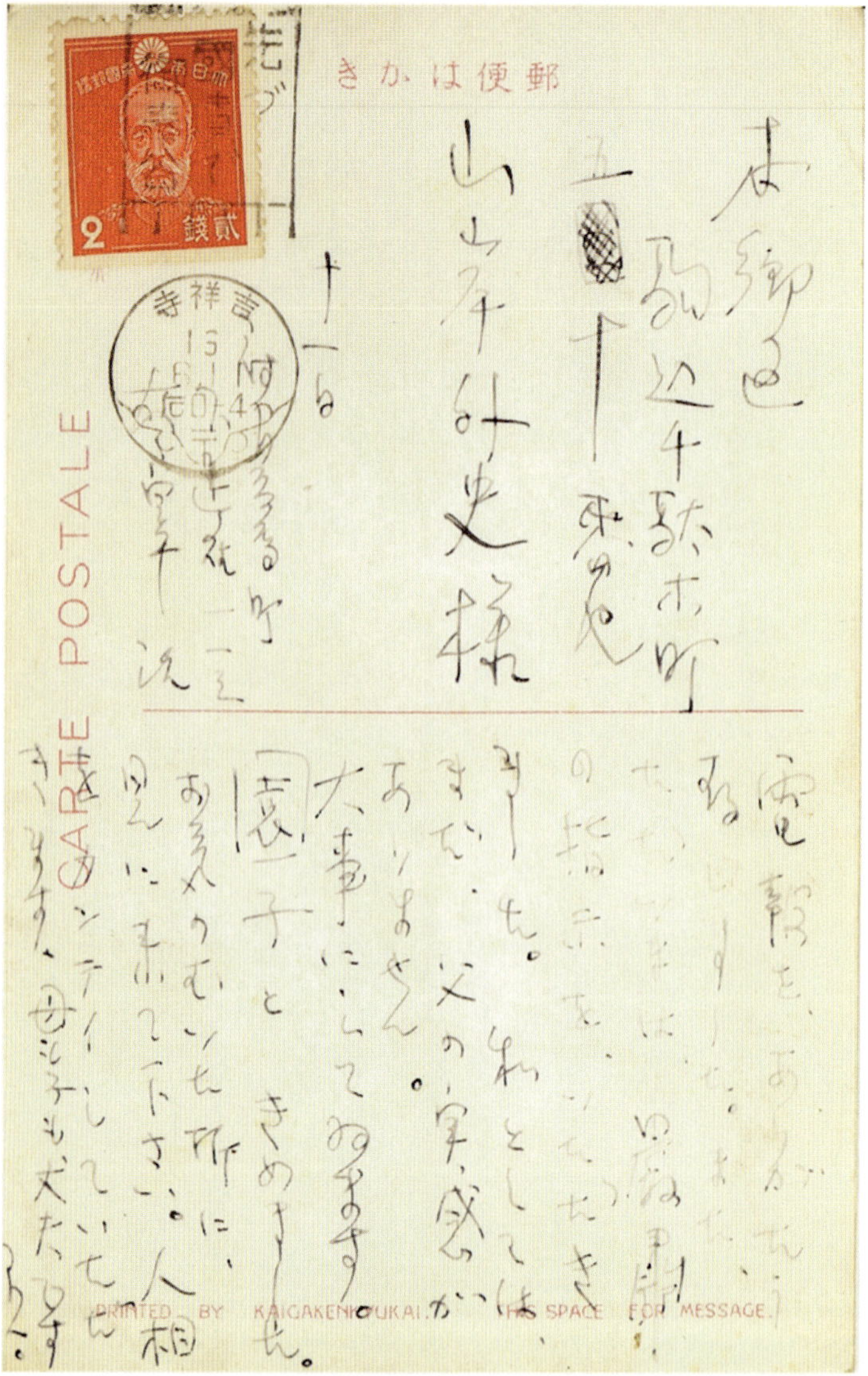

郵便はかき

本郷区駒込千駄木町
五十番地
山岸外史様

三鷹村下連雀一一三
太宰治

十一日

電報を、ありがた
う。[illegible]
[illegible]は、井伏[illegible]
の指示を、いただき
ました。私としては、
まで、父の実感が
ありません。
大事にしてゐます。
園子ときめました。
お気のむいた折に、
見に来て下さい。人相
を、ケンテイしていたゞ
きます。母子共、大丈夫で
す。

CARTE POSTALE

PRINTED BY KAIGAKENKYUKAI. THIS SPACE FOR MESSAGE.

電報を、ありがたう存じました。また、ただいまは、厳粛の指示を、いただきました。私としては、まだ、父の実感がありません。

大事にしてゐます。園子ときめました。お気のむいた折に、見に来て下さい。人相をカンテイしていただきます、母も子も、丈夫です

不一。

本郷区駒込千駄木町五十番地　山岸外史様

十一日　府下三鷹町下連雀一一三　太宰治

【校異】

電報を〔全集〕→電報を、

（改行なし）大事にしてゐます。〔全集〕→（改行）カンテイしていただきます。〔全集〕→カンテイしていただきます、

丈夫です。〔全集〕→丈夫です

（改行なし）不一。〔全集〕→（改行）

【ノート】

園子――太宰の初めての子。六月七日に誕生。

書簡番号 61

昭和16年（1941年）6月17日〔日にち直筆、消印〕

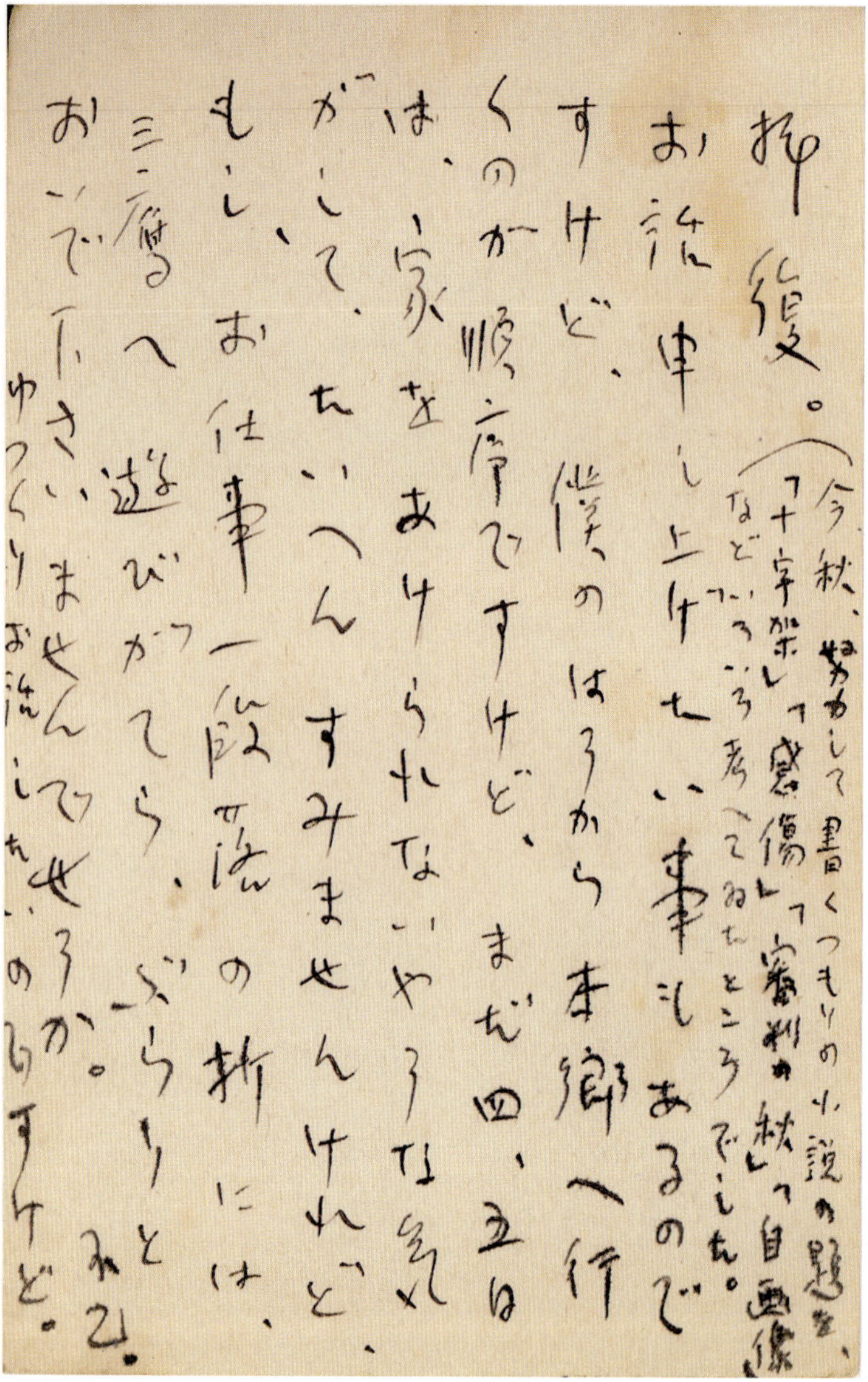
拝復。（今秋、ねかして書くつもりの小説の題を、「十字架」「感傷」「審判」「秋」「自画像」などいろいろ考へてゐたところでした。）
お話申し上げたい事もあるのですけど、僕のはうから本郷へ行くのが順序ですけど、まだ四、五日は、家をあけられないやうな気がして、たいへんすみませんけれど、もし、お仕事一段落の折には、三鷹へ遊びがてら、ぶらりとおいで下さいませんでせうか。ゆつくりお話したいのですけど。
不乙。

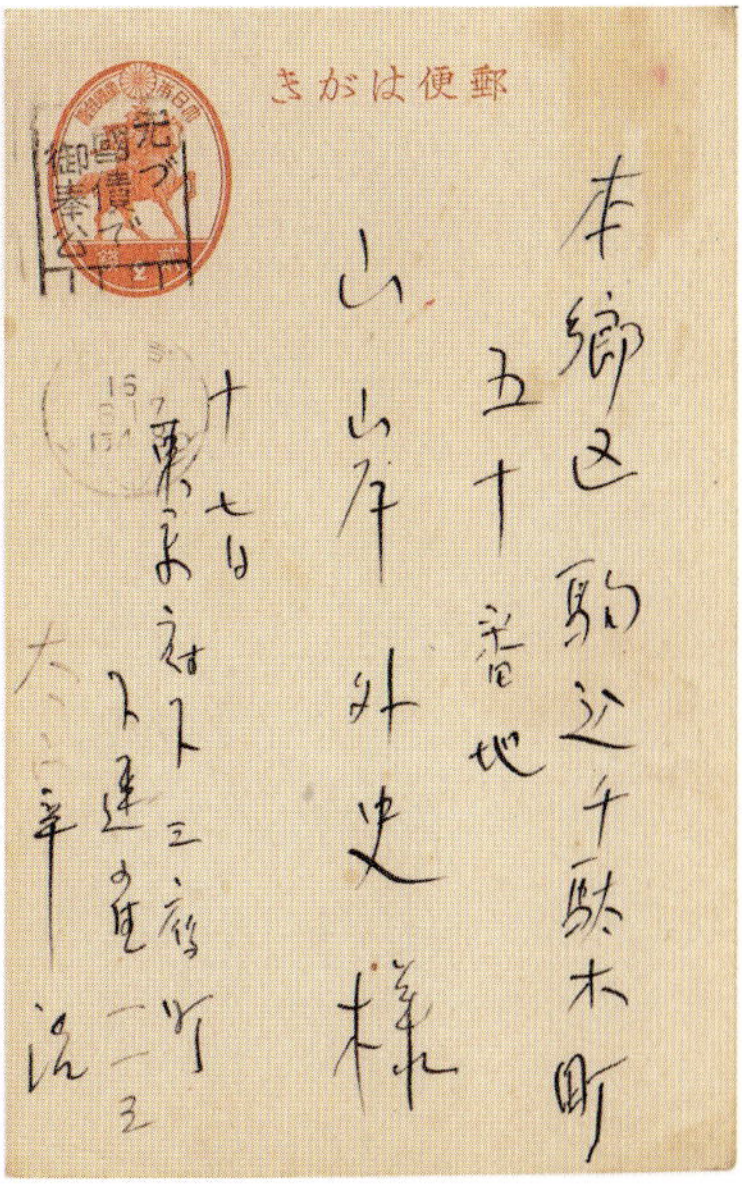

拝復。

　お話申し上げたい事もあるのですけど、僕のはうから本郷へ行くのが順序ですけど、まだ四、五日は、家をあけられないやうな気がして、たいへんすみませんけれど、もし、お仕事一段落の折には、三鷹へ遊びがてら、ぶらりとおいで下さいませんでせうか。

　ゆつくりお話したいのですけど。

　　　　　　　　　　　　　　不乙。

（今秋、努力して書くつもりの小説の題を、「十字架」「感傷」「審判の秋」「自画像」などいろいろ考へてゐたところでした。）

本郷区駒込千駄木町五十番地　山岸外史様
十七日　東京府下三鷹町下連雀一一三　太宰治

【校異】

拝復〔全集〕→拝復。

あけられない気がして、〔全集〕→あけられないやうな気がして、

（「不乙。」の位置、「おいで下さいませんでせうか。」の下）〔全集〕→（「ゆつくりお話したいのですけど。」の次行）

（丸括弧、「今秋、」から「考へてゐたところでした。」まで）〔全集〕→（丸括弧の頭のみ、「今秋、」から「考へてゐたところでした。」の文の行頭に）

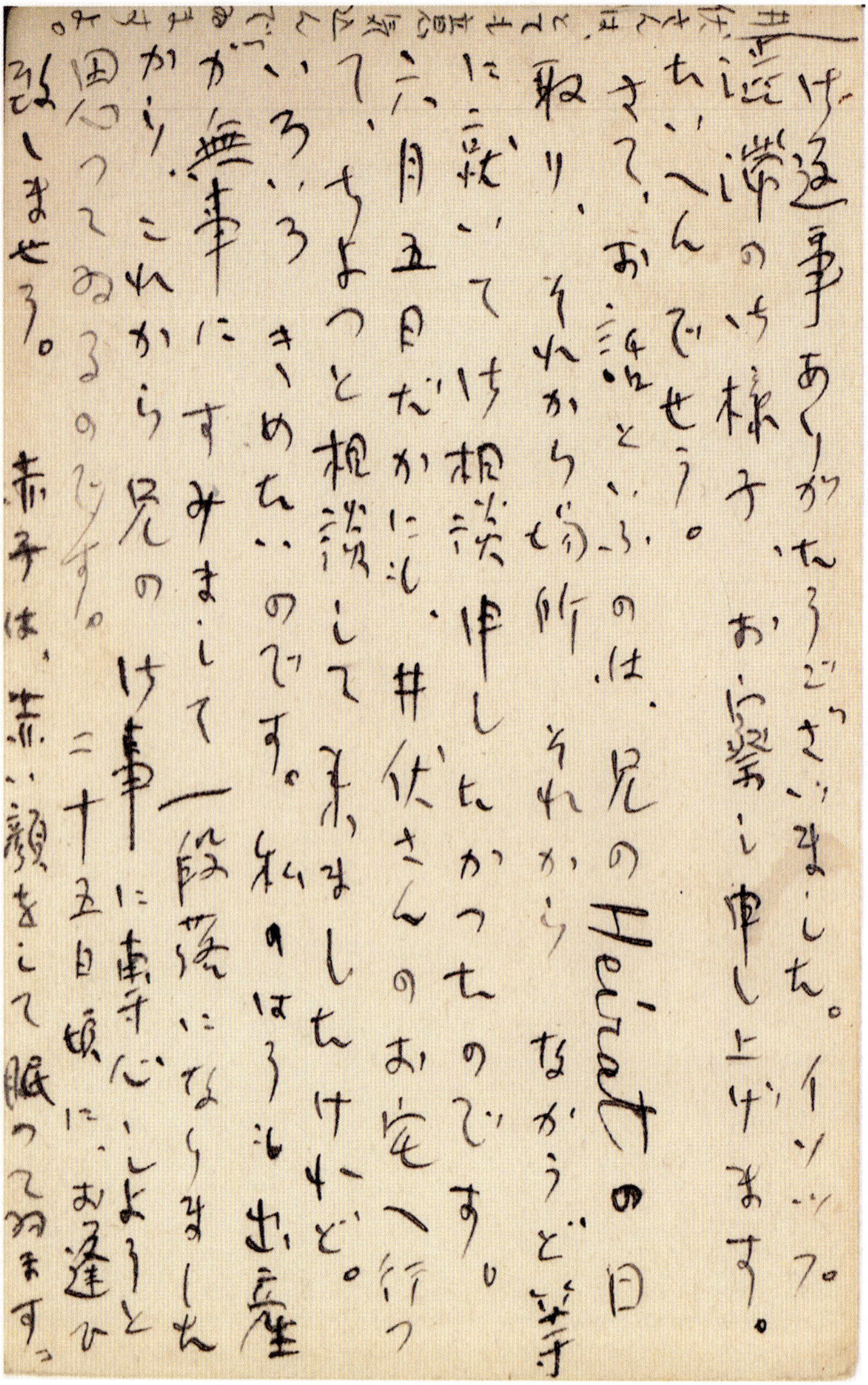
御返事ありがたうございました。イッツプ
遅滞の件様子、お察し申し上げます。
たいへんでせう。
さて、お話といふのは、兄のHeiratの日
取り、それから場所、それからなかうど等
に就いて御相談申したかつたのです。
六月五日だかに、井伏さんのお宅へ行つ
て、ちよつと相談して来ましたけれど。
いろいろきめたいのです。私のはうは出産
が無事にすみまして一段落になりました
から、これから兄の御事に専心しようと
思つてゐるのです。二十五日頃にお逢ひ
致しませう。
赤子は、赤い顔をして眠つてゐます。

書簡番号62

昭和16年（1941年）6月19日〔日にち直筆、消印〕

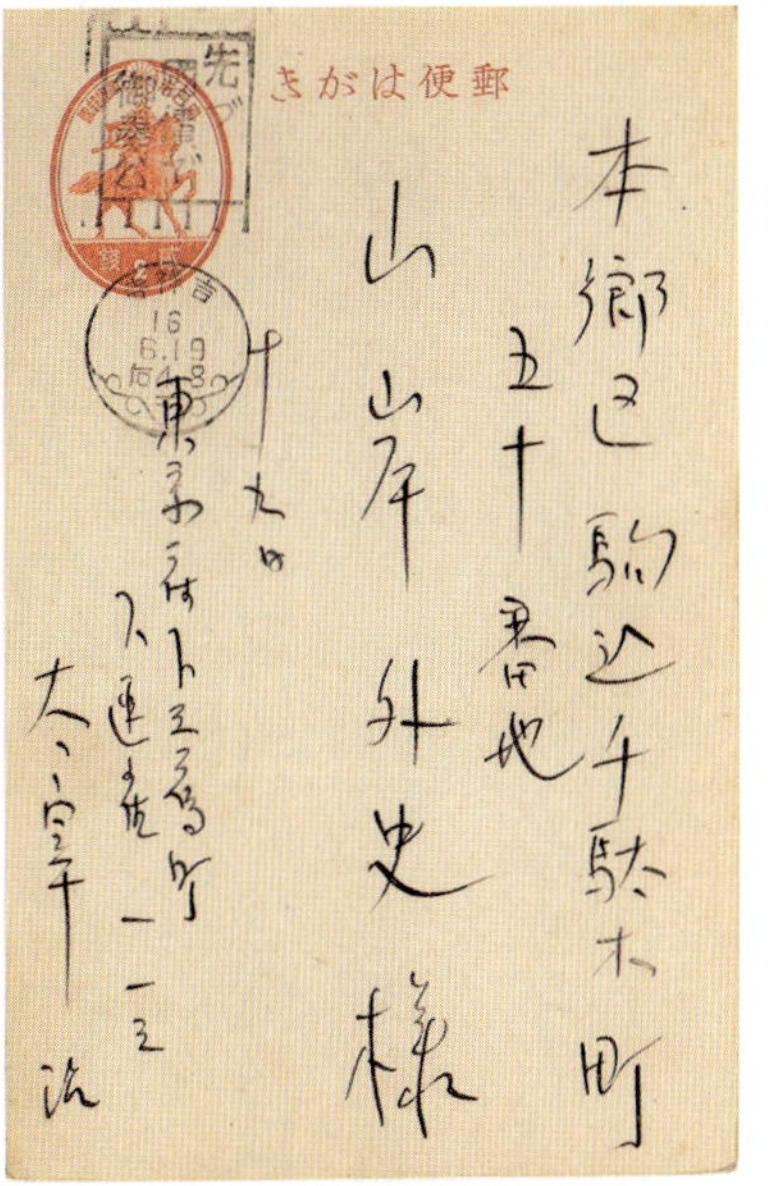
郵便はがき
本郷区駒込千駄木町
五十番地
山岸外史様
十九日
東京府下三鷹町
下連雀一一三
太宰治

御返事ありがたうございました。イソップ渋滞の御様子、お祭し申し上げます。たいへんでせう。

さて、お話といふのは、兄の**Heirat**の日取り、それから場所、それからなかうど等に就いて御相談申したかつたのです。

六月五日だかにも、井伏さんのお宅へ行つて、ちよつと相談して来ましたけれど。

いろいろきめたいのです。私のはうも出産が無事にすみまして一段落になりましたから、これから兄の御事に専心しようと思つてゐるのです。二十五日頃に、お逢ひ致しませう。赤子は、赤い顔をして眠つてゐます。

井伏さんは、とても意気込んでゐますよ。

本郷区駒込千駄木町五十番地　山岸外史様
十九日　東京府下三鷹町下連雀一一三　太宰治

【校異】
イソップ、〔全集〕→イソップ
お祭し申上げます。〔全集〕→お祭し申し上げます。
（改行なし）六月五日〔全集〕→（改行）
（改行なし）いろいろ〔全集〕→（改行）
兄の仕事〔全集〕→兄の御事

【ノート】
イソップ——山岸外史訳『新イソップ物語』（主婦之友社、昭和十六年八月）。
兄の**Heirat**——昭和十六年六月三十日、佐藤春夫夫妻の媒酌で鶯谷の料亭・志保原にて、山岸外史の結婚式披露宴を執り行う。

書簡番号63

昭和16年（1941年）6月25日〔日にち直筆、消印〕

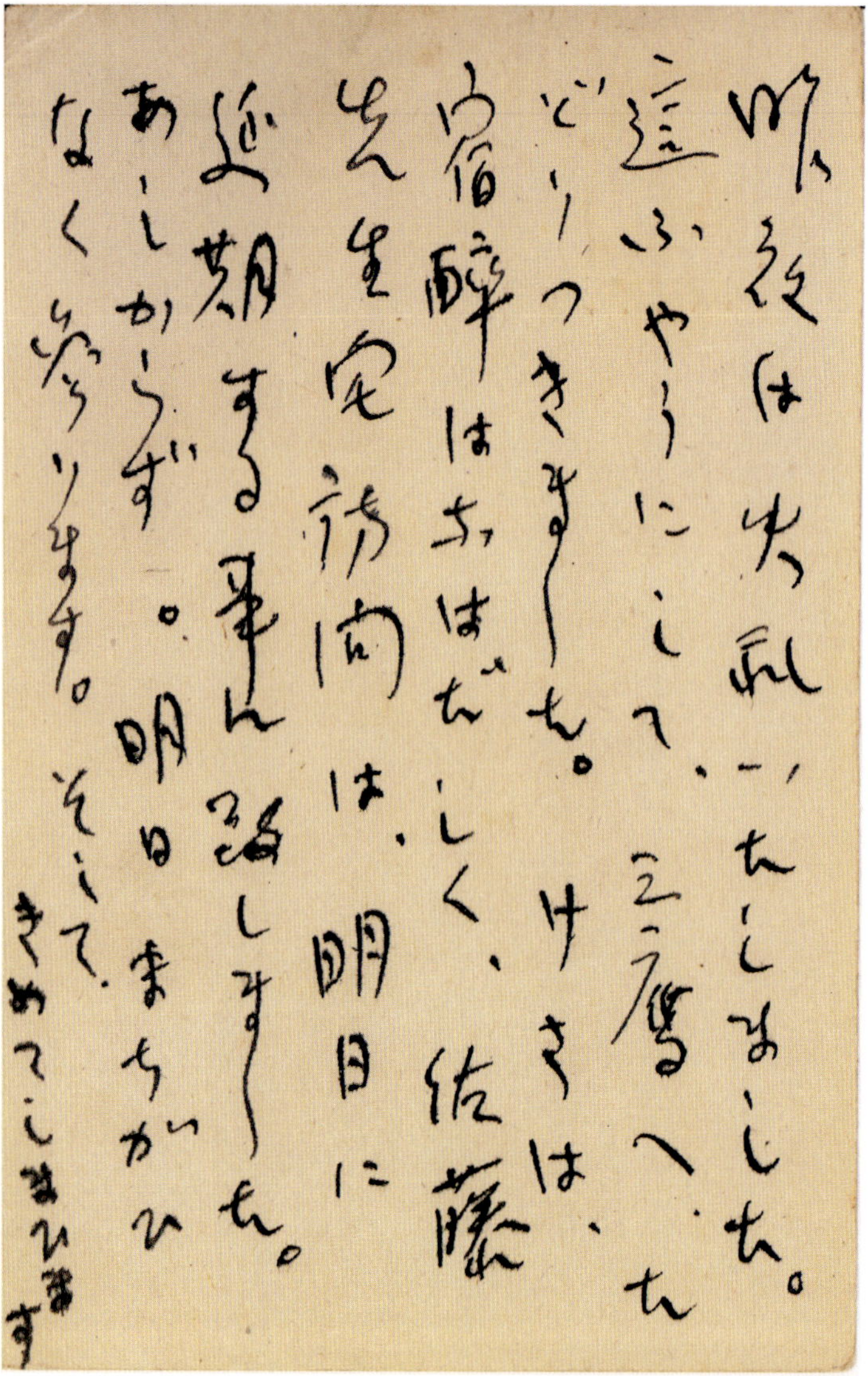
昨夜は失礼いたしました。這ふやうにして、二階へたどりつきました。宿酔ははなはだしく、佐藤先生宅訪問は、明日に延期する事に致しました。あしからず。明日まちがひなく参ります。そしてきめてしまひます

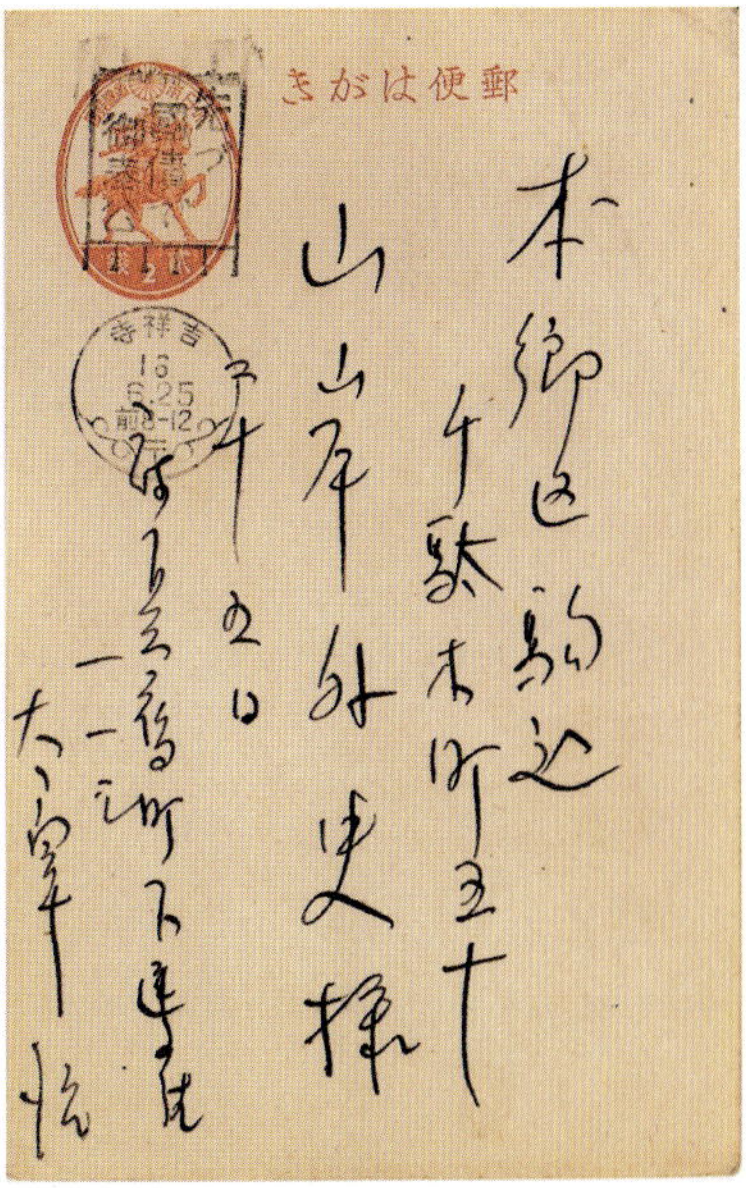

昨夜は失礼いたしました。這ふやうにして、三鷹へ、たどりつきました。けさは、宿酔はなはだしく、佐藤先生宅訪問は、明日に延期する事に致しました。あしからず。明日まちがひなく参ります。そして、きめてしまひます

本郷区駒込千駄木町五十　山岸外史様
二十五日　府下三鷹町下連雀一一三　太宰治

【校異】
きめてしまひます。〔全集〕→きめてしまひます

【ノート】
佐藤先生宅訪問——山岸外史の結婚式での仲人を依頼する件。

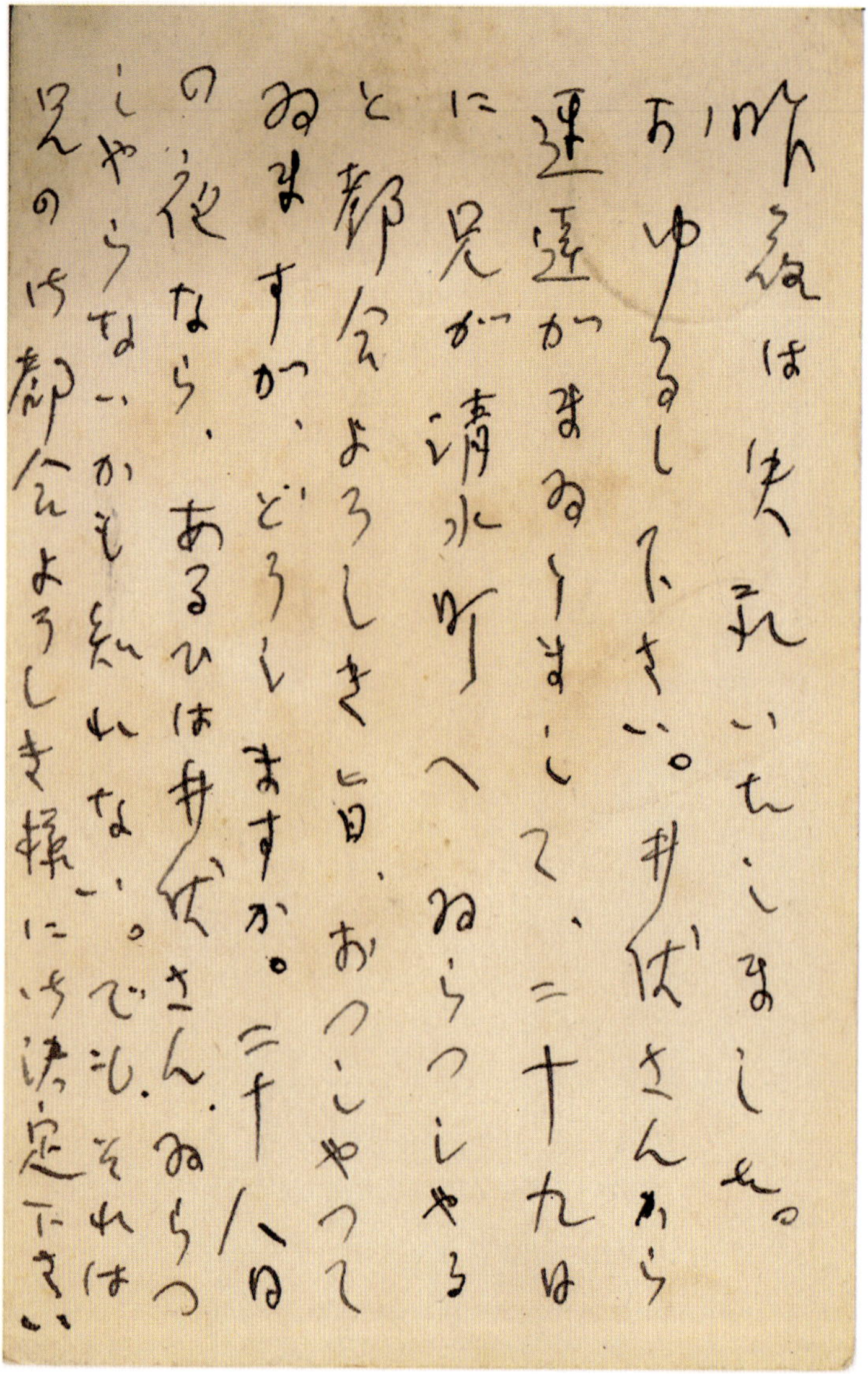
昨夜は失礼いたしました。
おゆるし下さい。井伏さんから
速達がまゐりまして、二十九は
に兄が清水町へゐらつしやる
と都合よろしき旨、おつしやつて
ゐますが、どうしますか。二十八日
の夜なら、あるひは井伏さんゐらつ
しやらないかも知れない。でも、それは
兄の御都合よろしき様に御決定下さい。

書簡番号64

昭和16年（1941年）6月27日〔日にち直筆、消印〕

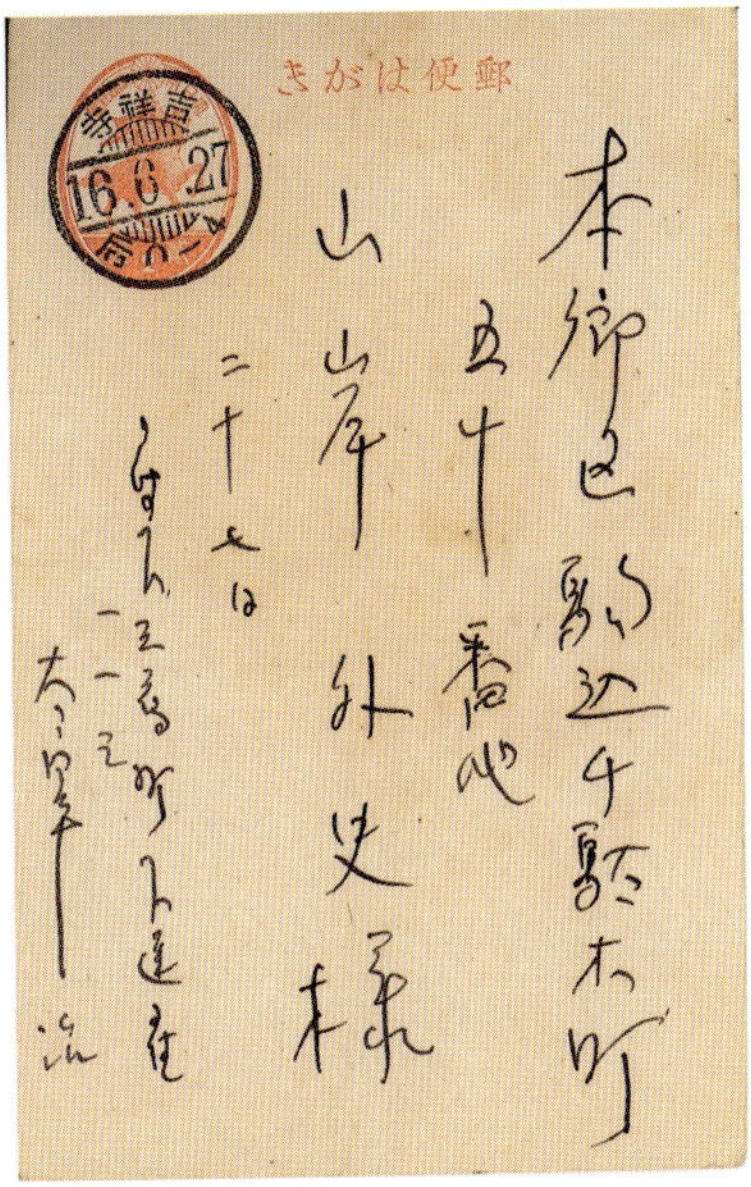

昨夜は失礼いたしました。
おゆるし下さい。井伏さんから速達がまゐりまして、二十九日に兄が清水町へゐらつしやると都合よろしき旨、おつしやつてゐますが、どうしますか。二十八日の夜なら、あるひは井伏さん、ゐらつしやらないかも知れない。でも、それは兄の御都合よろしき様に御決定下さい

本郷区駒込千駄木町五十番地　山岸外史様
二十七日　府下三鷹町下連雀一一三　太宰治

【校異】
〔改行なし〕おゆるし下さい。〔全集〕→〔改行〕
いらつしやると〔全集〕→ゐらつしやると
いらつしやらない〔全集〕→ゐらつしやらない
御決定下さい。〔全集〕→御決定下さい

【ノート】
清水町――井伏鱒二宅。杉並区清水町二十四番地。

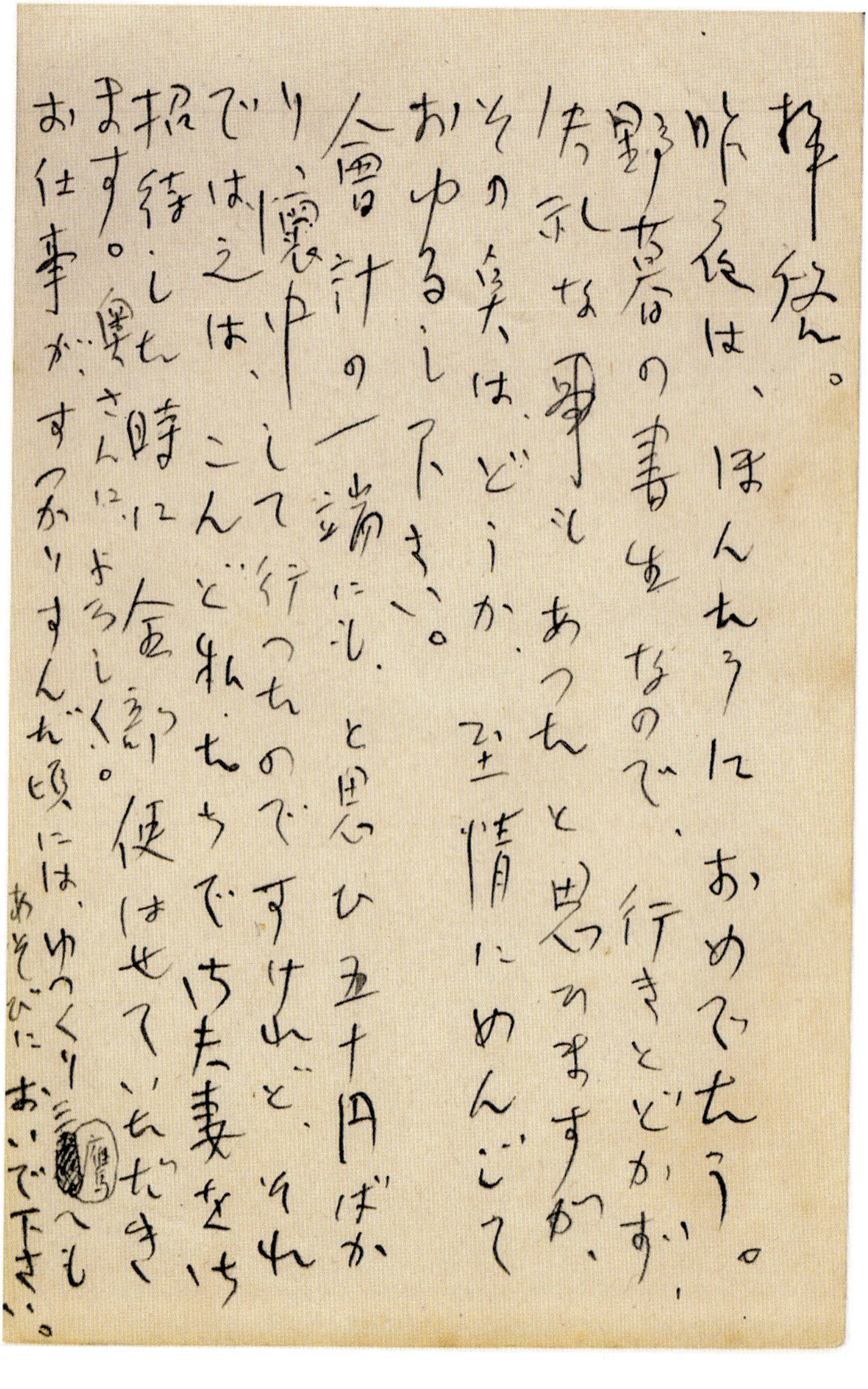
拝啓。
昨夜は、ほんたうにおめでたう。
野暮の書生なので、行きとどかず、
失礼な事もあつたと思ひますが、
その点は、どうか、至情にめんじて
おゆるし下さい。
會計の一端にも、と思ひ五十円ばか
り懐中して行つたのですけれど、それ
では之は、こんど私たちで、ち夫妻を、
招待した時に全部使はせていたゞき
ます。奥さんによろしく。
お仕事が、すつかりすんだ頃には、ゆつくりこちらへも
あそびにおいで下さい。

書簡番号65
昭和16年（1941年）7月1日〔月日直筆、消印、年は推定〕

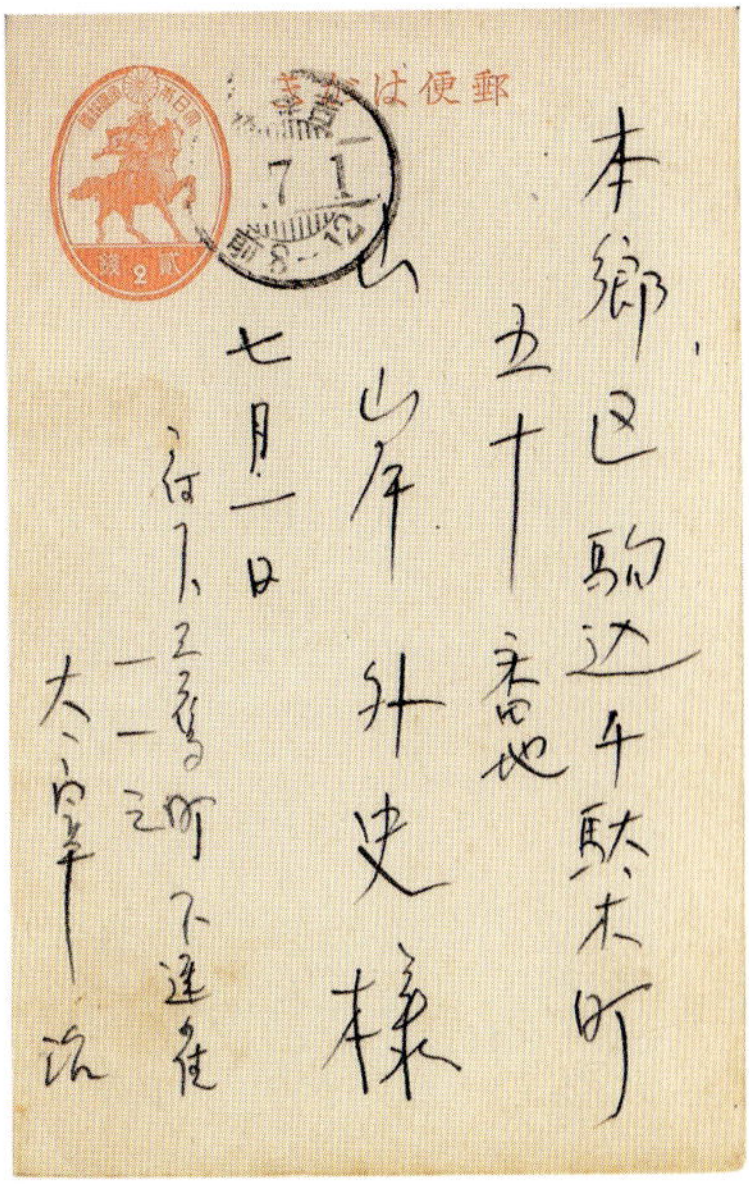

拝啓。

昨夜は、ほんたうにおめでたう。野暮の書生なので、行きとどかず、失礼な事もあつたと思ひますが、その点は、どうか、至情にめんじておゆるし下さい。

会計の一端にも、と思ひ五十円ばかり懐中して行つたのですけれど、それでは之は、こんど私たちで御夫妻を御招待した時に全部使はせていただきます。奥さんに、よろしく。

お仕事が、すつかりすんだ頃には、ゆつくり三鷹へもあそびにおいで下さい。

本郷区駒込千駄木町五十番地　山岸外史様

七月一日　府下三鷹町下連雀一一三　太宰治

【校異】

拝啓〔全集〕→拝啓。

どうか〔全集〕→どうか、

それでは、〔全集〕→それでは

奥さんに〔全集〕→奥さんに、

【ノート】

昨夜――山岸外史、佐藤やすの結婚披露宴。太宰はその裏方を務めた。

昭和16年（1941年）7月3日〔月日直筆、消印〕

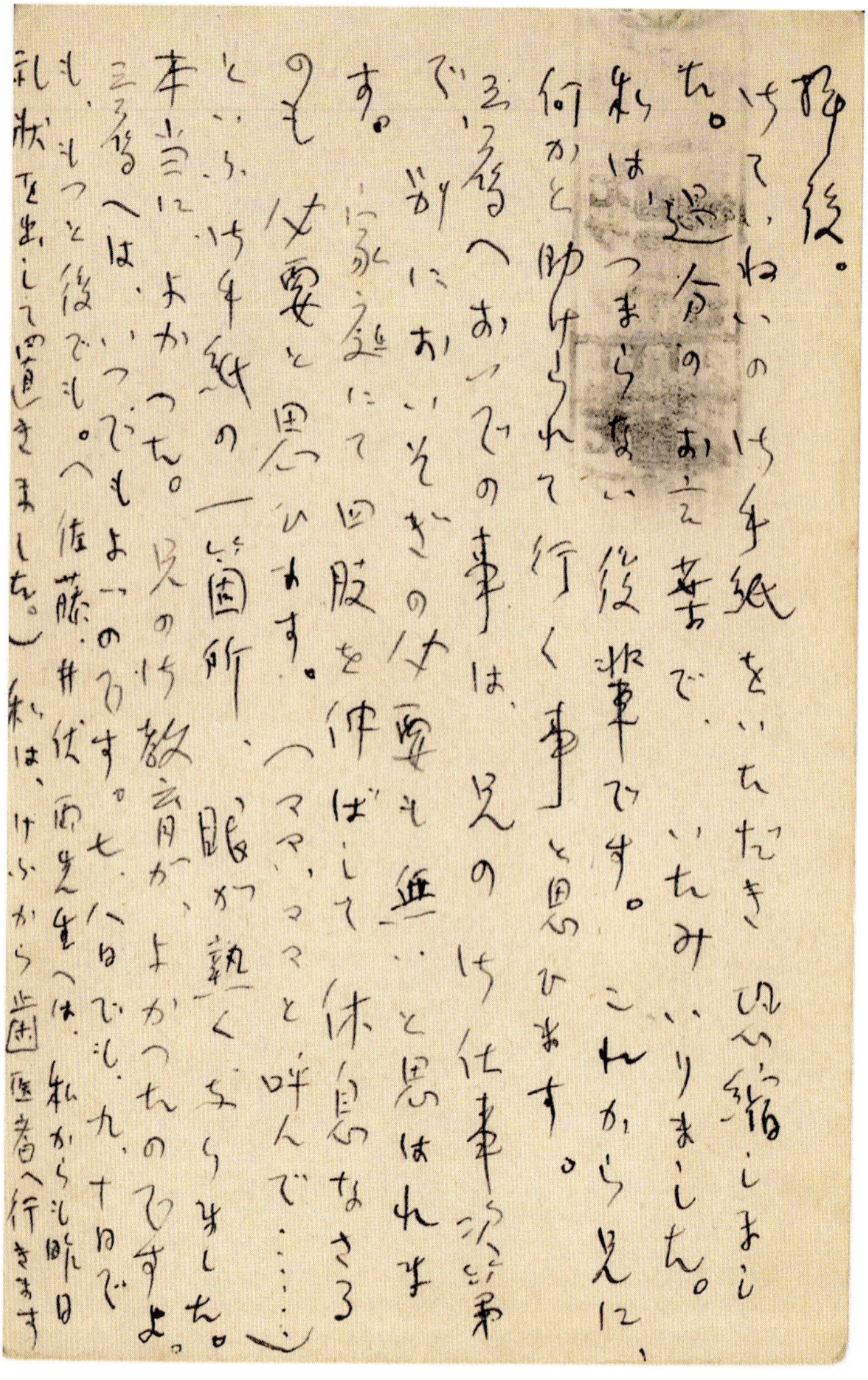

拝復。
御ていねいの御手紙をいただき恐縮しました。
過分のお言葉で、いたみいりました。
私はつまらない後輩です。これから兄に、
何かと助けられて行く事」と思ひます。
三好へおいでの事は、兄のお仕事次第
で、別においそぎの必要も無い、と思はれま
す。御家庭にて四肢を伸ばして休息なさる
のも必要と思ひます。（ママ、ママと呼んで……）
といふお手紙の一箇所、眼が熱くなりました。
本当によかった。兄のお教育が、よかったのですよ。
三好へは、いつでもよいのです。七・八日でも、九、十日で
も、もつと後でも。（佐藤・井伏両先生へは、私からも昨日
礼状を出して置きました。）私は、けふから歯医者へ行きます

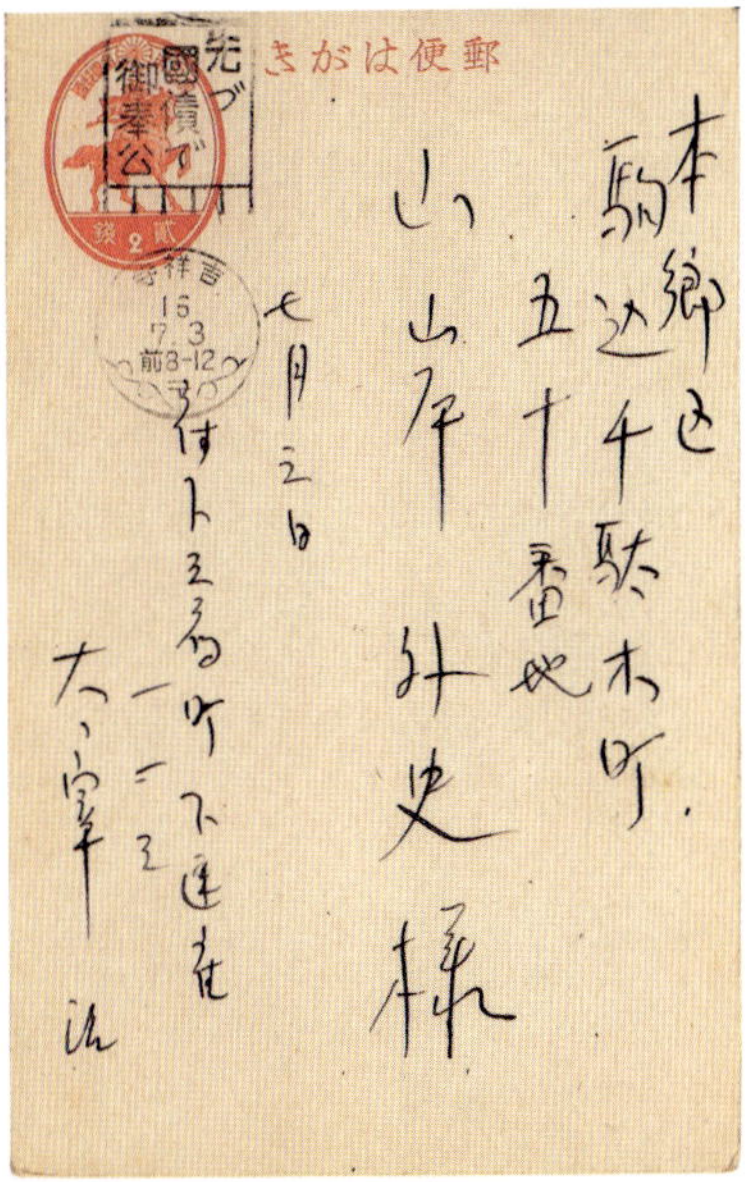

拝復。

御ていねいの御手紙をいただき恐縮しました。過分のお言葉で、いたみいりました。

私はつまらない後輩です。これから兄に、何かと助けられて行く事と思ひます。

三鷹へおいでの事は、兄の御仕事次第で、別においそぎの必要も無いと思はれます。家庭にて四肢を伸ばして休息なさるのも必要と思ひます。（ママ、ママと呼んで……）といふ御手紙の一箇所、眼が熱くなりました。本当に、よかつた。兄の御教育が、よかつたのですよ。三鷹へは、いつでもよいのです。七、八日でも、九、十日でも、もつと後でも。（佐藤、井伏両先生へは、私からも昨日礼状を出して置きました。）私は、けふから歯医者へ行きます

本郷区駒込千駄木町五十番地　山岸外史様
七月三日　府下三鷹町下連雀一一三　太宰治

【校異】

拝復。〔全集〕→拝復
脱文（「必要も無いと思はれます。」の後）〔全集〕→家庭にて四肢を伸ばして休息なさるのも必要と思ひます。
行きます。〔全集〕→行きます

【ノート】

ママ、ママと呼んで……——山岸外史『人間太宰治』には「新妻ヤス子のことを先妻の三人の遺児が、すぐ慕ったということである」とある。

書簡番号67

昭和16年（1941年）7月31日〔日にち直筆、消印〕

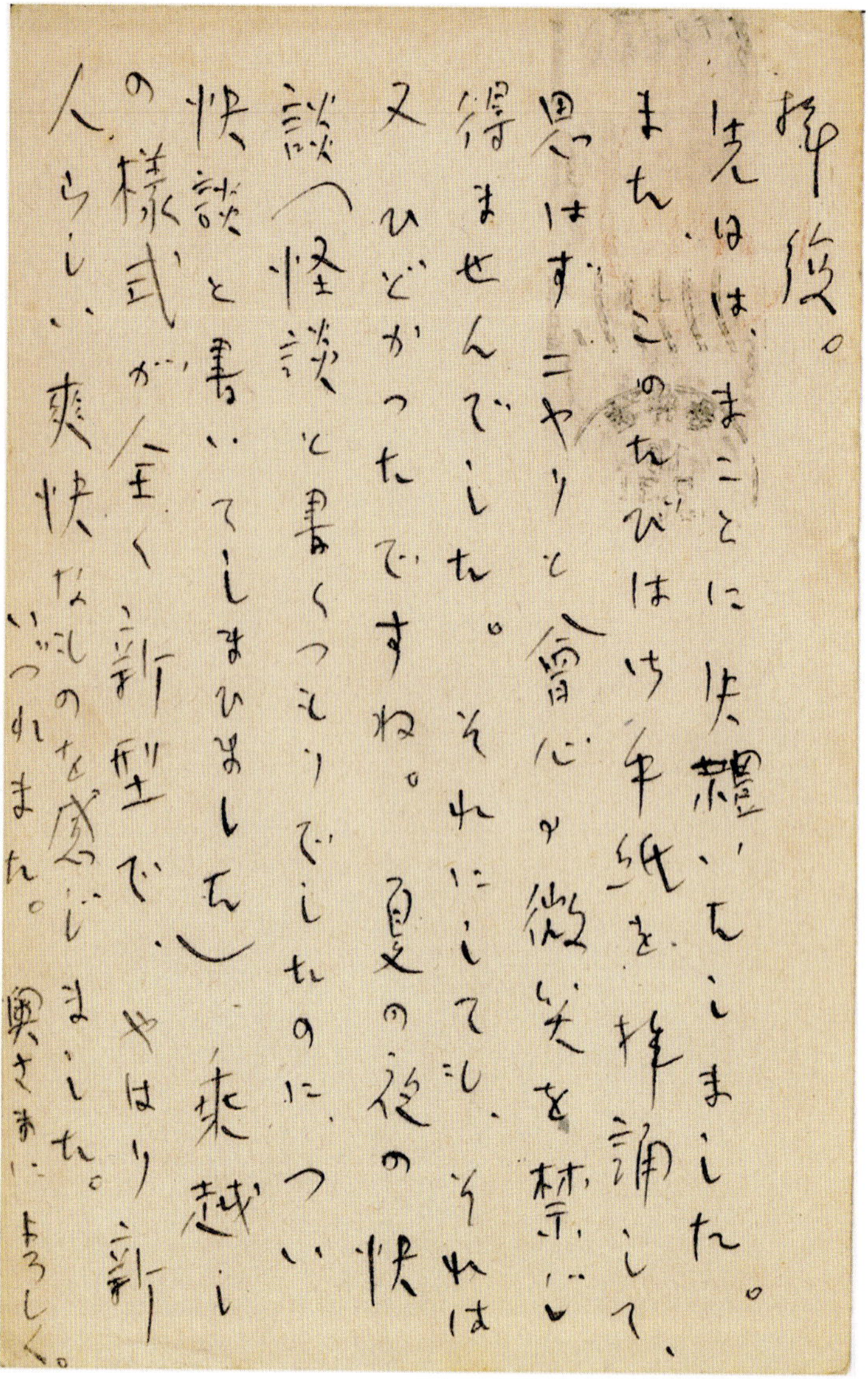
拝復。
先日は、まことに失禮いたしました。
また、このたびはお手紙を拝誦して、
思はずニヤリと會心の微笑を禁じ
得ませんでした。それにしても、それは
又ひどかつたですね。夏の夜の快
談（怪談と書くつもりでしたのについ
快談と書いてしまひました）来越し
の様式が全く新型で、やはり新
人らしい爽快なものを感じました。
いづれまた。　奥さまによろしく。

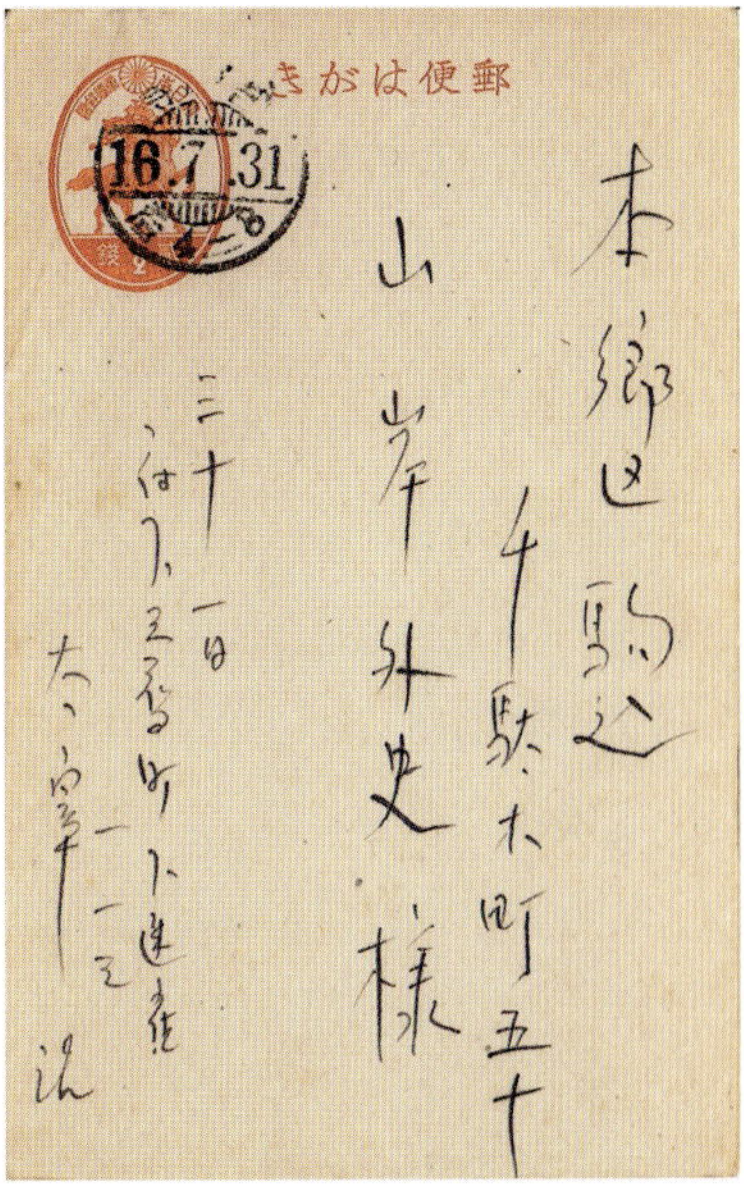

拝復。
先日は、まことに失礼いたしました。また、このたびは御手紙を拝誦して、思はずニヤリと会心の微笑を禁じ得ませんでした。それにしても、それは又ひどかつたですね。夏の夜の快談（怪談と書くつもりでしたのに、つい快談と書いてしまひました）乗越しの様式が全く新型で、やはり新人らしい爽快なものを感じました。
いづれまた。奥さまによろしく。

本郷区駒込千駄木町五十　山岸外史様
三十一日　府下三鷹町下連雀一一三　太宰治

【校異】
拝復〔全集〕→拝復。
また〔全集〕→また、
（脱文。「それにしても、」の後）〔全集〕→それは又ひどかつたですね。
（改行なし）いづれまた。〔全集〕→（改行）

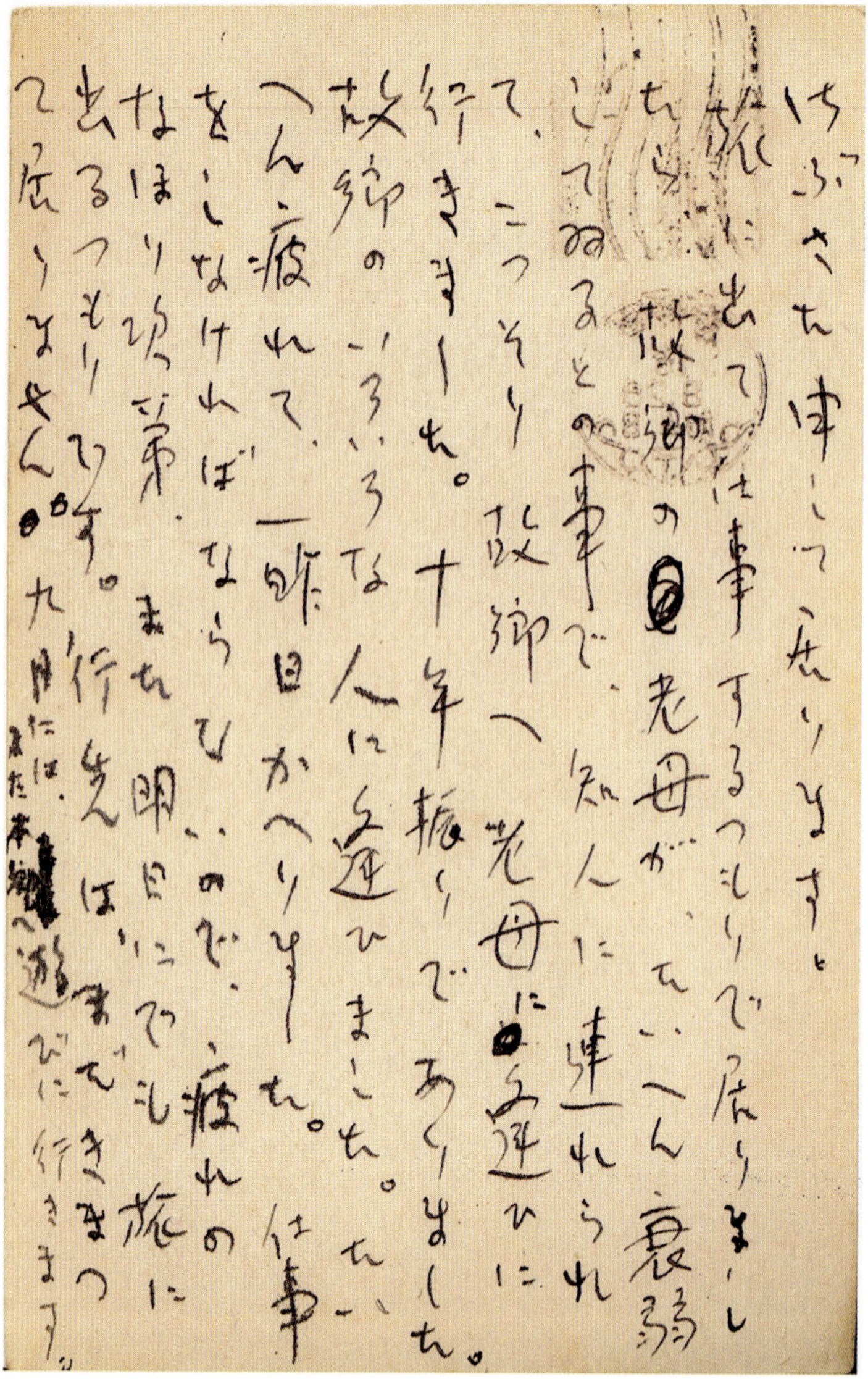
ごぶさた申して居ります。
旅に出て仕事するつもりで居りました
た　故郷の老母が、たいへん衰弱
してゐるとの事で、知人に連れられ
て、こつそり故郷へ老母に逢ひに
行きました。十年振りでありました。
故郷のいろいろな人に逢ひました。たい
へん疲れて、一昨日かへりました。仕事
をしなければならないので、疲れの
なほり次第、また明日にでも旅に
出るつもりです。行先はまだきまつ
て居りません。九月には、また本郷へ遊びに行きます。

書簡番号68

昭和16年（1941年）8月26日〔日にち直筆、消印〕

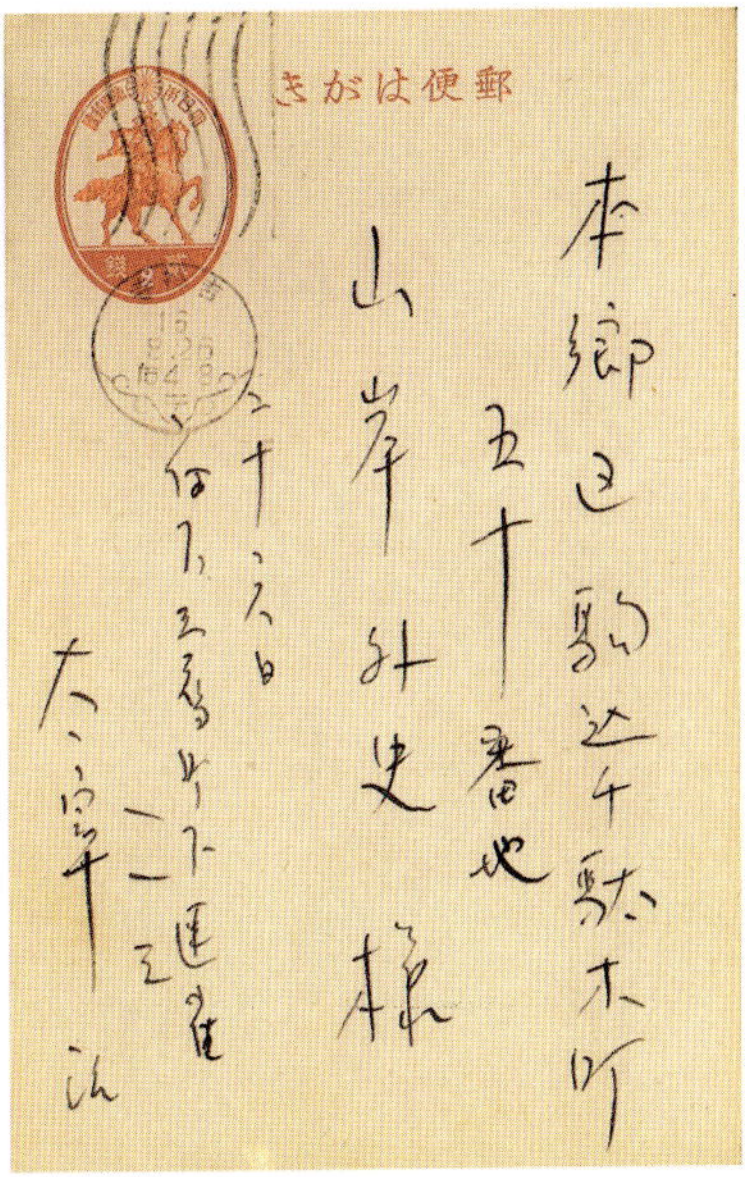

御ぶさた申して居ります。

旅に出て仕事するつもりで居りましたら、故郷の老母が、たいへん衰弱してゐるとの事で、知人に連れられて、こつそり故郷へ老母に逢ひに行きました。十年振りでありました。故郷のいろいろな人に逢ひました。たいへん疲れて、一昨日かへりました。仕事をしなければならないので、疲れのなほり次第、また明日にでも旅に出るつもりです。行先は、まだきまつて居りません。九月には、また本郷へ遊びに行きます。

本郷区駒込千駄木町五十番地　山岸外史様
二十六日　府下三鷹町下連雀一一三　太宰治

【校異】

あひました。〔全集〕→ありました。

【ノート】

知人――北芳四郎。品川区大崎で洋服仕立て業を営む。津島家とのつながりから、太宰の東京での世話人となる。

こつそり故郷へ老母に逢ひに――義絶中だったため、叔母キヱ宅に泊まり、母たねを見舞う。

書簡番号69

昭和16年（1941年）9月8日〔消印〕

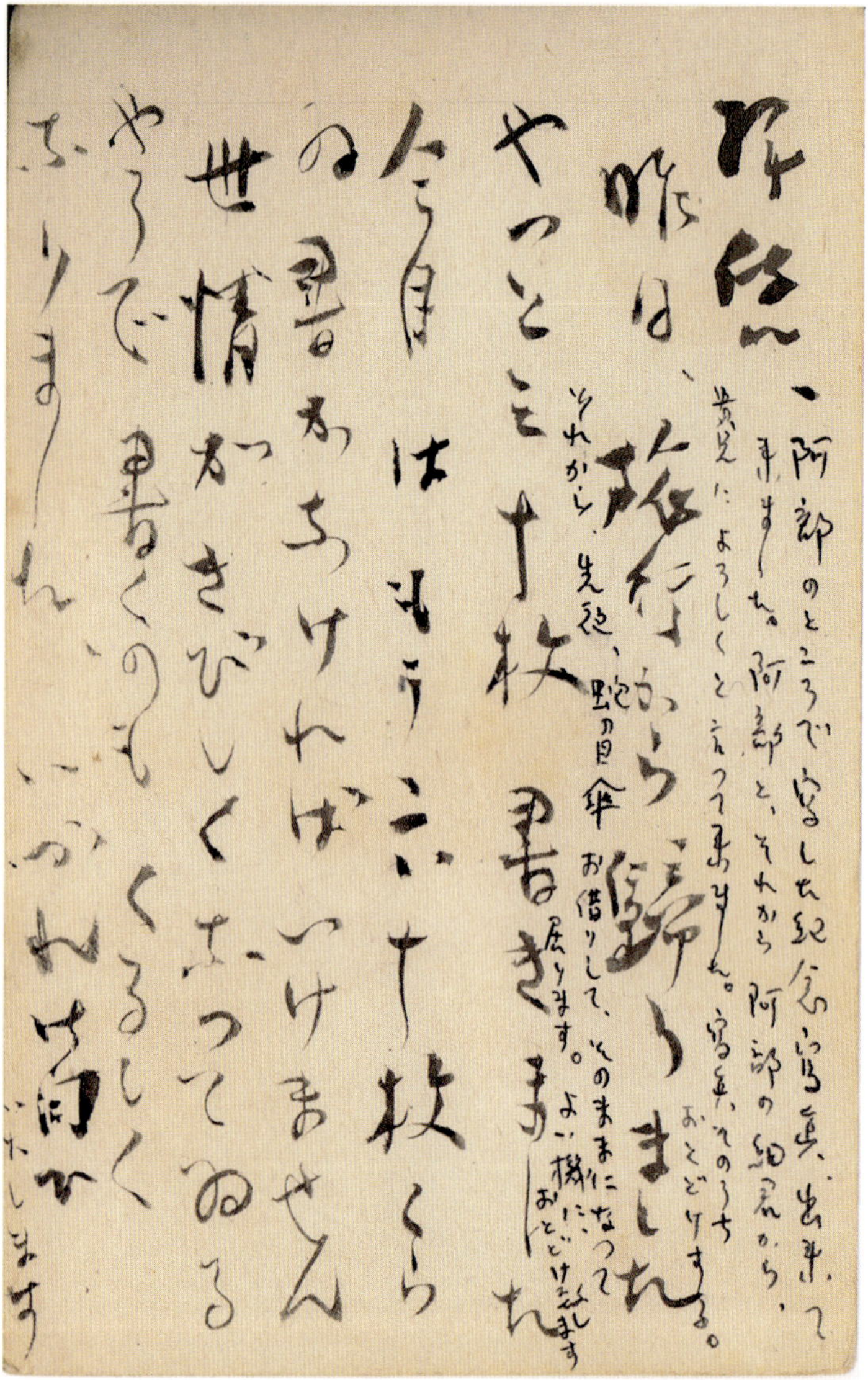
拝啓、
昨日は、旅行から帰りました。
やっと三十枚書きました
今日はもう六十枚くら
の書かなければいけません
世情がきびしくなつてゐる
やうで書くのもくるしく
なりました いづれ拝面いたします

阿部のところで写した記念写真、出来て来ました。阿部と、それから阿部の細君から、景兄によろしくと言って来ました。写真、そのうちおとどけする。

それから、先日、駅の日傘お借りして、そのままになって居ります。よい機会におとどけ致します

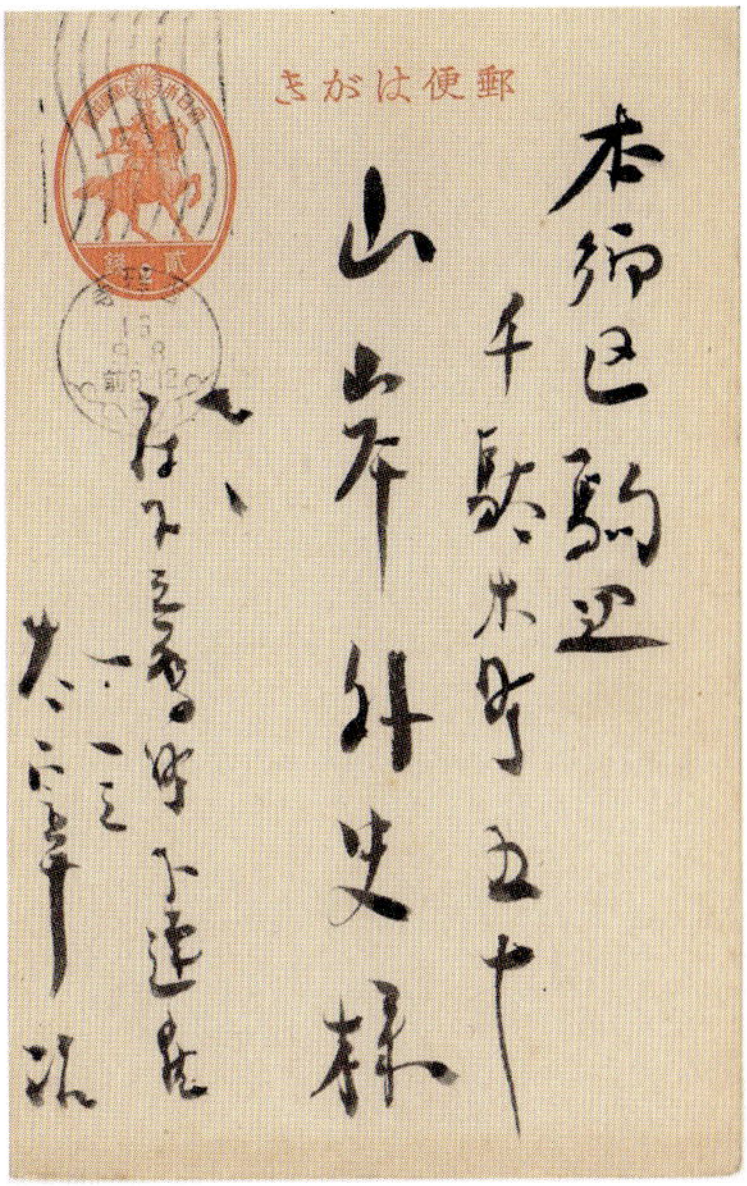

【校異】

拝啓〔全集〕→拝啓、

帰りました。〔全集〕→帰りました

（改行）やつと三十枚〔全集〕→（改行なし）

書きました。〔全集〕→書きました

書かなければいけません。〔全集〕→書かなければいけません

（改行）世情が〔全集〕→（改行なし）

くるしくなりました。〔全集〕→くるしくなりました、

御伺ひいたします。〔全集〕→御伺ひいたします

記念写真、〔全集〕→紀念写真、

それから先夜、〔全集〕→それから、先夜、

拝啓、
昨日、旅行から帰りました　やつと三十枚書きました
今月はもう六十枚くらゐ書かなければいけません　世情が
きびしくなつてゐるやうで書くのもくるしくなりました、
いづれ御伺ひいたします
阿部のところで写した紀念写真、出来て来ました。阿部と、
それから阿部の細君から、貴兄によろしくと言つて来ました。写真そのうちおとどけする。それから、先夜、蛇の日傘お借りして、そのままになつて居ります。よい機に、おとどけ致します

本郷区駒込千駄木町五十　山岸外史様
府下三鷹町下連雀一一三　太宰治

おとどけ致します。〔全集〕→おとどけ致します

【ノート】

もう六十枚くらゐ――「風の便り」を指す。

阿部――阿部合成。青森中学の同級生で洋画家。山岸とは太宰の家で知り合い、その後井伏鱒二宅でも出会い意気投合する。

書簡番号70

昭和16年（1941年）10月11日〔日にち直筆、消印〕

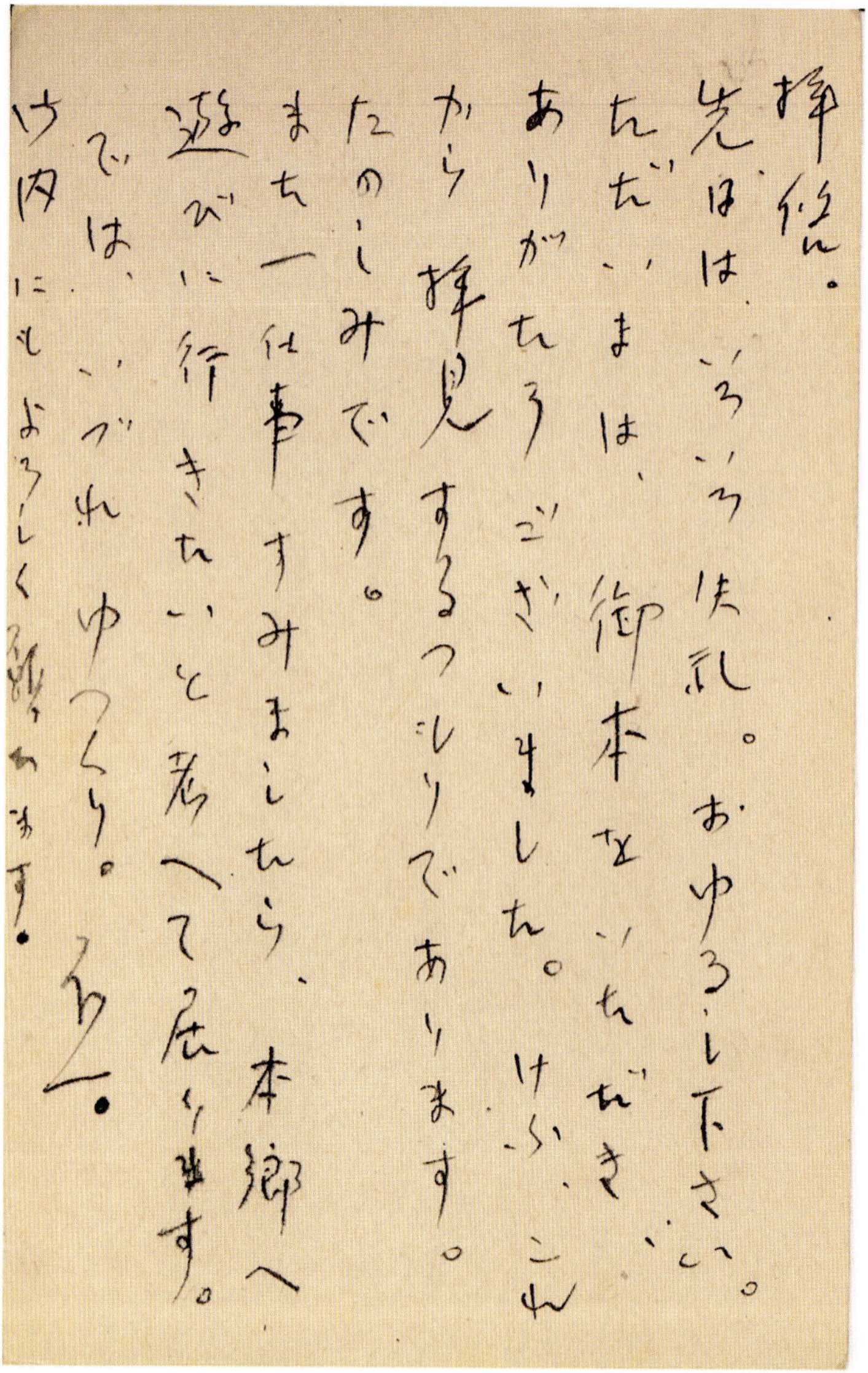

拝復。
先日は、いろいろ失礼。おゆるし下さい。
ただいまは、御本をいただき、
ありがたうございました。けふ、これ
から拝見するつもりであります。
たのしみです。
また一仕事すみましたら、本郷へ
遊びに行きたいと存じて居ります。
では、いづれゆつくり。治。
竹内にもよろしく願ひます。

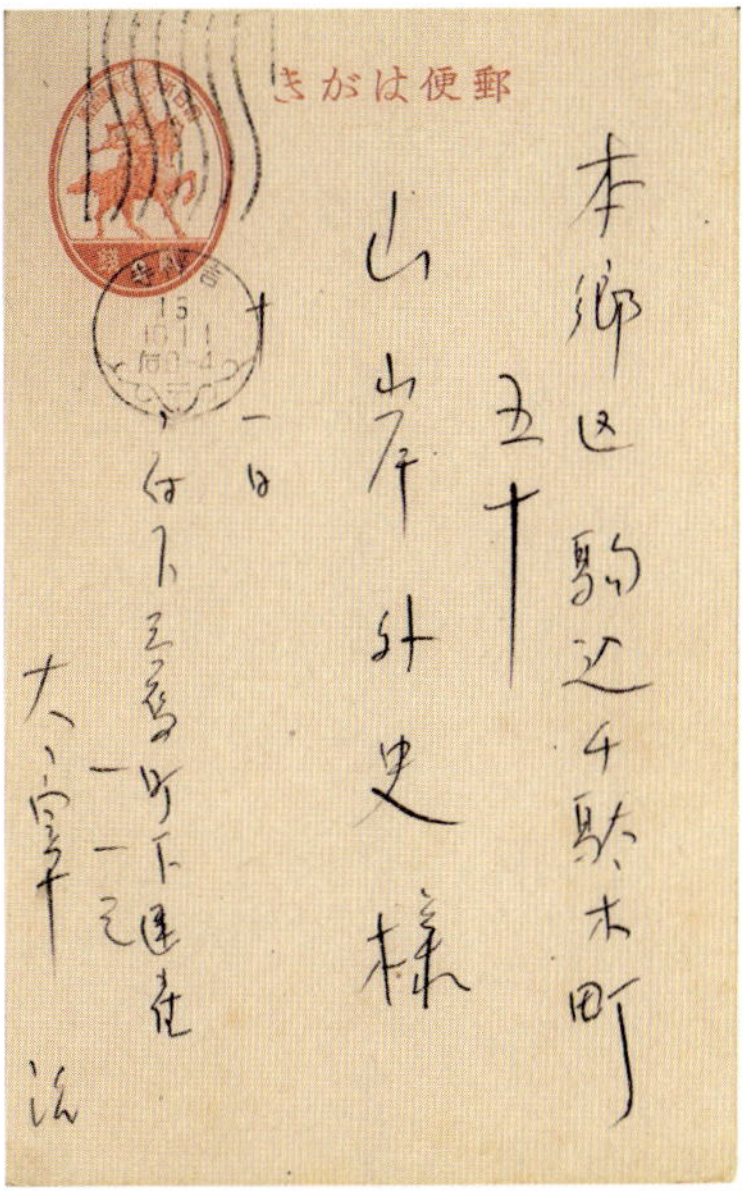

拝啓。

先日は、いろいろ失礼。おゆるし下さい。ただいまは、御本をいただき、ありがたうございました。けふ、これから拝見するつもりであります。

たのしみです。

また一仕事すみましたら、本郷へ遊びに行きたいと考へて居ります。

では、いづれゆつくり。

御内にもよろしく願ひます。


不一。

本郷区駒込千駄木町五十　山岸外史様
十一日　府下三鷹町下連雀一一三　太宰治

【校異】

拝啓〔全集〕→拝啓。

（改行なし）不一。〔全集〕→（改行）

【ノート】

御本――この年、十月までに山岸外史は、『煉獄の表情』（朱雀書林、五月）、『希望の表情』（実業之日本社、六月）、『新イソップ物語』（主婦之友社、八月）を上梓している。そのいずれかか。

書簡番号71

昭和16年（1941年）10月30日〔日にち直筆、消印31日〕

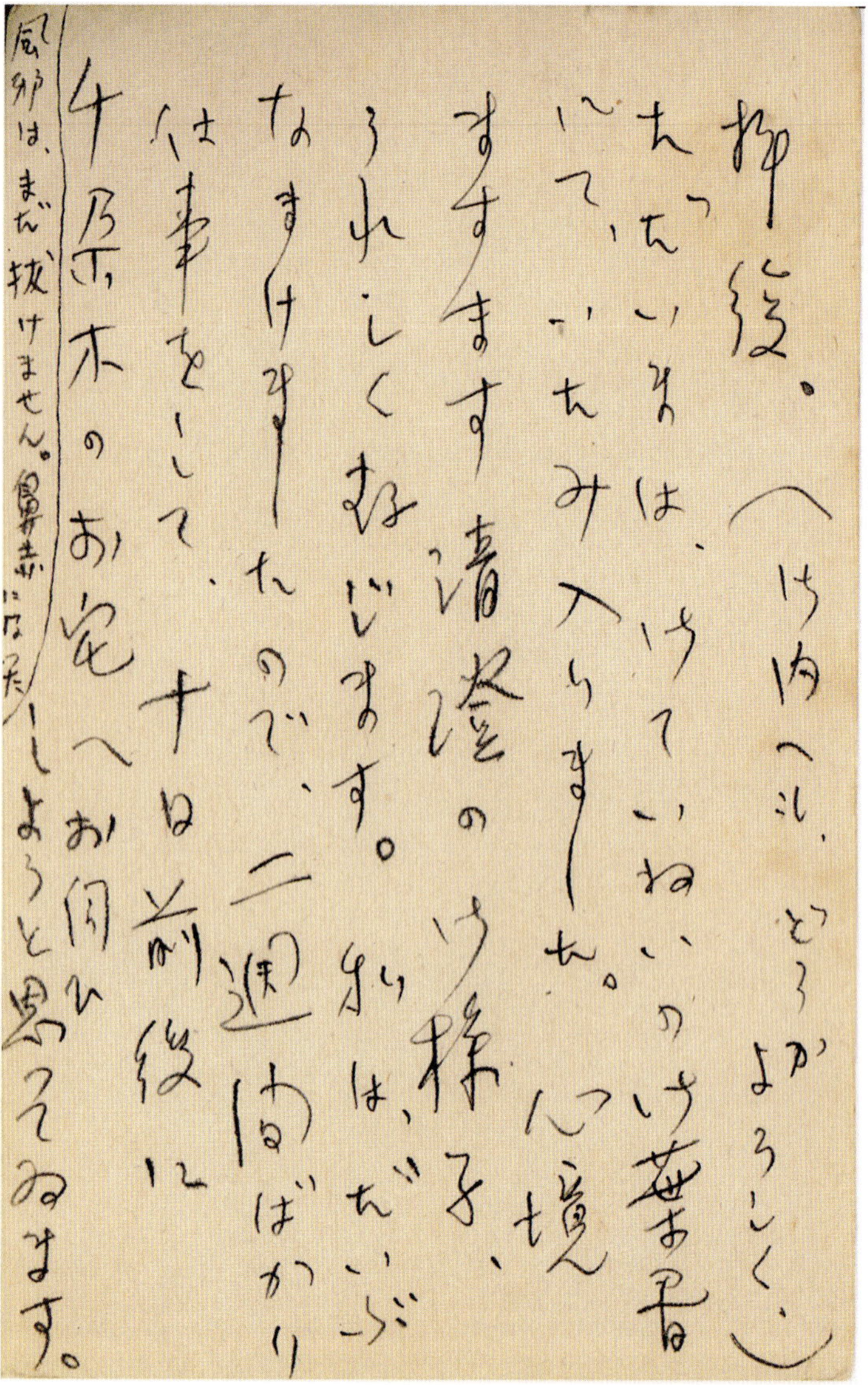
拝復。（竹内へも、どうかよろしく、）
たゞいまは、ごていねいなお葉書
で、いたみ入りました。心境
ますます清澄の御様子、
うれしく存じます。私は、だいぶ
なまけすぎましたので、二週間ばかり
仕事をして、十日前後に
千駄木のお宅へお伺ひしようと思ってゐます。
風邪は、まだ抜けません。鼻赤になった

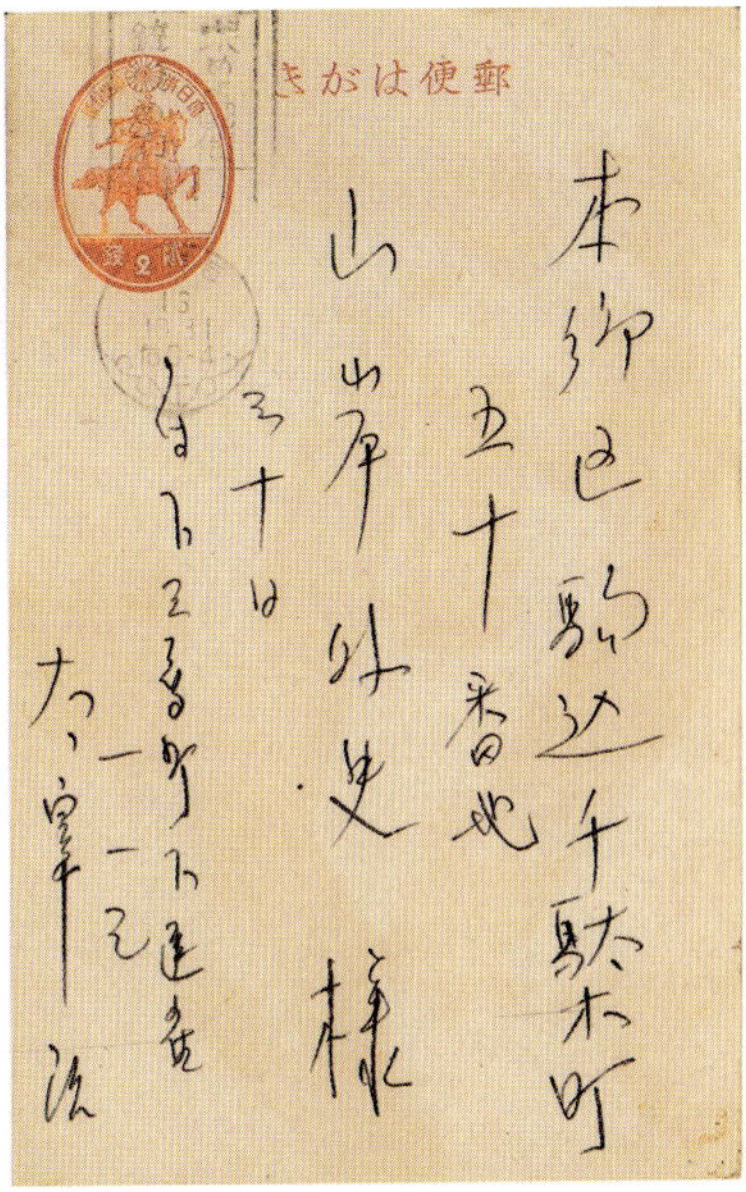

拝復。
ただいまは、御ていねいの御葉書にて、いたみ入りました。
心境ますます清澄の御様子、うれしく存じます。私は、だい
ぶなまけましたので、二週間ばかり仕事をして、十日前後に
千朶木のお宅へお伺ひしようと思つてゐます。

風邪は、まだ抜けません。鼻赤になつた
（御内へも、どうかよろしく、）

本郷区駒込千駄木町五十番地　山岸外史様
三十日　府下三鷹町下連雀一一三　太宰治

【校異】

十月三十一日→10月30日
拝復〔全集〕→拝復。
千駄木〔全集〕→千朶木
（縦線なし）〔全集〕→（縦線あり）
鼻赤になつた。〔全集〕→鼻赤になつた
どうかよろしく。〔全集〕→どうかよろしく、

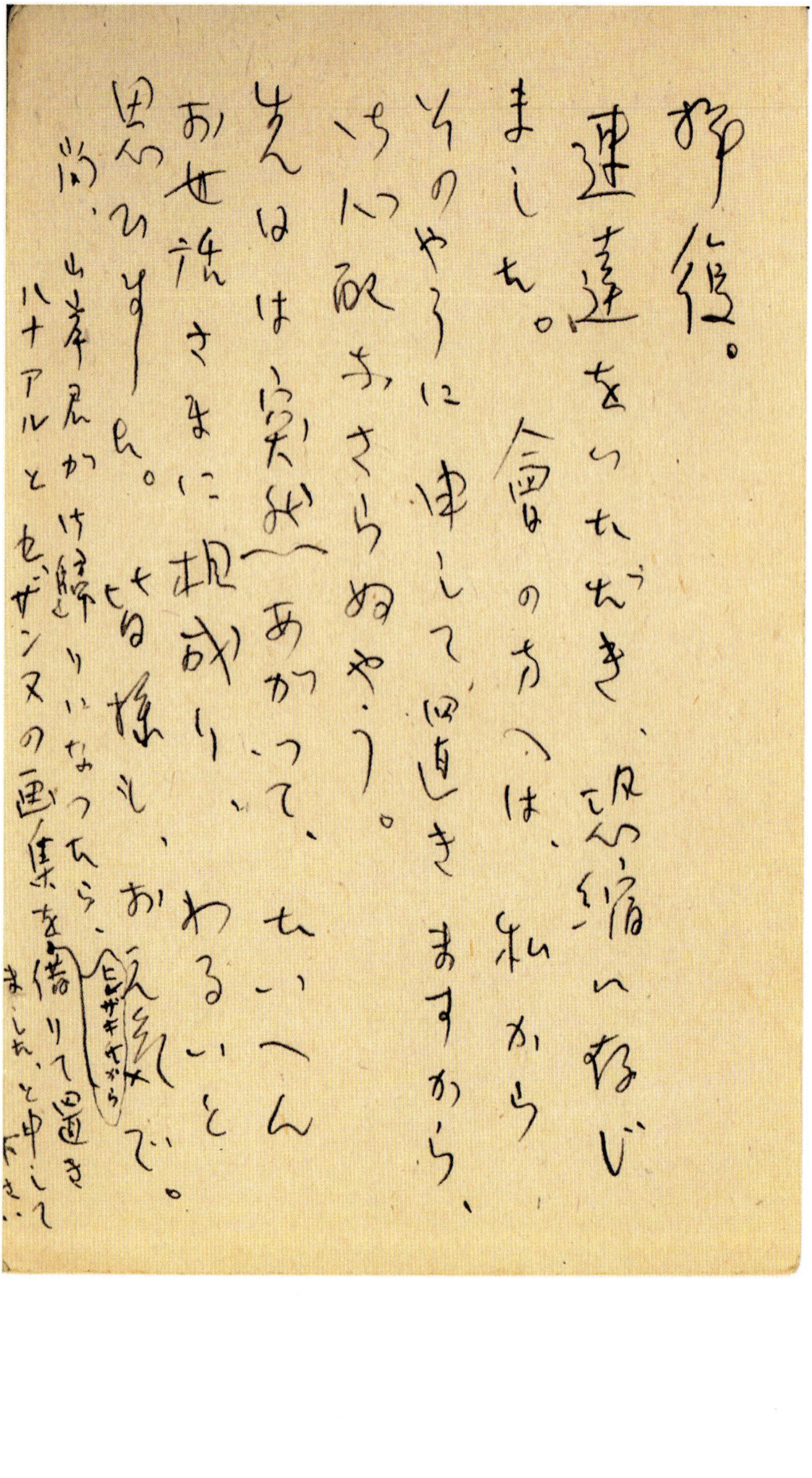
拝復。

速達をいたゞき、恐縮いたしました。会の方へは、私からそのやうに申して置きますから、いち〻取あさらぬやう。

先日は突然あがつて、たいへんお世話さまに相成り、わるいと思ひました。

皆様も、お元気で。

尚、山岸君がお帰りになつたら、ハナアルとセザンヌの画集を（ヒロサキさんから）借りて置きました、と申して下さい。

書簡番号72
昭和16年（1941年）12月17日〔日にち直筆、消印〕

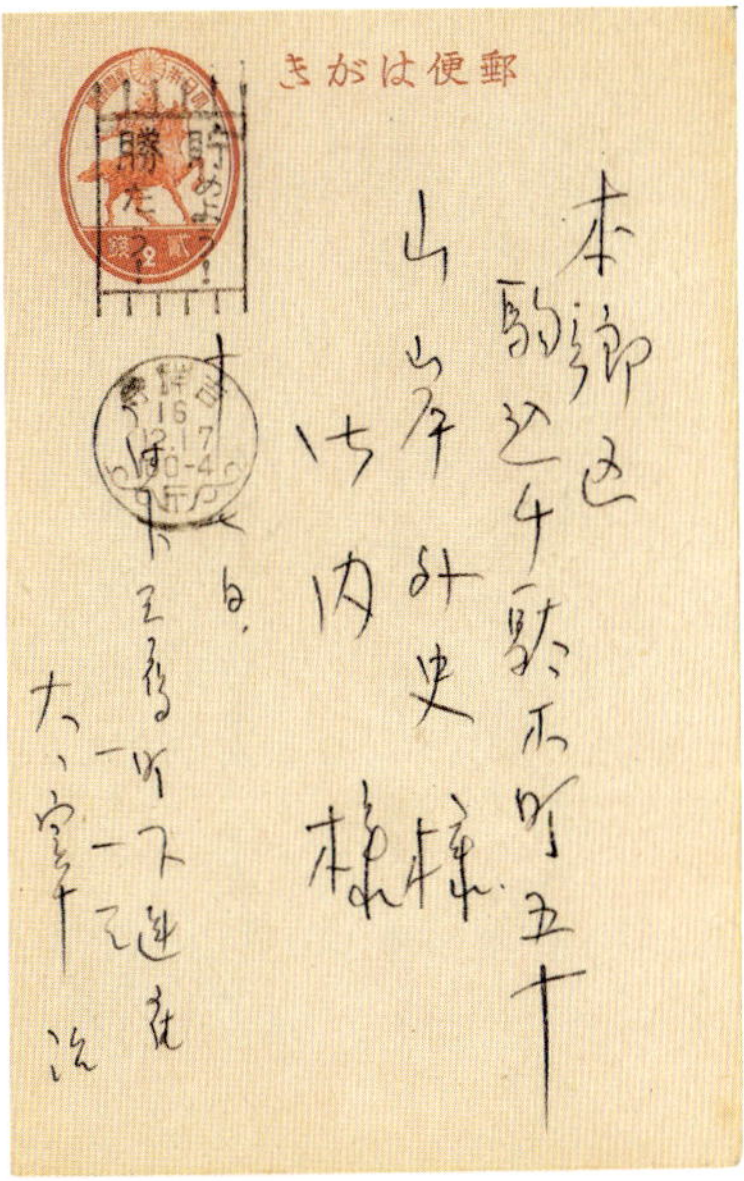

拝復。
速達をいただき、恐縮に存じました。会の方へは、私から
そのやうに申して置きますから、御心配なさらぬやう。
先日は突然あがつて、たいへんお世話さまに相成り、わる
いと思ひました。皆様も、お元気で。
尚、山岸君が御帰りになつたら、ルナアルとセザンヌの画
集をヒレザキ氏から借りて置きました、と申して下さい

本郷区駒込千駄木町五十　山岸外史様　御内様
十七日　府下三鷹町下連雀一一三　太宰治

【校異】
拝復〔全集〕→拝復。
と申して下さい。〔全集〕→と申して下さい
山岸やす子宛〔全集〕→山岸外史様　御内様

【ノート】
ヒレザキ氏——鰭崎潤。小館善四郎の友人で、洋画家。

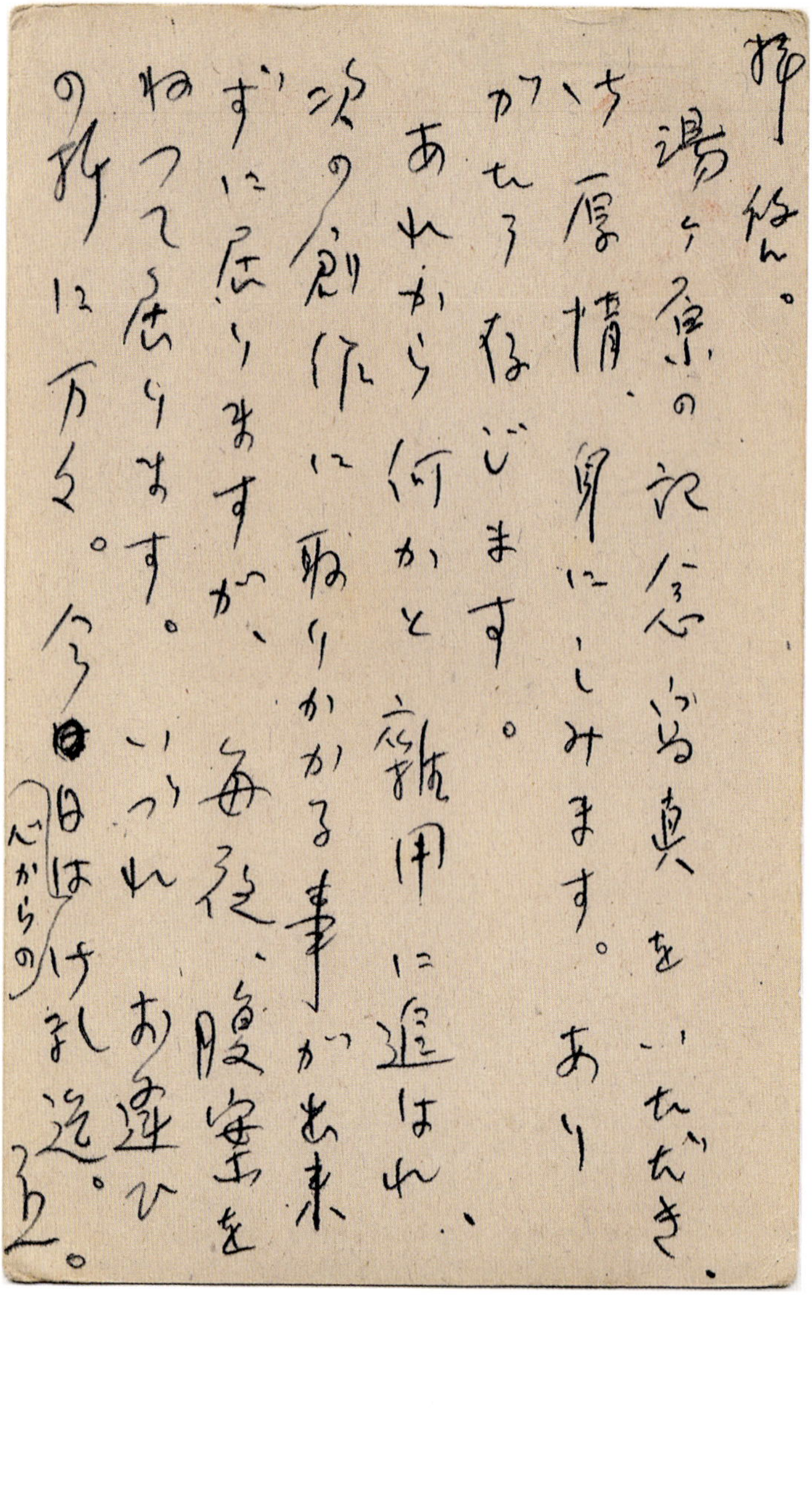
拝啓。
湯ヶ原の記念写真をいただき、
ご厚情、身にしみます。あり
がたく存じます。
あれから何かと雑用に追はれ、
次の創作に取りかかる事が出来
ずに居りますが、毎夜、腹案を
ねって居ります。いづれお運び
の折に万々。今日は心からのけし乱造。
ろし。

書簡番号73

昭和17年（1942年）5月3日〔日にち直筆、消印〕

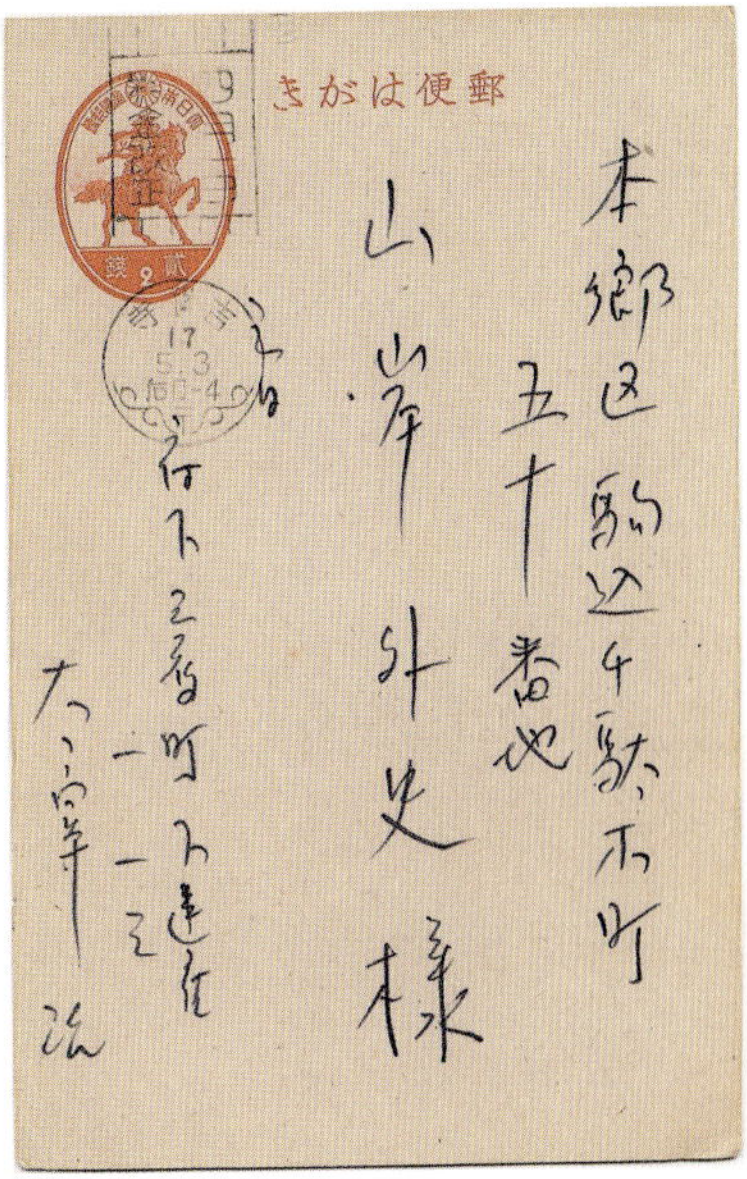
郵便はがき
本郷区駒込千駄木町
五十番地
山岸外史様
府下三鷹町下連雀
一一三
太宰治

拝啓。

湯ヶ原の記念写真をいただき、御厚情、身にしみます。ありがたう存じます。

あれから何かと雑用に追はれ、次の創作に取りかかる事が出来ずに居りますが、毎夜、腹案をねつて居ります。いづれお逢ひの折に万々。今日は心からの御礼迄。

不一。

本郷区駒込千駄木町五十番地　山岸外史様

三日　府下三鷹町下連雀一一三　太宰治

【校異】

拝啓〔全集〕→拝啓。

いづれ、〔全集〕→いづれ

万々、〔全集〕→万々。

お礼まで。〔全集〕→御礼迄。

【ノート】

湯ヶ原の記念写真——四月下旬に、山岸外史が逗留していた湯河原温泉の鶴屋を訪れたときの記念写真。「芸術新聞」（五月十六日）に掲載された、湯河原不動滝で山岸と写した写真と思われる。

書簡番号
74

昭和17年（1942年）6月29日〔日にち直筆、消印〕

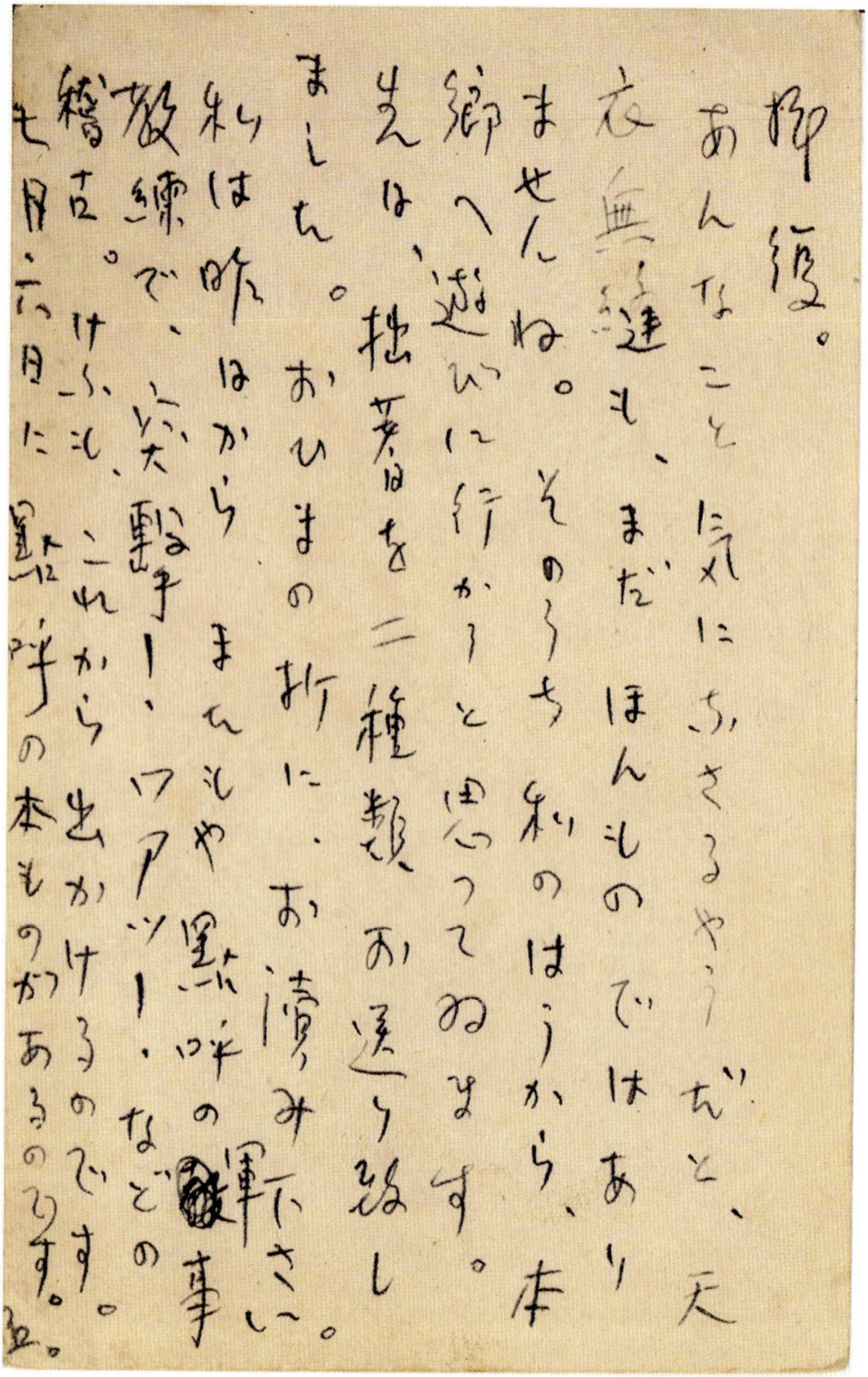

御復。
あんなことに気にふさるやうだと、天
衣無縫も、まだほんものではあり
ませんね。そのうち私のはうから、本
郷へ遊びに行かうと思つてゐます。
先生は、拙著を二種類お送り致し
ました。おひまの折に、お読み下さい。
私は昨日はからまたしや黙阿弥の軍事
教練で、突撃！ワアッ！などの
稽古。けふは、これから出かけるのです。
七月六日た黙阿弥の本ものがあるのです。
治。

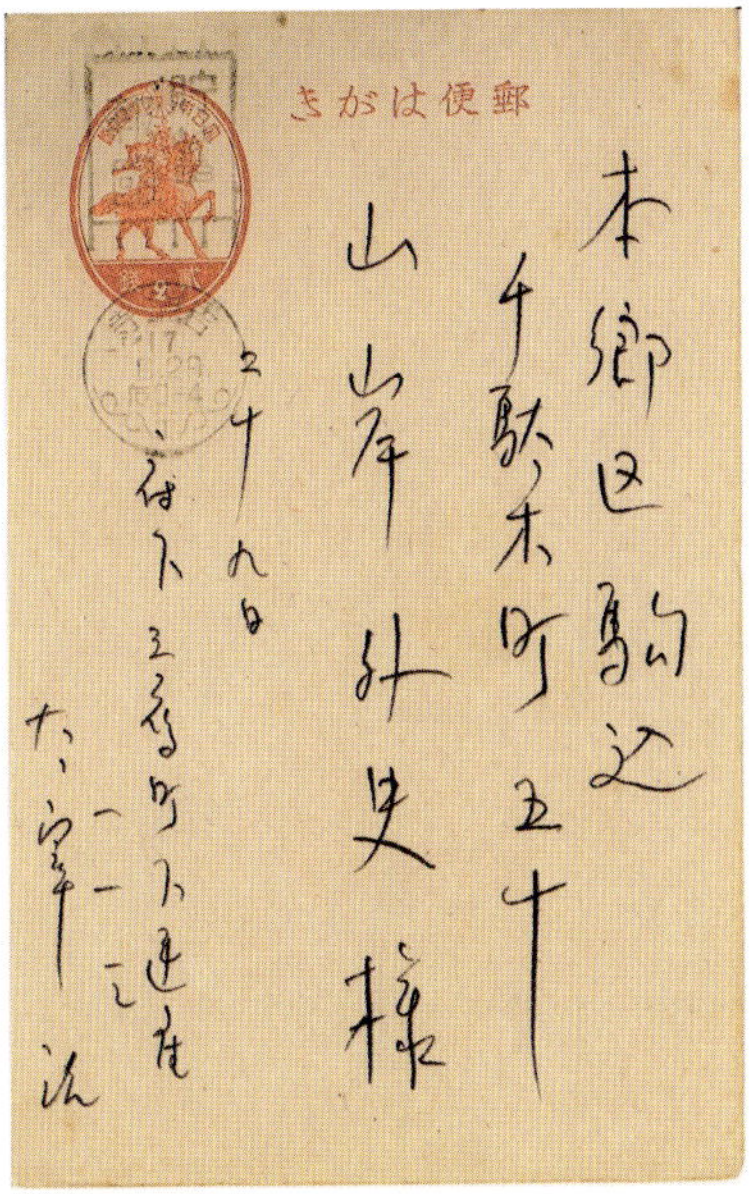

拝復。
あんなこと気になさるやうだと、天衣無縫も、まだほんものではありませんね。そのうち私のはうから、本郷へ遊びに行かうと思つてゐます。先日、拙著を二種類お送り致しました。おひまの折に、お読み下さい。
私は昨日から、またもや点呼の軍事教練で、突撃！　ワアツ！　などの稽古。けふも、これから出かけるのです。
七月六日に点呼の本ものがあるのです。

不一。

本郷区駒込千駄木町五十　山岸外史様
二十九日　府下三鷹町下連雀一一三　太宰治

【校異】

拝復〔全集〕→拝復。

（脱字。「本ものがあるのです。」の次行）〔全集〕→不一。


【ノート】

拙著を二種類――『正義と微笑』（錦城出版社、昭和十七年六月）、『女性』（博文館、昭和十七年六月）か。

山岸外史は『太宰治おぼえがき』で「太宰のこのハガキはすでにかなり時代に対して無関心になっているようにみえるものがある。太宰が時代を諦めきって時代に順応しているようにもみえるところである」と書いている。

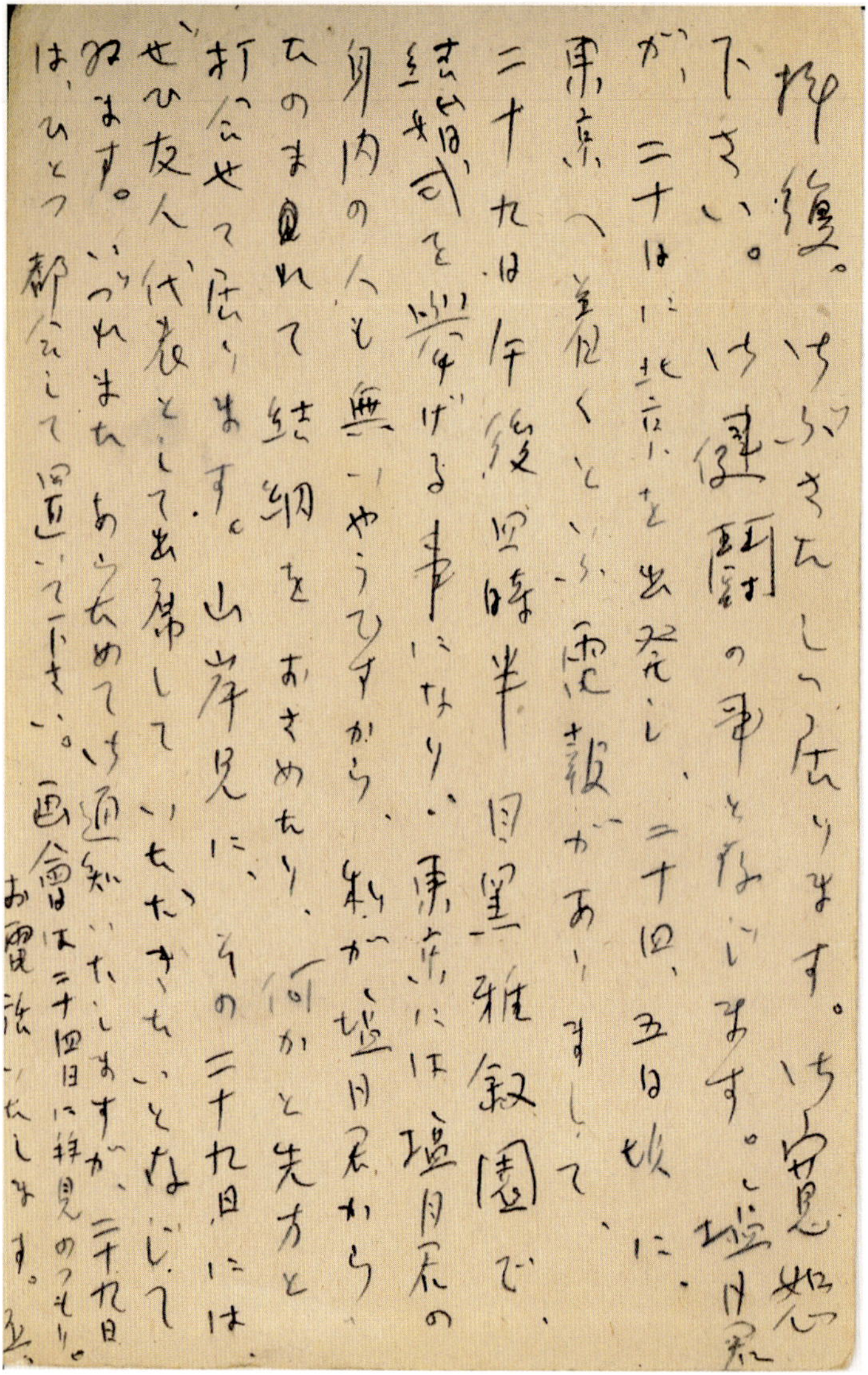
拝復。御ぶさたし居ります。御寛恕下さい。御健闘の事と存じます。塩月君が二十日に北京を出発し、二十四日、五日頃に、東京へ着くといふ電報がありまして、二十九日午後四時半目黒雅叙園で、結婚式を挙げる事になり、東京には塩月君の身内の人も無いやうですから、私が塩月君からたのまれて結納をおさめたり、何かと先方と打合せて居ります。山岸兄に、その二十九日にはぜひ友人代表として出席していただきたいと存じてをります。いづれまたあらためて御通知いたしますが、二十九日はひとつ都合して置いて下さい。
画会は二十四日に拝見のつもり。
お電話いたします。
正、

書簡番号75

昭和18年（1943年）4月18日〔日にち直筆、消印、年は推定〕

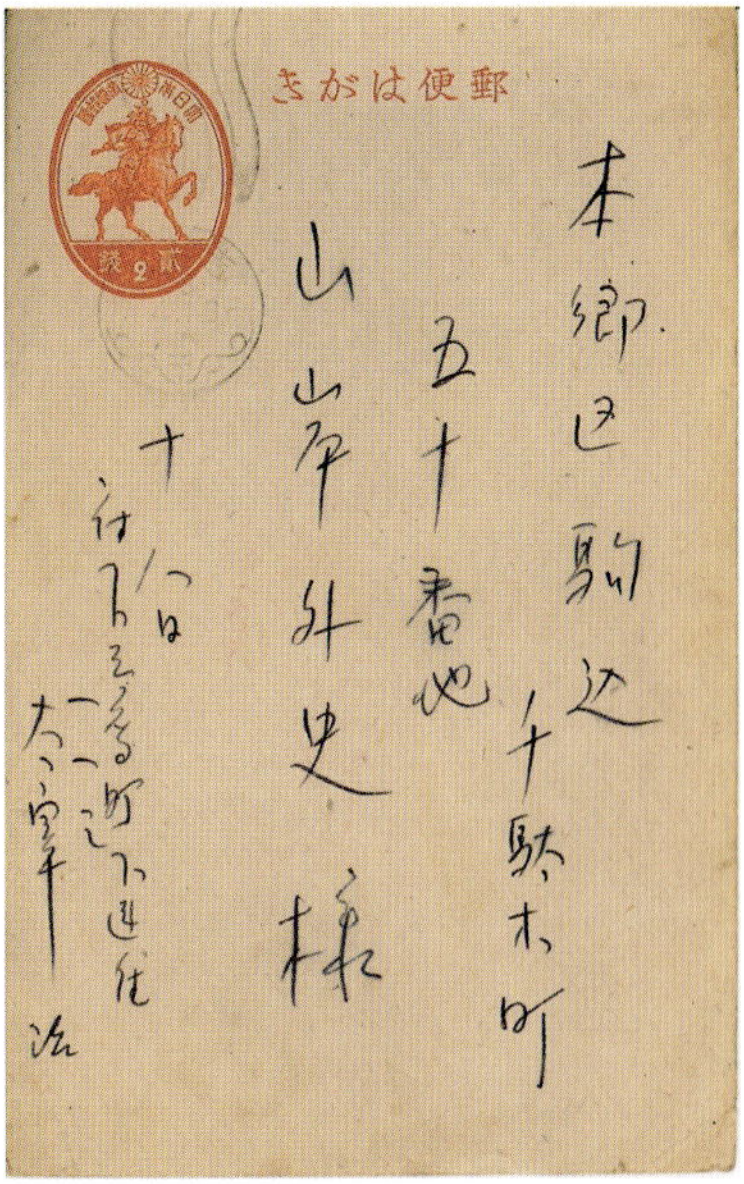
郵便はがき

本郷区駒込千駄木町
五十番地
山岸外史様

十八日
府下三鷹町下連雀一一三
太宰治

拝復。御ぶさたして居ります。御寛恕下さい。御健闘の事と存じます。塩月君が、二十日に北京を出発し、二十四、五日頃に、東京へ着くといふ電報がありまして、二十九日午後四時半目黒雅叙園で、結婚式を挙げる事になり、東京には塩月君の身内の人も無いやうですから、私が塩月君からたのまれて結納をおさめたり、何かと先方と打合せて居ります。
山岸兄に、その二十九日には、ぜひ友人代表として出席していただきたいと存じてゐます。いづれまたあらためて御通知いたしますが、二十九日は、ひとつ都合して置いて下さい。画会は二十四日に拝見のつもり。お電話いたします。不一。

本郷区駒込千駄木町五十番地　山岸外史様
十八日　府下三鷹町下連雀一一三　太宰治

【校異】

拝復〔全集〕→拝復。
午後四時半、〔全集〕→午後四時半
目黒雅叙園で〔全集〕→目黒雅叙園で、
をさめたり、〔全集〕→おさめたり、
（改行）山岸兄に、〔全集〕→（改行なし）

【ノート】

塩月君――塩月赳。「青い花」同人。友人の縁談と結婚を描いた太宰治「佳日」（「改造」昭和十九年一月）の大隅忠太郎のモデル。

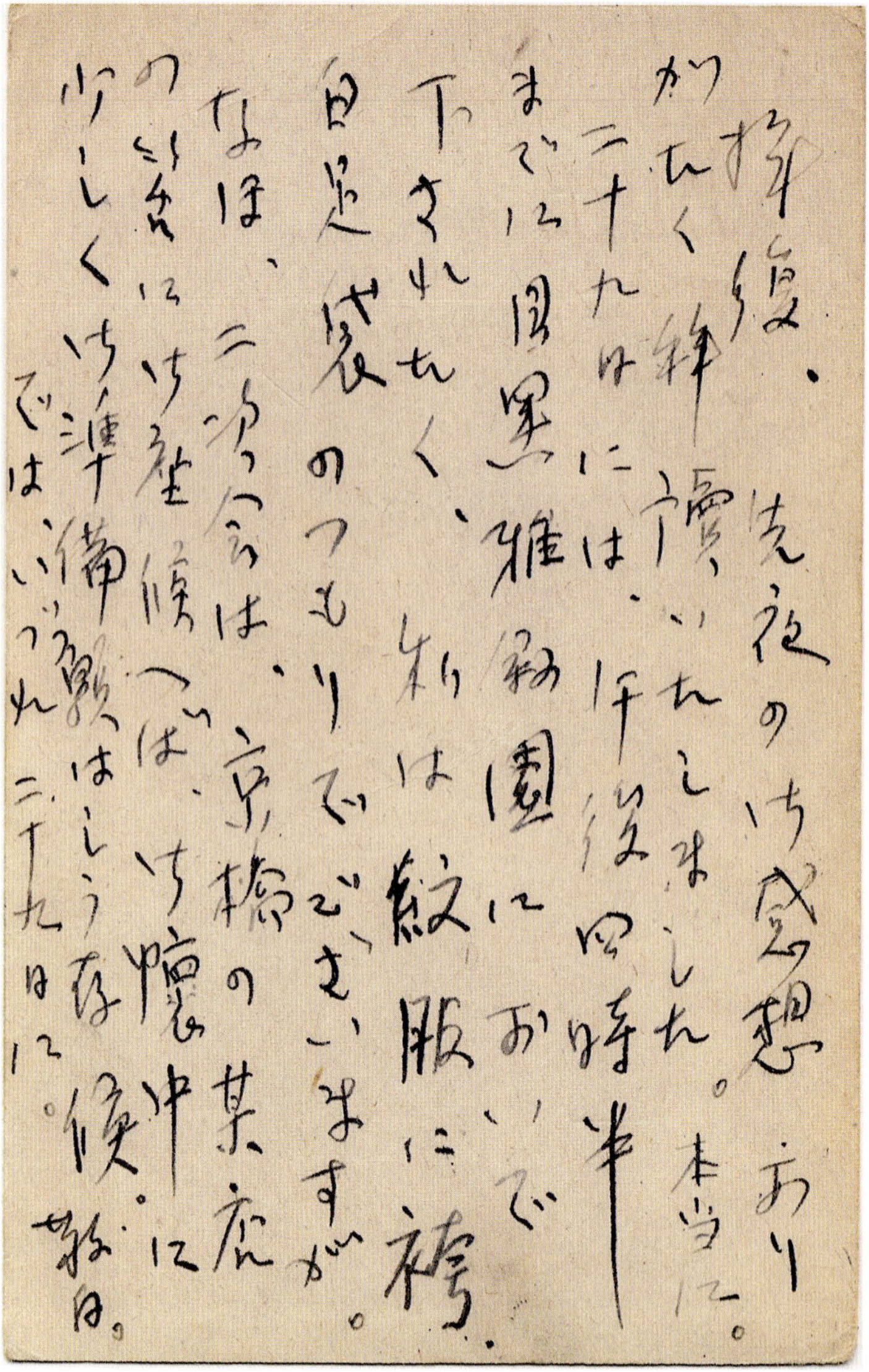
拝復、先夜の御感想あり
がたく拝讀いたしました。本当に。
二十九日は午後四時半
までに目黒雅叙園においで
下されたく、私は紋服に袴。
白足袋のつもりでございますが。
なほ、二次会は、京橋の某店
の二階に御座候へば、御懐中に
少しく御準備願はしう存候。
では、いづれ二十九日に。
敬白。

書簡番号76

昭和18年（1943年）4月28日〔日にち直筆、消印〕

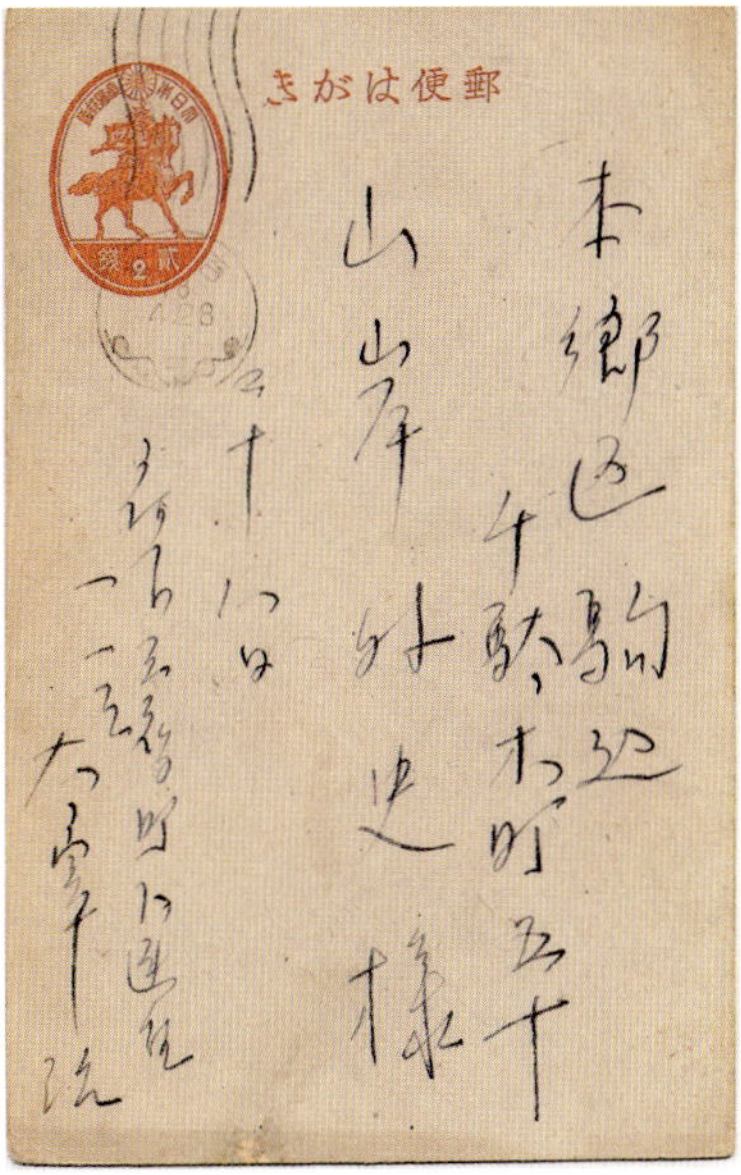

拝復。先夜の御感想ありがたく拝読いたしました。本当に。
二十九日には、午後四時半までに目黒雅叙園においで下されたく、私は紋服に袴、白足袋のつもりでございますが。
なほ、二次会は、京橋の某店の筈に御座候へば、御懐中に少しく御準備願はしう存候。
では、いづれ二十九日に。

敬白。

本郷区駒込千駄木町五十　山岸外史様
二十八日　府下三鷹町下連雀一一三　太宰治

【校異】

拝復〔全集〕──→拝復。
御感想、〔全集〕──→御感想
（改行なし）なほ、〔全集〕──→（改行）
（改行なし）では、〔全集〕──→（改行）
（改行なし）敬白。〔全集〕──→（改行）

【ノート】

目黒雅叙園──塩月赳の結婚式。

書簡番号77

昭和18年（1943年）6月25日〔日にち直筆、消印〕

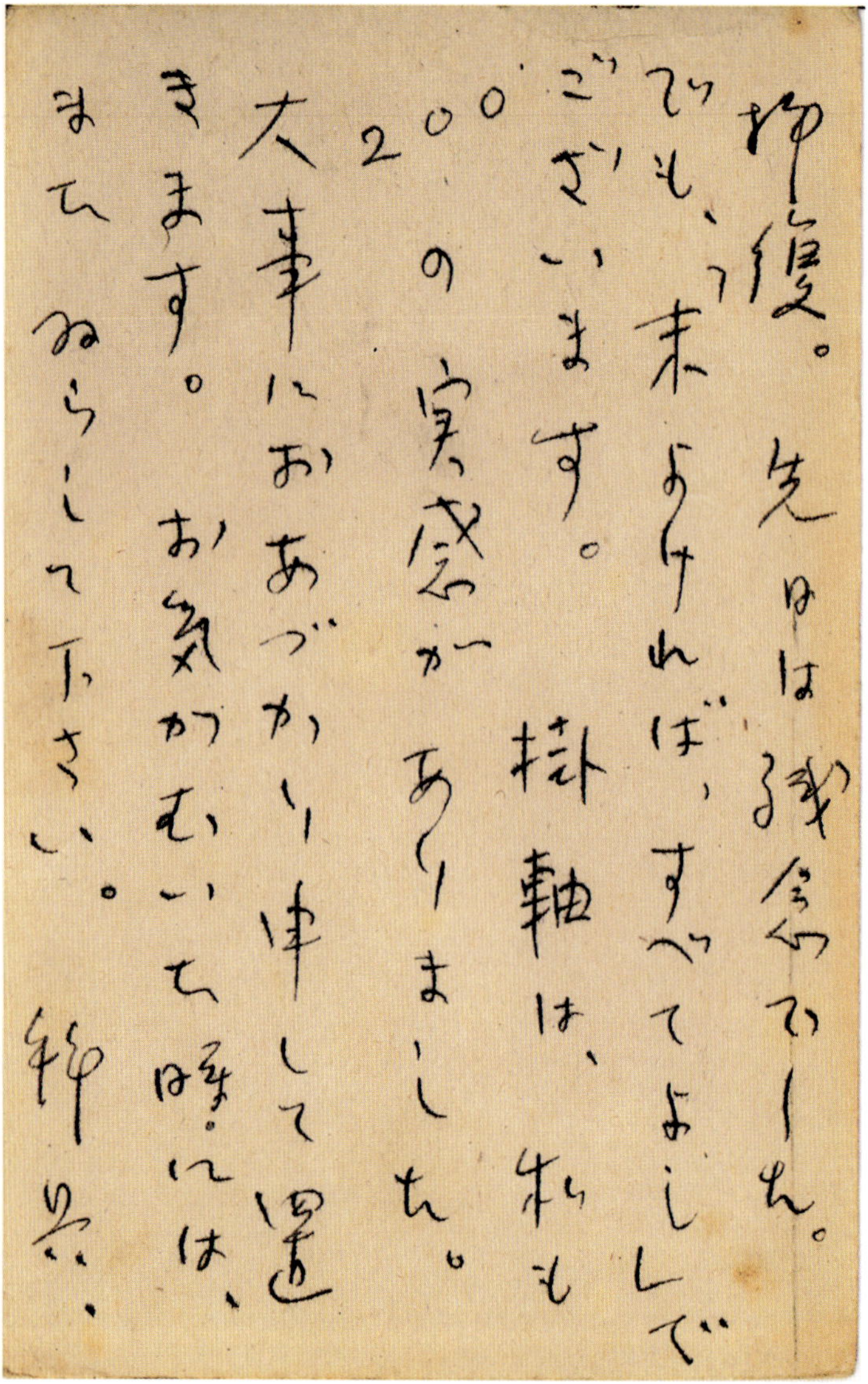
拝復。先日は残念でした。
でも、来なければ、すべてよしで
ございます。掛軸は、私も
200の実感がありました。
大事におあづかり申して置
きます。お気がむいた時には、
またねらして下さい。
棟方、

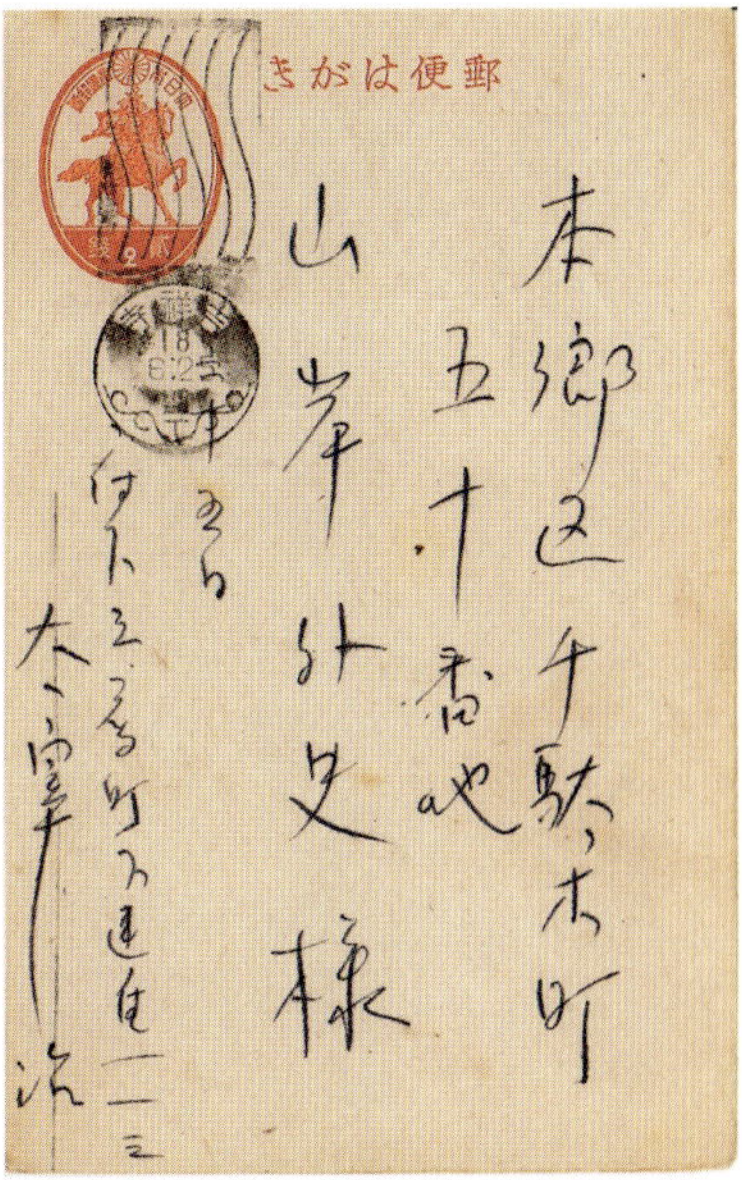
郵便はがき
本郷区千駄木町
五十番地
山岸外史様
府下三鷹町下連雀一一三
太宰治

拝復。先日は残念でした。でも、「末よければ、すべてよし」でございます。掛軸は、私も200の実感がありました。大事におあづかり申して置きます。お気がむいた時には、またゐらして下さい。

拝具。

本郷区千駄木町五十番地　山岸外史様

二十五日　府下三鷹町下連雀一一三　太宰治

【校異】

拝復〔全集〕→拝復。

またいらして下さい。〔全集〕→またゐらして下さい。

書簡番号78

昭和18年（1943年）10月16日〔日にち直筆、消印は17日〕

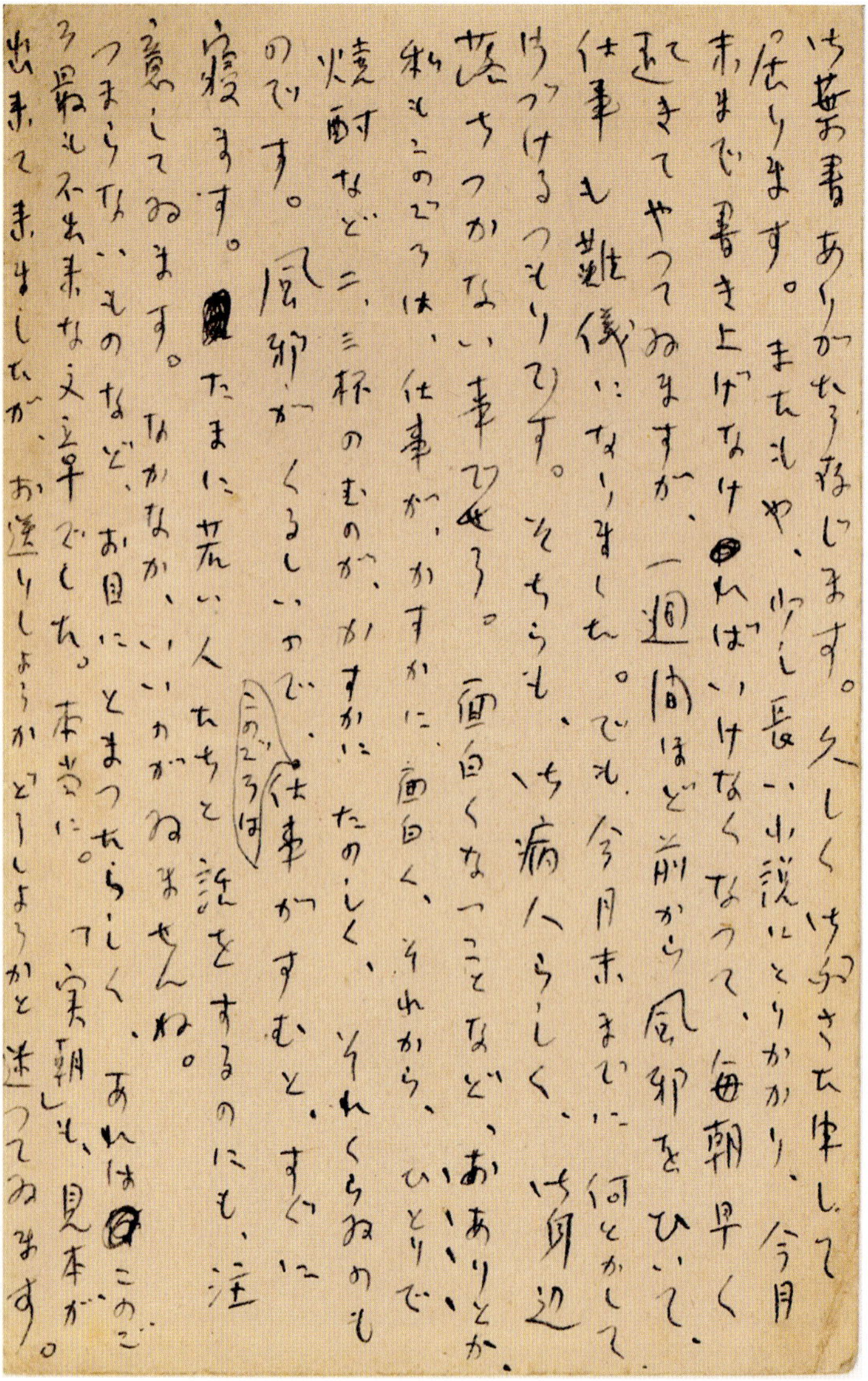
御葉書ありがたうぞんじます。久しく御無沙汰致して
居ります。またもや、少し長い小説にとりかかり、今月
末まで書き上げなければいけなくなつて、毎朝早く
起きてやつてゐますが、一週間ほど前から風邪をひいて、
仕事も難儀になりました。でも、今月末までに何とかして
片づけるつもりです。そちらも、御病人らしく、御身辺
落ちつかない事でせう。面白くないことなど、おありとか、
私もこのごろは、仕事が、かすかに面白く、それから、ひとりで
焼酎など二、三杯のむのが、かすかにたのしく、それくらゐのも
のです。風邪がくるしいので、（このごろは）仕事がすむと、すぐに
寝ます。たまに若い人たちと話をするのにも、注
意してゐます。なかなか、いかがゐませんね。
つまらないものなど、お目にとまつたらしく、あれはこのご
ろ最も不出来な文章でした。本当に。「実朝」も、見本が
出来てまゐりましたが、お送りしようかどうしようかと迷つてゐます。

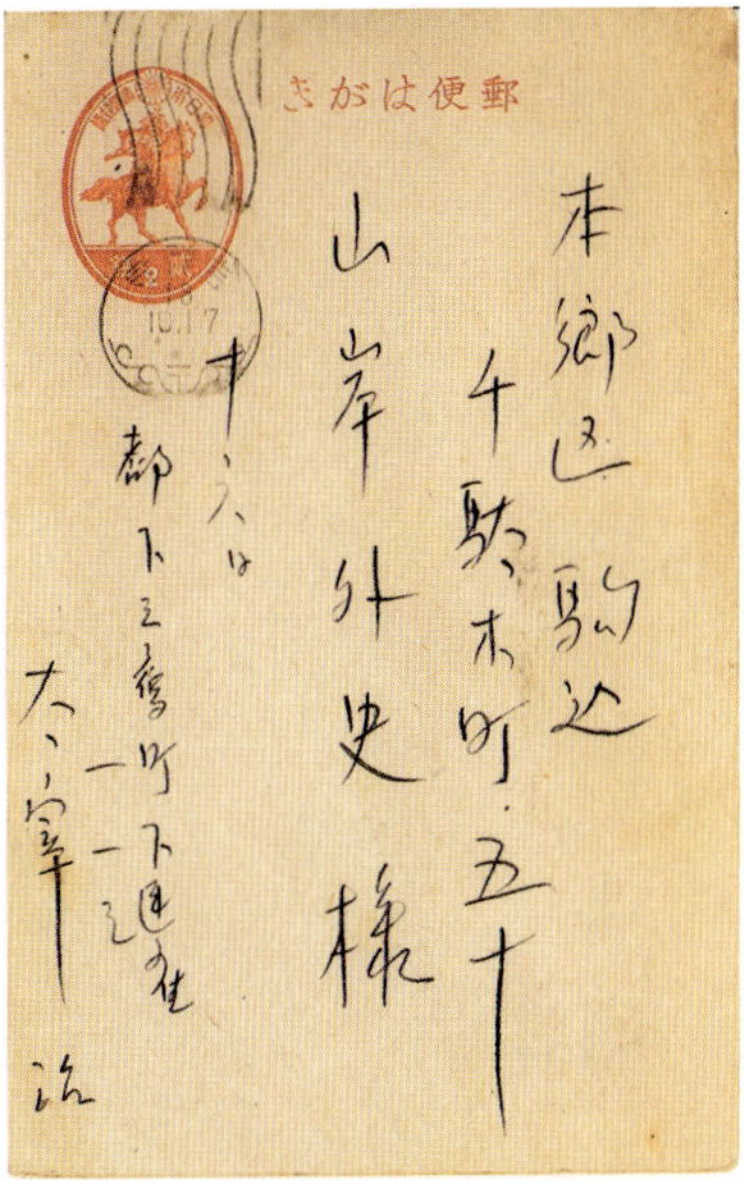

　御葉書ありがたう存じます。久しく御ぶさた申して居ります。またもや、少し長い小説にとりかかり、今月末まで書き上げなければいけなくなつて、毎朝早く起きてやつてゐますが、一週間ほど前から風邪をひいて、仕事も難儀になりました。でも、今月末までに何とかして、片づけるつもりです。そちらも、御病人らしく、御身辺落ちつかない事でせう。面白くないことなど、おありとか、私もこのごろは、仕事が、かすかに、面白く、それから、ひとりで焼酎など二、三杯のむのが、かすかにたのしく、それくらゐのものです。風邪がくるしいので、このごろは仕事がすむと、すぐに寝ます。たまに若い人たちと話をするのにも、注意してゐます。なかなか、いいのがゐませんね。

　つまらないものなど、お目にとまつたらしく、あれはこのごろ最も不出来な文章でした。本当に。「実朝」も、見本が出来て来ましたが、お送りしようかどうしようかと迷つてゐます。

本郷区駒込千駄木町五十　山岸外史様

十六日　都下三鷹町下連雀一一三　太宰治

【校異】

十月十七日〔全集〕→10月16日

かすかに面白く、〔全集〕→かすかに、面白く、

【ノート】

少し長い小説――「雲雀の声」。小山書店から刊行予定の『雲雀の声』は、十一月二十九日夜半から翌日未明の空襲で原稿と印刷製本中の本が焼失し、残った校正刷りをもとに、戦後「パンドラの匣」に書き換えられる。

「実朝」――『右大臣実朝』（錦城出版社、昭和十八年九月）。

書簡番号79

昭和18年（1943年）10月23日〔日にち直筆、消印〕

私は、あなたの「日本武尊」を、本屋で五頁ほど讀みました。あれは、あなたがどうして私[redacted]に讀ませたくなかつたのですか。あなたの含羞でせうか。[redacted]私は、五頁ほど立ち讀みをして、かなりの傑作だ、と思ひ、その時ふいと、私の「実朝」を恥かしく思つたのです。山岸氏に、お送りするほどのものでも無い、と思ひ、それが、迷ひの種になりました。お叱りは無理でございます。

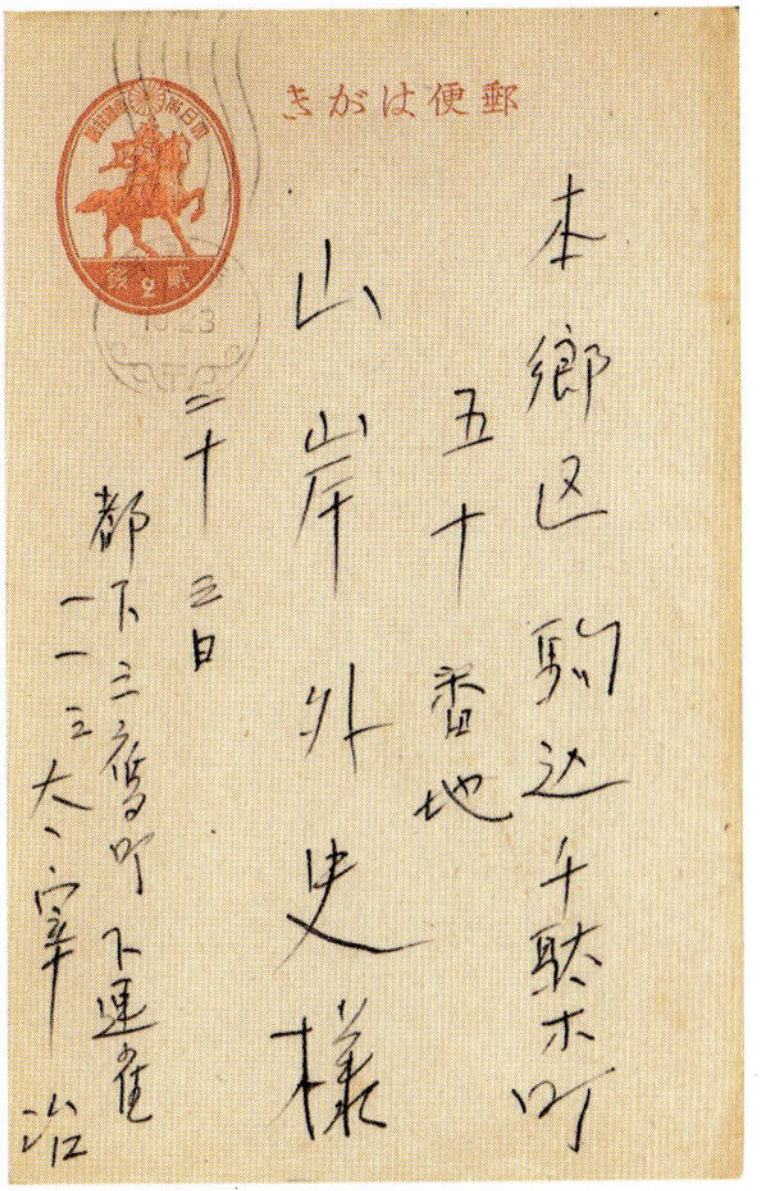

私は、あなたの「日本武尊」を、本屋で五頁ほど読みました。あれは、あなたが、どうして私に読ませたくなかつたのですか。あなたの含羞でせうか。私は、五頁ほど立ち読みをして、かなりの労作だ、と思ひ、その時ふと、私の「実朝」を恥かしく思つたのです。山岸氏に、お送りするほどのものでも無いと思ひ、それが、迷ひの種になりました。お叱りは、無理でございます。

本郷区駒込千駄木町五十番地　山岸外史様
二十三日　都下三鷹町下連雀一一三　太宰治

【校異】

（脱文。「読ませたくなかつたのですか。」の後）〔全集〕→あなたの含羞でせうか。

私は五頁ほど〔全集〕→私は、五頁ほど

種と〔全集〕→種に

【ノート】

「日本武尊」――『日本武尊』（開発社、昭和十八年三月）。山岸外史『人間太宰治』によれば、この本は、友人の出版社と喧嘩までして出すことになった上に、「バカげた役所によびだされて、そこでも文句をつけられ削除訂正」させられ、「そんな仕事をぼくは誰にも送る気にはならなかった」という。また同書には、この書簡は、なぜ『右大臣実朝』を送ってくれないのかと太宰に書いた返事だとある。

書簡番号80

昭和18年（1943年）12月12日〔消印〕

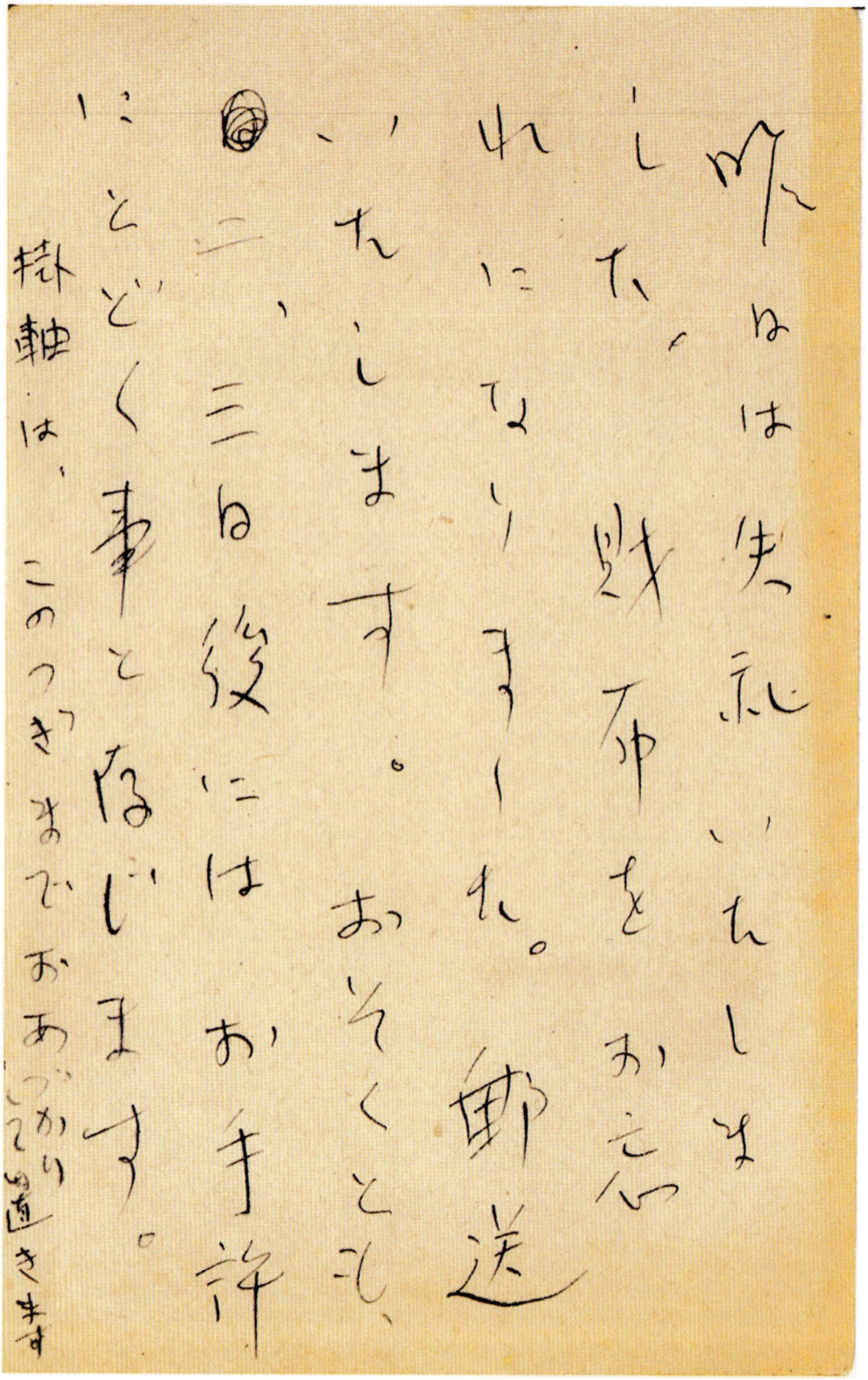
昨夜は失礼いたしました。財布をお忘れになりました。郵送いたします。おそくとも、二、三日後にはお手許にとどく事となります。
掛軸は、このつぎまでおあづかりして置きます

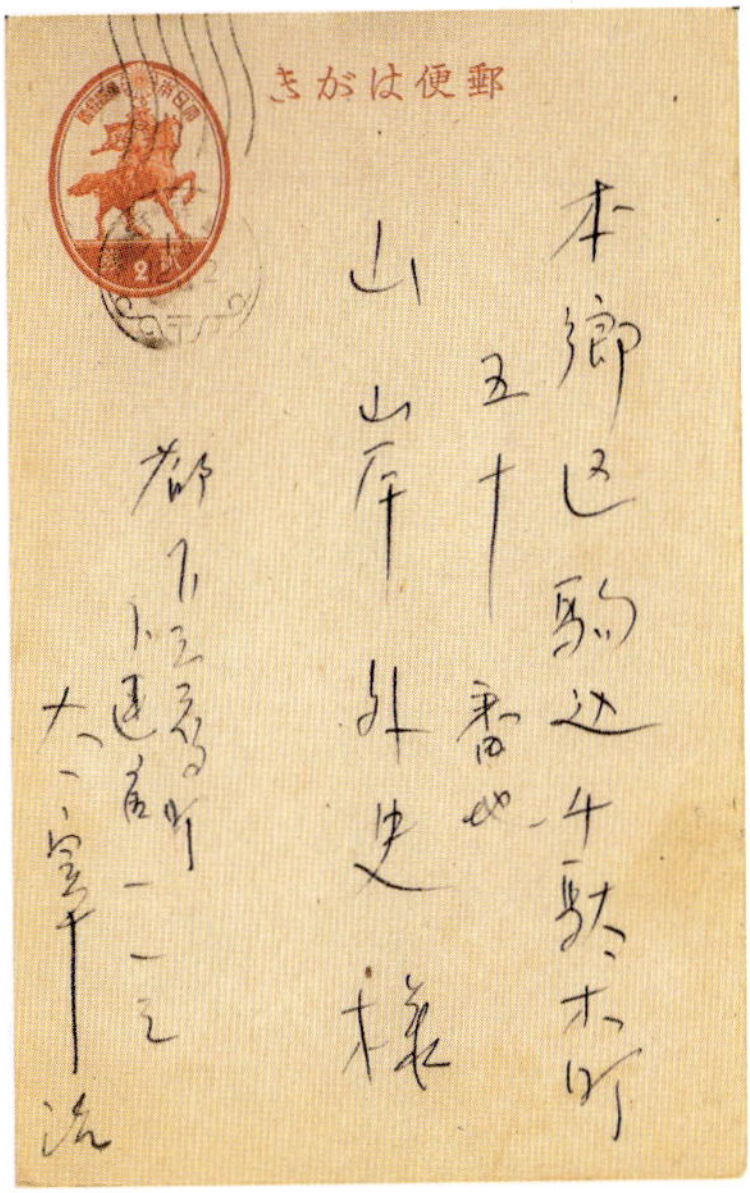
郵便はがき
本郷区駒込千駄木町
五十番地
山岸外史様
都下三鷹町
下連雀一一三
太宰治

昨日は失礼いたしました。財布をお忘れになりました。郵送いたします。おそくとも、二、三日後にはお手許にとどく事と存じます。

　掛軸は、このつぎまでおあづかりして置きます

本郷区駒込千駄木町五十番地　山岸外史様
都下三鷹町下連雀一一三　太宰治

【校異】
八月十二日〔全集〕→12月12日
おあづかりして置きます。〔全集〕→おあづかりして置きます

書簡番号81

昭和18年（1943年）12月16日〔日にち直筆、消印〕

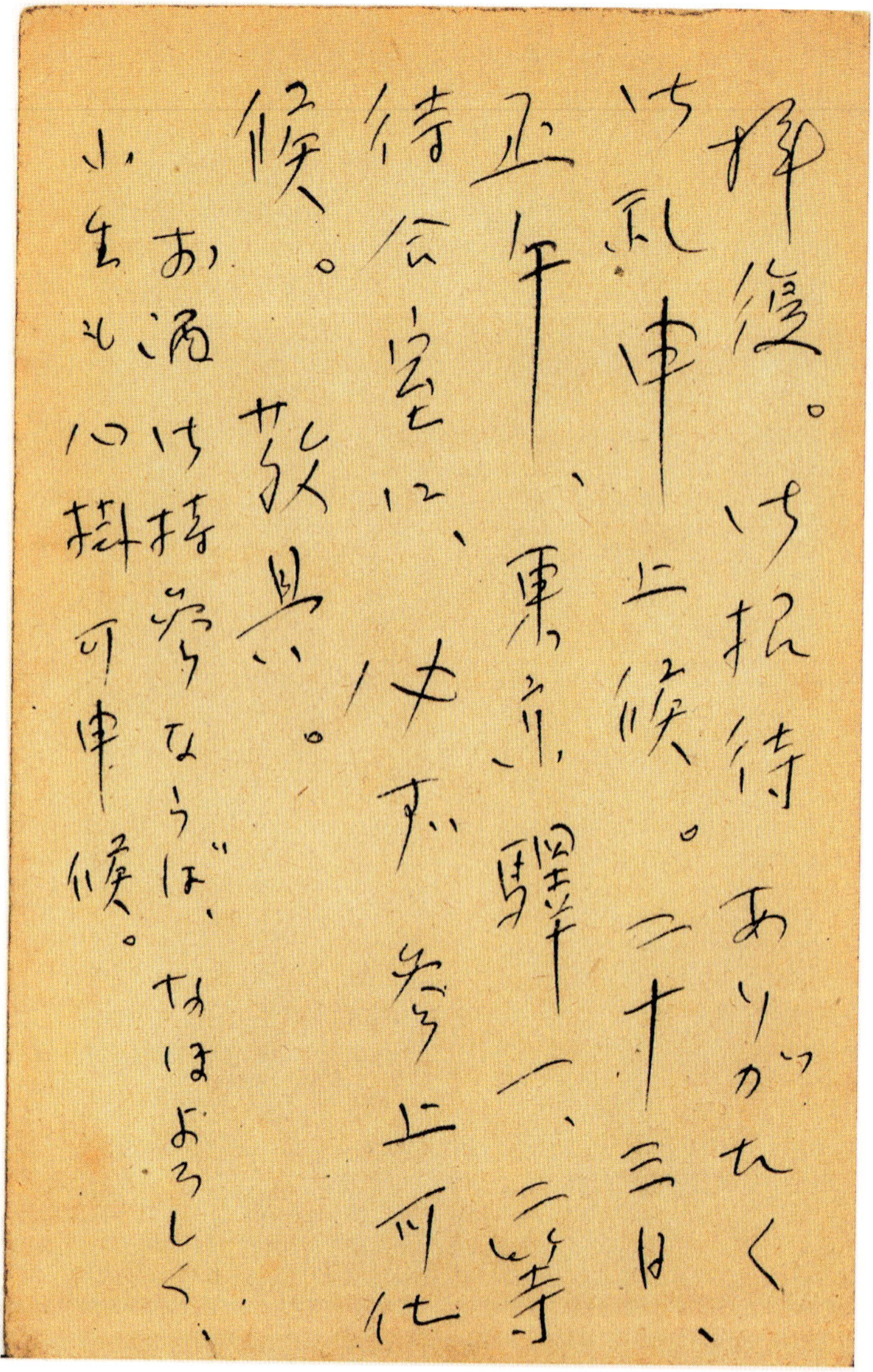
拝復。
御招待ありがたく
御礼申上候。二十三日、
正午、東京驛一、二等
待合室に、必ず参上可仕
候。敬具。
お酒は持参ならば、なほよろしく、
小生も心掛可申候。

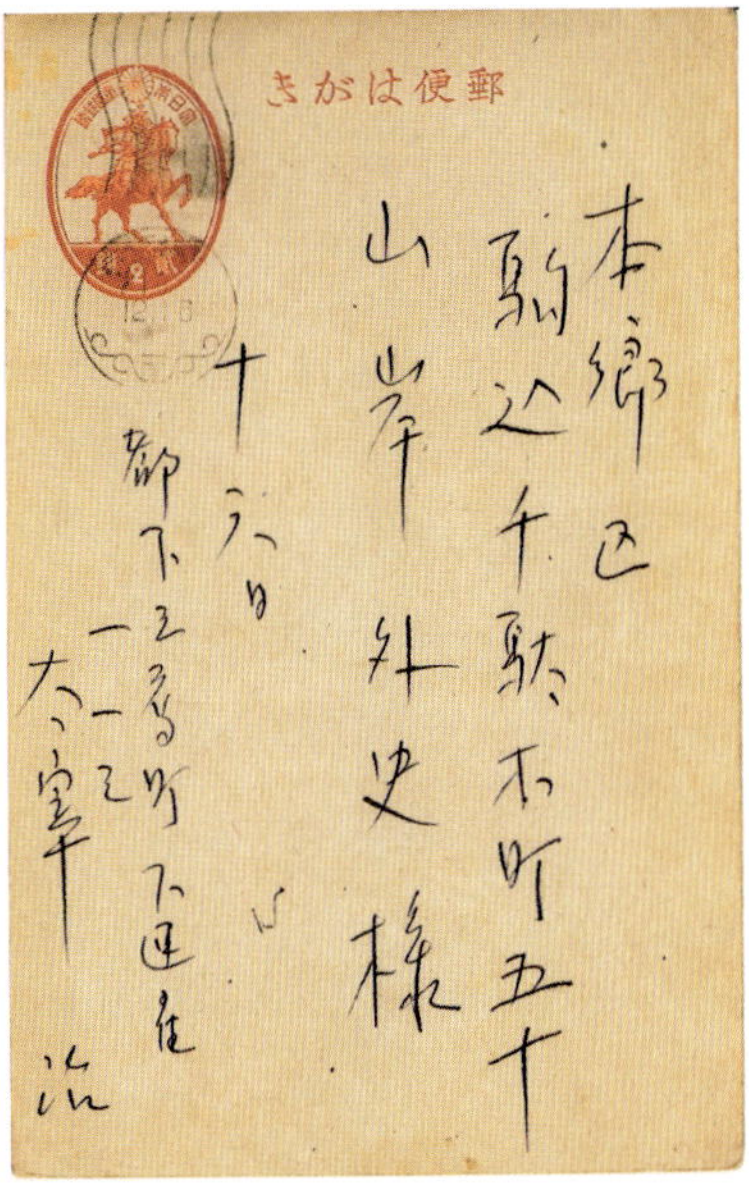
郵便はがき
本郷区
駒込千駄木町五十
山岸外史様
十六日
都下三鷹町下連雀
一一三
太宰
治

拝復。御招待ありがたく御礼申上候。二十三日、正午、東
京駅一、二等待合室に、必ず参上可仕候。　　敬具。
お酒御持参ならば、なほよろしく、小生も心掛可申候。

本郷区駒込千駄木町五十　山岸外史様
十六日　都下三鷹町下連雀一一三　太宰治

【校異】
拝復〔全集〕→拝復。
（改行）敬具。〔全集〕→（改行なし）

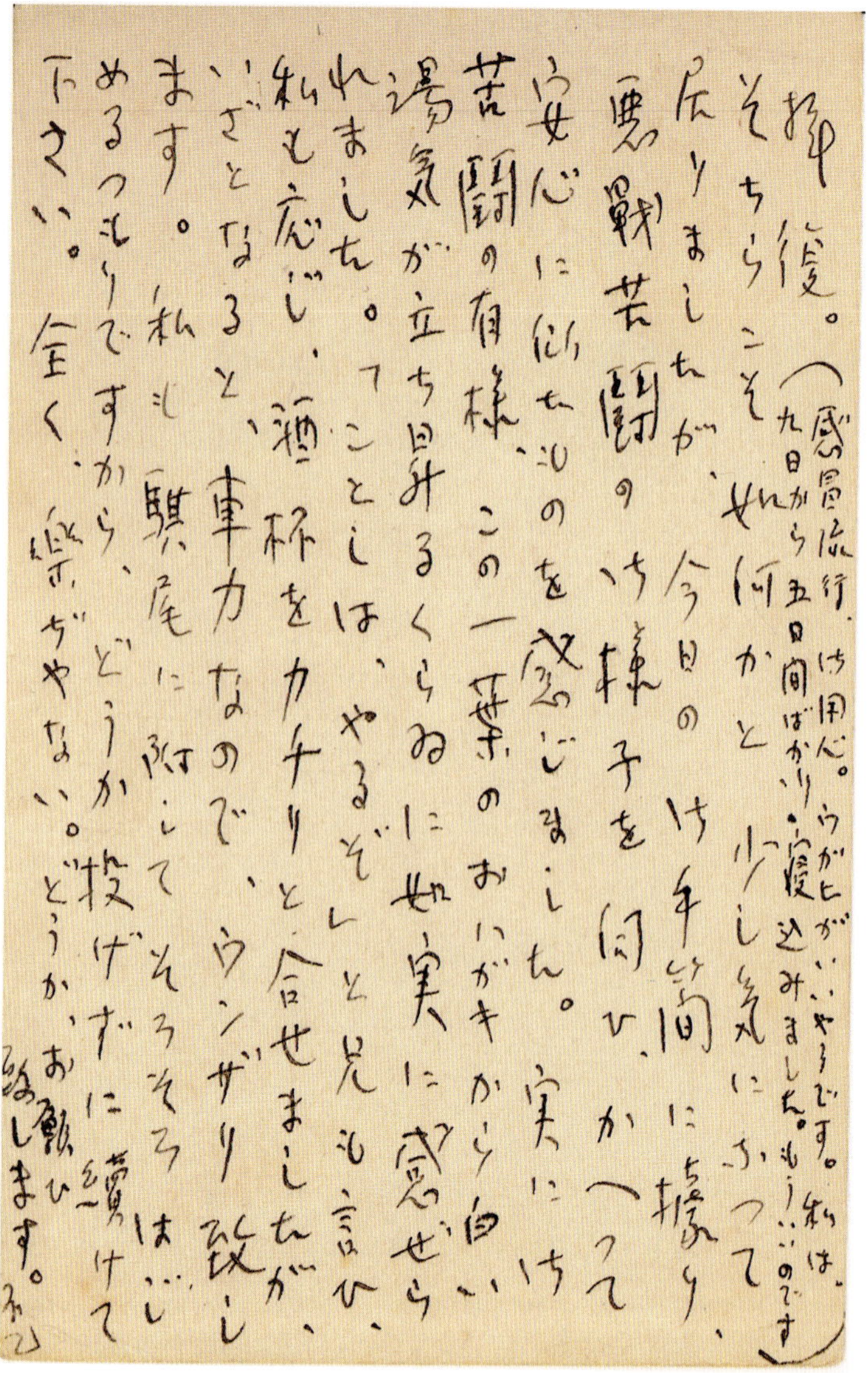
拝復。（感冒流行。御用心。ウガヒがいゝやうです。私は九日から五日間ばかり寝込みました。もういゝのです）
そちらこそ如何かと少し気になつて、
居りましたが、今日の御手簡に據り、
悪戦苦闘の御様子を伺ひ、かへつて
安心に似たものを感じました。実に御
苦闘の有様、この一葉のおハガキから白い
湯気が立ち昇るくらゐに如実に感ぜら
れました。「ことしは、やるぞ」と兄も言ひ、
私も応じ、（酒杯をカチリと合せましたが、
いざとなると、実力なので、ウンザリ致し
ます。私も（驥尾に附してそろそろはじ
めるつもりですから、どうか投げずに續けて
下さい。全く、樂ぢやない。どうか、お願ひ
致します。 不乙

書簡番号82

年月不詳、11日〔日にち直筆〕

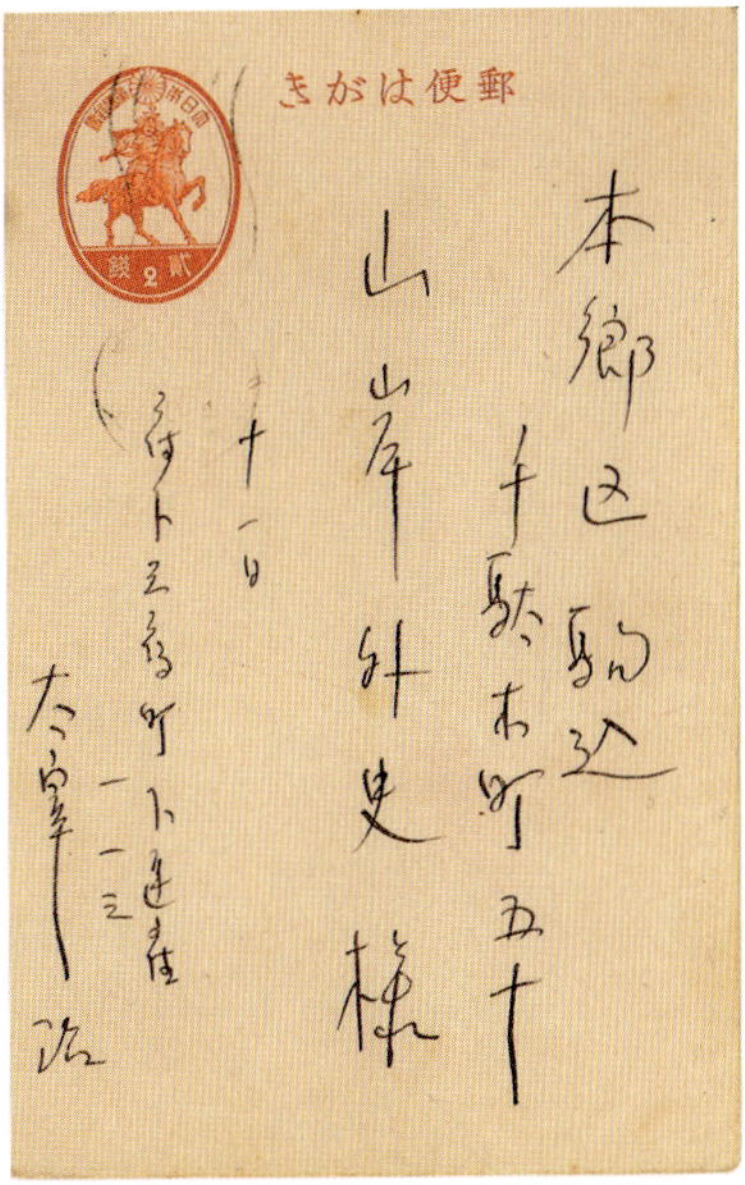

拝復。

そちらこそ如何かと、少し気になつて居りましたが、今日の御手簡に拠り、悪戦苦闘の御様子を伺ひ、かへつて安心に似たものを感じました。実に御苦闘の有様、この一葉のおハガキから白い湯気が立ち昇るくらゐに如実に感ぜられました。「ことしは、やるぞ」と兄も言ひ、私も応じ、酒杯をカチリと合せましたが、いざとなると、車力なので、ウンザリ致します。私も驥尾に附してそろそろはじめるつもりですから、どうか投げずに続けて下さい。全く、楽ぢやない。どうか、お願ひ致します。

不乙

（感冒流行、御用心。ウガヒがいいやうです。私は、九日から五日間ばかり寝込みました。もういいのです）

本郷区駒込千駄木町五十　山岸外史様

十一日　府下三鷹町下連雀一一三　太宰治

【校異】

年月日不詳〔全集〕→年月不詳、11日（【ノート】参照）

拝復〔全集〕→拝復。

非力〔全集〕→車力

驥尾〔全集〕→騏尾

不乙。〔全集〕→不乙

（脱文。「不乙。」の後）〔全集〕→（感冒流行、御用心。ウガヒがいいやうです。私は、九日から五日間ばかり寝込みました。もういいのです）

【ノート】

年月不詳——全集ではこの書簡は「年月日不詳」とし、昭和十六年の末尾に置かれているが、年は不明。

書簡番号83

年不詳、12月25日〔月推定、日にち直筆〕

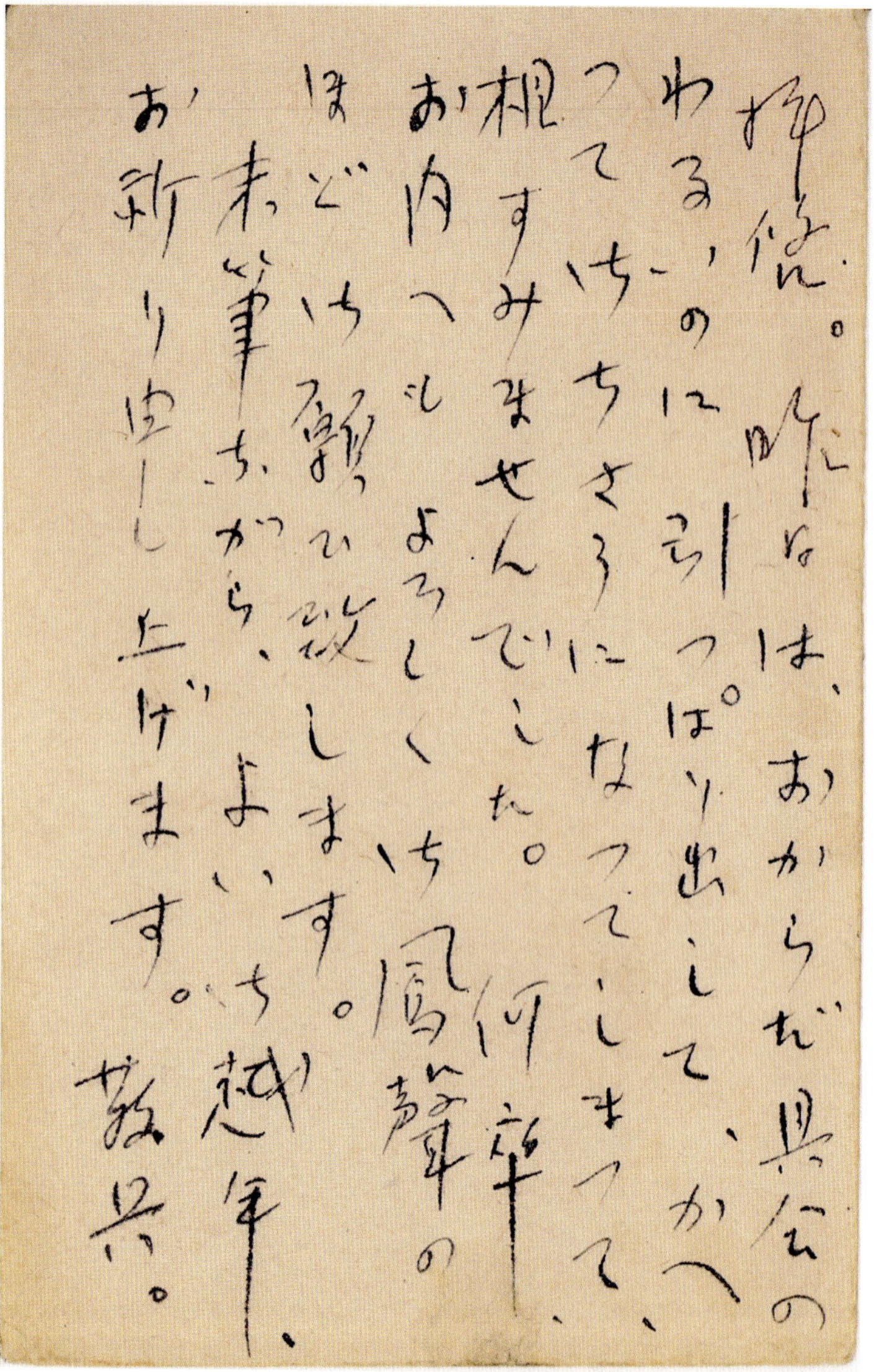
拝復。昨夜は、おからだ具合の
わるいのに引っぱり出して、かへ
つて御ちさうになつてしまつて、
相すみませんでした。何卒
お内へもよろしく御鳳聲の
ほど御願ひ致します。
末筆ながら、よい御越年、
お祈り申し上げます。
敬具。

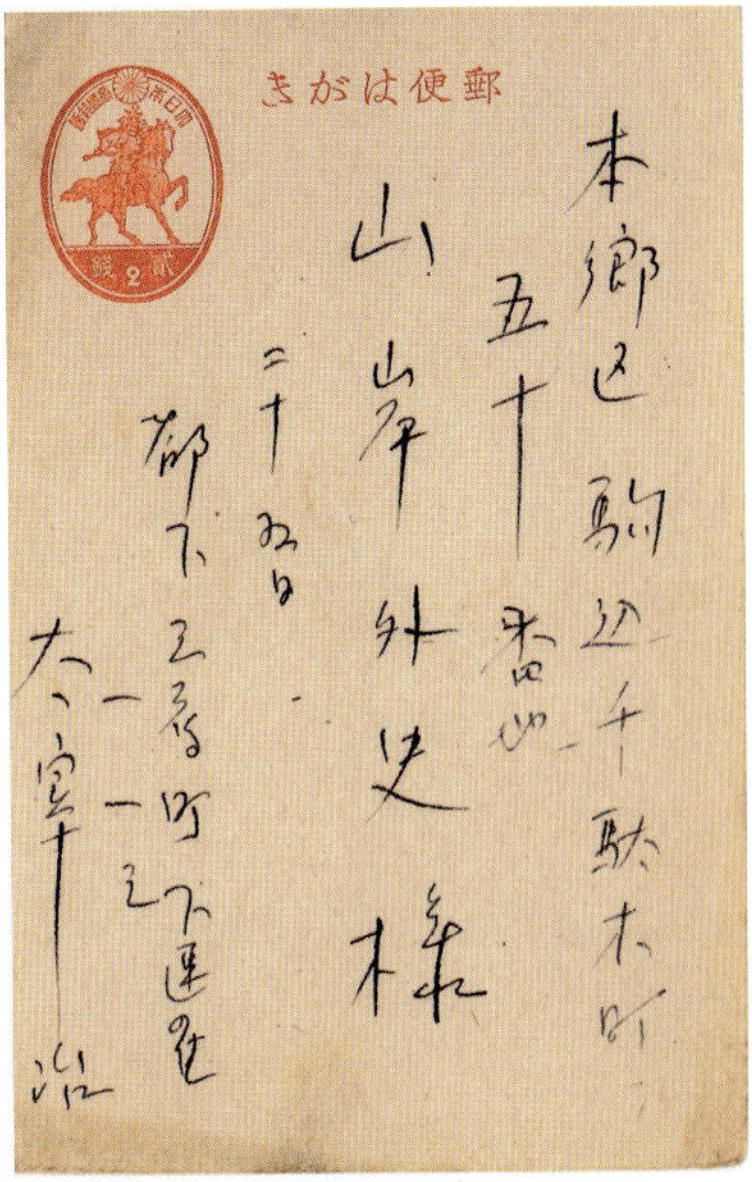

拝啓。昨日は、おからだ具合のわるいのに引つぱり出して、かへつて御ちさうになつてしまつて、相すみませんでした。何卒、お内へもよろしく御鳳声のほど御願ひ致します。
末筆ながら、よい御越年、お祈り申し上げます。　敬具。

本郷区駒込千駄木町五十番地　山岸外史様
二十五日　都下三鷹町下連雀一一三　太宰治

【校異】

年月日不詳〔全集〕→年不詳、12月25日（【ノート】参照）
拝啓〔全集〕→拝啓。
御ちそうに〔全集〕→御ちさうに
何卒〔全集〕→何卒、
お願ひ致します。〔全集〕→御願ひ致します。
（改行）敬具。〔全集〕→（改行なし）

【ノート】

年不詳――全集ではこの書簡は「年月日不詳」とし、昭和十八年の末尾に置かれているが、年は不明。ただし、発信地の住所が「都下」とあることから、昭和十八年七月一日の東京都制の発足以降である。

書簡集と書簡体小説の間——太宰治「虚構の春」をテコに——

浅野　洋

はじめに

本書は、山岸外史に宛てた太宰治の書簡（はがき）八十三通を収める。

より正確にいえば、ここには太宰治という個人が特定の一人物に宛てた複数の発信だけが並んでおり、それと関わる往信や復信はいっさい掲載されていない。むろん、これらが現実に投函された書簡である以上、山岸側から太宰に宛てた書簡も多数存在していたはずである。にもかかわらず、本書が太宰側の一方的な発信集となったのは、ほかでもない、たまたま入手された書簡の束をそのまま影印本で出そうという本書の刊行経緯による。つまり、ここに見られる書簡の〈一方通行〉は、そうした偶然の結果であり、何か特定の企図や創意に基づくものではない。したがって、本書は広い意味においても〈作品〉ではないし、ましてや〈小説〉でもない。それでもなお、本書が何か〈意味ありげ〉な一冊に見えるのは、以下のような理由による。

たとえば、本書を〈太宰治が特定の一個人に宛てた発信集〉という形式から見た場合、その〈裏返し〉かと見まがう一編がすぐに連想されるからだ。それは〈「太宰治」一人に宛てられた不特定多数からの来信集〉という〈形式〉をもつ小説「虚構の春」（昭11・7「文學界」）である。ちなみに、前者を太宰治と表記したのは現実の作家その人の氏名だからで、後者を「太宰治」としたのは作中で多くの来信の宛て先となる受信者、その登場人物名だからである。いずれにせよ、山岸宛ての太宰書簡集である本書と「虚構の春」は、まるで好一対のような対照の妙をなしている。

1

「虚構の春」執筆前後の状況については、佐藤春夫宛書簡（昭11・5・18）や本書所収の書簡（書簡番号28＝昭11・5・20、同30＝昭11・6・24）をはじめ、檀一雄や小野正文、伊藤佐喜雄や河上徹太郎らの証言があり、そうした経緯についてはすでに山内祥史の労作「解題」[*1]や「年譜」[*2]が詳細に語るとおりである。それらを参考にまとめれば、「虚構の春」は昭和十一年五月頃に起筆され、六月末にはほぼ完成したと考えられる。だが、前年の四月、急性虫様突起炎の手術時に腹膜炎を併発した太宰は、その際、鎮痛剤として注射されたパビナールの中毒となり、翌十一年二月には佐藤春夫の指示で済生会芝病院に強制入院させられる。しかし、退院から一カ月後には再びパビナールに手を染め、その間、第二回芥川賞にも落選（三月）、心身ともにすさんだ生活状態が続いていた。夏（八月）頃の借金は、総勢十八名、総額四百五十一円にのぼったとされる。

「虚構の春」は、上記のような生活の中で、友人・知己・縁者・読者からの来信（私信）の数々を、原文通りや一部改変し（数名は実名のまま）、無断で公表したというシロモノであった。作品のこうした成立状況を考えれば、「虚構の春」は、来信（私信）の多くをノリとハサミで切り貼りしただけの作、あけすけにいえば、パビナール中毒の患者だった作家が、薬代欲しさの原稿料稼ぎのために窮余の一策としてデッチ上げた一編だった、といえる。

しかし、作品の〈質〉はしばしば作家の実生活を裏切る。つまり、作家の天分とは、悲惨な現実に根ざすいかに安直な創作動機であれ、それが作品となる最後の瞬間、モティーフの安直さを一気に〈創作の秘儀〉に転化し得る才能のことではあるまいか。救いのない窮状の中でヤケ気味に執筆（?）された「虚構の春」も、現実の泥田に花開く蓮にも似た不思議な錬金術の賜物だったのかもしれない。

2

たとえば野口武彦[*3]は、「虚構の春」が「まさに書簡体小説の形式を利用し、あまつさえそれを逆手に取って、まったく新しい手法を開発しつつ書いた小説」だと高く評価している。〈書簡体小説〉（epistolary novel、roman par letters）とは、ひとくちにいえば、小説の中軸となる部分が手紙やはがき（もしくは手記）という形式によって構成された作品をさす。だが、状況説明をすべて排除し、虚実とりまぜた来信の羅列だけで全編を構成した作品となると、まぎれもなく異例の一編だろう。その意味では、「虚構の春」は確かに〈書簡体小説〉の極北に位置する作だといえる。

野口氏は前掲の論文で、〈書簡体小説〉の機能と「虚構の春」の「新しい手法」をきわめて丹念に論じている。以下、私見をまじえて同じ問題を整理・再確認してみたい。

まず、「手紙」という「言語伝達の機能」を氏の論旨にそって私なりに概括すれば次のようになる。

①「手紙」のような特定の発信者と特定の受信者をもつ言語伝達は、一般に言表行為の場面性を要請されるが、逆に場面性の差異に還元できない独特な表現機能を言表行為過程に与える。

②その独特な表現機能は、社会慣習における心理的価値と結びつく。たとえば、隔離された発信者と受信者の間の「手紙」は、情報精度の高さ、両者間でのみ完結する原則的な非・公開性、口約束と異なる保存性などである。

右でやや難解なのは「場面性」であるが、ひとまず手紙を媒介する〈関係性や状況〉もしくはコミュニケーション論におけるコードやコンテクストと理解しておこう。

では、こうした機能をもつ手紙（書簡）が小説中に導入された場合、いかなる「機能」をもつのか。野口氏によれば、書簡体小説の手紙は「発信者の言表行為性そのものの顕在化」であり、手紙の書き手はテクスト「内部」の「特別な言表行為の場を所有する言表行為主体」であるため、「小説話法上、作者自身とはつねに別個の人格」として「作中に自立した現在時制を確保できる」存在である。要するに、書簡体小説の手紙の書き手は、現にそこにある手紙を書いた主体として自己を主張し、小説の語り手や作者と画然と区別される存在だということだろう。手紙のもう一つの特性は、発信者と受信者の両者だけで完結する「非・公開性」であるが、それが書簡体小説の手紙となると、「小説の言表であるかぎり、読者に読まれる」ことを前提にしつつ、「手紙の言表であるかぎり、原則として受信者以外のだれにも読まれない」ことが前提になる。したがって、書簡体小説は、本来は受信者に向けられたメッセージを読者が「傍受」もしくは「窃視」する仕組みをもつ。以上のことから、野口氏は「書簡体小説の手法の秘密」が「手紙の非・公開性のルールの侵犯」にある、と結論づける。〈書簡体小説〉という方法の核心をつく簡明な分析で、ここに付け加えるべきものはない。したがって、以下ではやや視点を変え、書簡体小説の変遷を実例に則して一瞥してみたい。

3

ここでもまた、先の野口論が参考となる。ただし、氏は〈書簡体小説〉のカタログや系譜に関心はないとして、指標となる数編の作品をあげ、きわめて簡略な概説にとどめている。たとえば、書簡体小説の原型を「源氏物語」に挿入された「消息文」に見、本格的な先蹤は江戸初期の仮名草紙「薄雪物語」だとした上で、書簡体小説を「手法として自立させた」一編として西鶴の「万の文反古」をあげる。さらに近代以降では、永井荷風の「監獄署の裏」（明治43）や近松秋江の「別れた〔る〕妻に送る手紙」（明治43）に言及し、「その実例を数え出したらいくらでもあるだろう」と述べている。現に芥川龍之介ひとりを例にとっても、「尾形了斎覚え書」（大正6）「二つの手紙」（同）「開化の殺人」（大正7）「糸女覚え書」（大正13）「文反古」（同）「温泉だより」（大正14）「手紙」（昭和2）といった作品を、すぐ数え上げることができる。したがって、探索の範囲を広げれば、その実例は文字通り「いくらでもある」。

　そこでまず、書簡体小説の先蹤として名のあがった「薄雪物語」を検討してみよう。[*4]「まったく古風な中世ふうの恋物語」と評されるこの作品の筋は、以下のようなものである——都のほとり深草の里に住む「やさしき」男が、清水寺で「容顔《ようがん》美麗《びれい》」の女を見かけて思いをつのらせる。観音の御利益で、美女に仕える下女からその名が「うすゆき」で「御年《とし》十七」だと聞き出した男は、下女を介して「文《ふみ》」を送る。以後、物語は「おとこ」の文《ふみ》と「女返し」の往復書簡が繰り返される。最初、薄雪は亡夫の戒めの歌などを引き合いに男の申し入れを拒み続けるが、やがて受けいれる。その後、男が留守の間に女は病死し、悲嘆した男は出家して高野山に入るが、女の面影懐かしさに都へ戻り、墓の近くに庵を結ぶが二十六歳の若さで没する——。

　悲しい恋物語と出家譚が接合した筋立て自体は、中古から繰り返されたありふれたシチュエーションの一つといってよい。したがって、この物語の特徴は、大半を二人の〈手紙〉のやりとりによって構成した〈書簡体〉の形式にある。しかも、その往復書簡は、単に物語の形式的特徴にとどまらず、読者の現実的要請に応える利点としても機能した。たとえば、恋文中に引かれた業平と井筒の女や滝口と横笛など、古典的な恋愛モデルの引用は、読者にとって〈恋の規範〉もしくは〈恋文の用例〉として「啓蒙性と実用性」[*5]を伴い、広く受け入れられたのである。実際、「薄雪物語」は、幕末の天保十五年（一八四四）までに「少なくとも十五種の刊本が出た」とされる。[*6]

　むろん、〈恋〉を主題とする男女間の〈歌〉のやりとりは、古来からの定型として枚挙にいとまがない。だが、「薄雪物語」がやや異質なのは、〈歌〉を含む一定の文章量（長さ）をもつ〈散文＝手紙〉によって、互いの心情を具体的に〈叙述＝説明〉するという点である。こうした〈散文化〉が文学の進歩か退歩かは別として、「薄雪物語」がひとまず往復書簡による〈書簡体小説〉としての体裁を具えていることは確かだろう。とはいえ、ここには読者が受信者へのメッセージを「傍受」もしくは「窃視」するといった「仕組み」、すなわち「手紙の非・公開性のルール」が読者によって「侵犯」されるという方法意識が希薄である。換言すれば、作家自身の中に〈秘匿しながら露出する〉というそれ自体背理的な言表行為に伴う自己相対化の意識や創作論理が皆無である。「薄雪物語」は、作品世界を見下ろす〈作者〉がもっぱら手紙を交換する男女二人の〈使い分け〉という技術に腐心する。ここには書簡体小説の〈形〉があるだけで、〈方法〉は存在しない。

4

次に、西鶴の「万の文反古」（元禄九、一六九九）について検討してみよう。「万の文反古」の冒頭には次のような「序文」が付されている（紙幅の都合上、必要な箇所のみ原文を「」で示し、前後は簡略な口語訳要旨とした）。

代々の賢人が書いた書物は有益だが、それに対して「見苦しきは今の世間の状文なれば、心を付けて捨つべき事ぞかし。かならずその身の恥を人に二度（ふたたび）見さがされけるひとつなり」。去年の暮れ、正月の準備に忙しい家の大掃除の際、かき集められた反古紙を買って行く人がいたが、それは日々の暮らしに流行の張り子の美人人形を作る人で、「塵塚のごとくなる中に女筆もあり、または芝居子の書けるもあり。をかしき噂、かなしき沙汰、あるいは嬉しきはじめ、栄花終り、ながくと読みつづけて行くに」「人の心も見えわたりてこれ。／某月某日／西鶴」

西鶴は言う——「見苦しいのは今の世の中の手紙（状文）であるから、十分に気をつけて捨てるべきだ。でなければ、必ずやその手紙が他人の目にふれ、差出人の身の恥は、送り手だけでなく、第三者にも知られ、二重の恥をかく原因となる」。「塵塚のような文反古の中には、女性の手紙もあれば、また少年役者の書いたものもある。ヘンな噂や、悲しい事件、あるいは嬉しい事の始まり、栄華な生活の終わりなど、ながながと読み続けてゆくと」「人の心の奥まで見通せて、興がつきない」——と。

この「序文」が宣言しているのは、「状文」＝手紙が本来「他人の目にふれ」ることのないプライヴェートな伝達手段だという事実である。処分する場合にも「心を付け」るべきなのは、そこにヘンな噂や悲しい事件など「身の恥」となるような「人の心」が刻まれているからだろう。それはとりもなおさず手紙が「非・公開性」をもつ言語伝達だという認識である。「万の文反古」は、そうした〈書簡〉の特質を明確な前提とし、たまたま目にふれた何通かの手紙を寄せ集めたという設定になっている。各々の書簡は、語り手の短い感想を付した独立した短編だが、それら全体がやがて〈金銭〉を軸とする世相を浮上させる。あえて無関係な複数の書簡を並べたにもかかわらず、結果的に金銭という統一的な主題が提示されるという仕掛けに、作者の方法意識は鮮明だろう。他者の目にはふれない私信の「非・公開性」、その秘密保持性が保証する信憑性、さらにはその信憑性に依拠して吐露されるホンネの数々……、そこから醸成されるリアリティこそ西鶴が〈書簡体〉に求める創作論理だった。つまり、〈書簡〉の機能が保証する秘密保持や信憑性は、彼の剔抉した「世間」の本質＝シビアな金銭の世界を律する重要なファクターであり、そうした金銭の物語を読む読者たちを説得する方法としても有効な武器だった。

このように見てくると、「万の文反古」が〈書簡体小説〉を「手法として自立させた」メルクマールだとする見解に[*7]異を唱える必要はない。ついでにいえば、ここに提示された複数の書簡の内容の同一性は、結果的に金銭こそ「世間」の本質だというメッセージの正しさを多角的に検証するという機能をもつことも自明だろう。その意味でも、「万の文反古」が〈書簡体〉という技法を存分に活用した完成度の高い作品であることは疑いをいれない。

5

次に、タイトル自体が書簡体小説であることを明示している「別れた妻に送る手紙」を見てみよう。その冒頭は以下のように始まる。

拝啓

お前――別れて了《しま》つたから、もう私がお前と呼び掛ける権利はない。それのみならず、風の音信《たより》に聞けば、お前はもう疾《とつく》に嫁《かたづ》いてゐるらしくもある。もしさうだとすれば、お前はもう取返しの付かぬ人の妻だ。その人にこんな手紙を上げるのは、道理《すじみち》から言つても私が間違つてゐる。けれど、私は、まだお前と呼ばずにはゐられない。……

一見して明らかだが、この作品は「私」が「お前」に「呼び掛ける」「手紙」という形式をとった典型的な〈書簡体小説〉である。手紙は二人が共有した過去の時間と「私」の現在とを交錯させながら、痴愚にも等しい「私」の未練を綿々と語る。それは「私」という発信者が「お前」と呼ぶ受信者に宛てた〈私信〉であり、それゆえ「手紙」の言表として「非・公開性」を原則とするが、一方では「小説」の言表として読者の前に「公開」される。したがって、読者は「私」が「お前」に発したプライヴェートなメッセージを「傍受＝窃視」し、「手紙の非・公開性のルール」を「侵犯」しつつ物語を読むことになる。

ところで、「別れた妻に送る手紙」の手紙は、むろん「私」の語る一人称の言表で構成されている。一般的な〈書簡体小説〉がそうであるように、小説の物語内容は発信者である「私」の抱える問題に焦点がしぼられ、小説のプロットも「私」の言表によって展開される。それゆえ、この手紙からは、遠く離れた「お前」の声をはじめ、〈他者の声〉はほとんど聞こえてこない。この手紙が「私」の一方的な往信である以上、それも当然なのだが、だとしてもこの言表には書き手（語り手）である「私」の思いだけがあまりに濃厚すぎる。実際、小説の前半では往信らしく「私」の「お前」に対する〈呼びかけ〉が顕著なのに対し、小説の後半ではそれが消失し、もっぱら「私」の愚かな現況だけが〈書簡体〉の枠を逸脱した客観描写の世界として語られる。そこでは受信者と発信者の間に〈距離〉が介在する「手紙」の言表の特性や、その形式にともなうさまざまな制約や配慮がすっかり溶解し、「私」の現在だけがただあてどなく語られる。それはひたすら自身の思考や感情に埋没する「私」の自己完結的な一人称の言説であり、その言表主体を裏うちする〈私〉自身からも〈自己相対化〉や〈対象化〉の意識が消滅していったことを意味する。

　最も典型的な〈書簡体小説〉である「別れた妻に送る手紙」の「私」は、書簡体形式に特徴的な一人称の言表から出発しながら、その〈背理〉を食い破り、より肥大化した自己完結的な一人称言説に居座り始める。〈モノローグ〉にも等しい、方法意識を喪失したこの〈私の王国〉こそ、やがて〈私小説〉と呼ばれる世界への入り口となる。

6 ――

　さて、ここまで〈書簡体小説〉の結節点ともいえる三編の作品「薄雪物語」「万の文反古」「別れた妻に送る手紙」を一瞥してきた。それらは形式上では男女の往復書簡・市井に生きる複数の人々の書簡・特定の人物に宛てた一人の書簡と姿が異なっており、その主題も男女の悲しい恋と出家譚の接合・世間の動因となる金銭・別れた女への繰り言というふうにそれぞれ異なる。しかし、表層こそ大きく異なるが、〈書簡〉内部の言表が基本的には言表主体の一人称的言表であることに変わりはない。平たくいえば、手紙の書き手はその文章の中で結局は「私のこと」を語っており、読者の関心もそこに向かう。つまり、従来の〈書簡体小説〉の多くは、書簡の〈発信者＝書き手〉に焦点があてられる物語だった。だが、太宰の「虚構の春」は、一編のすべてが複数の人々からの来信であり、しかも発信者同士に特別な関係や脈絡はない。したがって、作品の焦点は、来信のすべてを受け取る唯一の〈受信者〉＝「太宰治」という登場人物にしぼられ、読者の関心もその〈受信者〉に向かうことになる。書簡の〈書き手〉でもなく、空白の〈受け取り手〉でしかない人物を主題とする〈書簡体小説〉、それが「虚構の春」の採用した新たな形式《フォルム》だった。

　この点について、野口氏は、太宰の「虚構の春」が一般的な書簡体小説の「常識を踏みやぶ」ることで、「根本的な約束事をばらばらに分解し、裸にし、逆手にとり、つまり徹底的なパロディ化操作を加えることで、作者が自己の存在の問題性を追求するのを托するに足りる、まったく新しい小説手法として生まれ変らせた」と述べている。

　しかし、問題は「徹底的なパロディ化操作」を加えた「新しい手法」だけではない。重要なのは、作者が「追求」した「自己の存在の問題性」であって、それがどのような理由で〈新たな形式《フォルム》〉を要請したかを問うことだろう。

　脈絡のない複数の来信の中にバラまかれた「太宰治」の断片、それがさしあたり「虚構の春」が「新しい手法」で示した〈もう一人の「太宰治」〉であり、新しい〈私の姿〉であった。つまり、一個の完結した実体としての「私」などは存在せず、「私」とは無数の他者（複数の来信）の目に映じた断片的な〈私〉の集合であり、それが作家「太宰治」の正体なのだ、と。そこには彼がこれまで「太宰治」というレッテルの下に要求されてきた〈真実〉の姿も〈本物の私〉も存在しない。

　人は、時として他者の言説や視線に映る〈私〉と「私」自身との間に奇妙な違和感や距離を感じつつも、その乖離を埋めるすべを知らない。としたら、他者の視線に映じる多面体の〈私〉以外に「私」と呼べる私など存在するだろうか、と太宰は〈もう一人の私〉である「太宰治」に問いかける。

　たとえば、「元旦」と題された「虚構の春」の終章には、寄稿の手違いを知らせる一通を除けば、新年を賀す二十一通のステレオタイプな挨拶だけが無表情に並んでいる。「謹賀新年」に始まり「頌春献寿。」で閉じるこの一章は、紋切り型の挨拶の集合こそ「春」の内実であり、それを〈虚構の春〉として否定するなら〈真実の春〉もまた存在しない、と語っているように思える。つまり、〈虚構の春〉だけが「春」であって、それ以外に「春」などあり得ないのだ、と。同様に、他者の目に映じた「太宰治」の断片の数々、そのどれもが〈真実〉でも〈本物〉でもない〈虚構の「太宰治」〉の断片だが、それだけが辛うじて太宰治という存在なのだ、と。だからこそ、「虚構の春」では、他者の目に映じた〈私〉の断片である来信の数々を掻き集め、その受信者でしかない〈虚構の「太宰治」〉を物語ろうとしたのである。「虚構の春」の〈書簡体〉形式は、「私」とは〈他者の視線〉の中の存在でしかない、という明白な事実を告げる最も端的な方法だった。

7

〈書簡体小説〉は、当然ながら日本文学固有の形式などではない。それどころか、西欧における近代の〈小説〉は「書簡体」とともに始まった。たとえば、〈近代小説の祖〉

とされるサミュエル・リチャードソンの「パメラ」（一七四〇〜〇一）や「クラリッサ」（一七四七）がそうだし、それらの影響下に書かれたルソーの「新エロイーズ」（一七六一）やラクロの「危険な関係」（一七八二）なども書簡体小説であった。

太宰が、上記のヨーロッパ文学をどれほど読みこんでいたかは詳らかにしない。だが、「虚構の春」を考える上で、「危険な関係」一編はいささか興味深い。ただし、注目したいのは、全編百七十五通という大量の書簡からなる物語本体ではなく、「刊行者の言葉」と「編集者の序」という二編の前文である。おそらく〈作者〉ラクロ本人が「刊行者」と「編集者」になりすまして書いたこの二文には、それぞれ次のような一節がある。

まず「刊行者の言葉」の冒頭の一節である。[*8]

前もって一般読者におことわりしておかなければならないのは、本書の標題がいかにあろうと、また編集者がその序文においていかに説いておろうと、われわれとしてはこの書簡集の真偽のほどは保証しないということ、それどころかわれわれは本書を単に一篇の小説にすぎないと考える有力な理由さえ持っている、ということである。

「書簡集」を商品として売り出す「刊行者」自身がのっけから「真偽のほどは保証しない」と宣言し、それが「小説にすぎない」のではないかと疑念を抱き、さらに「編集者（の説明）」に対する不信感をも露わにする。二重三重の猜疑に包まれたこの一文が表明しているのは、結局のところ、書簡集の「真偽」を追及することの空しさである。

また、「編集者の序」には次のような一節がある。

おそらく一般読者は（中略）この書簡集が、これでもなお大部にすぎるとお思いかもしれないが、じつはここに収めてあるのは、交わされた全書簡のうちのごく小数を抜萃したものにすぎない。……私が〔修正をほどこすことについて—浅野注〕受けた反対の理由は、発表したいのは書簡そのものであって、単にそれにもとづいて書かれた作品ではないこと、また、この文通にたずさわった十人ほどの人物がすべて同じような正確さをもって文章を書いたとするのは、事実に反するしかえって不自然でもある。

「編集者」が語っているのは、①この書簡集が「全書簡」の一部を「抜萃」した「ごく小数」であること、②本書は「書簡そのもの」であって「作品ではない」こと、③手紙の拙い文章が〈原文〉通りであること、などである。①はこの書簡集が事件の全貌を伝えていないこと、②はもしかすると「作品」であること、③は「事実」が不「正確」な文章中に存在すること、などを言外に示している。つまり、この一文が表明しているのは、事件〈全体〉を「事実」通りに「正確」に再現することの困難さ、すなわち「作品」と「事実」との境目の難しさである。

〈書簡体小説〉の代表作といえる「危険な関係」の作家が、わざわざ「刊行者」や「編集者」に身をやつし、「書簡集」の「一般読者」に向けて差し出したこの奇怪な弁明は、一人称的言表それ自体の危うさ（アポリア）を鮮明に物語るものとして記憶されてよい。それは、「真偽」の「保証」を拒否し、「作品」と「事実」の境目を〈溶解〉させた作家太宰にとっても心強い示唆となり得るものだろう。特に虚実とりまぜた複数の来信を並べただけという〈暴挙〉（「虚構の春」）に出た作家にとって、書簡の「真偽のほどは保証しない」とうそぶく「刊行者」の厚顔は、もし対面していればとりわけ親近感を覚えるものだったに違いない。

太宰治が山岸外史という一友人に宛てた〈書簡集〉は、むろん「作品」ではない。しかし、一通々々に点在する〈太宰の顔〉の断片は、「真偽」のほどを超えて「ある一人」の太宰治を形成するだろう。また、複数の太宰書簡に点在する〈山岸の顔〉も「ある一人」の山岸外史を彫琢するだろう。〈書簡集〉の中の〈顔〉はわれわれ自身の胸中に思い浮かび、〈書簡体小説〉（作品）の中の〈顔〉はテクストの体系内にその映像を結ぶ。〈書簡集〉にあって〈書簡体小説〉にないモノ――それは書簡の書き手が否応なく背負い、その書簡と対面するわれわれ読者もまた逃れられない現実の時間――ときがたてばやがてセピア色に黄ばんでゆく、あの止まらない時間だけである。

【注】

＊1　『太宰治全集　第一巻』（昭64・6、筑摩書房）所載。

＊2　『太宰治全集　別巻』（平4・4、筑摩書房）所載。

＊3　「小説手法としての手紙――太宰治と『虚構の春』――」（「國文學」昭54・11、學燈社）参照。

＊4、＊5　岸得蔵「解説」（『日本古典文学全集　37』平6・8、小学館）参照。なお、テキストは『仮名草子集成　第六巻』（昭60・11、東京堂出版）による。

＊6　暉峻康隆「仮名草子」（岩波講座「日本文学史」）、ただし＊4参照。

＊7　この点については、野口氏に限らず、神保五彌「解説」（『日本古典文学全集　40』平2・3、小学館）や暉峻康隆『日本の書簡体小説』昭18・8、越後屋書房）などを参照すると、近世文学ではほぼ定説に近い。

＊8　ピエール・ショデルロ・ラクロ著・竹村猛訳『危険な関係』（平16・5、角川文庫）

「東京八景」のなかの山岸外史

佐藤　秀明

昭和十五年七月四日から十、十一日頃にかけて書かれ、翌年一月号の「文学界」に発表された「東京八景」[*1]は、太宰治中期の作品で、いわゆる安定期のものだと言われている。作品内容も、結婚して生活の安定を得た「私」が、かつてのデカダンスな生き方を回想し、現在の執筆意欲を書いたものである。さすがに一息ついたという感じが出ている。しかし、安定が相対的なものであるにしても、太宰その人を思わせる「私」は、本当に安定していると言えるのだろうか。むしろ、不安が見え隠れし、その不安を書こうとしたのが、この「東京八景」ではないかと思われるのである。

「東京八景」は、昭和五年に故郷から東京に出てきた「私」の破綻した生活を語る第一の回想部分と、最近得た「一景」——東京の風景の中に立つ文士としての「私」を描く第二の回想部分とに大別される。そしてその前後に、「東京八景」という小説を書くために、伊豆の温泉宿に滞在する「私」のことが語られる。

一読して気づくのは、この小説には異様に多くの地名が書かれ、人名がほとんど出てこないことである。第一の回想は、東京帝国大学に入学したものの授業には出ず、非合法運動に加担して度々住まいを替え、小説を書き出して卒業を延ばしたこともあり、仕送りを減額されて転居し、盲腸炎の手術後に麻痺剤を常用して転院、転地し、中毒治療のため脳病院に入った後また転居し、妻の「H」と別れて最下等の下宿に移るという具合である。その度ごとの地名が細かく出てくる。伊豆行きの途中の地名も、第二の回想内の地名も、ほとんど無用ではないかと思われるものまで記されている。それに対して、人の名前は、東京帝大の「辰野隆先生」と、俳号の「朱麟堂」、活動家時代の偽名「落合一雄」、「ルソオ」、「芥川龍之介」の五人しかない。「私」の名前も不明ならば、同居していた「H」、「田舎の長兄」、結婚を世話してくれた「或る先輩」、「小石川の大先輩、Sさん」、現在の「妻」と「妻の妹」、その婚約者の「T君」も固有名詞は省かれている。人間関係の重要度と固有名詞との遠近法を崩し、出来事を中心に回想する記述になっているためでもあるが、故郷の共同体から切れた都市生活者の移動の痕跡が浮かび上がる仕組みになっているからでもある。安藤宏が言う「周囲の人々との関係を喪失してゆく物語」[*2]、山下真史の言う「〈近代〉」の「個人主義的な人間関係」[*3]というテーマとも、この叙述方法は結びついていよう。

「東京八景」に見え隠れする不安は、現在の「私」が、都市の遊民でもなく、社会秩序に組み込まれた勤め人でもないところに生じている。だから不安は、二方向から挾撃する形で襲ってくる批判によって生じる。その一つは、「あいつも、だんだん俗物になつて来たね」という「無智な陰口」である。もう一つは、義妹の婚約者「T君」の厳父の視線である。「ひがんでゐたのである。T君の家は、金持だ。私は、歯も欠けて、服装もだらしない。袴もはいてゐなければ、帽子さへかぶつてゐない。貧乏文士だ」という感情がその視線から引き出される。「東京八景」の「私」は、かつての無頼派から〝転向〟したことで「俗物」と言われ、さりとてまともな市民として遇されないというひがみの中で、不安に陥りそうになっている。そこをまず捉えておきたい。

しかし「東京八景」は、辛くも「安定」を見せる方向でまとまったのである。それは「私」が、現在の自分を肯定する次のような自覚を得たからである。

　人間のプライドの究極の立脚点は、あれにも、これにも、死ぬほど苦しんだ事があります、と言ひ切れる自覚ではないか。

「俗物」という批判にも、真っ当な生活者からの視線にも拮抗しうる自覚。この小説は、ある意味では、この自覚への到達を描いたものである。いま、ある意味ではと書いたのは、プロットの進路がこの自覚に向かって一直線に整い、「私」が大見得を切っているわけではないからである。この心境に至った自分を、「東京八景」の最後の一景として加えることで、「東京八景」という作中作の構想が成り、それを「私」が旅先で書こうとすることを書いたのが、太宰の「東京八景」である。太宰一流の含羞を感じさせるこのひと捻りした構造については後述するとして、ここでは右の引用部分をもう少し検討してみたい。

安藤宏は、「人間のプライドの究極の立脚点」にシニカルな目を向ける。第一の回想部分に表現された「私」の生き方が、意志的ではなく、ついには人を「信じない」虚無感にまで陥ったことを重視し、次のように述べる。

　一方でこの作品では、〈人間のプライドの究極の立脚点〉としての苦しみを、過去に根拠付けることが目ざされていたはずではなかったか。〈無意志であった《ママ》〉事実をいくら強調したとしても、決して現在の〈プライド〉の〈立脚点〉にはなりえまい。〈遊民の虚無《ニヒル》〉という否定形でしか過去を語れぬ第一回想部は、明らかに、現在を生きる根拠を過去に求めるモチーフを裏切っているのである。[*4]

これは、鋭い批評的な指摘だと思う。「プライド」とその「立脚点」との間の齟齬に、語り手である「私」や太宰治が気づいている節はない。とするとこれは、過去を非主体的に生きてきたと強調しすぎた作者の勇み足ということになろうか。事実は必ずしも作品のとおりではなかった。例えば、新聞社に勤める知人夫妻と共同で借りた家に引っ越すとき、「誘はれて私たちも一緒について行き」と、なりゆきに任せたような記述があるが、真相は、荻窪駅に近い家を捜してきたのは太宰だったというのである。同人雑誌「青い花」を出すときも、「私は、半ばいい加減であつた」とあるが、同人中では太宰が最も積極的だったと言われている。同人の山岸外史に宛てた昭和九年十一月十六日付けはがきには、「そんなことを言はないで書いて呉れたら、どんなもんぢや。／十八日まで、よいさうだ。ひとつ書け!!!／津村信夫君にも、詩だけでよいから、送るやうに電話で言つてやつて下さい。／たのみます」とあり、同年十二月二十四日付けの山岸宛はがきには「そろそろ二号の編輯たのみます。同人全部に、原稿と同人費のサイソク、「若いひと」にさせたら、どうか。／同人会は、どうです。／私、青い花の原稿いま工夫中」とある。作者は、「転機」以降とのコントラストをつけるために積極的な姿勢を抑制し、「無意志」を気取ったのである。しかし、作品の論理としては、「無意志」の生き方に「プライド」の「立脚点」をおくのは承服しがたいとする安藤の批評は有効だと感じられる。

さらに安藤宏は、「私」が「遊民の虚無《ニヒル》」に陥るのは「周囲の人々との関係を喪失してゆく」からで、したがって「人間のプライドの究極の立脚点」をそのような過去に求めるのは、「モチーフとの間」に「必然的に亀裂をはぐくむ結果となる」とも言う。以上二つの理由から、「私」が到達した自己肯定の論理に脆弱さを見ているのだが、この点について反論を試みたい。

まず、「無意志」の生き方が、「あれにも、これにも死ぬほど苦しんだ事」にならないとどうして言えようか、ということである。「無意志」の生き方が苦悩に結びつかないとするのは、健全な側からの判断にすぎまい。「無意志」なるがゆえの苦悩は、最も辛い部類のものではないだろうか。現在の「私」は、その「無意志」の状態をこそ脱したのである。かつての下宿よりも「もつと安つぽく、侘びしい」部屋を温泉旅館の女中にあてがわれても、「怺へてここで仕事をはじめた」とある。「怺へて」「はじめた」ところに、かつてない意志が表れているが、この「怺（へる）」という国字は、「私には侘びしさを怺へる力が無かつた」「私は周囲の荒涼に怺へかねて、ただ酒を飲んでばかりゐた」と第一の回想部分にも二度使われていて、過去との差異を明瞭に示している。

もう一点は、他者との関係の喪失についてだが、「私」には「生涯の友人」と呼べる人がいたことを忘れてはならない。同人雑誌「青い花」を創刊する際に、「その中の二人と、私は急激に親しく」なり、「私」を加えたその三人は「三馬鹿」と言われ、「生涯の友人であつた」と記されている。その後「私」は麻痺剤中毒、脳病院入院、「H」との離別を経て、仕事もなく作品が書けない状態に陥り、「誰も私を相手にしなかつた」とあるが、「二、三の共に離れがたい親友」は残ったともある。「離れがたい親友」が「生涯の友人」と同一人であることは、修飾語の強さからいって疑いえない。つまり、「周囲の人々との関係を喪失してゆく」中で、「離れがたい」絆は残り、「遊民の虚無《ニヒル》」にも、わずかながら救いがあったことになるのである。したがって、その時期の苦悩に「プライド」の根拠を置くことに問題はない。そしてこれは後に記すことになるが、そのうちの一人は、第二の回想——「私」の「転機」後の、「Sさん」との関係修復に関わる「親友」にほかならないのである。彼は、第一の回想と第二の回想とをつなぐ人物でもあるのだ。

さて、作品内部に限定して「私」の自己肯定の論拠を検証してきたが、ここで作品外の事実を導入してみよう。現実とフィクションの間の垣根が低い「東京八景」において、この「親友」の一人に、山岸外史をイメージしつつ読むことは許されるであろう。結婚を世話してくれた「先輩」が井伏鱒二で、破門され縒りを戻すことになった「小石川の大先輩、Sさん」が佐藤春夫であるのは自明で、それを故意に伏せて読むことができないのと同断である。言うまでもなく「三馬鹿」は、太宰と山岸と檀一雄である。

太宰治にとって山岸外史が、気楽な友誼の相手ではなかったことは注意しておきたい。爾汝の交わりではあったものの、五歳年長で理屈も立つ山岸は、ときには手強い批判者にもなったのである。「何百枚かのオハガキを貴兄からいただき、けさのオハガキ、はじめて兄のいたはりのあたたかいもの見せていただきました。真の友情には、お互ひ審判、叱正の他に、やさしいいたはりと仕事への敬意を欲しく思つてゐました」（山岸外史宛はがき、昭和十一年六月二十四日）とあるところからもそれは窺える。あるいは「けふお手紙読み、君の閉口を知り、わるかつたと思ひました。みぢんもふざけてはゐなかつたのだけれども、私も、思ひちがひしてゐたところあつたやうに思はれます。あれは、とにかく、破つて下さい」（山岸外史宛はがき、昭和十三年十二月三十日）という文面には、太宰に「閉口」させられたことをぶつけた山岸の様子が想像される。山岸外史自身『人間太宰治』に、次のように書いている。[*5]

ぼくの太宰の才能への愛着は、太宰にすこしの欺瞞をも許さなかった。「文学の真の貴重さは、そこにあるのではないか。」ぼくの批評はいつも苛酷であった。あくまでも、純粋人の発想法を要求してやまなかった。当時のぼくは、そんな型の批評家でもあったようである。

このように「純粋人の発想法を要求してやま」ず、「苛酷」でもあった山岸は、しばしば太宰をやりこめたようである。結婚した太宰が、「手堅い文学者の生活を力説した」のに対し、「君こそ、あまり世帯じみないでくれないか。世帯者の文学では困りますからネ」と返したようで、「文学者の生活は自由奔放でいいと考えていたのである。多少の悲劇はやむをえないものだと考えていた」とも書いている。

そういうふうであるならば、「あいつも、だんだん俗物になつて来たね」という批評は、まず身近な山岸外史から出たと見るのが順当であろう。「東京八景」では、そういう評言を「無智な陰口」として切り捨て、あるいは「ばか共は」と呼んで頭ごなしに他者化しているが、客体化し侮蔑することばが強いほど、逆に身近な声として響いていたことを窺わせるのである。穿った言い方をするならば、それは「私」、そして太宰の内面の声でもあったであろう。しかしもちろん、「私」も太宰もそこから身を引き離さなければならないし、そう言うであろう山岸は「生涯の友人」として引き留めておかねばならないから、反批判を向ける匿名の虚像をつくって切り捨てたのである。

ということは、太宰にとって「東京八景」は、「生涯の友人」「親友」と呼んだ山岸外史に対し、己の「俗物」的な「文筆生活」を提示し、理解を求めることにほかならなかったはずだ。昭和十三年十二月十七日付けの山岸あてのはがきにはこうある。

ばくち、云々、同感。私は、働かなければいけない。太宰も、このごろは、多少、屹《き》つとなつて居ります。少しづつ重量感できました。むかしのニヤケタウソツキの太宰もなつかしいが、あれでは、生きてゆけません。

甲府の下宿屋寿館から発せられたこのはがきは、『太宰治全集』の記載とは異なり、十二月十七日のものと思われる。[*6]太宰治は、翌年一月八日に石原美知子と結婚するから、これは結婚の二十日ほど前のはがきである。「ばくち」とは、おそらく結婚を指してのことであろう。この頃の太宰は新家庭をつくる意欲を固めていたが、「むかしのニヤケタウソツキの太宰もなつかしいが」と、無頼派の山岸に向かって過去を喚起しつつ、「あれでは、生きてゆけません」と現在の覚悟を伝えている。それは、「俗物」という予想される批判に対する先回りした態度表明のように読めるし、親身で手強い〝敵〟への懐柔策のようにも読める。

このように、「東京八景」の「生涯の友人」に、山岸外史という具体的な人物を呼び込んでみると、人間関係が「喪失」（安藤宏）する第一の回想から「転機」を経て第二の回想に至るまで、一人の気になる人物が後景に存在したことが浮かび上がる。作品では、この気になる人物が批判者と「生涯の友人」に切り分けられ、その存在感を意図的に朧化されているが、「東京八景」に、外部から緊張をもたらしたのは山岸外史にちがいない。先に「東京八景」には不安が描かれていると書いたが、この小説が、過去を否定し現在を肯定する単純な構造に終わらなかったのは、不安が作品に緊張をもたらしているからである。山岸外史は、作品の外部にあって、その不安を醸成したのである。[*7]

第二の回想は、「私」が「東京八景」を書こうと決意した年の春と夏に見た二景を書いている。そのうちの一つは、大先輩の「Sさん」を訪問し、破門を解かれ、一日をともに過ごしたときのことである。上野、茅場町、銀座を巡った日の夕方の光景、新橋駅前の橋上で銀座方面を眺める「Sさん」と「その破門の悪い弟子の姿」を「東京八景」の一つに選んだ。「その日は、親友の著書の出版記念会の発起人になつてもらひに、あがつたのである」とある。言うまでもなくこの「親友」が山岸外史で、昭和十五年三月にぐろりあ・そさえてから出た『芥川龍之介』の出版記念会の下相談であった。昭和十五年四月五日付けの山岸宛はがきには「佐藤先生のところへは、昨日早朝まゐりました」とあり、「東京八景」にあるように芥川論を話題にし、「たいへん御機嫌よろしく、上野、銀座など、お伴して一日歩きました」とある。[*8]この前後の山岸宛はがきにも、出版記念会のことは書かれていて、太宰が山岸のために骨を折ったことが分かる。『人間太宰治』によれば、出版記念会など「厄介」で「面倒」だくらいにしか思っていなかった山岸の重い腰を上げさせたのは太宰であった。このときも、「「君は近頃、世間人になったのじゃないだろうね」などとぼくがいい、太宰もかなりむくれたのだと思う」というようなことがあったようだ。

この春の一景は、しかし次の増上寺門前の描写に比べてさほど鮮やかだとは言えない。そもそも肝心の銀座方面の風景が書かれていないし、[*9]「Sさん」の存在の重みもいまひとつ出ていないので、「Sさん」との関係修復の困難さや気まずさが表れず、わだかまりの消えた明るい気持ちが素直に伝わってこないのである。「れいの重い口調で」というように、実在の佐藤春夫に寄りかかっている点も弱いし、佐藤春夫に尊大さを被せない配慮からか、太宰の矮小化が目に立つのである。

このように作品外部に参照を誘う書き方は、出版記念会の当事者である山岸への誠意の根拠を見せたかったのではないか、という読みをも立ち上らせる。「Sさん」との関係改善を前面に出し、山岸の気性を慮って名前を匿名の「親友」とし、出版記念会のことはさらりと記すことでさりげなさをも示す。人に世話をかけてばかりいた者が人の世話をやくことで、「俗物」の批判に抗する誠意を見せるのである。それを「俗化の仮面の完成[*10]」とするのは、皮肉な見方か大人げない見方か意見の分かれるところであろうが、いずれにせよこの挿話は、山岸の次のような態度と比べると、やはり小さくまとまりすぎている点に、精神の闊達さを欠くように感じられる。山岸は、会の面倒を見てくれた太宰を「ほんとに出来た人間」だと感心し、しかるべき人には礼状を出すようにとはがきに言い添えた太宰[*11]を「立派な大人《おとな》」だと書く。にもかかわらず、山岸が狷介で面白いのは、「しかし、ぼくは礼状はださなかった」とあっさりと書くところにある。「東京八景」に登場しない山岸外史は、見えないところで常にこの作品を緊張させているのである。

作中の「私」には、もう一人気になる人物、「T君」の厳父がいた。戦地に赴く「T君」に「安心して行つて来給へ」と大声で激励すると、「ばかに出しやばる、こいつは何者といふ不機嫌の色が、その厳父の眼つきに、ちらと見えた」。おそらく、「私」が元の無頼漢のままであったならば、「T君」の父の存在など気にならなかったであろう。もとより、戦地に行く人に頼もしげなことを言う家父長制の擬似主体たることもなかったろう。ささやかなりとも一家を構えたので、揺るぎない家長である「T君」の父の視線を忖度することになったのである。このとき「私」は「T君」の父の思いをはじめて知ったのであり、それは、ひいては「故郷の長兄」を知ることでもあったはずである。そういうふうに新たに〝知る〟ことを通じて、「私」は第一の回想部分を、回想として語ることになるのである。第一の回想は、現在からの反省的意識によって再編された語りになっているが、それは、関係を「喪失」してきた人々の視線を「私」が取り込んでいることを意味しているのである。「私」は、作中作「東京八景」を「誰にも媚びずに書きたかつた」と述べている。この思いが、「東京八景」を書く太宰の思いに通じていることは否定できない。「誰にも媚びずに書」くことは、他者の声を聞き入れないことではない。人の思いを織り込みながら「媚びずに書」くことで、「東京八景」は、述懐ではなく手の込んだ小説になっているのである。

増上寺山門の一景を得て、私は自分の作品の構想も、いまや十分に弓を、満月の如くきりりと引きしぼつたやうな気がした。それから数日後、東京市の大地図と、ペン、インク、原稿用紙を持つて、いさんで伊豆に旅立つた。伊豆の温泉に到着してからは、どんな事になつたか。旅立つてから、もう十日も経つけれど、まだ、あの温泉に居るやうである。何をしてゐる事やら。

作品の末尾である。語りの位相が一人称から次第に三人称へ変容していることに気づくだろう。もっとも、作品全体は一人称で統一されているから、これは変容ではなく、「まだ、あの温泉に居るやうである。何をしてゐることやら」と客観性を装ってとぼけてみたのである。しかし、これまでの一人称独白体の内容に、「俗物」と批判する声、あるいは山岸外史の批判を取り込み、また「T君」の父の視線、そしてその延長上に「故郷の長兄」を組み込んできたことを考えれば、ここも、誰か別の声を混入させたと見ることができる。「ぶるぶる煮えたぎつて落ち」る「武蔵野の夕陽」が見える三畳間で、「この家一つは何とかして守つて行くつもりだ」と妻に言ったとき、「ふと、東京八景を思ひつ」き、伊豆の南の山村まで仕事のために来たのであるから、「私」が装った結末の語りには、妻の気持ちが籠められていると考えられるのだ。

事実においては、出発前の約束どおり太宰から電報が来て、美知子は宿泊代を持って湯が野の福田屋まで行ったところ、太宰は仕事については「一言も」口にしなかったという。「けれども鈍感な私にも容易な作品とは思はれず、「東京八景」が「文学界」の翌年の正月号に載りましたときも、五月に、実業之日本社から同名の単行本として出ましたときも、私には何だかおそろしいやうで、読むことが出来ませんでした」と書いている。[*12]

では、作中作である「東京八景」は完成したのであろうか。「何をしてゐる事やら」という、執筆前の意気込みに比べると、とぼけた韜晦としか思えない余裕からすれば、作品は完成したと考えるのが順当であろう。何をしているのかという疑問に妻の声を忍ばせているとすれば、それはなおさらである。しかし、安藤宏は次のように言う。

過去の自己を反芻し、再構成する中であらたな自己がみえてくる事態はついにおこりえぬわけで、作中の構想、「東京八景」の完成も又、困難なものとならざるを得ないのだ。[*13]

確かに、「戸塚の梅雨。本郷の黄昏。神田の祭礼。柏木の初雪。八丁堀の花火」云々とつづく構想どおりに作品が完成したかというと全く不明で、これらの構想が展開されていないところからすれば、「困難なものとならざるを得な」

かったという想像の方が現実味を帯びている。しかし、安藤は「あらたな自己」が見えてこない点を「困難」な理由としているが、過去を「再構成」すること自体が、「あらたな自己」の確認にほかなるまい。「新たな自己」が見えぬ理由を安藤論文の文脈に求めると、「過去が関係性の喪失の歴史として眺められる」からだということになる。しかし、過去は、見てきたように他者の思いを混入させて回想されているのである。それこそが、「あらたな自己」の生成であろう。「自分の苦悩に狂ひすぎて、他の人もまた精一ぱいで生きてゐるのだといふ当然の事実に気附かなかつた」という第一の回想は、後に他者の思いを混入させることなしには、なしえなかったはずである。

作中作の構想は、「私」のいる風景を書くことで、それは過去の実感的な風景であるから、現在の「私」がそれを見ることはできない。ちょうど夢を目覚めてから思い起こしても、もはや夢そのものではないのと同じことである。柄谷行人は、島尾敏雄と庄野潤三を論じた評論で、「夢」について次のように言う。「要するに、われわれがふつう夢と呼んでいるのはすべて「事後の観察」である。夢の世界ではわれわれは文字通り夢中に生きているのであって、しかも生きていることとそれを眺めることに何の乖離もなく生きているのだ*14」と。「東京八景」の構想の端緒に立った「私」も、「東京八景」の内部を生きたことと、「事後の観察」との間の断層を知ったにちがいない。風景の中にいたことはあくまでリアルな体験で、それを書くことは、すでに外部にいて断層に直面することでしかない。しかし不思議なのは、再度それを生きられないにしても、そのときのリアルな感覚だけは生ま生ましく残っている。夢の中から、目覚めた後に持ち越してきた感覚のリアリティはある。誠実に書こうとすれば、書くことができるのはそれだけである。とすれば、「東京八景」を書こうとした感覚を書くことが「東京八景」にならざるをえない。鮮やかな記憶としてある二景を、思い出す行為を含めて書き、書こうとする意図で脇を固めることで、やっとリアリティをもちえる書き方を採ることができる。それは実作者太宰治が、「異常ないきごみ*15」で「東京八景」を書こうとし、妻にもそれを告げ、そして書き上げた作品「東京八景」が、やはり「東京八景」を書こうとしたことを物語内容とする小説であったことと同じである。

だとすると作中人物「私」が書いた「東京八景」は、「東京八景」を書こうとした太宰の作品「東京八景」とほぼ同じものになるはずである。「何をしてゐる事やら」というとぼけた感想で終わる、その対象であり主体である「私」が書いた「東京八景」は、「伊豆の南、温泉が湧き出てゐるといふだけで、他には何一つとるところの無い、つまらぬ山村である。」という書き出しをもつ太宰の作品に直結するのである。「何をしてゐる事やら」と語られ・語る対象と主体が溶解することで、フィクションとメタフィクションの同一性が示され、そして永遠に回帰しつづける構造に導かれる。これは、けっして作者の悪ふざけではない。それは、リアリティの置き場所が、風景や出来事そのものにではなく、ありありと残る出来事の感覚をもち、多の人の存在を想起して書く「私」にしかないからである。

【注】

＊1　執筆時期については、山内祥史「解題」（第十次『太宰治全集』第十一巻、筑摩書房、89・10）による。

＊2　安藤宏「『東京八景』論――作品論のために」（「国文学解釈と鑑賞」昭和62・6）

＊3　山下真史「「東京八景」論」（山内祥史編『太宰治研究7』和泉書院、平成12・2）

＊4　＊2に同じ。

＊5　山岸外史『人間太宰治』（筑摩書房、昭和37・10、引用はちくま文庫、89・8）。

＊6　本書、書簡番号35の【ノート】を参照されたい。

＊7　山岸外史は「東京八景」の書評「太宰治――新ハムレット及び東京八景」（「文学界」昭和16・9）で、「平凡な形式だが、――また稍々、私的主観に堕してゐる点があるやうだが、感覚は素直であつた。／（中略）これは、とまれ、失敗したものではない」と評している。

＊8　このはがきの所在は不明。『太宰治全集』第十二巻（筑摩書房、99・4）による。

＊9　山下真史に「風景描写がほとんどない」という指摘がある（＊3に同じ）。

＊10　山田晃「太宰治・作品事典　東京八景」（「国文学　解釈と鑑賞」昭和49・12）

＊11　昭和十五年四月十五日付け山岸外史宛はがき（書簡番号43）。

＊12　井伏鱒二「解説」（『太宰治集』新潮社、昭和24・10）に引用された美知子夫人の手記。

＊13　＊2に同じ。山下真史も「〈東京八景〉という小説が書けない小説」だと言う（＊3）。

＊14　柄谷行人「夢の世界――島尾敏雄と庄野潤三」（『意味という病』河出書房新社、75・2、引用は講談社文芸文庫、89・10）。「事後の観察」は小林秀雄「ペスト」からの引用。

＊15　＊12に同じ。

太宰治と山岸外史—書簡に見る文学的格闘—

吉岡 真緒

1　はじめに—出会いの頃

太宰治の知友といえば様々な名前が思い浮かぶが、現存する太宰の手紙の中で最も多くの割合を占める宛先人といえば、山岸外史をおいて他はない。

太宰治の友人であった山岸外史（明37・7・16～昭52・5・7）は評論家、詩人。東京帝大哲学科卒業。「アカデモス」「散文」「青い花」「日本浪曼派」同人。疎開先の山形県米沢市で農民生活を経験したことをきっかけに戦後、日本共産党に入党した。主著は透谷文学賞を受賞した『人間キリスト記』（昭13・11　第一書房）や『芥川龍之介』（昭15・3　ぐろりあ・そさえて）『ロダン論』（昭19・1　育英書院）等。太宰は「『人間キリスト記』その他」（「文筆」昭14・7）で紹介文を書いており、また『芥川龍之介』の出版記念会に際してはいろいと骨を折ったことがわかる書簡を残している。*1

太宰治と山岸外史の交流は、二人の共通の知友だった中村地平が、山岸にまだ企画段階であった同人雑誌「青い花」について語ったことがきっかけとなって始まった。

同人雑誌「青い花」は昭和九年九月中旬ごろに太宰・今官一らを中心として企画され、同年十二月に創刊号が発行された。全一冊。巻頭には太宰治の「ロマネスク」が載せられた。誌名は、ドイツ浪漫派詩人ノヴァーリスの小説にちなんで太宰が名付けた。「青い花」に対する太宰の意気込みのほどは、昭和九年九月十三日付、久保隆一郎宛書簡に知ることが出来る。

> 久保兄
>
> その後どうしてゐます。私は先月末に三島から帰りました。貴兄はいつごろお帰りですか。なるべく早く帰つて下さい。
>
> 実は私たちの会が中心になつて、この秋から、歴史的な文学運動をしたいと思つてゐるのですが、貴兄にもぜひ参加していただきたく、大至急御帰京下さい。まだ秘密にしてゐるのです。雑誌の名は「青い花」。ぜひとも文学史にのこる運動をします。
>
> のるかそるかやつてみるつもりであります。地平、今官ともに大熱狂です。くはしくは御面談。下手なこ

とはしないつもり。
一日も早く御帰京の日を待つ。

右の書簡で「青い花」への太宰の熱は十分に伝わってくるが、次に挙げる昭和九年十一月十六日付、山岸宛書簡では、太宰が原稿集めや事務連絡も行っていたことがわかり、精神面でも実務面でも太宰が「青い花」の中心になっていたことが知られる。

そんなことを言はないで書いて呉れたら、どんなもんぢや。
十八日まで、よいさうだ。ひとつ書け!!!
津村信夫君にも、詩だけでよいから、送るやうに電話で言つてやつて下さい。
たのみます。
あはれ、太宰治をかかる屈辱に……。

「青い花」の企画が立ち上がって間もない頃に中村地平から同誌のことを聞いた山岸は、その誌名にひどく惹かれたという。当時「『紋章』と『禽獣』の作家たち」で川端康成に「佐藤春夫論」で佐藤春夫に認められて知遇を得ていた山岸は、駆け出しの評論家として認められ始めていたころであったが、批評家としてのあり方に疑問を感じ始め、自由な発表媒体を探していたところであった。山岸の著書『人間太宰治』[*2]によると、中村から話を聞いてすぐに「青い花」の命名者である太宰に会うことを決めた山岸は、中村に地図を書いてもらって太宰を訪問したという。当時太宰は、荻窪駅近くの天沼一丁目一三六番地の飛島方の二階に、最初の妻である小山初代と住んでいた。会ってすぐに、荻窪に向かう電車の中で浮かんだ「われら、太陽のごとく生きん」「われらは、神なり」という言葉を「青い花」の扉に入れるよう提案した山岸に、太宰は最初当惑気味だったようだが、二人はすぐに意気投合し、この後深く関わり合うようになる。この山岸の言葉は採用されなかったが、年月不詳（全集では推定昭和九年）二日付、津村信夫宛書簡にこの言葉を意識したと思われる一文がある。

　突然でおそれいります。
先日　中村君からも申しあげた筈ですが、みんなで「青い花」を起さうと思ふのですが、いかがですか。はひりませんか。お誘ひいたします。
同人には　イヤなヤツはひとりもゐないと信じます。
他の同人雑誌とは少しちがつて　ずゐぶん　わがままなものになることと思つてゐます。同人すべて　われは神なり　の自負を持つてゐるやうな有様なので、もちろん各人各説でありますが、なんだか　みんな「青い花」の香気で　ひとすぢ　つながつてゐます。そんな気がいたします。

右の書簡でわかるように、山岸にしても太宰にしても個性が強い同人の集まりだった。そのうえ、次に挙げる昭和九年十二月二十四日付、山岸宛書簡でわかるように原稿と会費の集まりが悪かったため「青い花」二号が出ることはなかった。二号は山岸が編集する予定だった。

お伺ひしてもよいのだが、このごろ、ひとに逢ふのが、こはく（?）（決心がつかず）なかなか行けない。
そろそろ二号の編輯たのみます。同人全部に、原稿と同人費のサイソク、「若いひと」にさせたら、どうか。
同人会は、どうです。
お願ひ申します。
私、青い花の原稿いま工夫中。

右の書簡でわかるように太宰は二号発行に意欲的であった。次に挙げるのは、昭和九年十二月十八日付、木山捷平宛書簡である。

しばらく御無沙汰してゐます。雑誌は、いろいろの手ちがひから意外にわるくできて、相すみません。来月からは、頁数もふやし、紙質もよくし、ともかくテイサイに於いても日本一にするつもりです。
どんなことがあつても、「青い花」をつづけて行く覚悟であります。二号の原稿〆切は、十二月三十一日であります。ケツサクを書いて送つて下さい。どんなに長くてもかまはないのです。いろいろの評判、そのうちひとまとめにしてお送りいたします。兎に角、日本一の雑誌であることを疑ひません。そのうち長いたより、必ずします。「青い花の感想」は大好評。

山内祥史「年譜」[*3]によると「青い花」が出来たのは十二月十八日頃と推定される。創刊号の日付を鑑みても、右の書簡と先の十二月二十四日付、山岸宛書簡とが、雑誌が出て一月もたたないうちに書かれたのは間違いないことから「青い花」への太宰の執着は大変なものであったといえよう。太宰の熱意にもかかわらず、先述したような理由で終息した「青い花」はその後、同人雑誌「日本浪曼派」へと合流した。一号で終わったものの、好評を呼んだ「ロマネスク」を発表し作家としての交遊を広げた「青い花」の意味は太宰にとって大きい。そしてその出会いの中で最も深く関わった人物の一人が山岸であった。

2　交遊——書簡をめぐって

現存する山岸外史宛太宰治書簡は、最新版全集に収められているものだけ数えても百七通あり、個人に宛てた太宰の現存する書簡としては最多である。

ぼくは、太宰からもらったハガキを百三十枚ほどもっていた。手紙は三通ほどだったと思う。長女が、太宰のオジさんからのハガキだということで、大切に保存していたから、戦時中、東北に転住しながらも手もとに残ったのである。昭和九年から、昭和十八年ごろまでのものである。そのうち二十枚ほどは、その東北の田舎にいたころ、求められるままに、訪ねてくる文学の好きな青年たちにやってしまった。（『太宰治おぼえがき』[4]）

山岸がこれだけの数の書簡を保存していたのは、右のように、長女が保存していてくれたからであろうし、本人の気質にもよるのであろう。しかし、何度かの引っ越しや疎開を経験したことを鑑みれば、山岸の太宰に対する思いの深さを知ることができよう。一方太宰は受け取った書簡は、例外はあるものの保管をしない質だったため太宰宛山岸書簡がどれほどの数であったかは知る由もないが、昭和十一年六月二十四日付、山岸外史宛書簡中「何百枚かのオハガキを貴兄からいただき」との一節は、多少の誇張はあるかもしれないものの、山岸も太宰に同じ数以上の書簡を書き送ったであろうことが推察される。

太宰と書簡について美知子夫人は次のように語っている。

　太宰が井伏先生に、朝、仕事にとりかかるのが億劫で困ると訴えたら、先生は自分は筆ならしに手紙を書くことにしているよ、とおっしゃった。感心して聞いたので未だに忘れない。（中略）

　太宰は割合にはがきをよく使い、はがきにびっしり細字で書き込んで発信する一方、儀礼的な場合などには、毛筆の大きい字で書いているので文面の長短からだけでは封書かはがきかを区別し難い。はがきの簡便さを好むが、和紙の美しい詩箋や封筒に毛筆で書くことも好きだった。（『回想の太宰治』[5]）

また檀一雄も『小説太宰治』[6]で、朝「おめざ」のビールを飲んだ後に「何通もの葉書を、コソコソと」書いていた太宰を記しており、美知子夫人の証言を裏付けている。山岸宛書簡には特に詩的な書簡が多く[7]、二人が年の近い文学者同士お互いを刺激し合う関係であったことがうかがえる。山岸自身、二人の手紙のやりとりを「手紙による格闘」[4]と名付けている。

文士、うたをおくられたら、お返しするのが、**natural** な情と心得る。左に。

青桐《あをぎり》の幹《みき》ごとうごく

宇《う》地《な》震《ゐ》哉《かな》

（昭和十年十月二十日付、山岸宛）

貴翰拝誦。

不眠のせゐか、顔大仰にむくみ不快也。星も見えぬ。梅の花も遠い。夜々、幻聴に悩む。

とこやみの
めしひのままに
鶴のひな
そだちゆくらし
あはれ　太るも

一笑。（昭和十一年一月二十四日付、山岸宛）

筆ならしのための書簡であったならば、右に挙げた書簡は、まさしく小説的思考回路を開くものであっただろう。事実、「とこやみの」にはじまる一節は「とこやみの」を「年々や」に変えて「斜陽」で直治の「夕顔日誌」に挿入されている。また、太宰の小説「誰」には、山岸に宛てた太宰の借金申し込みの書簡に山岸が朱で註を入れたものの引用があり、「虚構の春」は、太宰に宛てられた、山岸をはじめとする書簡の引用のモザイクとでもいうべき作品である。とするならば太宰にとって手紙とは、来信にしても発信にしても小説的回路を開く手段である以上のテクストであったと言えよう。

太宰より山岸が五歳年長とはいえ年が近かった二人は、小説家と評論家という立場の違いはあるもののお互いを刺激し合う緊張感のある関係であったことから、しばしば対立もした。

「虚構の春」で十三番目に挙げられている「吉田潔」の書簡は、山岸外史の書簡として知られている。*8「俺たち友人にだけでも、けちなポオズをよしたら、なにか、損をするのかね。ちよつと、日本中に類のない愚劣頑迷の御手簡、ただいま覗いてみました。太宰！　なんだ。『許す。』とは、なんだ。馬鹿！　ふん、と鼻で笑つて両手にまるめて窓から投げたら、桐の枝に引かかつたつけ。」で始まる、太宰を激しく非難する内容の長文書簡に対して書かれたものが次の書簡と推定されている。この怒りの書簡を山岸が書く原因となった太宰の書簡は残っていない。

じやれてみたのだ。ところが、―おれの爪が君のウロコにひつかかつた。老猿と怪龍。雲を呼んで、つひに不足税六銭をとられた。君、僕たちはもう、うつかりじやれることもできない巨いなるものだ。そのうち、また書く。土曜に来ないか。君に対する悪意はみじんもない。（昭和十年八月七日付、山岸宛）

山岸君
今夕の君の手紙、いままた繰りかへして読み、屈辱、無念やるかたなく転てんした。私は侮辱を受けた。しかもかつてないほどの侮辱を。

けれどもぼくは君の友人だ。かうなると、いよいよこの親友と離れがたい。君も同じ思ひであらうと思ふ。

ソロモンの夢が破れて一匹の蟻。

いまは夜の一時頃だ。

土曜あたりに、また逢つて話したいのだが。

私は、けふよりまた書生にならうと思つてゐる。いままでの僕はたぶんに「作家」であつた。七日午前しるす。

おれはしかし、病人ではない。絶対に狂つてゐない。

八日朝しるす。

三服のスイミン薬と三本の注射でふらふらだ。昨夜一睡もせず。八日朝しるす。（昭和十年八月八日付、山岸宛）

「いま再び粧つて熾烈を求む」これがカンシヤクのたねであつた。ぼく、「熾烈」の点では兄に劣らないと思つてゐる。

誰が何といつても、いまでも、さう確信してゐる。

土曜のバンに来いよ。また船に乗らう。（昭和十年八月八日付、山岸宛）

右の三葉の葉書を見て気付くのは、二日という短い時間にたてつづけに送られたという事実である。短い時間に三度書かずにはいられなかったほど太宰にとって山岸が離れがたい存在であったことが読みとれよう。この場合に限らず、出会って間もない昭和十年から十一年頃、太宰が山岸に一日の内に複数の書簡を出していたことは珍しくない。右の三つの書簡の内最初の二信を見ると、太宰にとって書簡を書くことが創作活動につながる営為であったことに改めて気付かされる。

山岸の心の琴線に触れたことと、お互いが互角の才能を有していることとを「おれの爪が君のウロコにひつかかつた。老猿と怪龍。」と表現する第一信は、この状況を象る作家としての太宰の眼差しを看取できよう。レトリックが読み手である山岸の解釈を誘引し、読まざるを得ない相手へと自らをしている。第二信はさらに興味深い。山岸への批判から再びお互いが不可欠な存在であることを伝え今後の自分のあり方を表明する「七日午前」の手記、前述とは何の脈絡もなく自分が病人でも狂人でもないことを訴える「八日朝」の手記、多量の薬剤投与と不眠とを訴え、直前の「八日朝」の手記を覆す内容を記す第二の「八日朝」の手記という三つの手記によって構成されている第二信は、何が真実であり、本当に伝えたいことは何かとの問いを無効にし、常に更新される「おれ」を示す。この語り口は、同じ年に「日本浪曼派」に発表された「道化の華」の、常に自らの物語と自分との乖離を訴える書き手「僕」に通底していよう。

また「船」に暗示されるように、散見されるデカダンな雰囲気は当時の太宰像を伝えている。この当時、二人は檀一雄とともに頻繁に墨東に出入りしており、山岸の著書はその当時の太宰を知る貴重な資料にもなっている。

山岸宛太宰治書簡は昭和十八年十二月を最後に途絶えている。昭和十八年十二月十六日付、山岸宛書簡は、同月二十三日の旅行に一緒に行くという内容であり、その後出されたと全集では推定されている日付不明（推定昭和十八年暮）の山岸宛最後の書簡は、その前日にごちそうになったお礼状であることから、二人は特に何か気まずい理由で音信不通になったわけではないと思われる。昭和十九年三月に山岸が山形に疎開したこと、太宰自身も昭和二十年四月に甲府へ、さらに七月に金木に疎開したこと、戦局の悪化とが音信不通の原因と考えられる。

しかし山岸の著書によると、山岸は戦後、東京に戻った太宰に絶交状を送ったという。*2 太宰が疎開先の金木から東京に戻ってきたのは昭和二十一年十一月十四日であるから、絶交状はその後送られたのであろう。特に喧嘩別れしたわけでもなく、ただ音信が途絶えていただけであろうにもかかわらず、あえて絶交状を山岸が送ったのはなぜだろうか。絶交状を送るに至った心境を山岸ははっきりとは書いていないが、疎開先にも伝わってくる太宰の活躍に対して百姓仕事や青年文化活動に没頭し創作から遠ざかっていた山岸が太宰に距離を感じたからと推察される。その絶交状に山岸は「世の中で最も美しい言葉は、さようならである」と書いたという。山岸があえて絶交状を送ったのは、常に格闘するかのようにお互いの才能をぶつけ合った相手である太宰との関係が自然消滅してしまってもよいものではなく、その関係性は純粋に文学的な関係でなければならなかったからであろう。山岸の潔癖さがうかがえる。この絶交状に対する太宰の返事について山岸は書いていない。おそらく返事はなかったのであろう。太宰は沈黙の中に何を伝えようとしたのであろうか。

> きみに三度《さんど》、無言の御返事をさしあげた。三種三様の無言なのだ。それは、君の知つて居るとほりである。君の三枚の葉書が、どれほどの手応《てごた》へがあつたか、それも、君の推察どほりだ。おそらく、ちがつてはゐないだらう。堀《ほり》に石を投じて、堀の深さをはかる。きみは、堀の深さをはかり当てた。遊びに来てお呉れ。（昭和十一年三月十日付、山岸宛）

これは太宰と山岸が最も深く関わり合っていたころの山岸宛太宰治書簡である。無言の意味は二人にしか知り得ない。

3　書簡というテクスト――「虚構の春」を中心に

書簡集や生前の太宰治を知る人物の証言を読むことで、ある像を浮かび上がらせる。これまでの作業を総括するとそういうことになるだろうか。このような作業で浮かび上がる像は虚像といえば虚像であるが、流通する「太宰治」のイメージを想起させる唯一性を有している。いわゆる「デカダン作家太宰治」といった神話が現在も読者を魅了してやまないのはその証左であろう。「私」を語り手に据えて自らの体験を繰り返し語り直した太宰治は、極めて戦略的に自らの虚像を流通させた作家であった。その最たる作品が「文学界」(昭11・7)に発表された「虚構の春」である。この作品は「太宰治」宛の書簡のみによって成立している。

三十六人の発信者による合計八十三通の「太宰治」宛書簡は「師走上旬」「中旬」「下旬」「元旦」に仕分けされ、さらに同じ日に来た書簡は「月日。」によって分類されている。書簡という極めて私的な文書が公にされているのみならず、初出では「井伏鱒二」や「佐藤春夫」は実名のまま載せてあり、そのうえ書簡の中には作者太宰が手を加えたものも太宰の全くの虚構もあったことから、当時大変な物議を醸した。太宰は手紙という方法をよく用いた作家として知られているが、この作品のように複数の人間による来簡のみで成り立っている小説はこれ以外にはなく、また日本文学史上においても極めて稀な作品と言ってよい。

鳥居邦朗は「虚構の春」について次のように述べる。[*9]

十二月一か月の間に太宰治に寄せられた手紙というものを、あるいは実物からとり、あるいは捏造して集める。太宰治には一言も語らせず、周囲からの様々の角度からの太宰観を列挙するのである。いわば描くべき太宰を中空化しておいて、その周囲からドーナッツ型に照明を集めて、太宰治の陰画を作り上げようとしたのである。

こうして集積された「様々の角度からの太宰観」がいわゆる「太宰神話」をつくりあげ「私の太宰治像」を読者の胸に結ばせる効果についてはすでに様々に論じられていることである。[*10]ここでは、他者の眼差しにさらされることで様々な顔(仮面)を獲得しながら「太宰治」へと同定されていく「太宰治」が、意味内容を肥大化させていく記号でしかないことを確認しておく。

「虚構の春」作中にはまた、書簡を取捨選択して分類し「虚構の春」という場に貼り付けた作者太宰治の痕跡がある。書簡群に散見される「(一行あき。)」や、書簡群を細かく分類するためのインデックスとなっている「月日。」といった情報を、物語の事実として提示できるのは津島修治である作者太宰治（＝「虚構の春」の署名者「太宰治」）しかありえない。つまり「太宰治」とは、書簡群に共有され様々に情報を追加される噂の人物「太宰治」であると同時に、この作品を構成し作品化する特権を有している主体として作中に痕跡を残している作者太宰治でもあるのだ。

では作者太宰治はどのように「虚構の春」を創りあげていったのであろうか。

「虚構の春」に設定されている時間は十二月から元旦にかけての一ヶ月間であるが、発信者および発信時期がわかっている書簡を見る限り、実際の来簡時期も順番もバラバラである。つまり「虚構の春」の時間そのものもあからさまな虚構なのだ。また、執筆に際して作者太宰は当然書簡を取捨選択したであろう。選出された書簡が「虚構の春」を構成しているわけだから、太宰は流布する自己像を強化・補強・拡大する書簡を意図的に選び出したと言えるだろう。まさに「虚構の春」である。

「虚構の春」執筆時に居合わせ、自らの書簡も引用された檀一雄は次のような証言を残している。

> 「虚構の春」を書き上げる時には、丁度私も、船橋の太宰の家に居合わせた。大きなボール箱に、一杯つめられた手紙類を取り出して、部屋中に散乱させ、太宰は、クシャクシャになって、書いていた。締切が間に合わず、私が代理で、河上徹太郎氏に電話したことも覚えている。文学界の原稿だった。（中略）
>
> 文学界が、市販されて、始めて手に取って読んでみた。手紙の応答を編輯したものだった。しかし、友人らの手紙をよせ集めて自分の状況を相対的に描き出そう、としたところに、太宰らしい誠意と機智がある。私の手紙が出しただけ、一通、収録されていた。黒田重治という名前になっている。ところが黒田重治という名前の手紙は、二通見えていた。
>
> もう一通は私の文体ではない。誰か他の人の手紙を混同したものか？　いや、太宰その人が書いたものにちがいない。すると太宰がこのような手紙を、私から貰うことを希望していたのだと、私はその時思った。
>
> （『小説太宰治』）[*6]

太宰の虚構がどれであるかを特定し、当時の執筆状況を知らせる貴重な証言である。檀が言う「私の手紙」とは「拝啓。その後、失礼して居ります」で始まる〈29〉の書簡である。檀一雄と特定されている「黒田重治」の書簡は〈22〉〈29〉〈53〉の三つあり、そのうち〈22〉については檀自身が「太宰その人が書いたにちがいない」と言っている。〈53〉の書名は「クロ」となっているので檀は「黒田重治」の書簡とは見なさなかったのであろう。いずれにしても〈53〉

も太宰の虚構であることがわかる。三つの書簡は、いずれも「太宰治」の友人として心を砕いている内容である。作者太宰は、実際に檀から貰った手紙を元に、そのような手紙を書く良き友人として「黒田重治」を造形したと言えよう。自分の手紙が引用されたことについて檀は好意的に捉えている。しかも「このような手紙を私から貰うことを希望していたのだ」と思う檀は、楽屋裏を知っている人間として〈22〉〈53〉の書簡が自分の出した手紙を元に書かれたパロディであることも、自分の言葉が引用されることも楽しめる作家であった。しかし、檀のように手紙を引用されたことを肯定的に捉える人間は稀である。次に挙げるのは同じく手紙を引用された楢崎勤、浅見淵、小野正文[*11]の言である。

このことは私個人の打明け話になるが、たま〳〵何ページ目かで、私が太宰氏に出した葉書の文句が挿入されてゐる箇所にぶつかつたのである。（発信人の名は変名になつてゐるが）（中略）一体この小説は、どこまでが作者の創作になり、何の部分が他人の書簡をそのま、挿入してゐるのかといふ、さういふ疑念に陥つた。
（楢崎勤「文芸時評」『報知新聞』昭11・7・3）

この春太宰治が文学界に発表して囂々と毀誉あひ半ばした世評を生んだ「虚構の春」の中に、流石に名前は変へてあつたが僕も一役買つて登場してゐるのだ。そして「虚構の春」を読んでそれを知つた時、僕は佐藤氏と同じ意味ではげしい不愉快さを覚えたのである。（中略）

「虚構の春」の中に描かれている僕は、太宰治の芸術の信奉者であり、僕の方から彼の創作集の上梓を依頼でもしたやうに取扱はれてゐるのだ。そして、事実は逆でないまでも決して左うでなかつたことは、佐藤春夫氏の場合と同じく、当時受取るたびに僕自身反つて照れたほどな、慇懃と感謝をきはめた太宰治の幾通かの手紙によつて、だれにでも僕は証明できるのである。
（浅見淵「佐藤春夫と太宰治」『早稲田大学新聞』昭11・11・25）

「文学界」に発表されたものを見ると、全然予想しないことに出会った。手紙の全文が掲載され、しかも、原文にはなかった文章が挿入されており、一寸、いやな気持がした。（小野正文「『虚構の春』の構成と背景」『郷土作家研究』昭52・9）

仮名を使ってあったものの、関係者には自分が書いたとわかる手紙を勝手に引用され手を加えられたことに嫌悪を覚えるのは当然であろう。その点については気の毒としか言いようがない。しかし、文壇の事情を知らない多くの一般の読者は、仮名を仮名のままに読みそれが誰であるか詮索する余地はなかったはずである。とするならば公の場で語られた彼らの言葉は「虚構の春」のある書簡が、彼らが書いた手紙の引用あるいはパロディであることの表明といえ、読者をして「虚構の春」書簡群を虚構ではなく事実も混入している作品という思いを強くさせ、作品の有するゴシップ性をさらに高めることとなったと言えよう。

　実在であれ虚構であれ、それ自体それぞれ完結していた書簡群は「虚構の春」という場にファイルされることでテクストを構成する断片となる。「ここではプライベートな『事実』が、虚構の枠組の中に投げ込まれることによって、相対化ないしは異化され、虚構と等価のものとなる」との東郷克美の論[*12]が想起される。実在の書簡は「虚構の春」にファイルされ「虚構の春」の言葉になることで、作者太宰と発信者の間でのみ了解されていた意味を超えた意味を、読者に読まれることによって否応なく獲得する。その意味が発信者の思いもかけなかった内容であったとしても。書かれた言葉は、それが言葉という共通理解によって成立している以上、いつでも何処でも誰にでも読まれ、引用、改変されうる宿命を背負っている。そしてその言葉への理解は、読み手によって様々に異なるのだ。ある人物が書いた書簡が差出人の署名を変えられて引用・改変され他の誰かの名前が署名された小説の一部となり、さらに雑誌の一部となり、販路に乗り、不特定多数の読者の読みに曝される。楢崎たちの嫌悪感は、書き物にまつわる宿命と暴力に対する嫌悪感に他ならない。しかし、他人の書簡を集積し、小説となし得た作者太宰にとってこの宿命も暴力も自明のものだったはずである。「突然のおたよりお許し下さい。私は、あなたと瓜二つだ」で始まる〈36〉の書簡はその証左である。鎌倉での心中未遂事件を思わせる内容について語ったあと「太宰さん。おどろいたでせう？　みんなウソ。おどかしてみたのさ。おどろいた？　ずつとまへに、君が私とお酒のみながら、この話、教へて呉れたぢやないか。」と述べさらに「はじめの感想文は、あれは、支那のブルジョア雑誌から盗んだものだが、岩の上の場面などは僕が書いた。息もつかせぬ名文章だつたらう」と言う〈36〉「清水忠治」の書簡は、その内容が「太宰さん」の話の引用、パロディであり、それがまた「虚構の春」に引用されるという書き物の流転の宿命を告知している。とするならば手紙を使用された人々は、この暴力を孕んだ創作態度の犠牲者といえよう。「虚構の春」とは、書き物をめぐる宿命と暴力とを可視化した作品なのだ。

　このような創作態度を考えるうえで山岸外史との交流は再検討の余地があるだろう。「虚構の春」の「吉田潔」は山岸外史と推定されており、収録数は最多の八通である。二番目に多かったのが「高橋安二郎」と「長沢伝六」の四通であるから、その数は突出している。既に述べたように、山岸外史宛太宰治書簡はそれ自体創作活動に繋がるような内容であった。彼らの交遊が極めて文学的であった証拠であろう。「吉田潔」の書簡は、作品の評判が良くて天狗になっている「太宰」の態度をはげしく非難するものや〈27〉のように、作品を評価しているものが貼り付けられている。次に挙げるのは〈42〉の書簡である。

「近頃の君の葉書に一つとして見るべきものがない。非常に惰弱になつて巧言令色である。少からず遺憾に思つてゐる。吉田生」

この書簡は、山岸と太宰の手紙の性質を伝えていよう。彼らにとって手紙は文学的格闘であり、そこには「惰弱」は許されない。山岸の著書には、自らの書簡が太宰の小説に使用されたことは、ただそれだけの当たり前の出来事として書かれてある。しかも彼らの間には「二人の会話のなかから生れた言葉で、その発信者がどちらであったか不明になったような言葉は、早い者勝ちに使用していい」という「黙約」すらあったという。[*2] 彼らの間には、先程述べた書き物をめぐる宿命も暴力も自明のこととしてあったのだ。だからこそ会話も手紙も常に文学的緊張感があったのだろう。「虚構の春」はそうした二人の関係性の延長線上にある。

4 おわりに—別れ

戦後、山岸が太宰に絶交状を送ったことは先述したが、これは山岸が太宰に出した初めての絶交状ではなかった。最初の絶交状は、二人の交友が始まって間もない昭和十二年頃出された。[*2] 当時から批評家が「作家より一段下にいる人間のように考えられやすかった」ことを嘆いていた山岸に「文学界」派の「A画伯」が「君は、太宰の取り巻きだって話じゃないか」と言ったことがきっかけだった。絶交状を受け取った太宰はすぐに速達で、逢って話をしたいから資生堂前の交番で待っているという内容の手紙を送ってきたという。この手紙は残っていない。迷った末に山岸は待ち合わせ場所へ行き、結局絶交は取り消しとなった。山岸が絶交を思いとどまったのは、太宰の心を尽くした取りなしがあったからであろう。しかし重要なのは山岸が太宰との関係を考える時に思う「おれは、いったい、何者なんだ」との問であろう。「ぼくは君の才能を愛しているよ。そして、それを高く評価している。君はそれをよく知ってるはずだ。人間じゃない。君の才能なんだ。しかし、人間関係ってほんとにめんどうなものだと思ったよ」と太宰に言った山岸は、太宰の才能も人柄も、つまりは太宰治の全てを評価し愛した人間だった。そこに評論家としての自尊心が絡んだときの山岸の苦悩は深い。評論家として作家に魅了されるということはある意味恐ろしいことでもあっただろう。

二人の関係について山岸は、昭和十二年六月に行われた自身の再婚の頃が「交友の絶頂」で、その後変化していったと捉えている。[*2] そこには先程述べたような、太宰に対する山岸の複雑な心情も絡んでいただろう。しかし戦時中の二人の文筆活動の違いは、次第に遠くなる山岸と太宰の距離が文学的距離であったことを伝えている。

太宰が戦時中も自らの文学を貫いて書き続けた希有な作家であったのは周知のことである。しかし山岸は他の多くの文筆家がそうであったように、苛烈になる検閲で筆を折らなければならない心情に追い込まれる。山岸の最後の絶交状はそうした心情の果てに出されたのであったとしたら、太宰に対して最後まで評論家であり続けようとした山岸の矜持が看取できる。

昭和二十三年六月十三日、太宰は山崎富栄と玉川上水に入水自殺する。太宰の変を聞き、山形から駆けつけた山岸は、遺体が発見される十九日まで毎日玉川上水に通ったという。著書『人間太宰治』には、二人の遺体が引き上げられ検視にいたるまでが克明に描かれている。それは冷徹なまでの眼差しである。苦悶の表情を浮かべていた富栄の死顔と微笑を浮かべていた太宰の死顔とを見届けた山岸は「人間の死への冒瀆」を意識しながら次のように述べる。

> いわば、富栄さんは「死」に対するほんとの素人であり、それだけ無邪気だったといっていいと思う。そして、それだけ死に恐怖し驚愕したのである。（中略）ひとは生きている顔を、各人の責任においてつくるというが、死顔さえも、おそらく、各人の責任においてつくるのである。太宰の仄かな微笑が、それを示していた。その眉のあたりにさえ、少しの苦悩も憂愁も漂ってはいなかった。太宰は、死を、ミゴトに割りきっていたと思う。

この文章には、太宰の死を前にして最後まで評論家であり続けた山岸の姿が見出せる。「売名」と言われてもなお山岸がその場に居続けたのは、太宰をよく知る評論家としてその死の一部始終を見届けなければならないという使命感ゆえであろう。そのような山岸のあり方を考えると、山岸外史宛太宰治書簡に満ちていた緊張感について改めて考えさせられる。二人の関係は純粋なまでに文学的であった。

【注】

*1　昭和十五年三月二十一日・二十八日、同四月五日・十

五日付山岸宛書簡。

＊2　山岸外史『人間太宰治』（昭37・10　筑摩書房）

＊3　山内祥史「年譜」（『太宰治全集』13　平11・5　筑摩書房）

＊4　山岸外史『太宰治おぼえがき』（昭38・10　審美社）

＊5　津島美知子『回想の太宰治』増補改訂版（平9・8　人文書院）

＊6　檀一雄『小説太宰治』新装版（平4・9　審美社）

＊7　山岸外史宛太宰治書簡について東郷克美は「太宰は相手によって手紙の文体を使いわけているが、山岸とは短いが緊張したアフォリズム風のことばを応酬している」（『太宰治事典』平6・5　学燈社）と述べている。

＊8　山内祥史「解題」（山内祥史編『太宰治全集』1　筑摩書房　平元・6）

＊9　鳥居邦朗「虚構の彷徨」（「国文学」昭49・2）

＊10　「『虚構の春』は、あくまでも読者の視線のみを忠実になぞり返すことによって、逆に実体を失っていく作中作家の〝陥没〟それ自体を描ききろうとしたものといえるだろう」とする山崎正純（「反転する〈私〉小説」（『転形期の太宰治』洋々社　平10・1）や「〝太宰治〟とは、作中小説家／書簡宛先／書簡群から再構成され得る作家（像）／署名／実体（論）的な作者、といった本来異なる水準を貫くシニフィアンとして、それらが抱えるイメージ・情報の総体を意味することになるだろう」との松本和也（「パッケージングされる作家情報／成型される作家表象」（「芸術至上主義文芸」平13・11））等の論は、書簡によって形成される太宰像が、いわゆる「太宰神話」を作り出していることを指摘したうえで、作中の「太宰治」が、書き込まれることで人間太宰との回路を断たれた表象であることを指摘している。

＊11　小野正文「『虚構の春』の構成と背景」と＊8山内祥史によると、作中で楢崎勤は「相馬閏二」、浅見淵は「高折茂」、小野正文は「斎藤武夫」という仮名が付されている。

＊12　東郷克美「太宰治という物語」（『迷羊のゆくえ』平8・6　翰林書房）

付記　引用は筑摩書房版『太宰治全集』（平10・5〜11・5）と本書に拠る。引用に際し、旧字は新字に改めた。

太宰治・コミュニズム・山岸外史

綱澤 満昭

太宰治のコミュニズムへの接近の一つの要因は、彼の出自である「津軽の殿様」と呼ばれた大地主の息子であることからくる贖罪の念、「被告的」意識にある。

「私の家系には、ひとりの思想家もゐない。ひとりの学者もゐない。ひとりの芸術家もゐない。役人、将軍さへゐない。実に凡俗の、ただ田舎の大地主といふだけのものだ。」(「苦悩の年鑑」『太宰治全集』8、筑摩書房、昭和四十二年、二〇五頁)

このような家に生れ、育った太宰には、わが世の春を謳歌している津島家の存在そのものが許せなかった。近隣貧民の生き血を吸って太っていっただけの大地主を、太宰は極力軽蔑していた。したがって、家内外で働く人たちの己に向ける冷たい憎悪の視線を、彼は肉体的に感受しながら育ったのである。不労所得のうえに築かれた家そのもののなかから湧出する放蕩の血が己の身体を流れていることに、太宰はやりきれぬおもいを抱いていた。この津島家の血に太宰は絶対的悪の烙印を押した。そのうえ、彼は津島家の六男という存在がもたらす家族制度の理不尽な圧力のなかで、常に冷酷な処遇にさらされていた。己の存在そのものが、真に父母の子であるかどうかさえ疑った。

この家庭内における幼少年期の憎悪と不安の魂は、その後の太宰の人生に大きな影をおとすことになる。

ふがいないことに、この富豪津島家の庇護をも太宰は甘受するのである。一般の生徒、学生とは段違いの生活を享受している。コミュニズム的運動への傾倒もあって、長兄からは小山初代との結婚を条件に「分家除籍」という結末をむかえることとなる。

ついに太宰は、津島家追放になる。ということは村落共同体からも追放ということになるのであるが、当時、その追放ということが、いかなる意味を持っていたかは想像にかたくない。流浪の旅、漂泊の人生が待っているばかりであった。怒りの昂揚の場として、また、悲哀と屈辱の解消の場として、太宰はコミュニズムにかかわろうとした。昭和初頭のコミュニズムの抬頭への知的青年の反応ということも大いにありうることではあるが、彼には、それを受け入れてみようとする十分な条件があったということである。

津島家の貧民に対する搾取、抑圧に対する徹底した批判、攻撃、家長を中心とした家制度の矛盾剔抉が、太宰をして、倫理、道徳的に絶対的なものとしてのコミュニズムへの道を走らせた。太宰にとって、コミュニズムは倫理・道徳の体現化されたものとして映っていた。しかもこの非合法活動というものが、明日を持たない太宰にとって、かすかではあるが、癒しの場であり、楽しみの場でもあったのだ。

この倫理・道徳の問題とコミュニズムへの関係を云々することを、日本にはどうも希薄化する風土がある。大地主の息子はコミュニズムによって打倒される存在でしかなく、コミュニズムにとっては、好ましからざる存在であるとの前提がある。

弱者、貧者への惻隠の情、憐憫の情というものは、なにもコミュニズムを遠ざけるものではなかろう。貧や弱でなければコミュニストの資格がないなどと強説することは、一つ間違えば暴論になりかねない。コミュニズムへの入口は多様である。

太宰とコミュニズムの関係については、すでに多くの論者が関心を抱き、幾多の議論が展開されてきた。私がここでそれを超えるだけのものを提供出来ると思っているわけではないが、従来、この問題にアプローチした人たちの賢察の整理くらいは出来るだろう。

コミュニズムへの関与とそれからの脱落、逃亡ということが、太宰の人生、文学に極めて大きな影響を与えたとの主張からみていこう。まず、奥野健男である。奥野は、作品のなかにコミュニズムそのものの直接的な発言がみられないことを理由に、太宰文学とコミュニズムの関係はない、あっても表面的なものだと断定してはならず、そのような評価はむしろ間違いだと次のように主張する。

「彼が直接作品の中で語らないにしろ、いや語らなければ語らないほど、それだけ心の奥底に、深くコミュニズムの影響が秘められているのを感じるのです。…（略）…ぼくは彼の作品を読めば読むほど、太宰文学の本質に喰い入ったコミュニズムの影響の深さを知るのです。ぼくには太宰の文学も生涯もすべて、コミュニズムからの陥没意識、コミュニズムに対する罪の意識によって、律せられていると思えるのです。」（「コミュニズムの時代─「晩年」以前─『太宰治論』新潮社、昭和五十九年、六二頁）

誇るべき系図もない（太宰自身の言葉）くせに、貧しい人たちの生き血を吸って太った大地主階級である津島家に対し、太宰は言い知れぬ憤りを感じ、ほぼ本能的な負い目さえ抱いていた。これは太宰より十年余り早く生れている童話作家、詩人である宮沢賢治の家長に対するおもいにちかい。厳しい自然環境と土地制度の矛盾のなかで呻吟する貧農から、次々と無慈悲にも収奪を繰り返していた家長に対し、賢治は己を「社会的被告」と称し、父親が他界すれば農民たちに宮沢家の土地をくれてやると断言するまでにいたっていた。東北農村、そこに生きる零細農民の生活実態を知っていた賢治は、彼らに対し同情の涙を流し、農民運動などの領域にも接近していた。労農党稗貫支部における彼の支援ぶりを次のようにいう人もいる。

「一九二七年には、賢治の町花巻にも、労農党稗貫支部が結成された。賢治はしばしばその支部メンバーと接し、彼らへの支援を惜しまなかったが、昭和三年二月の第一回普通選挙を闘う労農党稗貫支部に対しては絶大なる支援を行っている。それは、謄写版一式を贈り、親類筋の長屋を党の支部事務所として借りてやり、その家賃の五ヵ月分にあたる金二十五円也をカンパしているのである。」(「元・労農党支部書記長　煤孫利吉談」、吉見正信『宮沢賢治の道程』八重岳書房、昭和五十七年、二四九頁)

この点に関しての賢治と太宰との比較は別の機会に論じるとして、話を元に戻そう。

太宰とコミュニズムとの関係を強烈に意識し、コミュニズムへの憧憬、畏敬のなかに生きた太宰ということは多くの人が認められているが、奥野はことのほか、この点を強調し、昭和五年の鎌倉七里ケ浜での田部シメ子とのカルモチン心中の理由もそこにあったと次のようにのべている。

「高等学校に入って怒濤の勢いで拡がるコミュニズム、自分の生れた階級を敵とするコミュニズムの思想を知った時の衝撃は、想像に絶するものがあったに違いありません。学友たちの多くのものがコミュニズムを信じ、実践し、そのために弾圧され、放校され投獄されて行くのを、恐怖と畏敬とそして羨望とをもって見守りました。だが自分の出身階級を考えると、特にその名門の出であることをひそかに誇りにも思っていた自分を顧みたとき、彼はコミュニズムに加わる資格のない自分に絶望を感じたのです。彼は高等学校に入った直後、この理由だけで、カルモチン自殺を図りました。」(奥野、前掲書、六四頁)

奥野にいわせれば、太宰はコミュニズムを利他主義、自己犠牲的精神の体現されたものとしての完全無欠の倫理として理解してはいたが、実践ということになると出自が大地主の息子であるがゆえに、そこに矛盾、撞着を感じずにはおれなかったということになる。政治と倫理を切り離すという作業が太宰には出来なかったと奥野はこういう。

「コミュニズムを倫理的思想として受けとった彼はその科学性、政治性を、概念的には正当と認めながら、実際行動において、倫理性を除外した政治を、ドライに行うこと

ができなかったのです。」（同上書、七三頁）

太宰は実に己の人生の倫理的目標として、コミュニズムを選択した。倫理上の目標としてのコミュニズムは、権謀術数的、マキャベリズム的行動に直接するものではない。

太宰の親友の一人であった亀井勝一郎も奥野と同じ線でこの問題を考えている。

この時代を生きた知的青年たちの多くが、コミュニズムの洗礼を受けるにいたったのは、次のような背景があったからだと亀井はいう。

一つは、「マルクス・レーニン論のもつ決定的威力である。…（略）…マルクスの理論を知れば、これによって解決されないものは一つもなく、これによって論破されない対象は一つもない。そういう威圧力として青年に作用した。」（「太宰治の人と作品」、亀井勝一郎編『太宰治』〈近代文学鑑賞講座第十九巻〉角川書店、昭和三十四年、一一頁）というもの。

二つ目は、「資本家とその政党の腐敗、一般国民の生活上の不安が存在したことである。」（同上）

いま一つは、「明治以来の倫理的空白である。…（略）…青年は自己の支柱として、何らかの意味での倫理を求めていた。…（略）…いわば共産主義に心ひかれる青年の心理的動機として、新しい倫理への渇望のあったこと」（同上）

太宰は、倫理としてコミュニズムを受け入れ、それへの絶対的崇拝を人間の努めであるかのように思う。悪徳地主は許せない。打ちのめすべきだ。しかし社会的運動として実践するだけの力量も度胸も太宰にはない。そうであればあるほど、観念としての撃滅の武器、コミュニズムによって、太宰の精神は昂揚する。太宰文学全体について亀井はこう説明する。

「全作品を一筋の道のようにつらぬいているのは、『逃亡者』の苦悩であり、『裏切りの苛責』である。それが女性との関係において描かれているとはいえ、背景として、私はやはり左翼との連関を考えないわけにはゆかない。」（同上書、一〇頁）

こういった類の評価と違って、太宰は新しい流行のコミュニズムに対して、その感受性の強さゆえ、反応はしているが、実質的にはそれに深くかかわることもなく、従ってその運動からの逃避や裏切りという行為が、彼の文学に基底のところで大きな影響を与えているものではないとする評者も多くいる。

太宰のコミュニズムへの接近は、青春時代に誰もが遭遇する淡い夢であり、大地主の息子という存在が、体質的にそういう主義、運動が出来るはずはないと一蹴する方法である。

弘前高等学校時代の旧友の一人に大高勝次郎がいるが、彼はそういった太宰評価の一人である。

『細胞文芸』に掲載した「無間奈落」、「股をくゞる」、『弘前高校新聞』の「鈴打」、「哀蚊」、『弘前高校校友会誌』の「此の夫婦」などを太宰は大高らに朗読して聞かせたという。

大高は太宰のマルクス主義についての不勉強を指摘し、知的青年の一人として流行を追ったという感が強いし、また、太宰はコミュニズムについて極端な恐怖の念さえ持っていたというのだ。

「彼の鋭敏な知性は左翼の思想に深い関心を抱かざるを得なかったが、私の知る限りでは、彼は弘高在学中は左翼の思想にも組織にも無関係であった。否、彼はそれらのものに対して、心中必死の抵抗をしていたのである。…（略）…大地主の家に生れ、貴族を自負する彼は左翼思想に対しては普通の人の何倍も恐怖を感じていたのである。」（「津島修治の思い出」、桂英澄編『太宰治研究Ⅱ—その回想』筑摩書房、昭和五十三年、二六頁）

「彼には左翼運動を闘わねばならぬ階級的地盤も、知性の強さも、政治的野心も無かった。」（同上書、四五頁）

大高の評価には、同級生で太宰よりも成績も勝れていたというようなこともあってか、なにか強烈な対抗意識のようなものが前面に出ているようにも私には思える。太宰は大地主の息子であることを鼻にかけ、貧しい人を馬鹿にし、じつに傲慢な人間だったと大高はいう。マルクスの文献などとは、およそ無縁で、弘前高等学校の教授に一喝された話などをわざわざ持ち出している。昭和四年に発覚した校長の公費不正使用に関するストライキの件への太宰の関与に関しても、次のようにみている。

「津島のストライキに対する態度は甚だ消極的であった。…（略）…寧ろ校長に同情していたようであった。一面又、彼の生家と、鈴木校長との間に、政友会というつながりがあったことが、彼の行動を束縛したようにも思われる。…（略）…とにかく多数の生徒が、鈴木校長のふしだらをまともに憎んだのに反し、津島は『学生群』に於ても鈴木校長に深い同情を示している。」（同上書、三三～三四頁）

こういう大高であるが、東京帝国大学時代にアジトの件、金銭面での援助に対しては、太宰に深々と頭をさげている。同じ方向であるが、本多秋五の評価は実に面白い。根本的に太宰なる人物は、コミュニズムなんかとは体質的に合わない存在だという。最低限度の教養としてコミュニズム思想を身につけてはいたが、どだい生きるための思想などとは無縁のところで太宰は生きた。死への傾斜を強烈に希求した人間で、この世の常識からは遠く離れた地点に生存の根拠を置いていた。人類社会の明るい未来など不要で、今日か明日くらいのところで消えうせる人間を志向したという。本多の言はこうだ。

「太宰は、意志なく、計画性なく、克己心もなく、人が生きるのに必要な能力を欠き、生きるのに必要でない能力ばかりが秀いでた人間であった。共産主義は、他になにはなくとも、生きる能力だけはあり、生きたい欲望のとくに旺盛な人間の思想であった。太宰はいつも死にたい傾向の人であり、消えてなくなれたら本懐という人間であった。生きたい人間の思想は、共産主義のほかにまだいろいろある。そうでない思想がもともと例外なのである。太宰は、生きたい人間の思想一切から、いつかは分離するほかない人間であった。」(「太宰治と共産主義」、亀井勝一郎編、前掲書、二九六頁)

本多は、太宰のコミュニズムへの肉体化など認めない。太宰のような生きる思想と無縁の地点で生きていた者までもが、当時の流行思想に、多少なりとも影響されたというところに意味があるというのだ。

かなりの人が、あれこれと太宰とコミュニズムとの関連を強調してはいるが、「人間としての太宰は、共産党が非合法であった戦前の日本ではもちろん、いつの時代、どこの国においても、共産主義者の社会に不向きな男であり、好ましからぬ人物であった。」(同上書、二九三頁)と本多は断言する。

ここは本多のいう通りであったとしても、つまり共産主義側からみれば、たしかに太宰は「好ましからぬ人物」であったかもしれぬが、そのことが太宰が共産主義を崇持し、共鳴していたことを否定するものではなかろう。

いま一人、相馬正一の主張をあげておこう。彼は太宰とコミュニズムのかかわりに対して、極めて冷やかな眼を持っている。若干のかかわりがあったとしても、それは太宰にとっては第二義的なもので、内発的なものではないという。いずれの時期においても、太宰が本格的にというか、心の底からコミュニズムを確信し、内発的にその道に入ったことはなく、ただ当時の流行思想に流され、その知的世界にたまたま太宰も居合わせたというにすぎない。昭和四年のカルモチン自殺未遂にしても、思想的なことがその原因ではないという。したがって、それほど深くかかわってもいないコミュニズムからの脱落とか、逃亡ということも、当然のことながら深く大きな悩みになることはなかろうというのである。太宰のコミュニズム接近がみられるとしても、それは虐げられたる者への同情、人道的救済への共鳴からのものであって、決して思想への確信からくるものではないと次のようにのべる。

「なるほど太宰は太宰なりに、精一杯文字通り命懸けで時代思潮の中を泳ぎ回ったには違いないが、それは文学志向の誤算から生じた左傾であり、非合法活動に献身する『弱者』への共鳴であり、先輩や友人の青春を賭した生き方に対する暗黙の支持から生じた結果であっても、思想としてのコミュニズムそのものの信奉から生じたものではなかったのである。」（「太宰治とコミュニズム」、奥野健男編『太宰治研究』筑摩書房、昭和四三年、二〇六〜二〇七頁）

太宰とコミュニズムの関係、そして、そのことが太宰の人生、文学に、どれほどの影響をおよぼしたかについて、多くの評者が賛否両論を説いてきたが、このテーマの論争の最大の欠陥は、太宰の実際の活動に関する確実に説得力のある資料の不在にあるとした斉藤利彦は、その穴を埋めるべく、「太宰治・非合法活動の実態」（『文学』第二巻第五号、岩波書店、平成十三年）を書いた。斉藤はこういう。

「私は、過日、東京大学百年史編纂過程で収集された文書その他を検討していく中で、これまでまったく未発掘であった資料も含め、太宰の帝国大学在学中の非合法活動を解明しうる資料を見出すことができた。これにより、その活動の実態を、ある程度系統的に論証することが可能となったように思う。」（同上誌、八七頁）

ここで斉藤の提供している資料すべてを紹介することは省略するが、これは太宰が東京帝国大学在学中に、津島修二の氏名で行動したであろうと思われるものを、「文部省との往復文書中の『学生部』に類別された文書群」（同上）と、「帝国大学総長宛に送付された各種資料」（同上）からぬき出したものである。

また、津島の名は使われていないが、これは太宰だと断定できる資料、さらに東京帝国大学学生課による彼の非合法活動とわかる間接的資料などである。これらの資料を検討した結果、従来明らかにされているものとは別に、二つのことが明確になったというのである。

その一つは、「青森一般労働組合が日本労働組合全国協議会（「全協」）に加盟しようとする一連の動きの中で、太宰が『全協』本部との連絡を担当するという活動である。」（同上誌、八九頁）

いま一つは次のようなものである。

「甥の津島逸朗を中心とした青森中学校内の非合法組織『社会科学研究会』の設立と実践行動に関与し、それを助言し支援する活動である。」（同上誌、九〇頁）

これらの資料を詳細に検討してゆけば、太宰とコミュニズムの関係は、相馬らがいうような二義的なもの、もののはずみなどといった類のものではなく、かなりの真剣さがそこにはうかがえるという。相馬を彼は次のように批判する。

「いずれにしても、『もののはずみや』『偶発的』『外在的な力の作用によって止むを得ず』太宰が非合法活動を行ってきたという相馬の評価は首肯できないものがある。」（同上誌、一〇〇頁）

このように斉藤は、太宰の真摯な態度でのコミュニズム体験を認めると同時に、注目したい点として『人間失格』から次のような個所を引用している。

「非合法。自分には、それが幽かに楽しかったのです。むしろ、居心地がよかつたのです。世の中の合法といふもののはうが、かへつておそろしく、（それには、底知れず強いものが予感せられます）そのからくりが不可解で、とてもその窓の無い、底冷えのする部屋には坐つてをられず、外は非合法の海であつても、それに飛び込んで泳いで、やがて死に到るはうが、自分には、いつそ気楽のやうでした。」（同上誌、一〇一頁。『太宰治全集』第九巻、筑摩書房、昭和四十二年、三九六頁）

太宰にはこういう一面がある。この太宰のもちまえの心理、独特の感性などを十分考慮のなかに入れながら、この問題を取り組まねばならぬことをも斉藤は提言している。

太宰が最も多く書簡を送った相手は山岸外史であるが、その山岸はこの問題をどうみていたのか。山岸がどういう人物であったか、などについては、池内規行の『評伝・山岸外史』（万有企画、昭和六十年）などに譲るとして、ここでは太宰とコミュニズムについての山岸の眼だけをみておきたい。

『太宰治おぼえがき』の「まえがき」で山岸はこう書いている。

「新しい稿を百七十枚ばかり書き加えた。ぼくとしては、ここに、この一冊の特色を考えたいのである。『太宰と共産党』という最後の章がそれである。太宰の心の『どん底』にあって、終生、太宰を苦悩させていた党からの脱落。その良心と反省の意識。その経過の是非を理論づけること。その点をできるだけこの章で綿密に書いたつもりである。太宰はたしかにこの課題について、その生涯、傷手をもっていたから、その点を追求してみたのである。そしてこの角度から、太宰について、また『太宰文学』について考えることは重要なことだと思っている。それなしに、『太宰の悲劇』を考えることはできない。」（『太宰治おぼえがき』審美社、昭和三十八年、二頁）

この「まえがき」を覗くだけでも、山岸のこの点への追求の熱意が伝わってくるというものだ。

山岸と太宰の交流は、昭和九年の秋にはじまるが、やがて二人の関係は山岸自身がいうように、「刎頸の友」となったようである。

昭和九年といえば、太宰はすでに青森警察に自首し、非合法運動から手を引いて、かなりの時間が経過していた。にもかかわらず、山岸は太宰の心中深くに、コミュニズムへの思いが刻みこまれ、それをずっと引きずっていたと読んでいる。二人は何故かくも親しくなったか。その親交の根源にあるものは何か。こういった問いを山岸はみずからに投げかけ、どうもそこには、同類の思想、つまりコミュニズムへの関心と志向があったと確信しているのである。マルクスを志向し、階級、社会変革といった言葉を二人は共有していた。左翼作家が話題になれば、太宰は異常な顔つきをしたという。

太宰の客観的存在は、大地主階級の御曹司ということである。この客観的存在に対し、一方ではある種の誇りを持ち、他方では六男に対する処遇という家庭内差別に苦悶する。誇りと憎悪が交錯するといった複雑な感情が、終始太宰の心中をかけめぐっていた。この複雑な感情を抱いて成育していった太宰を待っていたものの一つに、コミュニズムという風があったのである。

「高校時代には、何回か社会主義研究会などに顔を出すようなことにもなったようである。…（略）…大学時代には太宰は非合法運動に関係して、短時日ではあったが、党活動もやったのである。」（同上書、一六一から一六二頁）と山岸はいう。それどころか、真面目に、真剣に太宰は政治家、革命化の道を選ぼうとしたこともあるというのだ。しかし、当時の厳しい国家権力の弾圧と、仲間からの要請であったアジトの提供と、金銭の援助だけとあっては、それはあまりにもひどいじゃないかということになる。山岸にいわせれば、左翼によって利用されつづけた太宰は、ついにその夢を現実世界においては捨てざるをえなくなったのだ。それでも太宰には、「良心」というものが頑強に残っていたがゆえに、コミュニズムという現実世界からの脱落、逃避は、自己否定的、自虐的感情となって、太宰の腹中をいつまでもかけめぐったという。敗北は敗北、脱落は脱落であったとしても、一般的「転向」としてはすまされぬ「何か」があった。積極果敢とみえた闘士が、いとも簡単に「転向」していく状況下にあって、太宰の「良心」は、深く痛い傷として彼の心から消えることはなかった。転向作家を太宰は峻拒したという。山岸がある日、島木健作の作品に賛辞を与えたところ、彼は不快な顔をし、即座に否定したという。「転向したら終りだ」が太宰の持論となった。

昭和初期のコミュニズム、非合法運動の闘いが想像を絶する弾圧のなかで行われたことは周知の通りであるが、それでもこの思想、運動が知識人たちにとっては、偉大にして、崇高にして、絶対的なものであり、それを支援し、そこに居るということが、異常なほどのエリート意識を満足させてくれるものであったことも事実である。

そうであったればこそ、山岸がいうように、「それからの脱落は、人間性そのもの、人間生活そのもの、知性そのものの否定にも通じたのである。太宰もそれは感覚で知っていたと思う。」（同上書、一六五頁）ということになるのである。

次に量的にも他を圧倒している山岸の「太宰治と共産党」に触れておきたい。太宰の初期作品、たとえば、「学生群」、「花火」、「地主一代」などへの強い興味と関心を示すところからこの論文ははじまる。これらの作品によって、山岸は、十数年も続いた親交を通じて、太宰のすべてを知っていたというこれまでの己の思いあがりを深く反省する。己は太宰の深層心意世界に測鉛を降ろしきっていなかった己を恥じた。

弘前高等学校時代をベースにした「学生群」に山岸は大きな関心を寄せる。折柄の流行もあって、コミュニズムへの傾斜、憧憬と、己の憐弱さの間に悩む「青井青年」は太宰そのものである。あれこれ頑張ってみても、所詮大地主の息子であるという現実から脱出することは出来ず、コミュニズムへの貢献といえば、唯一金銭的援助であるというところに帰結する。本来、打倒されるべき対象である「青井」が、大地主打倒を叫ぶことへの無理、限界、自己矛盾があるというものだ。どこまでいっても、シンパの域を出ない太宰の心情がよく表現されていると、山岸はみる。彼はここで、参考資料として、三・一五事件、特高警察の設置、東大新人会、京大社研の解散命令、河上肇の京大追放など、国家権力のコミュニズム大弾圧をもってくる。この嵐のなかでの知的青年の問題として、太宰の心情をとらえようとしている。

山岸は次いで弘前高等学校卒業後の太宰、東京帝国大学入学後の太宰の政治活動に注目する。さきにも触れたが、太宰は「転向」というものに異常な感情の昂揚をみせるというのだ。こんなことを山岸はいう。

「なによりも、太宰が『転向』に決定的な悪の規準をもっていて、その角度からぼくに喰ってかかったことが、ぼくにもよく判った。太宰は転向者というよりもむしろ、脱落者であったわけだが、しかし、転向にせよ脱落にせよ、党への裏切りということが、決定的なものだという厳格な倫理を太宰はもっていたのである。自分は脱落者であるにしても、その倫理性だけは失いたくないという最後の意志を太宰がもっていることを、ぼくはハッキリと知ったのである。」（同上書、二〇七頁）

精神世界において、コミュニズムという「倫理的絶対性」にしがみつくことによる陶酔と安堵が太宰にはあった。これは山岸自身の心情であったのかもしれない。

青森中学校、弘前高等学校の先輩で、東京帝国大学に入学し、コミュニズム活動をしていた工藤永蔵への太宰の優しさに山岸は注目している。（獄中の工藤に対し太宰は金銭的援助を確約している。）

同じく弘前高等学校を卒業し、東京帝国大学に入っていた大高勝次郎に触れ、後の太宰の苦悩に対しての理解の不十分さを指摘している。つまり大高は、太宰が地主階級という出自を持っていることがすべてで、そこからは、革命的政治的野望など生れるはずもなく、自殺の原因にコミュニズムからの脱落などを持ってくるのは無謀な論だとする大高の太宰評価に疑問を呈する。

昭和十一年に『晩年』を公にすることになるが、それ以後、太宰は彼なりのコミュニズム体験をいかなるかたちで継承することになるのか、はたまた、その問題のすべてを放擲し、無縁の地点に己を置いて生きるのか。山岸は戦後の作品を注視する。たとえば、昭和二十一年の作品である「苦悩の年鑑」をとりあげ、かつての「学生群」に登場した「青井青年」が再現されていることを指摘する。しかし、「苦悩の年鑑」より九ヵ月遅れて書かれた「トカトントン」では、戦後の「虚無的生理」という太宰の新しい姿勢をもみている。自由も民主も、いかなる政党も、それらはすべて、無条件降服ののちに湧いた蛆虫のようなものだとする太宰の虚無的生き方に山岸は注目する。

山岸はこういう。

「敗戦と同時にこの時期の国民は、天皇信仰も喪失したし、民族的高揚の精神も一挙に失った。戦時中、指導者にムザムザ欺かれていたことまで自覚して、国民というものの生活にガックリ落胆すると同時に、完全に精神虚脱してしまったのである。思考の支柱が突然なくなって、生理的な真実あるいは空虚がおこったのである。『論理』以上に『生理』がやられた。そんなひとりの青年をじつに明快に、かつ巧妙に太宰は表現している。」（同上書、二二七頁）

ところが、この一人の青年は、青森で直面したデモによって、思いを新たにする。躍動するデモ行進に衝撃を受け、涙を流す。政治不信、労働運動不信に陥いっていた己の精神を訂正したのである。日本の将来に一条の光明をみたのである。

昭和二十二年には、太宰文学の総決算ともいえる『斜陽』が出版されるが、ここでも貴族的出自を持つ「直治」は、「学生群」の「青井青年」の魂を継承しているというのだ。同じく昭和二十二年十月に『改造』に発表された「おさん」

を山岸はとりあげ、太宰の革命に対する感情の吐露に着目し、「夫」の心中の原因を恋情に求めず、革命からの逃避、脱落、そのことによる自己嫌悪的精神に求めたのである。しかし、太宰は「妻」に革命というものはもっと楽しく生きるためのもので、悲愴感ばかりが漂う革命家など信じられないといわせている。太宰はそのことを知り尽くしていたと山岸はいう。

ここで山岸の「太宰治と共産党」の結論ともいうべき言辞をいくつか引用しておこう。

⑴、「太宰には異例とまでみえるほどの反省心理が、幼児から旺盛にあった」（同上書、二五三頁）

⑵、「『大地主階級』の生活が根深く生理的な条件をつくっていたこと。」（同上）

⑶、「太宰のマルキシズムは、マルクス経済学的であって、マルクス・レーニズムという革命と政治への転化のあることに疎かったようにも見えるのである。」（同上）

⑷、「太宰の夢と尺度は『純粋で優雅で勇敢で誠実なコミュニスト』にあったように思われるのである。」（同上）

太宰の周辺には多くの知友がおり、それぞれの交流が行われていたが、なかでも、己が最高の理解者だと自負していた山岸は、コミュニズムと太宰の関係を、ことのほか重視していた。

山岸の視点が絶対的であるかどうかは別として、ここまで太宰のコミュニズムへの深いかかわりを指摘する彼の心中には、己自身のコミュニズムに対する独得の熱い思いがあったに違いない。山岸は昭和二十三年十二月二十五日に日本共産党に入党している。彼の入党の動機については、いろいろな憶測も成り立つであろうが、ただ山岸のこの党体験というものが太宰の心情理解の上で、このうえない役割を果たしていたことは間違いなかろう。山岸の次の文章を引いてこの稿をひとまず閉じておきたい。

「いつか時間がたってゆく間に、太宰の死への第一誘因が、やがてあの共産党からの脱落であったことが解ってきてみると、…（略）…ぼくは、たとえ、この時代の太宰の死への歩みが、いかにもたわいのないものだったとしても、その死への誘惑と逃亡について、まったく理解がもてないということではなかったのである。戦後十三年以上も党員生活をしたぼくが、かえって、そのあとになって、太宰のこのポイント（黒子《ほくろ》のようなこの一点）がいっそう深く解ってきたようなところがある。…（略）…党からの脱落者で、しかも良心を最後までもっていたものの方が、政治活動家そのものよりも、いっそう苦しむのではなかろうかということである。」（『人間太宰治』筑摩書房、昭和三十七年、七八～七九頁）

■執筆者紹介

綱澤満昭（つなざわ　みつあき）……近畿大学日本文化研究所所長
近畿大学文芸学部教授
山内祥史（やまのうち　しょうし）……神戸女学院大学名誉教授
神戸海星女子学院大学名誉教授
浅野　洋（あさの　よう）……………近畿大学日本文化研究所研究員
近畿大学文芸学部教授
佐藤秀明（さとう　ひであき）…………近畿大学日本文化研究所研究員
近畿大学文芸学部教授
吉岡真緒（よしおか　まお）……………人間文化研究機構国文学研究資料館技術補佐員

太宰治はがき抄
山岸外史にあてて

発行日	2006年3月9日 初版第一刷
編　者	近畿大学日本文化研究所
発行人	今井　肇
発行所	輸林書房
	〒101-0051 東京都千代田区神田神保町1-14
	電 話 03-3294-0588
	FAX 03-3294-0278
	http://www.kanrin.co.jp/
	Eメール●kanrin@mb.infoweb.ne.jp
印刷・製本	アジプロ

落丁・乱丁本はお取替えいたします

ISBN4-87737-223-7